NATTERNSTEINE

AF186154

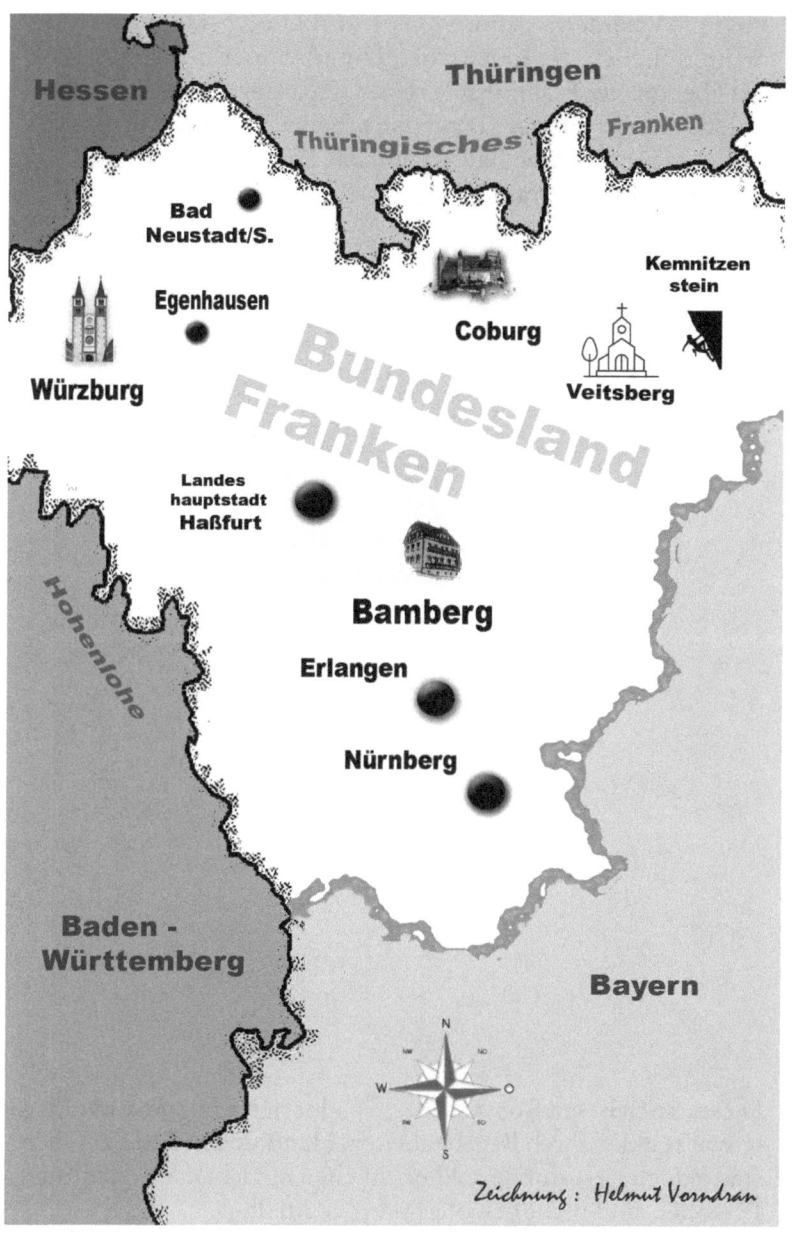

Zeichnung : Helmut Vorndran

Helmut Vorndran, geboren 1961 in Bad Neustadt/Saale, lebt mehrere Leben: als Kabarettist, Unternehmer und Buchautor. Als überzeugter Franke hat er seinen Lebensmittelpunkt im oberfränkischen Bamberger Land und arbeitet als freier Autor unter anderem für Antenne Bayern und das Bayerische Fernsehen. www.helmutvorndran.de

HELMUT VORNDRAN

NATTERNSTEINE

Franken Krimi

emons:

Bibliografische Information der Deutschen Nationalbibliothek
Die Deutsche Nationalbibliothek verzeichnet diese Publikation
in der Deutschen Nationalbibliografie; detaillierte bibliografische
Daten sind im Internet über http://dnb.d-nb.de abrufbar.

© Emons Verlag GmbH
Cäcilienstraße 48, 50667 Köln
info@emons-verlag.de
Alle Rechte vorbehalten
Umschlagmotiv: Montage aus taviphoto/photocase.de,
Wojciech Zwolinski/Arcangel.com
Umschlaggestaltung: Nina Schäfer, nach einem Konzept
von Leonardo Magrelli und Nina Schäfer
Umsetzung: Tobias Doetsch
Gestaltung Innenteil: DÜDE Satz und Grafik, Odenthal
Lektorat: Marit Obsen
Druck und Bindung: sourc-e GmbH, Köln
Printed in Europe 2025
Erstausgabe 2021
ISBN 978-3-7408-1340-6
Franken Krimi
Originalausgabe
2. Auflage

Unser Newsletter informiert Sie
regelmäßig über Neues von emons:
Kostenlos bestellen unter
http://www.emons-verlag.de

Dieser Roman basiert auf wahren Ereignissen.

Für

Monika
und
Amelie

Prolog

Das Loch war nun tief genug. Beim Ablegen des Schädels ging er mit größter Sorgfalt vor, denn die Augen mussten genau ausgerichtet sein. Auch wenn sie in dieser Welt bereits tot waren, so konnten sie dennoch sehen. Vor allem aber sollten sie gesehen werden. Von *ihm*, in dessen Auftrag er gehandelt hatte. Denn er tat nur, was ihm vor langer Zeit aufgetragen worden war.

Eigentlich wollte er diesen Auftrag nicht, er hatte ihn nie gewollt. Trotzdem musste er ihn erfüllen, so gut es ihm nur möglich war.

Er war ein folgsamer Schüler des Herrn.

Also justierte er den blutigen Schädel penibel, bis er mit dessen Position im Loch vollends zufrieden war, dann legte er den Finger mit dem daran befindlichen Ring daneben. Er neigte den Kopf und murmelte leise die rituellen Worte. Sie durften keinesfalls vergessen werden, sie waren wichtig, sehr wichtig sogar. Noch einmal schaute er sich um und ließ seinen Blick prüfend durch die Dunkelheit wandern, aber es war wie immer nichts Verdächtiges zu bemerken. Zügig begann er, das Loch wieder mit Erde zu befüllen, bis nichts mehr davon zu sehen war außer einer runden braunen Stelle im Gras, die bald wieder bewachsen sein würde.

Er erhob sich und packte den Klappspaten fest mit beiden Händen, fast so, als wollte er für einen Moment an ihm Halt suchen.

Dies war ein besonderer Moment. Es war vollendet und fast vollkommen.

Die Anspannung begann Stück für Stück von ihm abzufallen. Noch wusste er nicht so recht, was er mit diesem seltsam euphorischen Gefühl innerer Befriedigung anfangen sollte, aber ganz sicher gefiel es ihm. Ein schmales Lächeln umspielte seinen Mund, er legte den Kopf in den Nacken und sah nach oben in den Nachthimmel. Es war eine wolkenlose Nacht, helle Sterne funkelten zu ihm herab, und er wusste, dass es nun nur noch eines zu tun gab.

Das Lächeln wich, und in seine Augen trat ein harter metallischer Glanz. Es war genug, er konnte nicht ewig auf sie aufpassen und sie beschützen. Wenn er sie nicht bekehren konnte, wenn sie wirklich nicht willens war, das Böse zu erkennen und abzuweisen, sich nicht zu ihm, zur guten Seite, bekennen wollte, dann konnte er ihr nur noch den letzten Dienst erweisen.

Eins

Ich bin ein Teil von jener Kraft,
Die stets das Böse will
Und stets das Gute schafft.
Ich bin der Geist, der stets verneint.
Und das mit Recht,
Denn alles, was entsteht,
Ist wert, daß es zugrunde geht,
Drum besser wär's, daß nichts entstünde.
So ist denn alles, was ihr Sünde,
Zerstörung, kurz das Böse nennt,
Mein eigentliches Element.

Johann Wolfgang von Goethe,
»Faust. Der Tragödie erster Teil«

Sündenfall

Es war noch nicht ganz hell gewesen, als Otmar Schober in der Frühe aufgebrochen war. Aber schließlich begannen am heutigen Freitag die Pfingstferien, und da musste man früh raus, wenn man am Kemnitzenstein als Erster seine Füße auf den Felsen setzen wollte. Wer zu spät kam, den bestraften die Touristen – eine alte und besser zu beherzigende Kletterregel. Lange vorbereitet, hatte sich Schober für sein Kletterevent zielgenau den kühlsten Tag des Monats ausgesucht. Letzte Nacht hatten die Temperaturen dank der Schafskälte noch einmal nahe am Gefrierpunkt gelegen, was zu einem reichlich nebelverhangenen Morgen geführt hatte. Dafür sollte es laut Wetterbericht später recht sonnig und auch leidlich warm werden.

Davon war während der Fahrt allerdings nicht viel zu sehen. Die dichte Nebelsuppe bremste sein Tempo nachhaltig, und Schober baute innerlich die erste Ungeduld auf, noch bevor er sein Ziel erreicht hatte.

Auch als Otmar Schober in Kümmersreuth ankam, war er aufgrund des dichten Nebels gezwungen, die kleine Ortschaft im gemächlichen Schritttempo zu durchfahren, um dann den Weg an einem Steinbruch vorbei zur zweithöchsten Erhebung des Lichtenfelser Landkreises zurückzulegen.

Als er ziemlich genervt den Kemnitzenstein erreichte, drang zwar schon ein diffuses Sonnenlicht durch den zähen Nebel, allerdings war es mehr zu erahnen als zu sehen.

Eigentlich bot die geschlossene Nebelschicht, die einer Decke aus weißer Watte glich, einen wunderschönen Anblick, wie sie da so knapp zwei Meter über dem Boden schwebte. Zumindest für die, die ein Auge für derartige Schönheiten besaßen.

Otmar Schober jedoch hatte nichts übrig für die Ästhetik der Natur, er war vom sportlichen Ehrgeiz zerfressen und wollte heute unbedingt die lange geplante Klettertour absolvieren. Klettern war sein Ein und Alles, und er war inzwischen auch richtig gut darin. Einen Siebener ohne Sicherung zu erklimmen, das konnte nun wirklich nicht jeder. Er aber schon, und da bildete er sich auch gewaltig was drauf ein. Wenn allerdings nicht bald die Sonne auf dem Gelände die Herrschaft übernahm, würde es nichts werden mit seinem ehrgeizigen Unterfangen.

Schober fuhr mit seinem Wagen vor bis zur Schutzhütte. Hier durfte man eigentlich nicht parken, aber wen sollte das bei dem dichten Nebel schon stören? Außerdem sparte er sich so ein gutes Stück Strecke, sprich: Zeit, die er ja auf das Klettern verwenden wollte. Am Felsen begann sich der Nebel allmählich zu heben, sodass Otmar Schober, als er sich mit seinem Kletterrucksack auf den Weg zum Fuße der Felswand machte, mit seinem schütteren Haupthaar nicht einmal mehr die Unterseite des feuchten Dunstes berührte, der sich um den Berg gelegt hatte. Aber oben war alles noch dicht.

Na super, dachte Schober frustriert. Ausgerechnet heute, bei so einer schlechten Sicht, hatte er sich den »Rammelhasen« vorgenommen, die anspruchsvollste Tour am Kemnitzenstein.

Wer auch immer sich den schlüpfrigen Namen ausgedacht hatte, musste klettertechnisch schon etwas draufgehabt haben. Die Tour war nichts für Anfänger, leicht überhängend, eine glatte Sieben plus. Aber auch nur, wenn es trocken war und die Sicht einigermaßen klar. Weder das eine noch das andere traf im Moment zu. Gut, der Kemnitzenstein trocknete schnell, wenn die Sonne herauskam, aber in so eine Suppe hineinzuklettern, das war mindestens gewagt. Schober wollte dennoch nicht zu lange warten, sonst kamen nämlich die anderen üblichen Verdächtigen der Kletterszene angekrochen, und dann war es vorbei mit der Beschaulichkeit am Fels. Das wäre überhaupt nicht in seinem Sinn, wohnte ihm doch ein gewisses Streben nach Erfolg inne, sowohl beruflich als auch privat.

Otmar Schober musste nicht als Letzter irgendwo ankommen. Er war ein Gewinner, quasi der Donald Trump der Felskletterei. Aus diesem Grund kletterte er auch am liebsten allein, als Erster in der Früh und natürlich Free Solo, das hieß ohne

Sicherung durch einen anderen. Denn Free Solo kletterten nur die wirklichen Könner, die, die sich auf ihre Kletterei tatsächlich etwas einbilden durften.

Schober schaute nach oben und nahm befriedigt zur Kenntnis, dass sich der Nebel immer mehr nach oben bewegte, während das schräg einfallende Sonnenlicht allmählich seine Kraft in der Atmosphäre entfaltete. Eindeutige Zeichen einer Verbesserung der allgemeinen äußeren Bedingungen, die Otmar Schober dazu veranlassten, seine Klettertour noch vor der endgültigen Klärung der Sicht zu starten. Bis er hier alles ausgepackt und gerichtet hatte, war der watteartige Nebel bestimmt über den Felsen des Kemnitzensteins hinweggewandert, und er, Otmar Schober, konnte sich als Erster des heutigen Tages in der Vertikalen mit dem »Rammelhasen« beschäftigen.

Er setzte den rechten Fuß auf einen kleinen Felsvorsprung und fasste mit beiden Händen über seinem Kopf in die dortigen Ausbuchtungen im porösen Felsen des Kemnitzensteins. Dann verlagerte er sein Gewicht und begann Zug um Zug seinen Aufstieg am »Rammelhasen«. Langsam, aber konsequent arbeitete er sich am Fels entlang nach oben, während die Nebelschicht über ihm immer näher rückte. Schobers Hoffnung, dass der Nebel sich während seiner Kletterei auflösen oder wenigstens in höhere Etagen verabschieden würde, erfüllte sich leider nicht. Lediglich das Sonnenlicht drang inzwischen um einiges leichter hindurch, was ihm aber auch nur bedingt weiterhalf.

So kam es, dass Otmar Schober bis zur circa fünf Meter über dem Boden befindlichen Nebelgrenze hinaufkraxelte, dort angelangt aber schließlich überlegen musste, ob er in den Nebel hineinklettern oder, was weit vernünftiger war, einfach wieder umkehren sollte. Ohne Sicht zu klettern stellte ein hochriskantes Abenteuer dar, auch wenn es bis zur Oberkante des Felsens nicht mehr allzu weit sein konnte.

Da hing er nun wie eine Spinne im Felsen, starrte mit unentschlossenem Blick auf die watteartige Sperre über ihm und hoffte auf eine Eingebung. Zurück nach unten wollte er nicht, dafür war er schon zu weit gekommen. Aber nahezu blind weiterzuklettern, noch dazu völlig ungesichert, das war ein Ritt auf der Rasierklinge.

Nun, wie der Römer Ovid schon sagte: »Ich sehe das Bessere und billige es, folge aber dem Schlechteren.« Gemäß diesem Motto traf Otmar Schober die unvernünftige Entscheidung. Frustriert nahm er seine rechte Hand vom Gestein und hob sie in den Nebel, um nach der nächsten Griffmöglichkeit zu tasten. Sehen konnte er zwar nichts, aber zumindest mit den Fingern fühlen.

Zuerst war da nichts als glatter Fels, der noch dazu ziemlich feucht, ja regelrecht von einer zähflüssigen Schmiere bedeckt zu sein schien. Dann stießen seine Finger auf ein Hindernis. Dieses Hindernis war allerdings kein Fels, und es war auch nicht mit dem Kemnitzenstein verbunden. Es fühlte sich für Otmar Schober eher so an, als ob da direkt über seinem Kopf etwas baumelte, an dem er sich klettertechnisch vorbeiarbeiten musste. Vielleicht eine Baumwurzel oder etwas Ähnliches, aber dafür war es eigentlich zu weich.

Als er das seltsame Teil weiter befingerte, stellte Schober fest, dass es sich bei dem herabhängenden Ding mit Sicherheit um keinen Ableger eines wie auch immer gewachsenen Baumes handelte. Seine Finger fühlten jetzt ganz eindeutig Stoff. Menschlich angefertigten Stoff mit Knöpfen, um genau zu sein, ergo die Bestandteile eines Kleidungsstückes. Auch daran haftete diese seltsame Schmiere, was in dem Kletterer die ersten unguten Gefühle aufkommen ließ.

Dann landete ein Tropfen auf Otmar Schobers Schulter. Als er den Kopf zur Seite drehte, erkannte er, dass sich auf seinem Klettershirt ein kleiner roter Fleck befand, der haargenau aussah wie Blut.

Otmar Schober erstarrte, und es lief ihm auf einmal eiskalt den Rücken hinunter. Ruckartig zog er seine Hand aus dem Nebel und erblickte eine dicke, schmierige Schicht geronnenen Blutes auf seinen Fingern. Sein erster Impuls war es, schleunigst den Rückzug anzutreten. Doch statt mit dem Abstieg zu beginnen, starrte er nur hilflos auf seine blutverschmierte Extremität, und seine Gefühle schlugen im Stakkato Purzelbäume. Dann, nach einigen Sekunden der Besinnung, gewann die ihm angeborene Coolness die Oberhand, und es siegte die Neugier. Wagemutig schob er seine rechte Hand erneut nach oben, hinein in das neblige Nirgendwo, und packte entschlossen zu.

Wieder war da dieser Stoff zu spüren, an dem Otmar Schober jetzt ein wenig zog, um vielleicht Genaueres über die Beschaffenheit und den Zustand des über ihm Befindlichen zu erfahren. Sein Plan ging allerdings nicht wirklich auf, denn die Umstände machten nicht mit. Zuerst, kaum dass er mehr an dem Stoff gezupft als gezogen hatte, geriet das Etwas im Nebel über ihm in Bewegung, dann rutschte es aus diesem heraus auf ihn zu. Schober konnte mit dem Oberkörper gerade noch ein paar Zentimeter zur Seite ausweichen, sonst hätte es ihn mitten ins Gesicht getroffen. Aber es verfehlte ihn gerade so und baumelte nun genau vor seiner Nase.

In etwa fünf Metern Höhe in den Felsen des Kemnitzensteins gekrallt, starrte Otmar Schober auf die blutverschmierte Hand eines Menschen, welche allerdings einen eher unvollständigen Eindruck machte. Irgendwer hatte den Ringfinger entfernt, und zwar auf sehr unsanfte Art und Weise, wie die ausgefransten Ränder der blutigen Wunde nahelegten. Egal, was das auch zu bedeuten hatte, es konnte nichts Gutes sein. Otmar Schober war geschockt und ob des Anblickes ein weiteres Mal unfähig, sich zu rühren. Sein Körper verkrampfte, was in seinen Oberschenkeln zu einem heftigen, schnellen Zittern führte, der bei Kletterern allgemein bekannten »Nähmaschine«.

Dies war endgültig das Signal für Schober, den geordneten Rückzug nach unten anzutreten. Ein Ansinnen, bei dem ihm sein ungebetener Fund behilflich war und die Angelegenheit auf unerwartete Weise beschleunigte. Baumelte der Arm mit der ringfingerlosen Hand gerade noch wie das taktgebende Gewicht einer Standuhr vor seinem Antlitz, so musste Schober nun mit vor Angst geweiteten Augen feststellen, dass seine Zieh- und Zerr-Aktion das natürliche Gleichgewicht von Arm und Anhang in Unordnung gebracht hatte. Durch die Gesetze der Schwerkraft bedingt, begann das, was sich weiter oben im Nebel befand, nun ebenfalls den Weg nach unten anzutreten.

Hektisch suchten Schobers Finger nach einem seitlichen Ausweg aus der Katastrophe. Aber das Schicksal war unerbittlich, der Kletterer völlig chancenlos.

Der leblose Körper eines Menschen rutschte aus dem diffusen Nebel und traf Schober genau zwischen Kopf und rechter Schulter. Seine blutverschmierten Hände, obwohl absolut austrainiert, konnten der Masse mal Beschleunigung des herabfallenden Gewichtes nicht standhalten und wurden aus ihren Griffpunkten regelrecht herausgerissen. Mit einem kurzen, erschrockenen Schrei löste sich Otmar Schober aus der Felswand des Kemnitzensteins und stürzte, zusammen mit seinem blutigen Passagier, nach unten, wo er Sekundenbruchteile später im steinigen Gelände aufschlug.

Das Adrenalin in seinem Blutkreislauf betäubte den Schmerz, der wie ein glühendes Eisen in seinen Rücken fuhr, sodass er den eintretenden Schockzustand nahezu schmerzfrei erlebte. Allerdings war er unfähig, auch nur eine einzige Gliedmaße zu rühren. Ob das psychisch bedingt war oder ob er sich die Wirbelsäule gebrochen hatte, entzog sich seiner Urteilskraft, dazu war er zu geschockt und zu hilflos. Nicht allein wegen des brutalen Sturzes, sondern ebenso aufgrund des Umstands, dass das, was ihn mit in die Tiefe gerissen hatte, jetzt tot und leblos auf ihm lag.

Wie lange er so ausharrte, wusste er nicht, er hatte jegliches Zeitgefühl verloren. Schwer atmend versuchte er, mit der Situation irgendwie klarzukommen, als ein Schatten auf sein Gesicht fiel. Der sich langsam auflösende Nebel gewährte der Morgensonne Zutritt, und eine dunkle Silhouette erschien über dem regungslos am Boden liegenden Kletterer. Schobers Augen wurden groß, als er plötzlich eine Hand über seinem Gesicht schweben sah, der ein Schatten folgte. Jemand beugte sich über ihn.

Todesangst überkam den Kletterer. Was sollte das werden? Ein mühsam gekrächztes »Nicht!« entrang sich seinen blutenden Lippen, und das Letzte, was er in diesem Leben zu sehen bekam, war der dunkle Schatten, der sich seinem Gesicht näherte. Er blickte in ein ihm völlig fremdes, mit Blut verkrustetes Antlitz, bevor ihn das Bewusstsein und schließlich auch das Leben verließen.

***

In der Dienststelle der Bamberger Kriminalpolizei herrschte ausnahmsweise einmal so etwas wie Ruhe. Vor nicht allzu langer Zeit hatten die Kommissare in einer spektakulären Aktion einen Ring albanischer Tierhändler hochgenommen, was zu einigen Toten und einer verletzten Kollegin geführt hatte. Außerdem waren im Zuge dieses Polizeieinsatzes zwei kleine Kinder »übrig geblieben«, Zwillinge, um die sich die nun krankgeschriebene Andrea Onello und ihr Lebensretter und neuer Schwarm, der Würzburger Ermittler Thomas Callenberg, zu kümmern versuchten.

Callenberg war von seiner Abteilung ebenfalls erst einmal freigestellt worden, hatte ihm das Leben doch jüngst ziemlich übel mitgespielt. Bevor er sich wieder dienstfähig melden und nach Würzburg zu seiner Einheit zurückkehren konnte, sollte er sich gründlich regenerieren. Den beiden kam ihre unfreiwillige Auszeit ganz gut zupass, da sie sie nutzen konnten, um die Zukunft von Mira und Svea Dragusha, den beiden Zwillingen, zu klären, die bis auf Weiteres bei einer Pflegemutter in Daschendorf lebten.

Das war der Grund, warum in der Bamberger Dienststelle im Moment nur eine Rumpfmannschaft Dienst schob, dies aber ohne wirkliche Überzeugung. Ihr Chef hatte sie dazu verdonnert, sich in solch unbelebten Zeiten über Aktenberge, Karteileichen und sonstige unerledigte Angelegenheiten herzumachen. Eine Arbeit, die keine kriminalistischen Heldentaten, dafür aber Monotonie und grauen Polizeialltag versprach.

So saßen die Kriminalkommissare Franz Haderlein und César Huppendorfer vor Akten, die die Welt ihrer Meinung nach nicht brauchte, und stocherten lustlos in deren Sortierung beziehungsweise Ausmistung herum. Etwas entfernt, in einer anderen Ecke des Büros, war die Dienststellensekretärin Marina Hoffmann alias »Honeypenny« damit beschäftigt, einem kleinen, dicken Schweinchen eine Mahlzeit aus gekochten Kartoffeln in einen Fressnapf zu schnippeln. Das schweinische Neumitglied der Abteilung, Presssack genannt, war wahrscheinlich der einzige Warmblüter im Raum, dem seine aktuelle Tätigkeit wirklich Spaß machte. Eine weitere Person, welche sich gerade nicht mit intensiven Tätigkeiten der Büroarbeit beschäftigte, war der Kollege Bernd »Lagerfeld« Schmitt. Er stand mit hochrotem Kopf und verschränkten Armen vor seinem Chef und versuchte, das drohende Unheil abzuwenden.

»Wieso ich, Chef, wieso ausgerechnet ich? Jetzt bin ich schon so lange in diesem Laden hier dabei, und ausgerechnet ich soll eine Fortbildung machen? Noch dazu bei Siebenstädter in seinem gruseligen Institut? Das soll wohl ein Witz sein. Kann ich nicht Akten wälzen wie alle anderen hier? Und außerdem, wenn hier jemand eine Fortbildung braucht, dann doch wohl Presssack, und zwar dringend. Der kleine Satansbraten steht erst am Anfang seiner Karriere, der hat noch von nichts eine Ahnung, und seine Ausbildung könnte ich doch anstelle einer Fortbildung super übernehmen«, erklärte Lagerfeld hoffnungsfroh und blickte seinen Chef mit flehentlichem Gesichtsausdruck an. Bevor Fidibus antworten konnte, mischte sich allerdings Honeypenny von der anderen Büroseite her ein.

»Bloß nicht, Chef. Dieser kleine Kerl hier soll sich zu einer moralisch einwandfreien Persönlichkeit entwickeln. Wenn Bernd das in die Hand nimmt, endet das wahrscheinlich ähnlich promiskuitiv wie mit Presssacks Mutter. Er wird dem armen Ferkelchen lauter Blödsinn beibringen und ihm ganz bestimmt irgendwelche pornografischen Sachen zeigen. Und dann können wir aus unserer Dienststelle hier gleich einen landwirtschaftlichen Betrieb machen!«

Robert Suckfüll nahm diesen Einwurf seiner Sekretärin mit erkennbarem Entsetzen zur Kenntnis. Eine zum Schweinestall umgebaute Ausnüchterungszelle hatte ihm gereicht, mehr schweinischen Nachwuchs würde es in dieser Dienststelle nicht geben, dafür musste unbedingt gesorgt werden, da hatte Frau Hoffmann schon recht.

»Nein, nein, nein. Vergessen Sie das, mein lieber Schmitt, Frau Hoffmann wird das erst einmal übernehmen mit dieser internen Schweinausbildung, da traue ich Ihnen auch nicht über den Pfad, mein lieber junger Kommissar. Nichts da, der kurzen Rede langer Sinn, mein lieber Schmitt, Sie werden sich umgehend in die Erlanger Rechtsmedizin begeben und dort die Fortbildung bei Herrn Siebenstädter absolvieren. Frau Onello ist krankgeschrieben, Herr Huppendorfer war gerade mit Herrn Siebenstädter, wie soll ich sagen, ähem, in einem Kühlraum intim, das geht also nicht. Wen soll ich sonst schicken? Sie werden also dorthin gehen, sich gefälligst auf Ihren Hinterboden setzen und zuhören, was dieser fähige Mediziner Ihnen zu sagen hat, mein lieber Schmitt.«

Nach dieser Erörterung seiner für ihn maßgeblichen Beweggründe klopfte Fidibus dem finster dreinblickenden Lagerfeld aufmunternd auf die Schulter und meinte mit tröstlichem Augenaufschlag: »Bildung ist immer gut, mein lieber junger Kommissar. Bildung besitzt so eine gewisse, wie soll ich sagen ...« Während er unentwegt des Kommissars Schulterpartie tätschelte, suchte er hingebungsvoll nach dem richtigen Begriff, um dann doch zielsicher den falschen hervorzukramen: »... eine gewisse Hervorragigkeit.«

Lagerfelds Gesichtsausdruck spiegelte die gesamte Breite seiner gerade empfundenen Emotionen wider. Von Wut und Verzweiflung über Selbstmitleid und Frustration bis hin zu einer gewissen Todessehnsucht war alles dabei. Er wusste schließlich zu genau, was Siebenstädter vorhatte. Von wegen Fortbildung. Der arrogante Sack hatte endlich kapiert, dass sich seine einseitig erklärte Verlobung mit Andrea Onello erledigt hatte. Zudem hatten ihm ein paar Ganoven ein paar auf die Nuss gegeben und ihn auf Tuchfühlung mit Huppendorfer in den Kühlraum der Rechtsmedizin gesperrt. Für das Ego des Professors eine ziemlich ausgedehnte Talfahrt ins Reich der Vernichtung. Und derlei

Talfahrten verkraftete dieser Mann nicht, das war hinlänglich bekannt.

Da Siebenstädter diese ganzen unerfreulichen Begebenheiten natürlich zu einhundert Prozent auf die Bamberger Kripo zurückführte, wollte der Mann sich jetzt schlicht und einfach an einem von ihnen rächen. Nur so ließ sich seine Offerte, einen der Bamberger Kommissare in seinem Fachgebiet zu unterweisen, erklären. Er brauchte jemanden, den er zur eigenen Ego-Heilung einfach mal verbal rundlaufen lassen konnte. Deswegen wusste auch niemand hier, wozu diese angebliche Fortbildung überhaupt gut sein sollte. Keiner konnte ihm sagen, worum es ging oder was das bringen sollte. Das war alles nur ein billiger Vorwand, um den armen Auserwählten, also in diesem Fall ihn, in die Pfanne hauen zu können. Lagerfeld graute schon beim Gedanken daran, wie ihn der Professor mit seinem haifischartigen Gebiss begrüßte und die Zähne bleckte, weil er sich wie ein Henker auf seinen hilflosen, gefesselten Delinquenten freute. Früher hätte Bernd Schmitt eine solche Herausforderung vielleicht sogar gemeistert, in jüngeren Jahren, als er sich noch in einer stabilen privaten Situation befunden hatte. Aber jetzt kam in seinem Leben gerade so einiges zusammen: Trennung von der Familie, Umzug und nun auch noch Siebenstädter. Nein danke!

Diese äußerst unbefriedigende Gesamtsituation führte zu einem Überschwang von zerstörerisch auf Lagerfeld einwirkenden Emotionen. Sein Überlebensinstinkt schaltete auf Notbetrieb, was er in letzter Zeit schon des Öfteren hatte tun müssen, und programmierte Lagerfeld auf Flucht. Bloß weg hier, raus aus jeglicher stressbeladenen Situation, und zwar schnell. Hilflos versuchte er, die immer noch tätschelnde Hand seines Chefs abzuwehren, und versuchte es dann mit einem Notwitz. Das war in Bernd Schmitts Verteidigungsarsenal eine furchtbare Waffe, eine bombastische Nebelkerze, die er aber immer nur dann einsetzte, wenn wirklich nichts anderes mehr weiterhalf.

»Chef, was ist gelb und schwimmt auf dem Ententeich?«, fragte er Fidibus mit strengem Blick.

Der war so dermaßen perplex, dass er das Tätscheln einstellte und sekundenlang keinen Ton hervorbrachte. Dann versuchte er sich an einer Antwort, von der er allerdings jetzt schon wusste, dass es ziemlich sicher nicht die richtige sein konnte.

»Eine … Ente?«, entgegnete er verdattert und bedachte seinen Kommissar mit einem wissbegierigen Blick.

Der hob bereits zu einer Antwort an, als sein Handy klingelte, und griff stattdessen zum Mobiltelefon. »Was, Tumulte? Gefahr im Verzug? Verdacht auf Leichen, vermutlich tot, ermordet? Also quasi ermordete Leichen! Gott sei Dank. Ich muss sofort dahin!«, rief Lagerfeld euphorisch und steckte das Handy mit leuchtenden Augen zurück in seine Tasche.

Mit seiner Jacke in der Hand stürmte er zur Tür, blieb dann aber unversehens stehen. Sein Blick fiel auf die Jutetasche, mit der er die gekochten Kartoffeln für Presssack hierhergeschleppt hatte. Kurz entschlossen schnappte er sich den Beutel und eilte damit zu Honeypennys Schreibtisch. Noch bevor die Dienststellensekretärin irgendetwas sagen konnte, bückte er sich und hob mit einer Hand das kleine, dicke Ferkel vom Boden.

»He, halt, was schwimmt denn jetzt auf diesem Entensee?«, verlangte Robert Suckfüll, der ob der sich überstürzenden Ereignisse nicht mehr ganz folgen konnte, zu wissen.

»Eine Schwanane, Chef, eine Schwanane«, meinte Lagerfeld mit einem breiten Grinsen. »Auf geht's, Kleiner, jetzt wird fortgebildet«, erklärte er sodann etwas übertrieben und beförderte den heftig strampelnden Presssack unter den entsetzten Blicken der Dienststellensekretärin in die Tiefen der Jutetasche, gab noch zwei unzerschnippelte Kochkartoffeln als Wegzehrung für seinen Auszubildenden dazu und eilte, so schnell es ging, aus dem Büro. Noch ehe irgendwer weswegen auch immer protestieren konnte, waren der Kommissar und seine schweinische Hilfskraft verschwunden.

»Was war das denn?«, fragte Franz Haderlein, der dienstälteste Kommissar im Bamberger Kommissariat, seine verbliebenen Kollegen.

César Huppendorfer zuckte nur mit den Schultern, während

Marina Hoffmann mit puterrotem Kopf und offenem Mund sprachlos dasaß. In der rechten Hand hielt sie eine zur Hälfte aufgeschnittene Kartoffel, in der linken ein kleines Messer. Der Einzige, der dazu Worte fand, war ihrer aller Dienststellenleiter Fidibus, der sich auch gleich einmal heftig erregte.

»Also, das schlägt doch dem Krug den Boden aus. Das ist eine derartige Unverfrorenheit von diesem Schmitt, das werde ich dem Kerl diesmal nicht durchgehen lassen! Erst mich mit solch gehirnschädlichen Fragestellungen verwirren und dann unerlaubt den Arbeitsauftrag vertauschwechseln. Das grenzt an Befehlsverweigerung, an Fahnenflucht!«, fauchte er entrüstet und brach in seiner Aufregung die nicht angezündete Zigarre entzwei, die er die ganze Zeit in der Hand gehalten hatte. »Frau Hoffmann, sagen Sie diesem Schmitt, wenn er wieder hier auftaucht, dass ich ihn umgehend zu sprechen wünsche. Und dann werde ich eine ... einen ... einen Stempel salutieren, damit auch wirklich alle Mitarbeiter dieser Abteilung vor der Nachahmung eines solch fahnenflüchtigen Verhaltens gewarnt sein mögen.« Mit wildem Blick schoss Suckfüll warnende Blitze durch den Raum, um jedwede Gegenrede schon im Vorfeld zu unterbinden.

Aber ohnehin wagte es niemand hier, auch nur im Geringsten zu widersprechen. Weniger aus Angst vor dienstrechtlichen Konsequenzen denn aus Furcht vor weiteren ungelenken Ausflügen ihres Chefs in die Untiefen der deutschen Sprache. So etwas mitanhören zu müssen tat manchmal mehr weh als ein albernes Disziplinarverfahren.

»Ja, was mache ich denn jetzt wegen des Fortbildungstermins in der Erlanger Rechtsmedizin? Ich habe doch dem Professor das Erscheinen eines meiner Untergebenen angekündigt. Diesen Termin kann ich doch jetzt nicht so einfach sausen lassen, Herrgott.«

Hektisch schaute er auf seine Uhr, dann mit wachsender Verzweiflung auf seine sich angelegentlich anderen Dingen widmenden Mitarbeiter, bis er sich schlussendlich zu einer epochalen Entscheidung durchrang.

»Also gut, bitte, *alea iacta est*, die Würfel sind, äh, also, die liegen jetzt da … rum. Dann mache ich diese Fortbildung eben selbst, meinetwegen. Frau Hoffmann, wenn Sie so freundlich wären, das Navigationssystem meines Fahrzeuges auf die Erlanger Rechtsmedizin zu programmieren, ich muss mich noch umkleiden.«

Sprach's, wandte sich um und verschwand, ohne zu zögern, in seinem gläsernen Büro. Er hatte die gläserne Bürotür gerade hinter sich geschlossen, als das Telefon auf Haderleins Schreibtisch zu klingeln begann. Am anderen Ende der Leitung war ein Beamter der Bereitschaftspolizei, der ihm mitteilte, dass man an der Brückenbaustelle bei Breitengüßbach eine Leiche gefunden habe. Wahrscheinlich ein Unfall, jedoch mit ein paar seltsamen Ungereimtheiten. Und es solle doch bitte jemand herkommen, um den im wahrsten Sinne des Wortes mysteriösen Fall zu übernehmen.

»Marina, ich muss auch weg«, informierte Haderlein die Dienststellensekretärin. »Anscheinend ist die besinnliche Phase der Verbrechensbekämpfung beendet.« Er rollte bedient mit den Augen. »Da ist ewig lange nichts los, und dann kommt alles auf einmal. Ist doch wirklich zu blöd.«

Aber auch Franz Haderlein war im Grunde froh, die stupide Aktenstöberei los zu sein, nur wollte er das in aller Öffentlichkeit nicht so deutlich sagen. Er sandte César Huppendorfer einen letzten solidarischen Blick und war wenig später ähnlich schnell verschwunden wie sein jüngerer Kollege Schmitt.

***

Die Geschichte von Amelie und Florian begann an einem warmen, sonnigen Junitag. Schon am Morgen hatte Florian Kauper das Gefühl, dass etwas Seltsames, Verheißungsvolles in der Luft lag, so als gäbe es heute noch etwas Besonderes zu erleben. Vielleicht hatte es aber auch mit seiner misslichen privaten Situation zu tun, steckte er doch gerade mitten in den Wirren einer On-off-Beziehungskiste, mit der er nicht so richtig umgehen wusste. Es gab also durchaus Argumente, die seinen rastlosen Zustand hätten erklären können, er zog es allerdings vor, sie nicht zu bemühen. So tigerte er an diesem Vormittag schicksalsergeben durchs Haus, machte dies und das, Hauptsache, er schaffte es irgendwie, die Zeit totzuschlagen.

Seit 1990 war er stolzer Besitzer eines alten Fachwerkhauses in Dörrnwasserlos. Arbeiten, die sowieso schon lange gemacht werden sollten, gab es also genug, die Stunden konnte er mit handwerklicher Tätigkeit langsam und qualvoll ermorden. Das rastlose Gefühl aber, die Aufbruchstimmung in ihm, blieb hartnäckig am Leben.

Die ganze unerquickliche Situation dauerte an, bis schließlich am Nachmittag der Postbote klingelte. Er übergab ihm mit verschwitztem Gesicht und kaum verborgener Eile ein kleines, aber gewichtiges Päckchen, auf dessen Zustellung Florian Kauper schon seit geraumer Zeit wartete. Er hatte nämlich auf eBay ein schönes altes, vor allem aber rares Objektiv der Firma Pentax ersteigert, das nun wohl endlich bei ihm gelandet war.

Aha, dachte er sogleich hocherfreut, deswegen also die Unruhe den ganzen Tag über. Da hatte sein Innerstes doch tatsächlich geahnt, dass dieser Edelstein der Fotografie im Anmarsch gewesen war.

Vergessen waren sämtliche noch zu erledigenden Arbeiten. Jetzt galt es zuerst einmal, den Inhalt dieser Postsendung zu prüfen und gegebenenfalls zu bewundern.

Gesagt, getan. Mit seinem Päckchen eilte er zurück ins Haus, um dann schleunigst den Inhalt der Postalie zu entblättern. Die Vorfreude war riesig, das Ergebnis sogar noch beeindruckender als erhofft. Ein 135er Objektiv der Pentax-F-Serie aus den Neunzigern, ein Meisterstück der Ingenieurskunst aus Japan. Damals wurden die ersten Autofokusobjektive noch komplett aus Metall gefertigt. Er war hin und weg.

Die nächsten zwei Stunden verbrachte Florian Kauper damit, das Objektiv an seine Kamera zu schrauben und dann so ziemlich alles auf seinem Grundstück zu fotografieren, was nicht schnell genug den Baum hinaufkam. Irgendwann war die Auswahl an Motiven allerdings erschöpft, auch die Bäume wurden rar. Er beschloss, auf dem Computer zu überprüfen, ob die eingefangenen Bilder seinen hohen Erwartungen denn auch standhalten konnten.

Sie konnten. Er betrachtete eines nach dem anderen und war hellauf begeistert. Was für Farben, was für ein Bokeh. Sein Fotografenherz ging auf bei all der Pracht, und er entschied spontan, zur Feier des Tages und des erfolgreichen Einkaufs draußen auf seiner Holzterrasse einen Whisky zu heben.

Das tat er dann auch genüsslich, jedoch mit fataler Folge: Schon bald verflüchtigten sich die schönen Fotografien in seinem Kopf, und stattdessen kam ihm sein unglückliches Beziehungsverhältnis wieder in den Sinn. Eine fast dreijährige Wochenendbeziehung, die er bereits zweimal beendet hatte und die zu reanimieren er doch gerade wieder im Begriff war. Und das, obwohl er oft kreuzunglücklich war mit dieser Frau. Trotzdem hielt er an ihr fest, warum auch immer. Seine besten Freunde hatten ihn wiederholt vor diesem Unterfangen gewarnt, doch er musste ja gegen alle guten Ratschläge genau die andere Richtung einschlagen.

So war er eben. Sternzeichen Steinbock, mit dem Kopf durch die Wand. Aufgeben ist nicht, das darf es nicht geben. Beruflich hatte ihn dieser Starrsinn sehr oft weitergebracht, privat war es ein absolut desaströser Charakterzug, wie er sich leidvoll eingestehen musste.

So saß er also auf seiner Terrasse, beschwingt vom halben Probierglas Auchentoshan aus den schottischen Lowlands, und zermarterte sich das Hirn über die Sinnhaftigkeit seiner derzeitigen Beziehungskiste. Auch die morgendliche Rastlosigkeit war urplötzlich wieder da, und zwar stärker als zuvor. Das gab schon wenige Sekunden später den Ausschlag, denn weiter hier zu Hause herumhocken und grübeln wollte er nun wirklich nicht. Dort draußen lag eine richtig geile Stimmung in der Luft, und er hatte ein neues, lang ersehntes Objektiv für seine Kamera. Es war an der Zeit, in die Welt hinauszugehen und zu fotografieren, und zwar auf der Stelle.

Also nahm er, beseelt von seiner erlösenden Eingebung, die Kamera mit dem neuen 135er, schwang sich auf seinen Roller und fuhr einfach los. Es war einer dieser Momente im Leben, in denen man ohne Ziel und Plan handelt, nur von einem Bauchgefühl getrieben. Florians erster Impuls war es, hinauf auf den Staffelberg zu fahren, aber dann sah er den Veitsberg bei Ebensfeld in wunderschönem, einmaligem Licht in der Sonne liegen, weshalb er spontan die Route änderte und fröhlich und beschwingt zum Veitsberg hinauffuhr, voll spürbarer Vorfreude auf das besondere Licht und den vertrauten Berg.

✳✳✳

Lagerfeld war ehrlich erleichtert, nicht diese angedachte Fortbildung in der Erlanger Rechtsmedizin absolvieren zu müssen. Sein Abgang war zwar mehr als fadenscheinig gewesen und würde auch ganz sicher noch Konsequenzen nach sich ziehen, das war ihm aber gerade egal. Er und Siebenstädter bei einer Fortbildung in der Rechtsmedizin, das konnte nur schiefgehen. Vielleicht käme es nicht sofort zur handgreiflichen Auseinandersetzung, wie Andrea sie ihrerzeit initiiert hatte, aber auf irgendeine brutale Art und Weise würde das ganz sicher enden, in einem Desaster allenthalben, das hatte er förmlich im Urin. Er schaute nach hinten auf die Rückbank, wo sein Nachwuchsermittler den kleinen schwarz-rosa gefleckten Kopf aus der Jutetasche streckte. Presssacks vorwurfsvoller Blick sprach Bände. Noch niemals in seinem kurzen Leben hatte man ihn, Prinz Presssack, in einen Stoffbeutel gesteckt, um ihn dann wer weiß wohin zu transportieren. Einzig die zwei großen gekochten Kartoffeln in der Jutetasche hielten ihn davon ab, als Zeichen seiner Verletztheit, Unzufriedenheit und abgrundtiefen Verachtung der Allgemeinsituation seinen Darminhalt in Gaußscher Normalverteilung auf das Leder der Rückbank zu entleeren.

Lagerfeld nahm den bissigen Gesichtsausdruck zwar zur Kenntnis, betrachtete sein ungewohnt rüdes Vorgehen aber als Teil des ab sofort einsetzenden Trainingsprogramms. Bisher waren Presssacks

Einsätze in der Polizeiarbeit eher spontan gewesen und als regelrecht vogelwild einzustufen, von planvoller Ausbildung konnte man jedenfalls nicht reden. Das würde sich mit dem heutigen Tag definitiv ändern. Das kleine, dickliche Miniferkel war im harten Polizeialltag angekommen und würde nun, wie seinerzeit seine Mutter, lernen müssen, wie es in der Verbrecherwelt da draußen zuging. Dazu waren zahlreiche Lektionen notwendig, die Lagerfelds neuer Lehrling aber sicher mit Bravour meistern würde.

Inzwischen waren sie an ihrem Ziel angelangt, der Firma »AEDES«. Ein ziemlich erfolgreiches Start-up, das sich in einem kleinen Laborkomplex gegenüber dem Bamberger Bahnhof eingemietet hatte. Früher waren die Räumlichkeiten im ersten Stock für so eine Tanzveranstaltung für Singles mit übersteigertem Jagdtrieb reserviert gewesen. Wer sich in dieses Etablissement, »Agostea« genannt, begab, war als Lover entweder gerade wieder frisch auf der Weide oder beziehungstechnisch übrig geblieben. Im »Agostea« hatte Mann oder Frau finden können, was er oder sie suchte, und wenn nicht, ließ man sich einfach finden. Man musste nur lang genug auf der Tanzfläche herumhüpfen, dann kam schon jemand, der einen aufsammelte. Bis Corona um sich griff und das Aus für Tanzveranstaltungen jeglicher Art brachte. Der altgediente Kupplungsschuppen für notorische Dauersingles hatte ausgetanzt, und eine weitere bekannte Bamberger Institution musste ihre Pforten schließen.

Der Leerstand währte jedoch nicht allzu lange, das preisgekrönte Start-up der fränkischen Gründerszene mietete sich ein. So ganz genau wusste niemand, wonach die in ihrem Labor eigentlich forschten, nur dass es mit absolutem Hightech in der Molekularbiologie zu tun hatte. Aber irgendetwas schien bei der Firma AEDES im Gange zu sein, denn eine Gruppe demonstrierender Menschen hatte sich auf dem kleinen Vorplatz versammelt und skandierte lautstark ihre Parolen, sodass Lagerfeld seinen Honda lieber etwas weiter entfernt in Richtung Stadtmitte parkte. Er strich dem beleidigten Presssack durchaus mitfühlend über den Kopf, dann schloss er seinen Wagen ab und ging hinüber zu dem ehemaligen Tanzschuppen.

Als er sich so überhastet bei seinem Chef abmeldete, hatte Lagerfeld nicht die ganze Wahrheit gesagt, nein, eigentlich sogar knallhart gelogen. Niemand hatte telefonisch eine Leiche gemeldet, sondern nur jemanden, der drohte, sich oder womöglich andere umzubringen. Aber egal, der Anruf war für Lagerfeld Grund genug gewesen, sich dienstlich auf den Weg zu machen, schließlich war ja gewissermaßen Gefahr im Verzug.

Er wühlte sich durch die aufgebrachten Demonstranten, die wild durcheinanderriefen und selbst gemalte Transparente und Schilder schwenkten. Es schien wohl irgendwie ums Impfen zu gehen, zumindest ließen die Parolen darauf schließen.

Glaubt nicht der Impflüge!
Eine tödliche Krankheit muss man durchmachen oder…
Wacht endlich auf!
Keine Zwangsimpfung für niemanden!
Gib Gates keine Chance!
Gunnar for Kanzler!

Lagerfeld schloss spontan die Augen, hatte er sich doch bereits lange genug mit solchen Theorien herumschlagen müssen. Und zwar nicht nur beruflich, sondern auch privat. Der und die eine oder andere aus seinem Bekanntenkreis hatten sich fatalerweise mit solchen oder ähnlichen Verschwörungsideen aus der Realität verabschiedet. Einen Aluhut, der seinen Träger ja bekanntlich vor der Strahlung schützen soll, mit der dunkle Mächte angeblich unsere Gehirne manipulieren und fernsteuern, hatte Gott sei Dank noch keiner von ihnen aufgesetzt, aber einige ehemals als recht vernünftig eingestufte Persönlichkeiten seines persönlichen Umfeldes kamen jetzt doch ein bisschen durchgedreht daher. Eigentlich hatte er geglaubt, der Nutzen einer Impfung sei spätestens seit dem Ende der Covid-19-Pandemie hinlänglich belegt, aber weit gefehlt. Dass es noch eindeutigerer Beweise bedurfte, machte der Zwergenaufstand hier vor dem AEDES-Labor deutlich.

Bernd Schmitt verstand noch nicht ganz, wieso an diesem Ort

Gefahr für Leib und Leben eines Einzelnen bestehen sollte. Diese Demo war zwar vollgestopft mit Durchgeknallten, allerdings konnte er nicht erkennen, dass sich irgendwer besonders brutal oder gar mordlüstern betätigte. Bei dem Anruf war von potenziellem Selbstmord und Ähnlichem die Rede gewesen. Leichen gab's natürlich keine, die hatte er zum Zwecke seines Abganges aus der Dienststelle hinzugedichtet. Trotzdem fragte er sich ratlos, was denn hier so gefährlich war, die demonstrierten doch bloß.

Der passenden Antwort wurde er gewahr, als er den Kopf hob, um die Fassade des belagerten Gebäudes zu betrachten. Ein Stockwerk höher war nämlich ein Mann zu sehen, der mit einem Megafon in der Hand auf einem offensichtlich gerade erst neu angebauten Balkon stand. Wie er dort hinaufgekommen war, blieb Lagerfeld erst einmal ein Rätsel – ziemlich sicher nicht durch die mit Sicherheitspersonal besetzte Eingangstür, und nirgendwo war eine Leiter zu sehen. Was man aber sehr wohl erkennen konnte, waren der selbst gebastelte Aluhut auf dem Kopf des Mannes und, etwas tiefer, die Schlinge des roten Seiles, welches er sich selbst um den Hals gelegt hatte. Das andere Ende hatte er um den Griff der hinter ihm befindlichen Balkontür gewickelt, wie es schien. In der Tür steckte irgendeine Art Stange, wodurch die innen stehenden Mitarbeiter der Firma AEDES nicht zu ihm auf den Balkon treten konnten. Da konnten sie an der verglasten Balkontür rütteln, so viel sie wollten.

Aha, ein Selbstmörder, war Lagerfelds erster Gedanke, als sich des Mannes vor Erregung gerötetes Gesicht farblich dem um den Hals gelegten Strick anzugleichen begann. Doch dann hob der Mann mit einer dramatischen Geste sein Megafon vor den Mund und begann, die Menge auf dem Platz lautstark mit seinen Botschaften zu beschallen.

»Wir, die Aufgeklärten, wissen, dass das sogenannte Coronavirus in einem geheimen chinesischen Labor entwickelt und bei uns durch Sendemasten übertragen wurde. Die Menschen in Wuhan und auch hier bei uns sind demzufolge nicht am Coronavirus, sondern an der viel gefährlicheren 5G-Strahlung gestorben. Jeder, der sich informiert hat, der endlich aufgewacht ist, weiß doch, all das wurde inszeniert, um uns endlich alle zwangsimpfen zu können. Und wenn der Letzte von uns eingeknickt ist, wenn die gesamte Weltbevölkerung gegen ein eigentlich harmloses Grippevirus zwangsgeimpft ist, dann wird die 5G-Strahlung der Sendemasten den Impfstoff aktivieren, die geheimen gespritzten Gene entfalten ihre unheilvolle Wirkung, und der Mensch ist fortan ein willenloser, ferngesteuerter Sklave unserer Regierung plus des Satans Bill Gates und seiner Schergen. Wollt ihr das?«, rief der Mann, und unter ihm brach die versammelte Menge in ein wildes, zustimmendes, auf jeden Fall jedoch ohrenbetäubendes Protestgeschrei aus.

Lagerfeld für seinen Teil hatte sich zum Eingang des Gebäudes durchgekämpft und bekam von der flammenden Rede dort draußen auf dem Vorplatz nicht wirklich viel mit. Nachdem er an der gesicherten Pforte seinen Dienstausweis vorgezeigt hatte und eingelassen worden war, stürmte er nach oben, um zu dem Balkon und dem darauf herumturnenden Aluhutträger zu gelangen. Die Sicht war durch zahlreiche Firmenbedienstete versperrt, die sich im Raum versammelt hatten und durch die dicke Glasscheibe hindurch verunsichert das Geschehen beobachteten. Der Kommissar wühlte sich durch die Schaulustigen, bis er schwer atmend vor der Balkontür stand, auf deren anderer Seite der heftig fuchtelnde Megafonist zu seiner Anhängerschar sprach. An der Tür prangte ein langer, breiter Aufkleber mit der Aufschrift: »Achtung, Baustelle. Betreten verboten. Lebensgefahr.« Direkt daneben lag ein großer Bohrhammer samt allerlei anderen Gerätschaften, die mutmaßlich von Handwerkern benutzt wurden, wenn sie neue Balkone an alten Baubestand bastelten. Zu hören gab es fast nichts, die Verglasung, die eine weite Sicht bis hinüber zum Bahnhofsvorplatz ermöglichte, war ohrenscheinlich qualitativ hochwertig und schalldämmend, sodass von dem Tumult vor dem Haus nicht viel zu vernehmen war.

»Wer ist denn dieser Spinner eigentlich?«, fragte Lagerfeld die

Umstehenden, was zu einem betretenen Schweigen führte. Erst als er seinen Ausweis demonstrativ in die Höhe hielt, erkannte das umstehende Mitarbeitervolk sein berechtigtes Interesse, und ein etwas älterer Herr mit moderner Nickelbrille meldete sich zu Wort.

»Das ist Gunnar Schildmann, dieser Irre, der, seit wir hier eingezogen sind, behauptet, wir würden mit unserer Forschung den Untergang der menschlichen Rasse einläuten. Bis jetzt gab es ja nur Drohbriefe und ein paar kleine Demonstrationen. Aber heute hat er sich als Bauarbeiter verkleidet hier reingeschlichen und die Tür zum Balkon von draußen mit einem Besenstiel verrammelt. Dabei ist das hochgefährlich, denn das Geländer ist nur provisorisch befestigt, das hält noch nicht richtig. Der riesige Aufkleber hängt ja nicht grundlos an der Tür, aber das schien diesen Schildmann nicht zu interessieren. Immerhin trägt er ein schönes Seil um den Hals«, ergänzte der Mann mit sarkastischem Ton, »wenn wir Glück haben, benutzt er es auch«, und nicht wenige der Umstehenden nickten.

Lagerfeld hatte sich so etwas schon gedacht und steckte kurz entschlossen seinen Dienstausweis wieder weg. Er wandte sich zwecks näherer Prüfung der Balkontür zu, rüttelte am Griff, aber der durchgesteckte Besenstiel verrichtete die ihm zugedachte Aufgabe einwandfrei und ließ kein Öffnen der Tür zu. Lediglich ein leises Klappern war zu hören, als der Besen wieder und wieder gegen das Glas polterte.

Gunnar Schildmann bekam davon entweder nichts mit, oder es interessierte ihn nicht, was wohl die wahrscheinlichere Variante war. Unbeirrt von dem, was sich hinter ihm abspielte, verkündete er mit seinem Megafon in der Hand und der Schlinge um seinen Hals weiter voller Inbrunst seine kruden Theorien.

Der Kommissar beendete seine kurze, knappe Bestandsaufnahme der turbulenten Gesamtsituation mit einem eindeutigen Fazit: Gefahr im Verzug. Der Trottel dort draußen befand sich unerlaubterweise auf einem ungesicherten Balkon, also musste man diesen Kerl schleunigst vor sich selbst retten. Unter dem kollektiven Aufstöhnen der AEDES-Belegschaft zog er seine

Dienstwaffe, entsicherte sie, zielte und drückte entschlossen zweimal ab. Die Kugeln durchschlugen das nagelneue Glas der Balkontür, die nun ein zersplittertes Spinnwebenmuster zierte, entzweiten das Holz des eingehängten Besens und schlugen in das Gemäuer des Gebäudeseitenflügels ein, wo sie ihre vorläufige Ruhestätte fanden. Doch selbst jetzt, als Lagerfeld mit entschlossenem Blick und gezückter Waffe zu ihm auf den Balkon trat, führte das nicht dazu, dass der selbst ernannte Prediger seine Hasstiraden einstellte, im Gegenteil.

Als Lagerfeld erneut seinen Ausweis hob und dem Aluhutträger lautstark zu verstehen gab, dass er, Gunnar Schildmann, sich auf dem Balkon in Lebensgefahr befand, erreichte dessen Teint endgültig den hochroten Spektralbereich, und seine Stimme klang noch verzerrter, als sie ohnehin schon war.

»Hier seht ihr es, meine Freunde, es ist wieder so weit. Die Staatsmacht will mich an meinem demokratischen Recht auf freie Meinungsäußerung hindern. Aber das wird ihr nicht gelingen, denn wir werden gemeinsam gegen diese Diktatur vorgehen, in der wir hier leben müssen. Wir werden uns endlich wehren, jetzt, da wir erwacht sind!«

Unten auf dem Platz brandete wilder Jubel auf. Schilder wurden geschwenkt, Parolen gerufen oder sonst irgendwie Krach gemacht.

Lagerfeld für seinen Teil bemerkte, dass sich der liebe Gunnar immer mehr gegen das nur provisorisch gesicherte Edelstahlgeländer lehnte, das einzig von vier Backsteinen an seinem Platz gehalten wurde, die man dem Geländer unten auf die Füße gelegt hatte. Auch davon hatte Gunnar Schildmann aber offensichtlich noch nichts mitbekommen, denn er steigerte sich immer mehr in seine Rede hinein und drückte sich dabei an das Geländer.

Lagerfeld steckte als Erstes seine Dienstwaffe wieder weg, dann hob er beschwichtigend beide Hände. »Hören Sie. Ich bin nur hier, um Sie von diesem Balkon zu lotsen. Das ist ein nicht gesicherter Baustellenbereich mit einem unbefestigten Geländer. Also tun Sie sich und mir den Gefallen und verlassen Sie jetzt umgehend diesen Balkon, okay?«

Um seine Ungefährlichkeit zu demonstrieren und dem tobenden Rumpelstilzchen keinen Vorwand für unbedachte Handlungen zu liefern, trat Lagerfeld einen Schritt zurück, sodass er nun fast wieder an der durchschossenen Glastür stand, und beäugte möglichst unauffällig den Knoten des roten Seils. Ihm schwante, dass er eine Weile brauchen würde, um ihn von der Balkontür zu lösen. Es wäre wirklich besser für alle Beteiligten, wenn dieser Irre einfach ein Stück vom Geländer wegtreten würde.

Aber Gunnar Schildmann dachte gar nicht daran, der Obrigkeit Folge zu leisten. Anweisungen der polizeilichen Art waren für ihn nur ein weiterer Beweis für die willkürliche Gängelei mündiger Bürger durch ein diktatorisches Regime.

»So, ich soll also zurücktreten? So, ich darf hier also nicht stehen? Jetzt hör mal zu, du willenloser Handlanger des diktatorischen Staatsapparats, ich werde dir zeigen, was ich alles kann und darf. Und auf deine scheißgefakten Bauvorschriften ist sowieso geschissen, vergiss es. Wir sind nämlich erwacht, wir lassen uns nicht mehr von euch da oben verarschen!«, wetterte Schildmann mit erregter Geste seiner erhobenen Faust und lehnte sich dann demonstrativ und mit seinem ganzen Gewicht gegen das nagelneue Edelstahlkonstrukt.

Ein kurzes Poltern war zu hören, als das Geländer nach außen kippte und die zur provisorischen Beschwerung gedachten Backsteine vom Geländerfuß rollten. Mit einem Ausdruck absoluten Erstaunens im Gesicht, die Hände wie ein Turmspringer weit nach hinten gestreckt, fiel Gunnar Schildmann der gefakten Absperrung der Staatsgewalt hinterher. Ein erschrockenes Raunen ging durch die Menge. Das schwere Geländer krachte auf ein Protestbanner und begrub das grell bemalte Transparent unter sich, während Schildmanns Fall jäh von dem kräftigen roten Seil abgebremst wurde, das sich der Verschwörungsideologe zu Beginn seiner Aktion um den Hals gebunden hatte.

Lagerfeld sah den Mann einfach nur nach unten aus seinem Gesichtsfeld entschwinden, dann straffte sich urplötzlich das

Seil, und unterhalb des nun von seinem Geländer befreiten Balkons war ein leises Knacken zu hören.

***

Florian Kauper stellte seinen Roller am Wanderparkplatz oberhalb des kleinen Dörfchens Dittersbrunn ab, hängte sich die Umhängetasche mit der Kameraausrüstung über die Schulter und ging den flach ansteigenden Weg zum Veitsberg hinauf, bis er nach rund einem Kilometer schließlich an der Kapelle stand, die von einem Kreis uralter Lindenbäume umgeben war. Vor Tausenden von Jahren hatten wohl die Druiden in diesem mutmaßlichen keltischen Heiligtum ihre geheimnisvollen Rituale vollzogen. Und so, wie er sich gern auf den Staffelberg begab, um wichtige Entscheidungen zu treffen, so kam er bisweilen an diesen einzigartigen Ort, um Ruhe in seiner momentanen Lebenssituation zu finden.

Aus genau diesem Grund saß er auch heute wieder hier, die Kamera in der Hand. Wenn Florian Kauper unruhig war, verstört, traurig oder einfach durch den Wind, dann setzte er sich auf eine der Bänke unter den alten Linden und schaute hinunter ins Tal. Oder hinüber zu den Eierbergen, den Gleichbergen, dem Staffelberg oder, wenn die Sicht es zuließ, bis zum weit entfernten Kreuzberg in der Rhön. Das half ihm, den Fokus für sein aktuelles Leben wiederzufinden.

Nach und nach kamen noch andere Besucher auf den Veitsberg, ebenfalls angezogen von dem wunderschönen, magischen Licht. Es war inzwischen später Nachmittag geworden, und die Sonne hatte begonnen, sich dem Horizont zuzuneigen. Das Spektrum des Lichtes verschob sich allmählich in den orangefarbenen Bereich, die Stimmung wurde immer intensiver. Florian saß da und betrachtete das hochgewachsene Gras vorne am Hang, in dem zwei etwa zehnjährige Jungs voller Inbrunst damit beschäftigt waren, versonnen und in sich versunken, ebendiese Halme auszuzupfen und zu sammeln. Am Hang und auch an der Kapelle saßen oder lagen vereinzelt Menschen im Gras, um die letzten Sonnenstrahlen des Tages zu genießen. Über allem lag eine Behaglichkeit, wie man sie vielleicht in den Savannen ferner Kontinente vermutete, nur dass hier keine Löwen zu sehen waren, sondern einfach nur Menschen unterschiedlichster Machart, die vereint diesem einmaligen Tag begegneten.

Florian fing an zu fotografieren. Er fotografierte das Gras, die Knaben, die sich darin tummelten, die Wolken, die umliegenden Berge, die Bäume, die Kapelle und alles mögliche andere, was ihm vor die Linse kam. Das immer rötlicher werdende Licht fiel nun bereits fast waagrecht ins Land, sodass man die Wolken tanzender Fliegen im und über dem hochgewachsenen Gras mit bloßem Auge erkennen konnte. Florian hatte eine solche Atmosphäre bis zum heutigen Tag noch nirgendwo erlebt. Weder hier auf dem Veitsberg noch auf dem Staffelberg oder anderswo. Es war einfach magisch.

So knipste er und schoss begeistert Bild für Bild, bis ihm das Display der Kamera anzeigte, dass nur noch wenig Speicherkapazität vorhanden war. Er war relativ überstürzt aufgebrochen und hatte in der Eile vergessen, eine zweite Speicherkarte einzustecken. Für diese Nachlässigkeit hätte er sich jetzt in den Arsch beißen können, aber bitte, das war eben Fotografenschicksal. Wirklich tragisch, denn der bevorstehende Sonnenuntergang versprach sensationell zu werden. Am Horizont hatte sich während der letzten Minuten ein glühendes Rot breitgemacht, wie er es noch nie gesehen hatte. Und je tiefer die Sonne sank, umso mehr schien sich dieses Glühen zu verstärken. Also hörte Florian schweren Herzens mit dem Fotografieren auf, um sich die restlichen Bilder für den Höhepunkt dieses Tages aufzusparen, wenn die Sonne endgültig hinter den Gleichbergen am Horizont versinken würde.

Mit schussbereiter Kamera lehnte er sich an eine der alten Linden und gab sich dem einmaligen Anblick hin. Allmählich entspannte er sich, wurde ruhig. Eine fast heilige Gelassenheit legte sich über den gesamten Berg, seine Besucher und über Florians aufgewühltes Gemüt. Und dann, just in dieser unbeschreiblichen Gelassenheit, kam der Moment, der sein Leben verändern, es komplett umkrempeln sollte.

Florian Kauper sah *sie* zum allerersten Mal. Er stand in sich selbst versunken an seine Linde gelehnt, die Kamera halb erhoben, als ihm von links urplötzlich jemand ins Bild lief. Weiße Jeans, eine hellrosa Bluse, durch die dieses phantastische Licht hindurchschien und eine weibliche Figur erahnen ließ. All das eingerahmt von üppigem rotem Haar, das locker zu einem langen Pferdeschwanz zusammengebunden war.

Dieses elfenhafte Wesen schwebte an ihm vorüber, ihr zu Füßen zwei kleine, weißfellige Hunde, die ihr in engem Abstand folgten. Dazu konnte er ein leises, feines Juchzen über das unglaubliche Licht und die schöne Stimmung vernehmen sowie freudige Selbstgespräche darüber, wie wunderbar doch überhaupt alles hier auf ihrem Berg gerade sei. Die Elfe benahm sich so unbedarft, als wäre außer ihr niemand sonst zugegen, so als sei sie völlig allein auf dem Berg.

Selbstvergessen und ohne ihn zu registrieren, tänzelte sie an ihm vorbei – und Florian stand mit offenem Mund da und staunte. Er staunte und fragte sich, wie es so etwas Schönes überhaupt geben konnte. Mehrere Sekunden lang war er sprachlos und, was noch viel schlimmer war, absolut handlungsunfähig. Irgendwann kriegten sich seine Synapsen wieder ein, und er riss die Kamera so heftig ans Auge, dass sie gegen seine Augenbraue schlug, was richtig wehtat. Sich den Schmerz verbeißend, schoss er ein Bild nach dem anderen von dieser wundervollen Frau, bis sie rechter Hand hinter den Bäumen verschwand und der Speicher seiner Kamera endgültig die weiße Fahne schwenkte.

Hektisch begann er damit, Bilder vom Anfang des Tages zu löschen, die ihm vom Bildeindruck weit weniger wichtig erschienen als das, was er gerade vor seiner Linse hatte. Als er sich auf diese Art und Weise etwas Freiraum auf der Speicherkarte geschaffen hatte und hochblickte, sah er sie erneut. Sie war wieder da. Nur wenige Meter von ihm entfernt saß sie im Gras und betrachtete unbewegt den Horizont.

Noch während Florian die Kamera hob, ging ihm alles Mögliche durch den Kopf. Wer war sie? Wo kam sie her? Wieso war sie allein hier oben, und vor allem wann drehte sie sich endlich um? Denn bis jetzt hatte er nur diese unglaubliche Rückenansicht bewundern und fotografieren dürfen. Nur eine dieser Fragen sollte an diesem Tag beantwortet werden, und zwar die, wie dieses Wesen denn von vorne aussah. Denn irgendwann, nach einer unendlich langen Zeit, drehte sie sich tatsächlich um und sah ihm genau in die Augen.

Sie hatte ein wunderschönes Gesicht, aus dem eine abgrundtiefe Traurigkeit sprach. Ein Gesicht, dem etwas Dunkles innewohnte, auch wenn diesem Eindruck durch die Schönheit des Abends die Schärfe genommen worden war. Das war kurz und knapp das Erste, was Florian in den Sinn kam. Aber er hatte keine Zeit für komplizierte Gedankengänge, denn er musste sich ja erklären, dem fragenden Blick der rothaarigen Elfe irgendwie begegnen.

»Äh, ja, also«, stotterte er verlegen. »Entschuldigung, ich bin Fotograf, und ich habe Fotos von dir gemacht. Es sind sehr schöne Fotos geworden, aber anstandshalber wollte ich fragen, ob es okay ist, wenn ich die für meine Website verwende.«

Aus dem misstrauischen Blick der Schönheit wurde ein breites Lächeln. Sie zeigte auf seine Kamera und meinte: »Kann ich mal sehen?«

»Ja, gern«, erklärte er diensteifrig und hielt ihr das Display der Kamera vors Gesicht. Dann blätterte er einige der zuletzt geschossenen Fotos durch, was sie zu beruhigen schien.

»Ach Gott, die sind ja alle zu dunkel, da erkennt man ja gar nichts«, sagte sie weiterhin lächelnd. »Ist schon okay.« Sie wandte sich wieder ihren beiden Hunden zu und hatte Florian mutmaßlich bereits wieder vergessen.

Ganz und gar nicht vergessen konnte dieser derweil das Gefühl, das ihn in dem kurzen Moment der Begegnung überkommen hatte. Es war, als hätte ihm jemand eine warme Decke über seine Schultern gelegt. Dann hatte sie sich abgewandt, und der Moment war vorbei gewesen. Aber das warme Gefühl der Geborgenheit würde ihm noch lange in Erinnerung bleiben, das wusste er.

Die Fotos waren natürlich keineswegs fehlerhaft oder zu

dunkel. Leicht unterzubelichten gehörte bei anspruchsvollen Fotografen zum täglichen Handwerk. Ein dunkles Bild konnte man am Computer korrigieren, ein überbelichtetes nicht, das war dann futsch. Das wusste die rothaarige Schönheit anscheinend nicht, also war Florian erst einmal nur extrem erleichtert, dass er die Fotos behalten durfte. Sonst müsste er ja denken, er hätte das alles nur geträumt.

Die Elfe rief ihre beiden kleinen Hunde und machte sich auf den Heimweg. Auch die Sonne war endgültig untergegangen. Er schaute der rothaarigen Erscheinung hinterher, bis sie im diffusen Dämmerlicht in Richtung Parkplatz verschwunden war. Sofort machten sich Trauer und Frustration in ihm breit. Sie war gegangen. Womöglich würde er sie niemals wiedersehen. Sie wäre nur noch ein allmählich verblassendes Bild in seiner Erinnerung, das er wohl bald vergessen hätte. Allein die Fotografien von ihr, die würden ihm bleiben.

Florian Kauper packte seine Siebensachen ein und machte sich auf den Rückweg zu seinem Roller. Unterwegs ertappte er sich immer wieder dabei, wie er hoffnungsvoll nach rechts und links in den Wald schielte. Vielleicht war sie ja mit ihren Hunden einen kleinen Umweg gelaufen, vielleicht wartete sie sogar auf ihn, und sie trafen unvermutet wieder aufeinander.

Aber es blieb dunkel auf seinem Weg und menschenleer. Die rothaarige Elfe war und blieb verschwunden. Auch als er mit seinem Roller den Veitsberg verließ und durch den kleinen Ort Dittersbrunn fuhr, den man zwangsläufig durchquerte, wenn man zurück in die Zivilisation wollte, ließ er seine Blicke schweifen. Allein, es blieb dabei, eine unverhoffte, schöne Episode in seinem gerade so unerfreulich turbulenten Leben hatte ihr Ende gefunden.

So fuhr Florian Kauper zurück nach Dörrnwasserlos in sein altes Häuschen und sah sich auf seinem Computer die Fotos an, die er oben auf dem Veitsberg eingefangen hatte. Noch einmal durchlebte er den stimmungsvollen Abend und die Momente mit der schönen Unbekannten. Nach langem Abwägen und Betrachten wählte Florian eine besonders schöne Aufnahme von ihr aus und stellte sie auf seiner Homepage ein, auf der seine bis dato liebsten Bilder zu sehen waren. Fotografien, die er als etwas Besonderes empfand und die dort bis in alle Ewigkeit zu sehen sein sollten, zumindest solange er lebte, so weit war er sich sicher. Die rothaarige Frau war nun auch darunter. Ein wunderschönes Foto von hinten, wie sie in ihrer ganzen roten Pracht hinab ins Maintal blickte und den Sonnenuntergang bewunderte.

Die Bilder des Fotoshootings am Veitsberg kopierte er auch auf sein Handy, vielleicht weil sie so ein besonderes Gefühl in ihm auslösten. Jedenfalls würde er sie fortan immer auf dem iPhone dabeihaben, was ihm fürs Erste ein durchaus beruhigendes Gefühl bescherte. Schließlich ging er total kaputt ins Bett – was für ein turbulenter Tag war das doch gewesen.

So lag er da, allein in seinen Kissen. Eine Weile ging ihm die Unbekannte noch durch den Kopf, bis die Müdigkeit gnädig seine Augen schloss.

***

Kriminalhauptkommissar Franz Haderlein parkte seinen Land Rover so nah wie möglich an der Polizeiabsperrung und ging vor bis zu dem rot-weißen Absperrband, das sich direkt unterhalb der halb fertigen Autobahnbrücke befand. Einer der anwesenden Streifenpolizisten hob das Band in die Höhe, damit Haderlein leicht gebückt darunter hindurchgehen konnte. Schon nach wenigen Metern stand er dann vor der traurigen Bescherung.

Direkt vor ihm lag ein völlig zertrümmerter Pkw, der irgendwie den Eindruck machte, als hätten die Insassen mit aller Gewalt versucht, mit dem Auto bis zum Erdmittelpunkt vorzustoßen. Das Heck des dunkelblauen Audis ragte kerzengerade und unversehrt nach oben, während der vordere Teil des Fahrzeuges wie eine Ziehharmonika zusammengefaltet war. Vom Fahrgastraum war nur noch der Fond einigermaßen erkennbar; dort, wo sich das Lenkrad befinden musste, war nichts mehr zu erkennen, zu gewaltig waren die Kräfte gewesen, die das Fahrzeug auf weniger als die Hälfte seiner ursprünglichen Größe zusammengefaltet hatten.

Der Notarzt, der bis jetzt darum bemüht gewesen war, mit seinem Arm bis zu den eingeklemmten Insassen vorzudringen, stand auf und schüttelte niedergeschlagen den Kopf. Ein untrügliches Zeichen, dass es keine Hoffnung mehr gab, die verunfallten Personen noch lebend bergen zu können. Haderlein sah nach oben zur halb fertigen Autobahnbrücke. Die letzten Jahre hatte man damit zugebracht, eine Hälfte der Breitengüßbacher Brücke, die zur Autobahn Bamberg/Suhl gehörte, abzureißen und durch eine völlig neue, stählerne Brückenkonstruktion zu ersetzen. Bis 2022 sollte auch die andere Hälfte der Brücke, die einer riesigen Welle nachempfunden war, fertiggestellt sein. Die alte Autobahnbrücke hätte den Erschütterungen, welche die neue ICE-Strecke darunter verursachen würde, auf Dauer nicht standgehalten.

Haderlein musterte die Brückenbaustelle genau, aber er konnte beim besten Willen keine Schäden an der Absperrung erkennen. Alles schien völlig intakt zu sein, das Autowrack musste aber doch von irgendwo hergekommen sein.

Irritiert wandte er sich an den nächstbesten Polizeibeamten. »Okay, ich blicke nicht so ganz durch. Dieses Fahrzeug sieht aus, als wäre es von der Brücke dort oben heruntergestürzt. Ich sehe aber keinerlei Anzeichen dafür. Können Sie mir das vielleicht einmal erklären?«

Der Polizeibeamte nickte flüchtig und deutete auf eines der Einsatzfahrzeuge, die mit rotierenden Blaulichtern etwas abseits der Unfallstelle standen. »Ja, das ist in der Tat seltsam. Kommen Sie mit, ich fahre Sie rauf, dann können Sie es sich persönlich ansehen.«

Er ging dem Kommissar voraus zu seinem Streifenwagen. Nahe der Absperrung sah Haderlein schon die Männer von der Spurensicherung anrücken. Er hatte aber keine Zeit mehr, Heribert Ruckdeschl und seine Mannen zu begrüßen, denn sie waren bereits am Polizeifahrzeug angelangt. Mit Blaulicht und

Sirene fuhren sie der abgesperrten Autobahnauffahrt entgegen, die zu der neuen Autobahnbrücke hinaufführte.

***

Die Nebelschwaden am Kemnitzenstein wurden der immer stärker werdenden Kraft der Sonne allmählich überdrüssig und gaben schließlich auf. Als hätte sie jemand in höhere Gefilde abberufen, lösten sie sich in immer feiner werdende Dunststreifen auf und verschwanden schließlich für den Rest des Tages im Nirgendwo des Äthers. Der Kemnitzenstein mit seinen markanten Dolomit-Formationen lag nun wieder frei und konnte, von störenden nebligen Einflüssen unbehelligt, von der morgendlichen Sonne beleckt werden.

Die friedliche Ruhe, die sich über das Gelände legte, währte jedoch nur eine knappe halbe Stunde, dann war das klappernde Geräusch eines herannahenden Vehikels zu hören, das entfernt an die charakteristische Tonalität eines Automobils erinnerte. Die seltsame Geräuschkulisse gehörte tatsächlich zu einem Auto, das seine besten Tage jedoch schon lange hinter sich hatte. Der orangefarbene Renault Kangoo war von Roststellen übersät, und auch der Auspuff hörte sich nicht so an, als ob er den nächsten TÜV-Termin noch überstehen würde. Als der Motor erstarb, entstieg dem orangefarbenen Vehikel aber immerhin eine fünfköpfige Familie, die von der altersschwachen Kiste bis hinauf auf den Kemnitzenstein transportiert worden war.

Der Familienvater, mit seinen langen, zerzausten Haaren und dem Vollbart eine Art Aushilfsjesus für Arme, blickte entspannt und höchst zufrieden in den blauen, wolkenlosen Himmel, während hinter ihm seine Lebensgefährtin halb in den Wagen gebeugt die drei gemeinsamen Kinder für den freiluftigen Aufenthalt vorbereitete.

»Hab ich nicht gesagt, der Nebel verpisst sich, hab ich's nicht gesagt?«, frohlockte Klaus Bernhard laut, was seine Freundin nur mit einem stillen Grinsen quittierte.

Ihr Mann hatte wieder einmal recht gehabt mit dem Wetter, das musste man ihm lassen. Wenn er auch sonst nicht viel im Leben auf die Reihe brachte, mit seinen Wetterprognosen lag der angehende Geologe meistens richtig. Trotzdem wäre es ihr lieb, wenn ihr begeisterungsfähiger Lebensgefährte nicht länger versuchen würde, die Weltrekordzeit für ein Universitätsstudium in neue, ungeahnte Höhen zu treiben. Irgendwann musste er auch mal mit dem Arbeiten anfangen und richtiges Geld verdienen, ob er es nun wahrhaben wollte oder nicht. Aber jetzt war nicht die Zeit dafür, dieses Thema zu diskutieren, dem Familiennachmittag mit Klettern und Picknick auf dem wunderschönen Areal stand nun nichts mehr im Wege.

»Ach du Scheiße«, hörte sie da ihren Mann in halb frustriertem, halb entrüstetem Tonfall rufen und richtete sich auf, um zu sehen, was Klaus so Empörendes entdeckt hatte. Der zeigte nur kurz mit dem Arm in Richtung Felsformation, und sofort wusste auch sie, was los war.

Dort stand, im eigentlich für motorisierte Fahrzeuge gesperrten Bereich, ein Wagen, und zwar direkt neben der kleinen Hütte am Kemnitzenstein. Wahrscheinlich sollte man die Protzkiste nicht sehen, deswegen war sie hinter der Hütte abgestellt worden. Aber das Heck war trotzdem klar und deutlich zu erkennen. Ein dunkelblauer Porsche Panamera mit fetten, breiten Reifen und Bamberger Nummernschild.

»Der Schober ist schon wieder da. War ja klar, dass dieser neureiche Idiot sich mitten ins Gelände stellt, um bloß keinen Meter zu viel laufen zu müssen. Scheiß auf Schilder, scheiß auf Naturschutz! Hauptsache, er ist der Erste an der Wand!«, wetterte Klaus Bernhard und verschränkte trotzig die Arme vor der Brust. Missmutig hielt er nach dem verhassten Kletterkollegen Ausschau.

»Na, wieder ein Neidanfall auf den erfolgreichen Schulkollegen?«, stichelte Eva Schmauser ernüchtert, während sie den Panamera musterte. Da hatte sie sich so auf den Tag mit ihrer Familie gefreut, und ausgerechnet heute musste Schober hier auftauchen, der Lieblingsfeind ihres Lebensgefährten. Sie selbst konnte gar nicht so viel gegen den Mann sagen, sie fand ihn privat sogar ganz nett, aber bei Klaus sah das etwas anders aus. Ihn und Schober verband wohl noch immer so was wie eine alte Kindergartenfeindschaft. Das würde garantiert wieder in sinnlosen Streitgesprächen zwischen den beiden enden. Wortlos zog sie sich ins Auto zurück, um den Kindern die Schuhe anzuziehen; aus dem sich anbahnenden Zoff wollte sie sich mal lieber heraushalten.

Klaus Bernhard scannte unterdessen Stück für Stück den Felsen, um irgendwo eine Spur seines verhassten Schulkollegen zu finden, aber von Otmar Schober war nichts zu sehen. Vielleicht hatte der Kerl seine Tour ja schon beendet und war in den Wald gegangen, um sich zu erleichtern, wäre doch möglich. Da Eva immer noch intensiv damit beschäftigt war, die Kinder zu betüddeln, entfernte er sich ein Stück vom Wagen, um etwas näher an die Felsen heranzukommen. Vielleicht saß Otmar ja gerade hinter einem der herabgestürzten Felsbrocken und verzehrte gemütlich sein Frühstück.

Und tatsächlich, Klaus Bernhard hatte auf dem leicht ansteigenden Gelände noch keine zwanzig Meter zurückgelegt, als er bereits einen großen schwarzen Rucksack hinter einem der Felsbrocken hervorschauen sah.

»Na also, hab ich es mir doch gedacht«, brummte er selbstzufrieden in seinen Bart und steuerte schnurstracks auf Fels und Rucksack zu. Jetzt würde er dem Typen erst einmal einen Vortrag über Naturschutzgebiete und deren Regeln halten. Dieser überhebliche Porschefahrer dachte wohl, er könne sich neuerdings alles erlauben.

»Hi, Otmar, du musst dich nicht verstecken, ich weiß genau, dass du da bist!«, rief er laut und stellte sich auf einen ertappt aufspringenden Otmar Schober ein, der ihn bestimmt halb freudig, halb genervt begrüßen würde. Aber nichts dergleichen geschah. Kein erschrockener Schober, kein genervter Blick – nichts. Das blieb auch so, bis Klaus Bernhard den Felsblock entschlossenen Schrittes umrundet hatte und am Fuße der Felswand zum Stehen kam. Dann war es unverhofft an ihm, überrascht zu sein, und zwar auf eine Art und Weise, mit der er auf gar keinen Fall gerechnet hatte.

Als Eva Schmauser zur Schiebetür hinauskletterte, sah sie erstaunt, wie ihr Lebensgefährte im Dauerlauf und mit wehenden Haaren zum Auto zurückgerannt kam, wo er sie schwer atmend mit beiden Händen an der Schulter packte.

»Mein Handy! Wo ist mein Handy?«, rief Klaus Bernhard erregt, während sich seine Finger in die Oberarme seiner Lebensgefährtin krallten.

Eva Schmauser reagierte konsterniert ob der panischen Attacke ihres Freundes, war sie doch so etwas von ihm überhaupt nicht gewohnt. Normalerweise war er sogar die Ruhe in Person, eine Eigenschaft, die man für ein so ausgedehntes Dauerstudium auch zwingend benötigte. Aber jetzt führte Klaus sich ja auf, als hätte er den Leibhaftigen persönlich gesehen. Sie starrte ihn nur ungläubig an und spürte überhaupt nicht den schmerzenden Griff um ihren Oberarm.

»Das Handy!«, schrie Bernhard erneut mit weit aufgerissenen Augen. »Jetzt versteh doch, Eva, ich muss die Polizei anrufen! Da oben liegen zwei Tote! Hörst du? Also, wo ist das Handy?«

»Auf dem Rücksitz, unter der Jacke«, antwortete Eva Schmauser tonlos und blickte zu den Kletterfelsen des Kemnitzensteins, von denen soeben jeglicher Frühlingszauber gewichen war.

***

Die folgenden Wochen waren für Florian Kauper so turbulent und anstrengend wie immer. Die On-off-Beziehung wurde wieder aufgenommen, mit dem Ergebnis, dass er in dasselbe Beziehungsdesaster rutschte wie zuvor. Die schönen Momente waren da, die Katastrophen aber auch. Wirklich glücklich war er damit nicht, eher das Gegenteil davon. Aber noch war der Steinbock in ihm der festen Überzeugung, nicht aufgeben zu dürfen. Als hätte er ein festgelegtes Programm der inneren Durchhalteparolen abzuspulen, lief er weiter in der ständigen Beziehungstretmühle.

Die Erinnerung an die rothaarige Frau auf dem Berg hatte er zwischenzeitlich verdrängt, die Begegnung als schönen, aber singulären Event in seinem Leben abgeheftet.

So vergingen die Tage, die Wochen. Florian Kaupers Leben schleppte sich zwischen Frohsinn und Qual dahin, das altbekannte Muster seines Lebens. Bis er sich eines Tages wieder an die einmalige Stimmung auf dem Veitsberg erinnerte, die er vor vielen Wochen erleben durfte. Wieder einmal packte ihn die Unruhe, und so nahm er seine Kamera und machte sich auf den Weg zu seiner Pilgerstätte. Seit jenem Tag war er nicht mehr auf dem Veitsberg gewesen. An die rothaarige Frau hatte er schon länger nicht mehr gedacht, aber als er jetzt wieder auf seiner Bank saß, diesmal ganz allein und mit einer weit weniger romantischen Stimmung um ihn herum, da fiel sie ihm wieder ein.

Mit einem wehmütigen Lächeln dachte er an den schönen Abend im Juni zurück, dann konzentrierte er sich auf seine Kamera, auch wenn er wusste, dass er heute keine sensationellen Fotos würde schießen können. Der Veitsberg war immer schön, das Licht aber zu normal. Und die Lichtverhältnisse würden sich auf ewig an denen vom 15. Juni messen lassen müssen.

Florian Kauper saß noch keine Viertelstunde an seinem Platz auf der Bank, als er von links auf einmal Schritte hörte und ein kleiner weißer Hund in sein Sichtfeld lief. Er starrte ihn zuerst nur verblüfft an, dann kam auch sie. Wieder mit Pferdeschwanz, etwas wärmer angezogen, vor allem aber in einem gänzlich anderen Allgemeinzustand als damals im Juni, nämlich mit eindeutig verheultem Gesicht. Sie war so traurig und in sich versunken, dass sie Florian Kauper gar nicht bemerkte, der spontan beschloss, diesmal sofort die Initiative zu ergreifen. Tatsächlich ohne weiterreichende Absichten, die Unbekannte tat ihm gerade einfach nur leid.

»Wieso nur noch ein Hund? Das waren doch mal zwei?«, fragte er aus dem Bauch heraus, bereits ahnend, dass wohl etwas Schlimmeres mit dem fehlenden kleinen Weißen passiert sein musste.

Und wieder geschah etwas, was er nicht mehr vergessen

würde. Sie schaute ihn kurz und prüfend an, dann sah er das Erkennen in ihren blauen Augen. Sie wusste offenbar sofort, wer er war, kam einfach auf ihn zu und setzte sich zu ihm, direkt neben Florian auf die Bank. Ohne Umschweife begann sie mit mühsam unterdrückten Tränen, ihm ihre jüngere Lebensgeschichte zu erzählen. Dass der andere kleine Hund tatsächlich vor Kurzem gestorben war, dass sie heute zum ersten Mal wieder die Kraft aufgebracht hatte, auf den Berg hinaufzusteigen, und dass sie allein in einem kleinen Häuschen unten in Dittersbrunn wohnte, um eine katastrophale Trennung zu verkraften. Eine Trennung, die wohl von der schlimmeren Art gewesen war.

Das alles brach einfach so aus ihr heraus und noch vieles andere mehr. Die Tränen flossen irgendwann unaufhörlich, und Florian kam mit dem Anreichen der Papiertaschentücher gar nicht mehr nach. Diese Frau vertraute sich ihm, einem eigentlich wildfremden Mann, uneingeschränkt an, kehrte ihr Innerstes nach außen. Das war einerseits ein begrüßenswerter Schritt in seine Richtung, aber auch ein verzweifelter Schrei nach Hilfe, wie ihm schien.

Und während das zarte Geschöpf neben ihm schluchzte und erzählte und er damit beschäftigt war, im Akkord Tempos zur Verfügung zu stellen, war es auf einmal wieder da, das unbeschreibliche Gefühl, als würde ihm jemand eine große, warme Decke über die Schultern legen und ihm zuflüstern: »Du bist zu Hause, bleib hier, hier bei ihr.«

Das klang für Florian Kauper im Nachhinein ziemlich esoterisch, war aber so, besser konnte er es nicht beschreiben. Im Moment, als es passierte, war er aus vielerlei Gründen überfordert und konnte mit dieser merkwürdigen Empfindung, die sich da gerade über ihn hermachte, eher wenig anfangen. Aber es war schön, irgendwie war es total schön, obwohl es dem Häufchen Elend da neben ihm überhaupt nicht gut ging.

Allerdings waren die Tränen irgendwann ausgeweint, und sie hatte sich wieder einigermaßen im Griff. Zumindest so weit, dass sie sich für ihren desolaten Gemütszustand entschuldigte und wissen wollte, wer ihr Gesprächspartner denn eigentlich genau sei. Außer dem Umstand, dass er sie fotografiert hatte, wusste sie ja nichts über ihn.

Also erzählte er ihr, dass er selbstständiger Schreiner in Dörrnwasserlos war und dort seit Jahren ein altes Häuschen restaurierte. Eigentlich war dieses Häuschen eine einzige Werkstatt mit Schlafgelegenheit, mehr nicht. Und dann fragte er sie auch gleich, ob sie eigentlich wisse, dass sie sich gerade auf heiligem Boden befänden. Nicht wegen der Kapelle, sondern aus historischer Sicht. Einer verbreiteten Theorie zufolge sei das früher ein heiliger Ort der Kelten gewesen, ein sogenanntes »Nemeton«. Bewiesen war das freilich nicht, aber Florian Kauper fand diese kürzlich aufgekommene Erkenntnis erstens logisch und zweitens absolut nachvollziehbar. Er war schon immer spirituell angehaucht gewesen und beschäftigte sich ausgiebig mit heiligen Orten und Kraftplätzen. Und das hier war seiner Meinung nach ein ganz gewaltiger. Aus diesem Grund erzählte er ihr auch, warum er seit so vielen Jahren so gerne den Veitsberg besuchte. Nämlich um Ruhe und Frieden zu finden, wenn sich sein Leben gerade wieder einmal überschlug.

Die unbekannte Schöne hörte sich alles aufmerksam an, nickte wissend, und am Ende schaffte die rothaarige Elfe es sogar zu lächeln. Florian Kauper wurde es ein weiteres Mal warm ums Herz. Ihm war, als gewährte ihm diese gequälte Seele für einen kurzen Moment Einblick in ihr tiefstes Inneres. Es schien absolut hell, fröhlich und optimistisch zu sein, war aber vergraben unter den Tonnen von Schutt eines zerstörerischen Trennungsprozesses. Dann ging das kleine Fenster auch schon wieder zu, und sie zog sich hinter sichere Mauern zurück.

Der kurze, helle Augenblick war vorüber, nicht aber das warme Gefühl, das sich bei ihm eingestellt hatte. Die große, wärmende Decke ruhte immer noch auf seinen Schultern.

Eine Weile saßen sie noch da und plauderten, dann wollte sie mit ihrem verbliebenen Hündchen wieder zurück nach Dittersbrunn, wo sich irgendwo ihr Zuhause befand. Ihm schien, sie war von ihrer eigenen Offenheit und Courage überrascht und vielleicht auch ein wenig erschrocken, so viel von ihrer Lebensgeschichte preisgegeben zu haben.

Florian bot ihr an, sie bis zu ihrer Abzweigung zu begleiten, was sie auch dankend annahm. So spazierten sie zusammen den geschotterten Weg entlang, bis sie an dem steilen Pfad anlangten, der hinunter ins Dorf führte. Dort verabschiedeten sie sich. Sie gab Florian die Hand und sagte, dass es doch schön wäre, wenn sie sich vielleicht irgendwann wieder einmal hier oben treffen könnten. Und endlich erfuhr er auch ihren Namen: Amelie.

Noch einmal lächelte sie ihm zu, dann ging sie auf dem Pfad nach unten, und er machte sich auf seinen altbekannten Weg zurück zu seinem Parkplatz.

Wiedersehen

Lagerfeld stand noch etwa drei Sekunden lang völlig perplex auf dem Balkon, dann endlich erwachte er aus seiner Schockstarre, und das Leben kehrte in seine Gliedmaßen zurück. Sein Blick fiel auf das straff gespannte Seil, das es nun irgendwie zu lösen galt, schließlich hing an diesem roten Strick ja zweifelsohne ein Mensch und kämpfte um sein Leben. Gehetzt sah der Kommissar sich um und entdeckte in einer Ecke des Balkons eine große Zange, die wohl zum Durchtrennen von dicken Stahlseilen, Armierstäben oder Ähnlichem benutzt wurde. Mit zwei schnellen Schritten war er dort, packte das gewaltige Teil und legte es an das gespannte Seil an. Dann drückte er die stählernen Backen der Zange mit aller Kraft in die Kunststofffasern des Seils. Das hatte dem gewaltigen Druck des Zangenungetüms nichts entgegenzusetzen. Mit einem hellen, knisternden Geräusch trennten sich die beiden Teilstücke voneinander, und die am Seilende hängende Last machte sich sogleich auf den Weg nach unten, wo Schildmanns Körper mit einem dumpfen Klatschen aufschlug und das Megafon endgültig seinen Händen entglitt, um mit lautem Scheppern über den Platz zu rollen. Lagerfeld schaute ihm nicht nach, sondern zückte sein Mobiltelefon, während er sich bereits auf den Weg nach unten machte. Im Laufen verständigte er den Notarzt, dann trat er hinaus auf den Platz, wo die Menschen einen Halbkreis um den am Boden liegenden Schildmann gebildet hatten. Teils hilflos, teils konsterniert betrachteten sie ihren spirituellen Anführer, der mit weit aufgerissenen Augen vor ihnen auf dem Rücken lag. Umgeben vom Rest des gekappten Seiles, das Gunnar Schildmann mit seiner um den Kopf gewickelten Alufolie wie ein romantisch gezeichnetes Stillleben durchaus geschmackvoll einrahmte.

Lagerfeld stürzte auf den am Boden Liegenden zu, kniete sich neben dessen Kopf, riss ihm förmlich das rote Kunststoffseil vom Hals und legte zwei Finger auf Schildmanns Halsschlagader, um festzustellen, ob der Mann noch eine Chance hatte, weiter auf Gottes Erdboden zu wandeln. Die bittere Erkenntnis folgte allerdings auf dem Fuß. Es war kein Puls mehr zu erfühlen, ihn schauten die weit aufgerissenen Augen eines Toten an. Der oberste aller Bamberger Impfgegner hatte sich von den Lebenden verabschiedet.

Trotz seiner inzwischen zahlreichen Berufsjahre war Lagerfeld nicht so abgebrüht, dass ihn dieser Moment nicht durchaus etwas erschütterte. Aber es half ja nichts, der Job brachte Todesfälle nun mal mit sich, damit hatte er zu leben. Auch wenn sie sich für gewöhnlich nicht in seiner Anwesenheit ereigneten. Trotzdem musste er nun professionell handeln und polizeilich korrekt vorgehen. Bevor er allerdings entsprechende Schritte einleiten konnte, fiel auf einmal ein dunkler Schatten auf ihn, und er vernahm eine aggressive männliche Stimme.

»Du Scheißbulle, du hast Gunnar umgebracht!«

Lagerfeld erhob sich und drehte sich erst um, als er stand. Vor ihm hatte sich ein großer, kräftiger Kerl mit muskelbepacktem Körper aufgebaut und funkelte ihn angriffslustig an. Der Kopf war kahl geschoren, und auf der nackten Haut der Unterarme waren allerlei Tätowierungen zu sehen, die auch ohne genauere Betrachtung auf Anhieb als von allerlei militaristischem Brimborium umgebene Hakenkreuze zu erkennen waren.

Aha, ein Nazi, diagnostizierte der Kommissar. Er sagte erst einmal gar nichts, sondern holte mit betonter Lässigkeit seine Zigaretten plus Feuerzeug aus der Jacke und steckte sich einen der Glimmstängel in den Mund. Das Feuerzeug klickte, und spätestens jetzt machte Lagerfeld in seinen abgeschabten Jeansklamotten den Eindruck, als wäre er einer alten Marlboro-Werbung entsprungen. Eigentlich hatte er ja längst beschlossen, endlich mit dieser nervigen Lungenverpesterei aufzuhören, aber gerade erwies sich das alte Laster als durchaus nützlich. Der Muskelmann jedenfalls schien ob der ihm entgegengebrachten Ignoranz kaum mehr an sich halten zu können, was ihm den Habitus eines stramm aufgeblasenen Ochsenfrosches verlieh.

Damit der durchgeschwitzte Glatzkopf nicht vollends die Fassung verlor und sich zu strafrechtlich relevanten Handlungen hinreißen ließ, nahm Lagerfeld die nun angezündete Zigarette wieder aus dem Mund, pustete entspannt den Rauch aus und schaute dem Ochsenfrosch freundlich in die Augen.

»Zwei Jahre, zwölf oder lebenslänglich, kannst es dir aussuchen, mein Lieber«, beschied er ihn ruhig und nahm den nächsten tiefen Zug von seiner glimmenden Zigarette. Der Glatzkopf schaute weiter böse, wirkte nun aber etwas unschlüssig, was er von diesem aus seiner Sicht völlig unpassenden Gerede eines Polizisten halten sollte.

»Wie maanst des, Bulle? Wenn du mich fei verarschen willst, nacherd griechen mir zwaa jetzt richtich Ärcher. Und mit ›richtich Ärcher‹ maan ich fei aach richtich Ärcher!«, blökte der Nazi nach kurzem Überlegen, und die umstehenden Demonstranten johlten beipflichtend und klatschten. Allerdings nicht so konsequent und nachdrücklich, wie sich der Tätowierte das vielleicht gewünscht hatte, der tote Schildmann machte den meisten stimmungsmäßig wohl irgendwie einen Strich durch die Rechnung.

Lagerfeld nahm noch einen Zug, dann blies er dem Nazihäuptling seinen Lungeninhalt langsam und genüsslich direkt ins Gesicht.

»Wie ich das meine? Na ja, zwei Jahre für Widerstand gegen die Staatsgewalt, zwölf für schwere Körperverletzung und lebenslänglich, wenn ich das hier nicht überlebe«, zählte er auf.

»Also bitte tu, was du nicht lassen kannst. Mach mir etzerd einfach amal hald richtich Ärcher, du Kaschber!«, rief Lagerfeld laut und bohrte seinen Blick erbarmungslos in den des Nazifrosches.

Gespannte Stille kehrte ein. Aller Augen lagen auf den beiden Kontrahenten, es herrschte eine Stimmung wie auf dem Gefängnishof eines Hochsicherheitstraktes. Eine elektrische Spannung lag in der Luft, die sich sekündlich in blanke Gewalt entladen konnte.

**

Der Streifenwagen stoppte oben auf der Brückenbaustelle an einem mit rotem Trassierband abgesperrten Bereich. Als Haderlein aus dem Polizeifahrzeug ausstieg, konnte er sehen, dass es von hier aus noch etliche Meter bis zur Abbruchkante der unfertigen Autobahnbrücke waren. Außerdem fiel ihm auf, dass die Absperrbaken der Autobahndirektion, die für derlei Zwecke eigentlich verwendet wurden, in verschieden große Bruchstücke zerlegt rechts und links auf der Brückenbaustelle herumlagen. Auch das große runde »Durchfahrt verboten«-Schild lag am zukünftigen Fahrbahnrand der Brücke. Die Fahrbahnmitte dagegen war völlig frei, bar jeglichen Hindernisses, bis kurz vor besagter Abbruchkante ein ziemlich großer Sandhaufen zu sehen war. Haderlein vermutete, dass er unter anderem dazu dienen sollte, Autofahrer final daran zu hindern, hier einfach weiterzufahren. Sollte sich beispielsweise ein Betrunkener auf die Brückenbaustelle verirren, so würde er im letzten Moment von dem Sandhaufen vor dem Absturz bewahrt werden.

Der Streifenpolizist hob das Trassierband in die Höhe, damit Haderlein darunter durchschlüpfen und sich zu besagtem Sandhaufen begeben konnte. Was aus der Ferne nicht zu erkennen gewesen war, offenbarte sich jetzt, da er direkt an der besandeten Abbruchkante stand, umso deutlicher. Wenn er die Spuren in dem aufgeschütteten Haufen richtig deutete, lag des Rätsels Lösung auf der Hand.

Hier war allem Anschein nach jemand mit seinem Fahrzeug, und zwar mit ziemlich hoher Geschwindigkeit, auf den Sandhaufen aufgefahren, hatte diesen mit den Rädern zu einem Drittel umgepflügt und anschließend gewissermaßen als Sprungschanze benutzt. Das Fahrzeug war mit Schwung über sämtliche Absperrungen an der Abbruchkante hinauskatapultiert worden. Einige Meter hinter der Sandschanze war es dann wieder nach unten gegangen, dem Erdmittelpunkt entgegen, was für Fahrzeuge jedweder Art bei Ankunft auf der Erdoberfläche zu einer radikalen Verkleinerung der Fahrgastzelle führen musste. Und zum Abschied aus dem irdischen Dasein, so viel war klar.

Das Ganze sah nach einem ziemlich tragischen Unfall aus. Vielleicht hatten die Bremsen versagt, vielleicht hatte aber auch jemand mit seinem Leben so derart über Kreuz gelegen, dass er zu dem Entschluss gekommen war, sich auf diese Art und Weise von der Welt zu verabschieden. So richtig plausibel fand Haderlein aber beides nicht, also schaute er etwas ratlos zu dem Streifenpolizisten hinüber, der aber nur mit einem resignierten Achselzucken reagierte.

»Muss ich noch etwas sagen, oder haben Sie schon selbst Ihre Schlüsse gezogen, Herr Kommissar?« Er deutete auf den zerfurchten Sandhaufen. »Diese Verschwörungsideologen werden sich mit ihren hirnrissigen Theorien schon bald selbst aus dem menschlichen Genpool entfernt haben. Sobald die irgendwo ein Verbotsschild sehen, gehen bei denen die roten Lichter an, und sie müssen, drüsenkrank, wie sie nun einmal sind, zwanghaft genau das Gegenteil von dem veranstalten, was ihnen die ach so despotische Staatsmacht angeblich aufzwingen will. Verkehrsregeln gehören offenbar auch dazu.«

Haderlein musterte den fast philosophisch daherredenden Polizisten erstaunt. So ganz begriff er noch nicht, wovon der Mann da eigentlich sprach, vielleicht wollte er es auch einfach nicht glauben.

»Sie meinen, da ist jemand geradewegs in die Brückenbaustelle hineingefahren, weil er aus verbohrtem Trotz den Schildern nicht glauben wollte?«, hakte er ungläubig nach, woraufhin der Kollege seine zweifelsfreie Meinung zu diesem »Unfall« noch einmal untermauerte.

»Herr Kommissar, Sie glauben ja gar nicht, was in der Welt so alles los ist. Lauter Durchgeknallte, und diese Verschwörer sind die Irrsten der Irren. Die machen einfach alles, Hauptsache, es hat mit Vernunft und gesundem Menschenverstand nichts zu tun. War doch klar, dass die irgendwann von der Natur aussortiert werden. Also ich weine den Spinnern keine Träne nach.« Er unterstrich sein Urteil mit einer ziemlich abfälligen Handbewegung.

Haderlein, von Natur aus gründlich, konnte diese Theorie, auch wenn sie einigermaßen plausibel klang, allerdings noch nicht ganz ernst nehmen.

»Gut, meinetwegen. Nehmen wir einfach mal an, da wäre

was dran. Wie wollen Sie das denn nachweisen? Letztendlich könnte doch ebenso gut etwas ganz anderes hinter diesem Unfall stecken, oder nicht? Eine Depression oder irgendein anderes schreckliches Schicksal, das den Fahrer zu dieser fürchterlichen Tat getrieben hat.«

Der Streifenpolizist lächelte wissend. »Herr Kommissar, ich glaube, Sie haben sich noch nicht gründlich genug mit dem Notarzt dort unten unterhalten. So wie ich das verstanden habe, waren die kärglichen Reste dessen, was einmal der Aufbewahrungsort für einen menschlichen Denkapparat gewesen war, fein säuberlich in eine Art Aluschale gepresst worden, was laut Notarzt auf eine Kopfbedeckung des Verunfallten hindeutet, wie sie vorzugsweise von besagten Verschwörungskandidaten getragen wird. Keine Ahnung, wozu so eine Alukappe gut sein soll, gegen einen Sturz aus zwanzig Metern Höhe schützt sie jedenfalls eher mäßig. Aber das werden Ihnen die Herrschaften der Spurensicherung sicher noch detaillierter darlegen können, sobald die Feuerwehr die Überreste aus dem Fahrzeug geschnitten hat.«

***

César Huppendorfer hatte nach dem unvermuteten Abgang seiner beiden Kollegen eigentlich gehofft, dass der Kelch des dienstlichen Einsatzes heute an ihm vorübergehen würde, aber auch ihn ereilte das Schicksal der aktiven Berufsausübung. Er saß an seinem Schreibtisch und beobachtete nicht ohne Amüsement, vor allem aber mit großer Erleichterung, dass sich sein Chef und Dienststellenleiter daselbst auf den Weg zum Fortbildungstermin in der Erlanger Rechtsmedizin machte. Das konnte ja was werden, wenn Fidibus und der in seinem männlichen Ego verletzte Professor Siebenstädter aufeinandertrafen. Seines Wissens hatten die beiden Führungspersönlichkeiten beruflich noch nie persönlich miteinander zu tun gehabt. Die Besuche in der Erlanger Wirkungsstätte des Professors waren bisher immer an den unteren Dienstgraden, sprich ihm oder den anderen Kollegen respektive Kolleginnen, hängen geblieben.

Nun gut, sollte sich der Chef doch ruhig mal an diesem Despoten abarbeiten. Er, César Huppendorfer, würde so lange eine etwas ruhigere Kugel schieben und sich nicht vom stressigen Arbeitsalltag …

Das Mobiltelefon des Halbbrasilianers klingelte, und als er die Nummer angezeigt bekam, wurden seine Augen etwas größer als normal. Dieser treulose Kerl hatte sich ja schon ewig nicht mehr gemeldet! Im ersten Moment war Huppendorfer unschlüssig, ob er das Gespräch überhaupt annehmen wollte. Er tat es aber schließlich doch, was seinen Tagesablauf von Grund auf verändern sollte.

»Ja, ist da jemand von den Toten wiederauferstanden, oder wie? Was kann ich denn für Sie tun, Herr Bernhard? Lass mich raten, du hast endlich fertig studiert und willst mich zu deiner Abschlussfeier einladen, zu der wahrscheinlich wieder jeder sein Essen selbst mitbringen soll, richtig?«

Das hämische Grinsen verschwand jedoch ziemlich schnell aus Huppendorfers Gesicht, als er sich anhörte, was sein ehemaliger Schulkollege aus der Oberstufe ihm zu erzählen hatte. Man konnte über Klaus Bernhard ja einiges sagen, aber der angehende Geologe neigte in keiner Weise zu egomanischem Verhalten, und schon gar nicht war er dafür bekannt, andere Menschen mit hirnrissigen Lügengeschichten aufs Glatteis führen zu wollen. Also nahm César Huppendorfer seine Mitteilung lieber mal für bare Münze, was allerdings bedeutete, dass die geruhsame Zeit in der Bamberger Dienststelle nun auch für ihn vorbei war. Der letzte der diensthabenden Bamberger Kommissare musste sich auf den Weg zu einem mutmaßlichen Ort des Verbrechens machen.

»Okay, Klaus, jetzt beruhige dich erst einmal, ja? Ich schicke dir sofort ein paar Kollegen vorbei, die sich um die Sicherung des Fundorts kümmern, ich selbst mach mich auch direkt auf den Weg. Du bleibst, wo du bist, und sorgst in der Zwischenzeit dafür, dass dort von niemandem etwas angefasst wird, verstanden?«

Marina Hoffmann schaute Huppendorfer, nachdem dieser

aufgelegt hatte, erwartungsvoll an, und er ließ sie auch keine Sekunde länger im Unklaren.

»Honeypenny, ein alter Freund von mir ist zum Klettern an einem gewissen Kemnitzenstein und hat dort eine Leiche gefunden. Wenn stimmt, was er mir gerade erzählt hat, ist die Leiche nicht nur tot, sondern auch noch verstümmelt worden. Also war's das mit der Büroarbeit, ich muss auch weg. Vorher könntest du mir aber noch sagen, wie ich am besten zu diesem Kletterfelsen komme, der soll wohl recht bekannt sein, was Klaus so erzählt hat.«

Honeypenny, die beim Wort »verstümmelt« zunächst leicht angewidert das Gesicht verzogen hatte, setzte einen strafenden Blick auf. Der Kollege Huppendorfer war zwar noch jung an Jahren, aber den Kemnitzenstein, die zweithöchste Erhebung im Lichtenfelser Landkreis, sollte man als Oberfranke schon kennen. Nichtsdestotrotz verhalf sie César zu einem kleinen Exkurs in Sachen oberfränkischer Geografie, woraufhin sich der Bamberger Kommissar kurze Zeit später zielgerichtet auf den Weg machen konnte.

∗∗∗

Lagerfeld behielt sein Gegenüber sorgsam im Blick und stellte sich für das in Positur, was nun unweigerlich kommen musste. Typen wie dem hier war er in seiner Zeit als Polizeibeamter schon sattsam begegnet. Energiegeladen vor Aggressivität und immer bereit, über körperliche Gewalt die persönlichen Belange zu regeln. Für so einen Bullen von einem Mann, der gerade richtig unter Strom stand, war ein leicht heruntergekommen wirkender Polizist, der dazu auch noch lässig und provozierend rauchte, ein rotes Tuch.

Aber Bernd Schmitt wusste genau, wie er mit solchen Typen umzugehen hatte. Dieser intellektuelle Tiefflieger mochte vielleicht gerade hunderttausend Volt in seinen Muskeln aktivieren, aber der ganze Strom nützte ja nichts, wenn oben im Schädel das Lichtlein nicht brannte. Eine alte fränkische Lebensweisheit, die

Lagerfeld schon sehr oft im Feld überprüft hatte. Also blieb er ruhig stehen, die selbst gedrehte Zigarette schief im Mundwinkel, und kratzte sich so angelegentlich mit der rechten Hand über die Bartstoppeln am Hals, als wäre ihm der Umstand, dass da gerade ein hoch erhitzter brauner Bulle vor ihm stand, völlig egal.

»Die da oben wollen uns alle zwangsimpfen, abhängig machen, kontrollieren. Die wollen uns kleinhalten, da stimmt doch was net. Jeder, wo sich von dena impfen lässt, is doch bloß noch ferngsteuert. Des is a Diktatur und sonst nix!«

Der Tätowierte schrie seine Sätze, und sein Kinn war nur noch Zentimeter von Lagerfelds Gesicht entfernt. Es fehlte bloß der berühmte Tropfen, der das Fass zum Überlaufen bringen konnte. Die Umstehenden verfolgten die Auseinandersetzung mucksmäuschenstill. Sollte es binnen Minuten die nächste Gewalttat vor der Firma AEDES geben? Das Streichholz brannte bereits und schwebte direkt über dem tätowierten Pulverfass.

»Also, ich bin schon geimpft«, entgegnete Lagerfeld im Plauderton. »Ab heute wird in Bamberg flächendeckend geimpft, und zwar gegen alles. Corona, Fußpilz und Kartoffelfäule. Ich gehöre als Polizist ja Gott sei Dank zu den systemrelevanten Personen, nach zwanzig Minuten war alles erledigt. Es stimmt wirklich, was immer behauptet wird, da hast du schon recht. Es wird bei der Impfung ein Chip in die Haut eingepflanzt. Ich empfange jetzt fünfzig Fernseh- und achtzig Radioprogramme. Indem ich den Kopf nach oben oder unten bewege, mache ich laut und leise. Drehe ich ihn nach links oder rechts, kann ich die Programme wechseln. Nach der zweiten Impfung ist dann der Empfang in HD-Qualität möglich. Außerdem habe ich gerade festgestellt, dass ich, wenn ich den linken Arm hebe und den Mittelfinger ausstrecke, Sky unverschlüsselt sehen kann. Ach, fast vergessen, wenn ich meinen Hosenlatz aufmache, läuft ein Pornokanal. Da treibt's so ein tätowierter Vollidiot mit'ner Plastikpuppe. Aber irgendwie kriegt er nicht mal das richtig hin –«

Es war so weit. Die Belastungsgrenze des Muskelglatzen-Geduldsfadens war erreicht, er zerriss mit einem imaginären »Zing«. Sein Arm schnellte nach oben, und die daran befindliche

Faust machte sich auf den Weg in Bernd Schmitts linke Gesichtshälfte.

Der jedoch hatte nur darauf gewartet. Er wich dem gewaltigen Schwinger gekonnt aus und schlug, so hart er konnte, mit der rechten Handkante auf die Schlagader des Nazifroschs. Die Schockwelle raste durch dessen Blutbahn, und der Hämoglobin-Tsunami, der sich nun in sein Gehirn vorarbeitete, löste in ebendiesem einen sofortigen Lockdown der Bewusstseinsebene aus. Die Muskelglatze schaute Lagerfeld noch kurz aus verdrehten Augen an, dann fiel der bereits bewusstlose Mann unter dem kollektiven Aufstöhnen des impfgegnerischen Publikums mit dem Gesicht voraus auf den harten Platz.

Lagerfeld nahm die Zigarette aus dem Mund, warf sie auf den Boden und zertrat sie mit seinem Cowboystiefel. Er gönnte sich noch einen kurzen Kontrollblick in die Runde, aber niemand hier schien nach dem kurzen Schauspiel noch Lust zu verspüren, ihn mehr als nur verbal anzugehen. Es ist doch immer wieder das Gleiche, dachte er leicht deprimiert. Wo bleibt bei manchen Leuten denn bitte die Vernunft? Eigentlich konnte man doch über alles reden. Aber es gab halt immer wieder irgendeinen Verbohrten, in diesem Fall noch dazu einen Gewalttätigen, der seine Argumente mit Aggression und Druckausübung durchsetzen musste.

Kopfschüttelnd holte Lagerfeld sein Mobiltelefon heraus. Es war an der Zeit, ein paar Kollegen herbeizurufen, damit auf dem Platz ein Mindestmaß an Ordnung geschaffen wurde.

***

Florian Kauper war noch keine fünf Schritte weit gegangen, als es ihn so richtig erwischte. Ihm wurde kalt, und eine tiefe Traurigkeit war auf einmal in ihm. Der Grund dafür war ihm umgehend klar: Die Decke war weg. Mit Amelie war auch das warme Gefühl verschwunden, von einem Moment auf den anderen. Am liebsten wäre er auf der Stelle umgedreht, um ihr hinterherzulaufen. Er wollte sie einholen und ihr sagen, dass sie ab sofort bei ihm bleiben sollte. Allerdings hätte er ihr überhaupt nicht erklären können, warum und weshalb. Darum stand er nur da, in seinem Gefühlsdschungel gefangen, unfähig, sich zu rühren. Dann drehte er sich um, in der Hoffnung, dass es ihr genauso ergangen war und sich jetzt gleich ihre sehnsuchtsvollen Blicke treffen würden, aber da war niemand mehr. Sie war gegangen, ohne zurückzusehen. Florian musste sich so dermaßen zwingen, ihr nicht hinterherzulaufen, dass es ihm körperlich wehtat.

Aber er war ja vom Sternzeichen Steinbock, also riss er sich zusammen. Die Gefühle, die ihn gerade zu überrollen drohten, durfte er einfach nicht zulassen. Er hatte ja noch immer eine Beziehungskiste zu ordnen. Und solange das nicht ausgestanden war, konnte nicht sein, was nicht sein durfte. Sich emotional auf eine andere Frau einzulassen, bevor die alte Geschichte abgeschlossen und beendet war, das konnte nur im Desaster enden, so seine bittere Erfahrung. Außerdem war das mit Amelie ja sowieso nur eine Schwärmerei, eine kleine emotionale Welle, weil er gerade in Schwierigkeiten steckte, da war man eben empfänglich für fremde Schwingungen, so zumindest seine spontane Theorie.

Entschlossen steckte Florian Kauper seine Fäuste in die Taschen und ging zurück zu seinem Roller, um mit diesem schleunigst zurück nach Hause zu donnern. Doch die »Veitsberglady«, so taufte er sie in diesem Moment, ging ihm einfach nicht mehr aus dem Sinn. Sein Vorhaben, sie schnell wieder zu vergessen, war zwar löblich und von seinem persönlichen moralischen Standpunkt aus betrachtet auch höchst anerkennenswert. Allerdings kämpfte der Kopf, wie das in solchen Fällen meistens ist, auf verlorenem Posten gegen den Bauch. Im Ergebnis schaffte Florian Kauper es diesmal nicht innerhalb von Tagen, Amelie zu vergessen, sondern erst nach mehreren anstrengenden Wochen. Seinen hehren Absichten der willentlich herbeizuführenden emotionalen Demenz zum Trotz fuhr er während dieser Zeit noch mehrmals zum Veitsberg hinauf, und zwar zu den unterschiedlichsten Zeiten und Wochentagen.

Aber es half alles nichts. Die unbekannte Schöne blieb verschwunden, diesmal dauerhaft.

So wurde es Herbst, es wurde Winter, und das Bild des holden Engels verblasste erneut, nach und nach weggewischt vom alltäglichen Leben, bis die Veitsberglady ihren Platz in seinen Erinnerungen verloren hatte.

***

Franz Haderlein war wieder unten an dem zusammengefalteten Auto angelangt, von dem die Feuerwehr inzwischen die Fahrertür beziehungsweise das, was einmal die Fahrertür gewesen war, weggeflext hatte. Was daraufhin im Fahrzeuginneren zum Vorschein kam, war für das ungeübte Auge sicherlich schwer zu ertragen. Selbst dem erfahrenen Kriminalhauptkommissar, der in seiner langen Laufbahn schon einiges erlebt hatte, stockte kurzzeitig der Atem, als er des undefinierbaren blutigen Gemischs aus Metall, Kunststoff und menschlichen Überresten ansichtig wurde. Der Notarzt tat seine Pflicht, aber natürlich bestätigte sich seine erste Vermutung. Die beiden Insassen des Fahrzeuges, Geschlecht sowie Identität unbekannt, waren tot, das war so sicher wie das Amen in der Kirche.

Immer noch spukten die Worte des Streifenpolizisten durch Haderleins Gedanken, so richtig konnte und wollte er dessen krude Theorie über die Verschwörungsideologen nicht glauben. Natürlich waren die nicht mehr ganz richtig im Kopf, teilweise sogar total irre, und lebten vielleicht in einer absoluten Parallelwelt. Aber selbst dem Abgedrehtesten unter den Allesleugnern musste doch klar sein, dass eine Brückenbaustelle eben eine Brückenbaustelle war, weshalb ein Schild mit der Aufschrift »Durchfahrt verboten« durchaus einen sinnvollen Zweck erfüllte. Schließlich hatte das Ansteuern fehlender Fahrbahnen auf einer Brücke ziemlich unangenehme Nebenwirkungen. Mit solcherlei Überlegungen beschäftigt, beugte sich Franz Haderlein nach unten in Richtung der menschlichen Überreste, wo er mit dem Finger auf etwas zeigte, das unter dem hervorragte, was einmal der Kopf eines Menschen gewesen sein musste.

»Was ist das?«, fragte er den Notarzt, der daraufhin bereitwillig mit einem Taschentuch Blut, Knochensplitter und was sonst noch vorhanden sein mochte, von dem gezeigten Objekt wischte.

Nach einigen Sekunden Putzarbeit kam allmählich die Oberfläche zum Vorschein, und eine dunkle Ahnung beschlich den Bamberger Kommissar.

»Was meinen Sie, ganz ehrlich?«, fragte Haderlein, als der Notarzt das blutige Taschentuch vorsichtig zur Seite legte und sein Putzergebnis mit geschürzten Lippen betrachtete. Es folgte eine kurze, bedeutungsvolle Pause, dann sprach der Notarzt aus, was ohnehin in gnadenloser Offensichtlichkeit vor ihnen lag.

»Nun, Herr Kommissar, das schaut aus wie eine Aluminiumfolie. Genauer gesagt wie zusammengefaltete Aluminiumfolie, ein Stück davon. Ich vermute, dass der größte Teil noch im Kopfbereich unter dem Verunfallten liegt. Mehr möchte ich dazu erst einmal nicht sagen«, erklärte er fast schüchtern und erhob sich.

Franz Haderlein nickte nur, und sein prinzipieller Glaube an die Menschheit bekam einen weiteren Knacks. Der Streifenbeamte hatte mit seiner verwegenen Stammtischthese womöglich recht gehabt. Wenn dies der Wahrheit entsprach, dann hatten sie es hier nicht mit einem Unfall, sondern mit vorsätzlicher Blödheit in einem besonders schweren Fall zu tun. Fassungslos starrte er auf den Aluzipfel, als sein Handy zu klingeln begann. Haderlein erhob sich sofort und hatte kurz darauf den Kollegen Huppendorfer am Ohr.

»Was, wo gibt es eine Leiche? – Ja, der Kemnitzenstein sagt mir was, der ist bekannt. Das ist die zweithöchste Erhebung im Landkreis Lichtenfels, soweit ich weiß. Ich bin gerade an der Brückenbaustelle in Breitengüßbach, aber das hat sich hier zwischenzeitlich, glaube ich, geklärt. Von einem Mordfall kann man mit ziemlicher Gewissheit nicht ausgehen, würde ich einmal sagen. – Okay, dann treffen wir uns dort, César.«

Haderlein nahm sein Smartphone vom Ohr und steckte es zurück in die Innentasche seiner Wildlederjacke. Unglaublich. Da hatte doch tatsächlich tagelang so etwas wie Beschaulichkeit in ihrer Dienststelle geherrscht, und jetzt überschlugen sich plötzlich die Ereignisse. Aber so war das halt manchmal im Leben. Gerade noch küsst es dich, nur um dir wenig später so richtig eins überzubraten.

***

Lagerfeld hatte inzwischen Gesellschaft von Kollegen der Bereitschaftspolizei, dem Notarzt sowie Mitarbeitern der Spurensicherung bekommen. Zuallererst schilderte er den Beamten den tätlichen Angriff des Bewusstlosen zu seinen Füßen, woraufhin der gefällte Nazi von diesen ohne weitere Nachfrage mit Handschellen bedacht wurde. Bei seinem Erwachen würde die Welt eine andere, zumindest sehr viel eingeschränktere sein als bisher. Dann wies der Kommissar die Kollegen an, ein paar Leute im und vor dem Gebäude als Zeugen zu befragen; nicht dass seine Rolle in dem seltsamen Schauspiel hier noch unangenehme Folgen für ihn hatte. Dem Notarzt, der nur noch den Tod des inmitten seines roten Seils liegenden Wortführers der Demonstranten feststellen konnte, schilderte Lagerfeld kurz und knapp die Geschehnisse, die zu Schildmanns Ableben geführt hatten.

»Der Verrückte mit dem Aluhut hat sich entgegen meiner Aufforderung von dort oben in seine eigene Schlinge gestürzt. Ich hab ihn noch schnell abgeschnitten, aber es war schon zu spät. Zum Glück ist keiner der Demonstranten von dem Irren oder, noch schlimmer, von dem Balkongeländer getroffen worden. Aber ich will dem medizinischen Befund nicht vorgreifen. Der da mit den vielen Tätowierungen ist nicht tot, bloß bewusstlos. Er wollte mir gegenüber handgreiflich werden, das ist jetzt das Ergebnis. Wenn er wieder zu sich kommt und es ist nichts Schlimmeres, können die Kollegen ihn gleich mit aufs Revier mitnehmen. Aber Vorsicht, der Typ is a weng aggressiv!«, ergänzte der Kommissar mit bedeutsamem Augenaufschlag, woraufhin der Notarzt nur schief lächelte und sich um den behandschellten Ohnmächtigen kümmerte.

Nachdem alle Kollegen informiert und an die Arbeit gegangen waren, wollte sich Lagerfeld schon zurück zu seinem Honda begeben, um sich endlich wieder um Presssack zu kümmern. Der arme Kerl war bestimmt stockbeleidigt, weil er so lange im Auto warten musste. Das war nun wirklich dumm gelaufen, denn eigentlich hatte er ja gar nicht so lange fortbleiben wollen. Trotz Presssacks misslicher Lage musste er aber noch einmal zurück in das Labor, um die Mitarbeiter dort nach dem Hergang der Balkonaktion zu befragen. Außerdem war Bernd Schmitt jetzt doch neugierig, was bei der Firma AEDES denn so Schlimmes hergestellt wurde, dass sich die Impfgegner bemüßigt sahen, einen solchen Aufstand vor dem Firmengebäude zu veranstalten.

Presssack musste sich also noch eine Weile gedulden, und Lagerfeld ging erneut in das Gebäude, von dessen Balkon sich soeben ein Verbohrter in den Tod gestürzt hatte. Am Eingang empfing ihn wieder derselbe Mann, der ihn schon einmal hereingelassen hatte. Musste wohl so etwas Ähnliches wie der Hausmeister sein, auch wenn er mit seiner schwarzen Jacke eher wie ein Angestellter eines Sicherheitsdienstes aussah. Nun, vielleicht hatten die hier auch gar keinen Hausmeister, und es war wirklich eine Sicherheitsfirma mit dem Gebäudeschutz beauftragt. Eine Überlegung, die den Kommissar noch neugieriger auf das machte, was AEDES sich als Forschungsauftrag auserkoren hatte.

»Ich muss zum Chef«, raunzte Lagerfeld den schwarz Befrackten an, was der aber überhaupt nicht krummnahm, sondern wohl als ganz normalen Umgangston in seinem beruflichen Umfeld ansah. Jedenfalls sagte der Mann nichts, sondern nickte nur kurz, um sich dann sofort umzudrehen und mit ausgestrecktem Arm die Eingangstür zu öffnen. Lagerfeld voraus stiefelte er zwei Stockwerke nach oben. Dort angekommen, öffnete er eine weitere Tür, die in einen langen, weiß getünchten Flur führte. An dessen hinterem Ende befand sich das Büro des Chefs, neben dem ein kleines, unscheinbares Schild angebracht war.

»Dr. Kailash Sati/Geschäftsleitung«.

Lagerfeld bedankte sich bei dem Wachmann, der sich umgehend verabschiedete und wieder nach unten ging. Nicht dass sich unten am Eingang wieder irgendwelche Spinner ungebetenen Einlass verschaffen wollten. Einer hatte es ja mit allerlei

Tricksereien tatsächlich in die Firma geschafft. Dafür war er jetzt aber tot, eine Katastrophe für alle Beteiligten. Für den Verunfallten sowieso, für die Bamberger Ordnungshüter auch, da sie jetzt wahrscheinlich wieder als brutale Erfüllungsgehilfen einer diktatorischen Staatsmacht herhalten mussten, und für die Firma AEDES ebenso, da der Vorfall ganz sicher ein schlechtes Licht auf das noch junge Start-up werfen würde. Was Gunnar Schildmann posthum sogar noch gefallen dürfte.

Lagerfeld klopfte, dann öffnete er die Tür, ohne noch lange auf eine Antwort zu warten. Das Erste, was er zu Gesicht bekam, war eine noch ziemlich junge Sekretärin, die ihm mit etlichen Schnellheftern im Arm entgegengerannt kam, den Kopf hochrot, und grußlos an ihm vorbei zur Tür hinausrannte. An der Stelle, von der sie gekommen war, befand sich ein schlichter Schreibtisch mit Stahlfüßen und dicker Holzplatte. Das Designerteil passte gut zum Rest der Büroeinrichtung, die sich anscheinend am Dessauer Bauhaus orientierte und hauptsächlich aus kubischen Stahlrohrmöbeln bestand.

Hinter besagtem Schreibtisch saß ein etwas klein geratener dunkelhäutiger Mann mit glatten schwarzen Haaren und schwarzem Schnurrbart, der ziemlich aufgeregt auf Englisch telefonierte. Das musste Kailash Sati sein. Lagerfeld wurde kurz gemustert, dann bedeutete ihm der Geschäftsführer, sich in dem großen braunen Sessel niederzulassen, der direkt vor dem Schreibtisch stand. Lagerfeld tat wie ihm geheißen und nahm in dem riesigen Gestühl Platz.

Einen Moment lang war er ein wenig irritiert, denn das war kein Material, aus dem deutsche Sessel normalerweise hergestellt wurden, nein, dieser hier schien aus lauter Hanfseilen zusammengeflochten worden zu sein. Nicht direkt unbequem, aber doch eher vom Kaliber einer Karawanserei, wenn er ehrlich war. Was diesen jungen Firmengründern nicht alles einfällt, um als besonders originell rüberzukommen, dachte er leicht genervt. Wahrscheinlich war das sogar irgend so ein recyceltes Material aus alten Bettvorlegern oder Ähnlichem, mit dem man hier einen positiven ökologischen Fußabdruck hinterlassen wollte. Was soll's, das Teil erfüllte seinen Zweck, und er würde sich so einen Seilzirkus sowieso niemals in die Wohnung stellen.

Der Kommissar war mit seinen ästhetischen Überlegungen am Ende, Start-up-Gründer Dr. Kailash Sati mit seinem Telefonat. Mit schweißnassem Gesicht und erschöpftem Blick musterte er seinen unbekannten Besucher. Lagerfeld ersparte ihm eine längere Phase der Ungewissheit und hielt dem Mann seinen grünen Dienstausweis unter die Nase.

»Bernd Schmitt, Kriminalpolizei. Sie können sich ja vielleicht denken, weswegen ich hier bin.« Eine durchaus zutreffende Gesprächseröffnung, die bei Kailash Sati zu einem resignierten Kopfnicken führte.

»Ja, natürlich weiß ich das. Die Demonstranten dort unten auf dem Platz sind ja laut genug und auch schon ziemlich lange da. Dass jetzt noch dazu ein Mensch zu Tode gekommen ist, setzt dem Ganzen natürlich die Krone auf. Was für ein tragisches Unglück, und zu allem Überfluss ist dieser Vorgang bereits jetzt in allen Medien Thema. Für unsere junge Firma ein absolutes PR-Desaster. Unser Forschungsgebiet ist seit Corona sowieso äußerst heikel, und nun auch noch das.«

Sati stützte seinen Kopf in beide Hände und starrte trübsinnig die Platte seines Schreibtisches an. Lagerfeld hatte den Eindruck, dass der ganze Aufstand mit den Demonstranten und dem Unfall dem Mann wirklich an die Nieren ging. Er schätzte Sati auf maximal vierzig, wahrscheinlich in Deutschland geboren, denn er sprach ein absolut akzentfreies Deutsch. Seine Eltern waren wahrscheinlich aus dem Iran, Indien oder dem Nahen Osten eingewandert, dem ersten Eindruck nach zu urteilen. Nun gut, was draußen vor dem Haus vorgefallen war, hatte also inzwischen jeder in Bamberg mitbekommen. Was den Kommissar aber weit mehr interessierte, war das Betätigungsfeld der Firma, aufgrund dessen sich ja diese Meute dort draußen versammelt hatte.

»Herr Sati, um was handelt es sich denn eigentlich bei der Forschung, die Sie hier betreiben? Ich bin beileibe kein Wissenschaftler, aber vielleicht können Sie es mir so erklären, dass es selbst so ein minderbemittelter Polizist wie ich versteht.«

Der Chef der Firma AEDES hob seinen Kopf und nickte bereitwillig. Anscheinend hatte er es noch nicht satt, zum wer weiß wievielten Mal einem Laien sein hochkomplexes Arbeitsgebiet zu erklären, ganz im Gegenteil. Das war wenigstens erforschtes Terrain, damit kannte er sich aus. Er wischte sich mit dem Ärmel seines Hemdes den kalten Schweiß von der Stirn, lehnte sich in seinem Sessel zurück, der aus genau den gleichen Seilen gemacht zu sein schien wie der seines polizeilichen Gegenübers, und legte los.

»Herr Schmitt, im Grunde betreiben wir hier Impfforschung, genauer gesagt arbeiten wir an neuen Möglichkeiten, Impfstoffe zu verabreichen.« Kailash Sati schob seine beiden Hemdsärmel bis hinauf zu den Ellenbogen, bevor er in ruhigem, sachlichem Ton fortfuhr: »Impfungen sind eine der effektivsten Maßnahmen gegen Infektionskrankheiten überhaupt. Ein Segen für die Menschheit, aber das wollen manche einfach nicht begreifen. Doch längst nicht gegen jeden Erreger gibt es ein Vakzin. Daher stellen Impfstoffe nach wie vor einen wichtigen Forschungsschwerpunkt in der Biotechnologie dar. Sie bilden mit einem Anteil von derzeit fünfundzwanzig Prozent die größte Gruppe aller zugelassenen Biopharmazeutika in Europa. Und auch die Forschung läuft auf Hochtouren: Über siebzig Impfstoff-Kandidaten zu unterschiedlichen Indikationen befinden sich in der klinischen Entwicklung. Das sind zum Teil Weiterentwicklungen von existierenden Vakzinen, etwa Grippe-Impfstoffe, aber zum Teil auch völlig neue Vakzine gegen Erreger, für die bislang gar kein Impfstoff existiert. Und an dieser Front arbeiten wir hier mit AEDES an vorderster Stelle mit völlig neuen, innovativen Ansätzen.«

Lagerfeld hatte ruhig zugehört und zu seiner großen Befriedigung auch das meiste verstanden.

»Aha, wenn ich das richtig verstehe, entwickeln Sie hier bei AEDES also neue Impfstoffe, ja?«, schlussfolgerte er, stolz, auch einmal einen akademisch komplizierten Sachverhalt nachvollzogen zu haben. Naturwissenschaften waren nie so richtig sein Ding gewesen, er hatte es eher mit Sprachen, das war seine Domäne.

Schön, dass er jetzt trotzdem mal etwas kapiert hatte. Aber der Zahn wurde ihm sogleich gezogen.

»Nein, das haben Sie nicht richtig verstanden, ganz und gar nicht«, widersprach Dr. Sati, was bei Lagerfeld einen sehr schwer zu beschreibenden Gesichtsausdruck erzeugte.

»Ja aber, Sie sagten doch gerade –«

»Ja, schon richtig, ich sagte Ihnen eben, wie es ganz allgemein in der Impfstoff-Forschung in Europa aussieht, das ist quasi unser Markt. Die Firma AEDES hat es sich aber nicht zum Ziel gesetzt, neue Impfstoffe zu entwickeln, sondern wir arbeiten vielmehr daran, bereits existierende Vakzine mit neuen Methoden und Techniken zu verimpfen. Ohne Impfzentren, ohne den riesigen organisatorischen Aufwand und ohne die damit verbundenen Kosten. Wir entwickeln eine weitaus kostengünstigere, umweltverträgliche Bioimpfung, und zwar mittels heimischer Stechmücken. Ein völlig neuer, innovativer Ansatz.«

Lagerfeld blieb vor Staunen der Mund offen stehen. Es dauerte ein paar Sekunden, aber dann hatte er es verstanden.

»Ach so, Sie bauen Schnaken so um, dass die beim Stechen den Impfstoff spritzen«, resümierte er ein wenig ungläubig, was bei Dr. Kailash Sati ein leicht gequältes Grinsen auslöste.

»Nun, wenn man es auf ein sehr einfaches, volkstümliches Niveau herunterbrechen möchte, dann kann man das vielleicht so sagen«, pflichtete er ihm mit sichtlichem Widerwillen bei. »Obwohl es natürlich in Wirklichkeit viel komplizierter ist.«

Beim Bamberger Kommissar fiel nun aber der Groschen. Sati bemerkte das Erkennen in Bernd Schmitts Mimik und führte nun wieder bereitwillig aus, welche zwingenden Schlüsse daraus folgten.

»Und deswegen demonstrieren die dort draußen so vehement gegen unsere Firma. Wenn das mit der Stechmückenimpfung irgendwann funktioniert, muss niemand mehr wegen einer Impfung einen Arzt aufsuchen, und dann würden natürlich auch diese Impfgegner reihenweise zwangsgeimpft, ob sie nun wollen oder nicht. Das ist ein rechtliches Problem, auf das die Politik noch keine Antwort gefunden hat. Aber das kann und darf uns natürlich nicht daran hindern, unsere Vision voranzutreiben.«

Jetzt hatte Lagerfeld endgültig kapiert, wovor die Demonstranten dort draußen so eine Angst hatten. Klar, wenn man sich gegen das Impfen entschieden hatte, aus welchen Gründen auch immer, dann müsste man sich ja irgendwie gegen diese Stechmückenimpfung schützen. Zu hundert Prozent sicher ging das seines Wissens nur mit entsprechender Kleidung. Und da die gemeine fränkische Schnake schwerpunktmäßig im Sommer unterwegs war, konnte das ein ziemlich schweißtreibendes Unterfangen werden.

»Also, das hieße ja, Herr Sati, dass ich mich, sofern ich nicht einverstanden bin, mich stechimpfen zu lassen, in einen hermetisch abgeriegelten Luftschutzbunker einmieten und Lebensmittel sowie Getränke für den ganzen Sommer horten müsste. Wenn ich das aber nicht will, sondern ein Sommerfeeling haben möchte, dann renne ich im Hochsommer mit kompletter Imkerausrüstung oder am besten gleich im Taucheranzug zum Einkaufen, das wäre die einzige Lösung.«

Satis Schweigen war Antwort genug. Da Lagerfeld aber eigentlich ein Mensch war, der Bequemlichkeiten jeder Art zu schätzen wusste und einen Sinn für praktische Ideen hatte, vor allem aber Spritzen hasste, fand er diese Mückenimpfungsidee richtig klasse.

»Und das geht mit jeder Schnake?«, wollte er nun neugierig wissen. Seine Angst vor Spritzen würde sich dann ja reihenweise erledigen.

Eigentlich klasse Aussichten, doch Dr. Sati winkte erst einmal ab. »Nicht so eilig, so weit sind wir noch nicht. Wir experimentieren im Moment nur mit einer einzigen Mückenart, die allerdings sehr vielversprechend ist. Es handelt sich dabei um die asiatische Tigermücke, gelegentlich auch ›Tigermoskito‹ genannt, lateinischer Name ›Aedes albopictus‹. Diese Art war früher gar nicht bei uns heimisch. Durch die Klimaerwärmung ist diese Stechmücke in Europa aber radikal auf dem Vormarsch. So, und jetzt wissen Sie auch, woher unser Firmenname rührt.«

Zum ersten Mal stellte sich auf dem Gesicht des Start-up-Geschäftsführers ein ehrliches, befreites Lächeln ein.

»Aha, und von wie vielen dieser Tigerschnaken in Ihrem Labor reden wir?«, wollte Lagerfeld interessehalber wissen, was Sati sofort, wie aus der Pistole geschossen, beantworten konnte.

»Im Moment haben wir einen Bestand von circa hundertzwanzigtausend Tigermücken, die einen experimentellen Impfstoff gegen Genitalherpes in sich tragen. Die Zahl schwankt aber, da die Tiere sich laufend vermehren.«

Bernd Schmitt staunte nicht schlecht. Einhundertzwanzigtausend. Das waren ja mehr Schnaken, als Bamberg Einwohner hatte.

»Genitalherpes? Ist das nicht eine dieser ekligen …?«

»… Geschlechtskrankheiten, genau, eine schlimme Geißel der Menschheit. Der Impfstoff gegen Syphilis ist auch schon zur Übertragung angedacht, aber noch in der Entwicklungsphase«, erklärte Sati nicht ohne Stolz.

Lagerfeld war tief beeindruckt. Was es nicht alles gab.

»Und das hieße demnach, wenn Sie diese Mücken ins Freie lassen, werden alle Bamberger, die diesen Sommer gestochen werden, eine Impfung gegen Genitalherpes bekommen, richtig?«

Sati nickte beipflichtend. »Genau. Drei Monate, und ganz Bamberg wäre von dieser Geschlechtskrankheit befreit. Jedenfalls wenn es einmal eine legale Möglichkeit zur Impfung sein wird. So lange bleiben unsere fleißigen Tigermücken noch unter Verschluss«, erwiderte er mit einem schmalen Lächeln.

Lagerfeld hatte erst einmal genug gehört, aber er war sich sicher, mit diesem Doktor nicht das letzte Gespräch geführt zu haben. Ein wahnsinnig interessantes Thema.

»Na, dann passen Sie schön auf, dass Ihnen Ihre fliegenden Tiger nicht abhandenkommen«, meinte Lagerfeld grinsend. Er bedankte sich ausführlich bei dem jetzt entspannt wirkenden Dr. Sati, ließ seine Karte zurück und machte sich schleunigst auf den Weg zu seinem Honda, wo sein Azubi Presssack wartete und bestimmt schon stinksauer war. Eine Ahnung, die nicht nur bestätigt, sondern sogar noch übertroffen wurde.

Als der Kommissar auf dem Fahrersitz Platz nahm und sich nach hinten umwandte, erkannte er schon das Ungemach.

Presssack lag der Länge nach ausgestreckt auf dem Rücksitz und blickte ihm mit abgrundtiefer Verachtung entgegen. Auch wenn »der Länge nach« in Presssacks Fall nur eine redensartliche Feststellung darstellte, denn Höhe und Länge des Ferkels waren in etwa gleich bemessen. Dies hinderte die neue Superspürnase in der Bamberger Dienststelle jedoch nicht daran, die beleidigte Leberwurst zu spielen und das Herrchen bei dessen Eintreffen mit böser Miene abzustrafen. Als finalen Ausdruck allerhöchsten Missfallens ließ das schwarz-rosa gefleckte Ferkel auch noch ziemlich geräuschvoll einen fahren. Bernd Schmitt bemerkte die Übellaunigkeit seines Auszubildenden sowohl optisch als auch olfaktorisch, übte sich darin, dies alles geflissentlich zu übersehen und zu überhören, und versuchte sich eiligst in einer Entschuldigung.

»Es tut mir wirklich leid, Kleiner, aber aus meiner vorgetäuschten Leiche ist leider eine echte geworden. Dafür kann ich aber wirklich nichts, die sind alle ein bisschen irre hier.«

Er lächelte das kleine, dralle Ermittlerferkel auf der Rückbank an, aber Presssack hatte seinen Kopf demonstrativ auf die vorderen Gliedmaßen gelegt und tat so, als wollte er den Menschen da im Auto überhaupt nicht bemerken und hätte stattdessen über eine dringend benötigte Pediküre nachzudenken. Sollte wohl heißen, Entschuldigung abgelehnt.

Dann eben nicht, dachte Lagerfeld resigniert und schloss mit einer energischen Bewegung die Fahrertür. Die klatschte so laut ins Schloss, dass der beleidigte Presssack erschrocken zusammenzuckte und sich kurzerhand aufrichtete. Während der Kommissar auf dem Vordersitz saß und überlegte, was er nun tun sollte, wurde sein Ermittlerferkel der gekochten Kartoffeln gewahr, deren Reste sich noch immer in der Jutetasche tummelten, in der sein Herrchen ihn ins Auto verfrachtet hatte. Beleidigt hin oder her, eine Kartoffel ging immer, also nahm Presssack den Brunch bereitwillig an und machte sich ans Fressen.

Lagerfeld bekam davon nichts mit, denn er war gerade mit ganz anderen Dingen beschäftigt. In die Dienststelle wollte er definitiv nicht zurück, da drohten eine neuerliche Begegnung mit dem Chef und der darauf sicher folgende Super-GAU in der Erlanger Rechtsmedizin. Mit Siebenstädter war er noch nie klargekommen, und nach dessen persönlichen Misserfolgen der letzten Zeit war nur das Allerschlimmste bei einem Zusammentreffen zu erwarten. Andererseits konnte er auch nicht einfach seine Arbeitszeit sinnlos verblöden, nur weil ihm sein Tagesbefehl nicht passte, das würde ihm Fidibus ganz sicher dauerhaft übelnehmen.

Kommissar Bernd Schmitt blickte noch einmal kurz hinüber zu dem ganzen Aufstand, den er vorhin selbst hatte miterleben müssen. Was war bloß gerade mit seinem Leben los? Erst die Trennung von seiner Lebensgefährtin und seiner Tochter, dann diese hirnrissige Fortbildung und jetzt auch noch dieser Schwachkopf, der sich vor seinen Augen in den Tod gestürzt hatte. Eigentlich brauchte er Urlaub, aber das ging jetzt gerade natürlich nicht, also musste er sich etwas anderes einfallen lassen, einen Bypass, irgendwie um den ganzen Stress herum.

Kurz entschlossen zückte er sein Mobiltelefon und klingelte Honeypenny an. Auch wenn die Gute im Moment nicht besonders gut auf ihn zu sprechen war, wenn überhaupt jemals, konnte nur sie ihm aus seiner misslichen Situation helfen. Das würde ihn zwar wieder eine große Pralinenpackung und ganz sicher auch viele gute Worte kosten, aber was tat man nicht alles, um einen Pflichttermin in der Erlanger Rechtsmedizin zu umschiffen.

»Hoffmann«, meldete sich Honeypenny förmlich, anhand der Telefonnummer aber sehr wohl wissend, wer sich am anderen Ende der Leitung befand.

Lagerfeld hatte keine Lust auf Diskussionen, er wollte Lösungen, und zwar schnell, also kam er sogleich auf den Punkt. »Und, wie sieht's aus, Marina? Wie ist die Luft im Büro?«, erkundigte er sich ohne großes Federlesen.

Marina Hoffmann konnte mit dieser kryptischen Fragestellung nicht so wirklich viel anfangen, vermutete aber berechtigterweise irgendeinen Hinterhalt des Kollegen Schmitt, schließlich kannte sie ihren Pappenheimer.

»Was soll die blöde Frage, Bernd? Die Luft ist hier wie immer. Sag lieber, was du willst«, raunzte sie Lagerfeld ungeduldig an. Der hatte mit einer derart kurz angebundenen Antwort durchaus gerechnet und sich einen Plan zurechtgelegt. Mit Honeypenny wurde man nur fertig, wenn man sie verunsichern konnte, wenn sie nicht mehr genau wusste, woran sie eigentlich war. Aber das war nicht einfach, gar nicht einfach. Da hieß es, kreativ zu werden.

»Na, ist die Luft dick, oder ist sie rein? Dicke Luft mag ich nicht, Marina. Wenn die Luft dick ist, siehst du mich heute nicht mehr wieder, dann mach ich mit Presssack einen Ausbildungsausflug in den Thüringer Wald, kein Problem. Wenn die Luft jedoch sauber ist, geradezu rein, also beispielsweise frei von gefährlichen Partikeln der Suckfüll'schen Art, dann komme ich in die Dienststelle und bringe dir deinen schwarz-rosa gefleckten Zögling zurück, aber nur dann. Verstehst du jetzt, was ich mit reiner Luft meine?«

Marina Hoffmann verstand zwar nur die Hälfte von dem dämlichen Gefasel, jedoch durchaus, dass Bernd Schmitt sie mit hoher Wahrscheinlichkeit gerade verarschen wollte. Aber sie würde sich nicht aufregen, diesmal nicht. Immer wenn sie sich aufregte, was meistens der Fall war, dann hatte dieser ungehobelte Kerl gewonnen, und das durfte auf gar keinen Fall passieren. Also riss sie sich zusammen und bemühte sich um eine sachliche Antwort.

»Nun, Herr Kommissar, die Luft ist rein, sehr rein sogar. Die polizeilichen Vöglein sind alle ausgeflogen, ich weiß allerdings nicht, wann sie wieder zurückkommen, um die angesprochene Luft erneut zu verunreinigen. Vor allem bei unserem Dienststellenleiter kann das sehr schnell der Fall sein, würde ich meinen. Für die Kollegen Huppendorfer und Haderlein gilt das eher nicht, die sind gerade beide zum Kemnitzenstein unterwegs, da sich dort ebenfalls ein Verbrechen ereignet haben soll. Es ist jedenfalls außer mir niemand mehr hier, Herr Schmitt. Sie können also gern zurückkommen, um mir von Ihrem spannenden Arbeitsalltag zu erzählen«, flötete Honeypenny ins Telefon. »Apropos, was war denn jetzt mit Ihrem angeblichen Leichenfund, der Ihren Aufbruch ins Arbeitsleben heute Morgen so vehement beschleunigt hat, gibt es da schon Näheres zu berichten?«

Der bissige Unterton war für den Kommissar kaum zu überhören. Demnach hatte Marina gleich durchschaut, dass sein Abgang aus der Dienststelle von vorne bis hinten fingiert gewesen war. Verblüfft war er aber wegen etwas gänzlich anderem: Es war das erste Mal, dass er sich von Honeypenny so eine verbale Retourkutsche eingefangen hatte. Das waren ja richtig zynische Widerworte, so kannte er sie gar nicht. Was war denn mit der los? War Honeypenny etwa bei Siebenstädter in die Lehre gegangen? Wenn ja, stand Übles zu befürchten.

Ob Marinas aggressiver Stimmung sank die Lust auf Dienststelle bei Lagerfeld mit einem Schlag gen null. Irgendwie war dieser Tag verhext, es musste eine Lösung her, und zwar gleich.

»Alles klar, Marina. Danke, Frau Hoffmann, für diese wunderbar ausformulierten Auskünfte. Was Ihre Frage nach meinem Mordfall anbelangt, so war das kein Mord, wohl eher eine undisziplinierte Selbsttötung, ein provozierter Unfall oder so ähnlich, ich weiß auch nicht genau, wie ich das beschreiben soll. Vielleicht eine Art selbsterfüllende Prophezeiung im Suizidbereich. Jedenfalls habe ich daraus gelernt: Wenn man eine Leiche braucht, dann kann man schon irgendwo eine finden – gewissermaßen. Es ist also wirklich einer tot, aber ich kann nichts dafür, so viel ist sicher. Da sind haufenweise Spinner unterwegs, und einer von denen war blöd genug, sich selbst umzubringen. Sanis, Notarzt, Spusi, Bereitschaftspolizei, alle sind schon da, was also soll ich noch hier?«

Lagerfeld wusste selbst nicht, was er da gerade für einen Nonsens plapperte. Im Grunde wollte er nur Zeit schinden, bis ihm eine geniale Idee kam, wie er sich aus diesem verqueren Wirrwarr hier herauswinden konnte.

Am anderen Ende der Leitung war ein tiefes Schnaufen zu vernehmen, ganz eindeutig das Luftholen vor dem Sturm. Honeypennys Selbstbeherrschungspläne schienen allmählich ins Wanken zu geraten.

»Bernd, du bleibst jetzt erst einmal am Bahnhof und wartest, bis ich dir einen Kollegen von der anderen Abteilung vorbeigeschickt habe, verstanden? Von uns ist ja im Moment keiner verfügbar. Ich weiß, du hast dort im Moment nicht viel zu tun, aber irgendwer muss die Arbeit ja machen, auch wenn es sich nur um durchgedrehte Spinner handelt. Immer noch besser als Fortbildung in Erlangen, oder?«

Honeypenny gab ja wirklich alles, um Lagerfeld von einer weiteren unbedachten Handlung abzuhalten. Aber da war sie plötzlich, die geniale Idee, gerade noch rechtzeitig.

»Na, wenn das so ist, Frau Hoffmann, dann begebe ich mich doch einfach mit dem Kollegen Presssack zum Kemnitzenstein, um dort mit dem Nachwuchskommissar eine Ausbildungseinheit in einem realen Verbrechen zu absolvieren. Vielleicht ist ein solcher Einsatz ja sogar der Aufklärung dienlich. Außerdem muss unser junger Auszubildender ja auch seine Heimat ein wenig kennenlernen. Und der Kemnitzenstein, meines Wissens die zweithöchste Erhebung im Lichtenfelser Land, ist dafür ganz hervorragend geeignet. Schönen Tag noch!«

Sprach's und legte auf, bevor Honeypenny auch nur einen Pieps absondern konnte.

Lagerfeld schnaufte erleichtert durch und schaute zur Sicherheit noch einmal prüfend nach hinten, aber Presssack war mit Kauen beschäftigt. Fürs Erste war die Kuh vom Eis. Eines war aber klar: Sollte er jemals nach Bamberg in die Dienststelle zurückkehren, würde er von Honeypenny den gewaltigsten Anschiss aller Zeiten kassieren.

Jetzt aber wollte er erst einmal hier weg. Daher startete Lagerfeld den Motor und machte sich auf den Weg zum Kemnitzenstein, der, wie ja bereits erwähnt, zweithöchsten Erhebung im Lichtenfelser Land.

***

Die Zeit ging ins Land, und er hatte mit allerlei Schreinerarbeiten für einen größeren Auftrag begonnen. Wie sich zeigen sollte, veränderte dieser Innenausbau einiges in seinem Leben. Die

Beschäftigung damit ließ ihn ein wenig Abstand von seinem Weltschmerz und den Problemen in seiner immer noch existierenden On-off-Beziehung nehmen. Hinzu kam am Neujahrstag die Erkenntnis, dass er mit seinem Auftrag nicht fertig werden würde, wenn er mit dem jetzigen Tempo weiterarbeitete. Also zog er die Notbremse und meldete sich von so ziemlich allem ab, Beziehung eingeschlossen. Er drückte auf Pause und zog sich bis auf Weiteres komplett zurück.

In den darauffolgenden zwei Monaten bestand sein Leben nur noch aus Schreinern, Essen, Trinken und Schlafen. Er war nur noch in seiner Schreinerei, klinkte sich aus allem anderen aus. Am Ende konnte er dem Kunden am 1. März eine komplett handgefertigte Wohnlandschaft übergeben, die gerade so auf den letzten Drücker fertig geworden war.

Als Florian Kauper registrierte, dass er den Termin wirklich geschafft hatte und die Aufgabe erfolgreich beendet war, fiel er erst einmal in ein tiefes, schwarzes Loch. Ein irrer Trip war zu Ende, und er musste ins normale Leben zurückfinden, das ihm in den letzten Wochen größtenteils abhandengekommen war.

Dementsprechend sah er auch aus. Übermüdet, zerzaust, vom Leben gebeutelt und alles andere als der Öffentlichkeit präsentabel. Aber wie sollte man schon aussehen, wenn man sich über Monate völlig aus seinem sozialen Umfeld zurückgezogen hatte und nur noch seiner Arbeit nachging? Freunde erzählten ihm im Nachhinein, sie hätten ernsthaft mit dem Gedanken gespielt, erste Entwürfe für einen Grabstein anfertigen zu lassen.

Wie auch immer, er kehrte lustlos in sein Privatleben zurück, schleppte sich durchs Leben und durch die todgeweihte Beziehung. Nichts wurde besser, und als der Herbst kam, zog er sich erneut zurück, führte ein über Wochen andauerndes Selbstgespräch mit seiner Seele, um herauszufinden, was denn die letzten Jahre so alles schiefgelaufen war in seinem Leben.

An Silvester war der Prozess der Selbstreinigung dann ganz urplötzlich zu Ende, und Florian Kauper beschloss, einen Schlussstrich zu ziehen, um endlich einmal neue Ansätze zu probieren. Er hatte die Nase voll von Liebesdingen. Vielleicht war er einfach nicht für eine Beziehung gemacht. Zu durchgeknallt, verrückt, schlicht nicht tragbar für das weibliche Geschlecht – zumindest nicht auf Dauer. Also weg damit, endgültig.

Außerdem wollte er jetzt all die unangenehmen Sachen angehen, die ihm schon seit Längerem auf der Seele lagen und an die er sich aus den verschiedensten Gründen nicht herangetraut hatte. Das neue Jahr sollte gefälligst der Startschuss für eine neue Zeitrechnung werden.

Als Erstes buchte er einen Termin für seine Knieoperation, denn das Kreuzband war schon längere Zeit völlig hinüber, es ging einfach nicht mehr. Florian war noch nie in seinem Leben in einem Krankenhaus gewesen, also hatte er davor natürlich Schiss gehabt. Jetzt aber nicht mehr.

Außerdem beschloss er, nach zehn Jahren endlich ein neues Auto zu kaufen und nicht mehr Tausende Euros in die Reparatur des alten zu stecken. Solche Beschlüsse fasst man doch immerhin gern. Und dann hatte er ja auch bald Geburtstag, am 18. Januar wurde er sechsundfünfzig. Die Geburtstagsfeier sollte das flammende Symbol für den Neubeginn seines Lebens werden.

Florian Kauper fühlte sich gut, wie neugeboren, fühlte sich frei. Seine Vorhaben für das neue Jahr hatte er angeleiert, und er war wirklich überzeugt, endlich die richtigen Entscheidungen getroffen zu haben. Sein Leben war seit Langem wieder hell, freundlich und klar. Er akzeptierte sein Singledasein und fand Tag für Tag mehr Gefallen daran. Die positive Veränderung seines Gemütszustandes wirkte sich auch auf seinen Arbeitselan aus. Die Zeit der Einbauküchen war vorüber, und er wandte sich wieder seiner ursprünglichen Arbeit, dem Kreieren von Designermöbeln, zu.

Inzwischen war der Winter eingekehrt, und eine beharrliche Eiseskälte legte sich über das fränkische Land. Sogar eine dicke Schneeschicht bedeckte die Erde, was in Deutschland selbst im Januar längst nicht mehr selbstverständlich war. Blauer Himmel, Raureif, Sonne – ein Traum von einer Winterlandschaft. Was brauchte man mehr für einen Neustart im Leben? Einfach perfekt. Florian musste jetzt auf niemanden mehr Rücksicht nehmen, konnte machen, was er wollte.

Er genoss sein neues Leben in vollen Zügen. Zwischen seinen Schreinereien machte er immer mal wieder Ausflüge in den Schnee, um ein paar Winterfotos zu schießen. Das alles fühlte sich wirklich gut an. Nun, dieser Zustand hielt genau zehn Tage an. Wieder geschah etwas, was Florian Kauper nicht einkalkuliert hatte, ganz zu schweigen von der Tragweite eines solchen, eigentlich banalen Ereignisses. Eines Nachts hatte er einen bemerkenswerten, eindringlichen Traum.

Florian träumte, er säße in der dunklen Stube einer Wahrsagerin in Bayreuth, um sie zu seinem zukünftigen Leben zu befragen. Diese geträumte Wahrsagerin war ihm an sich völlig unbekannt, trotzdem erweckte sie in ihm den Eindruck absoluter Vertrauenswürdigkeit. Sie erzählte ihm auch allerhand positive Dinge über seine Gesundheit, seine Familie und seine beruflichen Aussichten. Alles ganz locker, alles ganz positiv.

Später, als er wieder wach war, konnte er sich noch gut erinnern, wie er sich in seinem Traum im Stuhl zurücklehnte und zufrieden grinste. Dann erzählte ihm die Wahrsagerin allerdings noch etwas Unerwartetes. Etwas, wonach Florian sie überhaupt nicht gefragt hatte. Im diffusen Dämmerlicht ihrer unscheinbaren Stube sitzend, verkündete sie, dass er, der überzeugte Single, noch in diesem Jahr der Liebe seines Lebens begegnen werde. Dann folgte die irritierende Botschaft, diese Frau sei ihm nicht einmal unbekannt, er kenne sie bereits. Sie habe ihn schon einmal begeistert, aber daraus sei nie etwas geworden. So die ungebetene, aber überzeugend vorgebrachte Auskunft der Bayreuther Wahrsagerin.

In seinem Traum saß Florian einen Moment lang sprachlos da, dann überschüttete er die gute Frau mit allerlei Fragen nach Aussehen, Herkunft, Alter dieser Frau – und so weiter. Aber die Wahrsagerin blieb so unerschütterlich wie undifferenziert in ihrer Aussage, dass ihn dieser Umstand, obwohl nur ein Traum, immer mehr aufzuregen begann, was schlussendlich dazu führte, dass er, quasi aus Protest, aufwachte.

***

Die schwarze Limousine hielt auf dem Parkplatz der Erlanger Rechtsmedizin; das Navigationssystem hatte Robert Suckfüll auf den Meter genau an sein Ziel geführt. In früheren Zeiten hätte Fidibus für solche Zwecke auf die Unterstützung seiner Frau zurückgegriffen, da er sich ob seiner permanenten Zerstreutheit regelmäßig verfuhr. »Intelligenz hat nicht notwendigerweise auch einen gesunden Menschenverstand im Gepäck« lautete einer der lapidaren Kommentare seiner Frau zum inneren Zustand ihres Mannes. Insofern war die Erfindung eines Navigationsgerätes im Auto eine wirkliche Hilfe und zentrale Bereicherung im Leben des Leiters der Bamberger Polizeidienststelle.

Wie dem auch sei, er war nun exakt an seinem Zielpunkt angekommen und machte sich bereit, die schwere Bürde auf sich zu nehmen, die im Hinblick auf die Erlanger Rechtsmedizin beschädigte Reputation der Bamberger Polizei in neue Höhen zu heben. Offiziell sollte das hier nur eine Fortbildung werden, aber auch Fidibus war klar, dass es dabei um etwas ganz anderes ging. Er war vielleicht ein wenig abgedreht und zerstreut, das wusste er selbst, allerdings alles andere als blöd, auch das war ihm bewusst, spätestens seit er sein erstes und zweites Staatsexamen mit jeweils achtzehn Punkten und somit zweifachem »sehr gut« als Note beendet hatte. Es gab daher keinen Grund, sich hier bei diesem Siebenstädter kleiner zu machen, als er war, obwohl der Mann den Erzählungen nach genau das wohl gerne hätte.

Wie jeden Tag hatte Robert Suckfüll seinen schwarzen Anzug und ein weißes Hemd an, eine grau gestreifte Krawatte umgebunden und zur Sicherheit, gegen spontan einsetzende Frühlingskühle, seinen leichten Sommermantel über den linken Arm hängen. Immerhin stand das Pfingstwochenende kurz bevor, da konnte es trotz Klimaerwärmung immer noch eine kalte Nacht geben. Und wer wusste schon, wie lange diese »Fortbildung« hier dauern würde.

Als er den Eingang der Rechtsmedizin erreichte, drückte Robert Suckfüll auf den Klingelknopf, in der Hoffnung, dass ihm umgehend Einlass gewährt werden würde. Das war aber leider nicht der Fall, selbst nach mehrmaligem Klingeln erfolgte keine

Reaktion auf sein Einlassbegehr. Etwas ratlos blickte Fidibus sich um, unschlüssig, ob er vielleicht an der falschen Tür stand oder es irgendwo ein Schild gab, »Haupteingang um die Ecke« oder etwas in der Art. Ausschließen konnte er solche Umstände nicht, denn er hatte in seiner verpeilten Art schon des Öfteren vor der falschen Tür gestanden, also war es sicher besser, sich erst einmal der richtigen Örtlichkeit zu vergewissern, bevor er sich hier den Daumen wund drückte. Aber es gab augenscheinlich nichts, was als alternativer Eingang hätte dienen können. Auch sonst war nichts zu bemerken, was auf einen falschen Standort hätte schließen lassen, lediglich der dunkle Leichenwagen eines Bamberger Bestattungsunternehmers stand direkt neben dem Eingang. Das war bei einem Institut wie dem hiesigen nun aber alles andere als ungewöhnlich und brachte ihn daher auch nicht weiter.

Robert Suckfüll machte gute Miene zum bösen Spiel und drückte erneut auf die Klingel. Nicht ein- oder zweimal, nein, er klingelte Sturm. Wenn er etwas war, dann ungeduldig, und zwar in allen Lebenslagen. Andere Strategien als die zielführende Aktion waren für ihn im Leben schon immer Zeitverschwendung gewesen. Wenn er etwas tat, dann sofort und gründlich. Diese rigorose Einstellung betraf durchaus auch eine vermeintliche Kleinigkeit wie das Öffnen einer Tür.

Seines Wissens hatte er so etwas wie Sturm klingeln das letzte Mal in seinem Jurastudium gemacht, genauer gesagt, als er gerade seine zukünftige Frau kennengelernt hatte und sie bei einem Techtelmechtel mit einem Kommilitonen wähnte. Wie sich später herausstellte, war dieser Kommilitone aber nur der Vermieter seiner Angebeteten gewesen, was Fidibus nicht daran hinderte, dem Mann zu einem blauen Auge und einem recht spontanen Treppensturz zu verhelfen. Nicht umsonst war Robert Suckfüll der Jahrgangsbeste in der Judogruppe an der Uni gewesen.

Das war natürlich keine Rechtfertigung für ein so unbeherrschtes Verhalten. Auch nicht, dass er sich damals im emotionalen Ausnahmezustand befand. Die Aktion hatte dann auch zweierlei zur Konsequenz. Erstens einen Prozess wegen Körper-

verletzung mit dem Ergebnis Geldbuße und Schmerzensgeld-
zahlung, bei dem ein gewisser hochbegabter Jurastudent zum
ersten Mal sein Talent unter Beweis stellen durfte. Zweitens die
Eroberung der Liebe seines Lebens mit bald darauf folgender
Vermählung.

Nichts dergleichen sollte eigentlich hier in der Erlanger
Rechtsmedizin eine Rolle spielen, wenn das Rauschen in Suckfülls Blutbahnen auch langsam an Fahrt gewann. Was sollte der
Quatsch? Er hatte einen Termin, und er war pünktlich. Warum,
zum Kuckuck, machte ihm denn keiner auf?

Diese Frage musste erst einmal unbeantwortet bleiben, dafür
waren aber endlich Geräusche aus dem Inneren des Gebäudes
zu hören. Jemand schien sich der Eingangstür zu nähern – und
tatsächlich, die Tür öffnete sich. Wer dann aus dem Inneren der
Rechtsmedizin heraustrat, war aber ganz sicher weder Professor
Dr. Thomas Siebenstädter noch sonst irgendein Pathologe, nicht
einmal ein Medizinstudent, darauf würde Fidibus sofort einen
höheren Betrag verwetten, wenn er denn wetten täte. Robert
Suckfüll hatte den Mann, der mit leicht panischem Gesichtsausdruck an ihm vorbeiging, zwar irgendwann schon einmal gesehen. Er konnte ihn aber nicht richtig zuordnen. Na, wenigstens
hatte der Kerl die Tür geöffnet, die Fidibus mit einer raschen
Handbewegung geöffnet hielt, nicht dass sie wieder zuschnappte
und das Spiel mit der Klingel von vorne begann.

»Jetzt ist er völlig durchgedreht, jetzt spinnt er total!«, fluchte
der unbekannte Mann vor sich hin und ging mit schnellen Schritten zu dem Leichenwagen, wo er sich auf den Fahrersitz schmiss
und sein Fahrzeug startete, um sogleich mit laut quietschenden
Reifen das Weite zu suchen. »Leonhard Sachse, Bestattungen«,
konnte Robert Suckfüll gerade noch auf dem davonfahrenden
Wagen lesen, dann war das Vehikel samt dem Bestattungsunter-
nehmer auch schon in Richtung Autobahn verschwunden.

Er starrte dem Leichenwagen einen Moment lang verblüfft
hinterher, dann wurde er sich wieder der geöffneten Tür bewusst,
die er in der Hand hielt, sowie des eigentlichen Zwecks seines
Hierseins. Die unheilvollen Worte des Bestattungsunterneh-

mers beiseiteschiebend, begab er sich ins Innere des Erlanger Institutes.

Seltsamerweise schien sich im Gebäude niemand aufzuhalten, weshalb Robert Suckfüll schon überlegte, ob es daran lag, dass sich vielleicht die Mitarbeiter der Erlanger Rechtsmedizin am Freitag vor dem Pfingstwochenende so früh wie möglich in die Ferien verabschiedeten. Aber zumindest Professor Siebenstädter musste ja noch irgendwo sein. Der Mann würde doch nicht die Frechheit besitzen, mit der Bamberger Polizei einen Fortbildungstermin anzuberaumen und dann nicht zu erscheinen. Sollte er umsonst hierhergefahren sein, würde der Mann bei ihm aber zahlreiche Minuspunkte sammeln, entschied Robert Suckfüll insgeheim, während er den langen, dunklen Gang entlangschritt.

Immer noch war niemand zu sehen oder zu hören, nur am Ende des Ganges nahm er einen schwachen Lichtschein wahr. Als er näher trat, stellte Fidibus fest, dass das Licht durch ein kleines rechteckiges Fenster, das etwa in Kopfhöhe in eine Tür eingebaut worden war, in den Gang fiel. Es bestand aus Milchglas, daher war leider nicht zu erkennen, was sich auf der anderen Seite befand. Fidibus öffnete kurzerhand die Tür, auf höfliches Klopfen und weiteres Warten hatte er nämlich keine Lust mehr. Zwei Schritte, und er wusste, wo er sich befand, nämlich im Sezierraum der Erlanger Rechtsmedizin. In dessen Mitte stand, in einen weißen Ärztekittel gekleidet und mit dem Rücken zu ihm, regungslos ein Mann.

Robert Suckfüll ging schwer davon aus, dass er es hier mit Professor Dr. Siebenstädter zu tun hatte. Ihre letzte persönliche Begegnung war zwar schon eine ganze Weile her und dazu auch noch sehr oberflächlich gewesen, dennoch legten die Figur, die Haltung und nicht zuletzt die Ausstrahlung beziehungsweise das Nichtvorhandensein einer solchen diesen Schluss nahe.

Im Sezierraum war es genauso still wie im Rest des Gebäudes, dem Anschein nach war sämtliches Personal tatsächlich bereits ins wohlverdiente Wochenende entfleucht, während der Professor freiwillig Überstunden schob. Dieser Umstand machte Robert Suckfüll stutzig, hatte Marina Hoffmann, seine langjährige Sekretärin, ihm doch eindringlich zu verstehen gegeben, dass dieser Mann die Mitarbeiter der Bamberger Polizei nicht mochte, um es einmal freundlich auszudrücken. Warum opferte der Professor also seine Freizeit, um ausgerechnet der Bamberger Polizei eine Fortbildung in seinem Fachgebiet angedeihen zu lassen? Egal, der Mann würde seine Gründe haben. Jetzt, da er schon einmal hier war, würde er die Weiterbildung auch absolvieren, worin sie auch immer bestehen mochte.

Mit einem deutlich vernehmbaren Räuspern machte Fidibus auf sich aufmerksam. Aber der Professor rührte sich nicht, geschweige denn, dass er ob des plötzlichen Besuchers erschrocken zusammenzuckte. In leichtem Ausfallschritt dastehend, betrachtete er stoisch die hintere Wand, so schien es, beide Hände in den Taschen seines weißen Arbeitskittels vergraben.

Robert Suckfüll war kurz verwirrt, dann machte sich Unmut in ihm breit. Er hasste Unsicherheiten, und unnötiges Warten sowieso. Sollte er vom Leiter der Erlanger Rechtsmedizin tatsächlich ignoriert werden, mussten dem Mann einmal die anstandsmäßigen Krötentöne beigebracht werden oder wie dieser Spruch noch gleich hieß. Dann würde er mit dem Kerl einmal richtig Tacheles reden, so von Chef zu Chef.

Robert Suckfüll, bereits leicht ergrimmt, räusperte sich erneut. Lauter und aggressiver diesmal, vor allem aber unüberhörbar. Endlich zeigte der Professor eine Reaktion, wenn auch nicht die erwartete. Er blieb genauso stehen, wie er war, allerdings nahm er seine Hand aus der rechten Kitteltasche und hob sie bis über den Kopf, um dann mit zwei Fingern andeutungsweise zu winken.

»Kommen Sie her, Sie alberner Kriminalist, ich habe Sie längst gehört. Nun bewegen Sie sich schon, Schmitt, Ihre Weiterbildung beginnt genau hier bei mir, an meiner Seite.«

Fidibus schwankte zwischen Ärger und Verwunderung, aber bitte, der Professor konnte ja nicht wissen, dass der Untergebene Schmitt ganz plötzlich aus dienstlichen Gründen die Weiterbildung hatte streichen müssen. Also tat Suckfüll wie ihm geheißen und ging mit langen Schritten auf den Professor zu. Dabei fiel ihm auf, dass es in dieser Hälfte des Raumes gar nicht mehr aussah wie in einem Sezierraum, nein, hier machte alles irgendwie den Eindruck, als hätte sich ein talentfreier Raumausstatter einmal so richtig experimentell austoben dürfen. Sämtliche Gerätschaften der Pathologie waren in die hintere linke Ecke des Raumes verräumt worden. Der gewaltige Haufen aus Edelstahl sah aus wie für den nächsten vorbeifahrenden Sperrmüllsammler aus dem osteuropäischen Ausland zur Abholung bereitgestellt. Das Einzige, was dem geneigten Besucher verdeutlichte, dass er sich wirklich in einem rechtsmedizinischen Institut befand, war die aufgebahrte weibliche Leiche, die ziemlich unordentlich abgedeckt an der Seite des Raumes auf einem Rolltisch lag. Wahrscheinlich war die Verstorbene gerade eben von dem fluchend entschwundenen Leichenbestatter gebracht worden.

Dafür standen allerlei Gerätschaften im Raum, die man eher in einer hochpreisigen Küchenzeile vermutet hätte. Unter anderem ein edler Geschirrspüler mit Edelstahlfront, die Kabel lose zu Boden hängend. Aha, Bauknecht weiß, was Pathologen wünschen, zitierte Fidibus gedanklich den alten Werbespruch des Küchengeräteherstellers. Aber was, in Gottes Namen, hatte ein Geschirrspüler in den heiligen Hallen der Erlanger Rechtsmedizin verloren?

»Nun, mein lieber Schmitt«, meinte Siebenstädter, der jetzt sein berüchtigtes zähnefletschendes Grinsen aufgelegt hatte, dabei aber seinen Gast noch immer keines Blickes würdigte. »Ich glaube, ich werde Ihnen heute etwas beibringen, was Sie für den Rest Ihrer Laufzeit in diesem Leben durchaus gebrauchen können. In Ihrer Polizeiausbildung haben Sie ja wahrscheinlich nicht viel anderes gelernt als das Anlegen von Handschellen. Und ich möchte gar nicht wissen, wie oft sich die Bamberger Polizei bei dieser Tätigkeit schon selbst verletzt hat. Eigentlich ein Wunder, dass sie allein Rolltreppe fahren dürfen, Schmitt, das ist nämlich auch so eine hochkomplizierte Angelegenheit, bei der man als einfacher, ungebildeter Polizei-«

Siebenstädter stockte, überrascht von dem, was er erkennen musste, als er nun endlich den Kopf zu seinem Besucher drehte, und das hämische Haifischlächeln gefror in seinem Gesicht. Neben ihm stand ja gar nicht dieser schlampige Polizist, den er doch zur eigenen Erbauung heute einmal so richtig zusammenfalten wollte. Stattdessen blickte ihm ein schlaksiger Typ entgegen, mitnichten in abgewetzten Jeans und Cowboystiefeln, sondern im schwarzen Anzug, mindestens so groß wie er selbst, die Arme vor der Brust verschränkt, und musterte ihn mit einem strengen Stirnrunzeln.

Es dauerte ein paar Sekunden, bis Professor Siebenstädter sich wieder gefangen hatte, was in seinem Leben nun wahrlich nicht oft vorkam. Dann spielte er sofort die gleiche Platte weiter, die er gerade eben schon aufgelegt hatte.

»Ach, wer sind Sie denn? Eigentlich hatte ich mit diesem Halbaffen Schmitt von der Bamberger Polizei gerechnet. Aber Sie kenne ich nicht. Sind Sie ein Vertreter, ein Ersatzmann oder sein Vormund? Bei der psychischen Instabilität dieses polizeilichen Vereines würde mich Letzteres nicht wirklich überraschen. Also raus mit der Sprache, welchen Knall haben Sie aufzuweisen, damit ich mich bitte gleich darauf einstellen kann?«

Siebenstädters Grinsen wurde wieder etwas breiter, die Augen blitzten angriffslustig, was bei seinem Gegenüber aber nicht die gewünschte Reaktion auslöste. Fidibus wollte den hinterhältigen Anspielungen dieses Rechtsmediziners gar nicht erst folgen, denn der gesamte Ablauf ihrer Konversation stimmte nicht. Wenn man sich begrüßte, vor allem wenn man sich persönlich noch nicht richtig kannte, hatte man zuerst höfliche Begrüßungsworte zu wechseln. Alles Weitere hatte gefälligst zu warten und kam irgendwann danach zur Sprache.

Er streckte dem Professor unversehens die rechte Hand entgegen und meinte, so höflich es nur ging: »Gestatten, Robert Suckfüll, Leiter der Bamberger Polizeidienststelle. Wir sind uns vor vielen Jahren einmal ganz kurz begegnet, vermutlich werden Sie sich nicht an mich erinnern. Macht ja auch nichts. Der Kollege Schmitt ist leider unerwartet verhindert, sodass ich mich jetzt an seiner statt anbiete. Wir möchten Sie keinesfalls verärgern, wo Sie sich doch extra Zeit für uns genommen haben. Und ich freue mich wirklich, diese Weiterbildung anstelle von Herrn Schmitt genießen zu dürfen.«

Schon hatte Fidibus die Hand des verblüfften Professors ergriffen und schüttelte diese so enthusiastisch, dass man denken konnte, er wolle Siebenstädters Arm von einem schlimmen Krampf befreien.

Der Institutsleiter war zum zweiten Mal innerhalb kürzester Zeit sprachlos, was ihm zutiefst missfiel. Er behielt in der Regel die Kontrolle über jegliche Situation in seinem Leben, welches er, wann immer es ging, bar jeder Freundlichkeit oder gar Empathie halten wollte. Ergo ging ihm die Sympathieinitiative dieses Dienststellenleiters gehörig gegen den Strich. Seinen freundlichen Scheiß konnte der sich gefälligst sonst wohin stecken. In diesen Gemäuern war kein Platz für positive Energie, die hatte es hier noch nie gegeben, jedenfalls nicht Männern gegenüber. Es war wohl an der Zeit, diesem Polizisten zu zeigen, wo sein Platz war, nämlich mindestens drei Stufen unter ihm.

»Hören Sie mal, Sie Wicht. Also so geht das nicht. Immerhin bin ich eine Koryphäe meines Fachs, ein anerkannter Stern am Himmel meines Arbeitsgebietes«, hob Siebenstädter an. Diesem armseligen Polizisten im Anzug musste klargemacht werden, dass er sich hier in einem wissenschaftlichen Höchstleistungsbereich befand, bei einem ihm weit überlegenen Geist. »Sie können hier nicht einfach auftauchen und ungefragt heilige Hände schütteln. Selbst wenn Sie es in Ihrer popeligen Polizeilaufbahn bis zum Chef der Bamberger Polizei gebracht haben, ist das aus meiner Sicht noch kein Indiz für intellektuelle Satisfaktionsfähigkeit. Nein, ganz im Gegenteil, aus meiner, Professor Dr. Thomas Siebenstädters Sicht, sind Sie, der Sie da direkt vor mir stehen, einfach nur ein Bamberger Gendarm mit Leitungsfunktion oder, besser ausgedrückt, der König der Idioten.«

Er ließ seine Worte noch einen Moment nachwirken, um dann hinzuzufügen: »Wahrscheinlich sind Sie nur ein einfacher Streifenheini mit Mittlerer Reife, der sich fleißig hochgedient hat. Oder sind Sie gar ein Seiteneinsteiger? Bürokaufmann womöglich, Schmied oder gar ein armseliger Versicherungsagent?«

Siebenstädters hämisches Haifischgrinsen war nun so breit, wie es nur sein konnte. Er wartete gespannt auf die wimmernden Rechtfertigungsversuche, mit denen sich seine Besucher in solchen Momenten in der Regel vor ihm erniedrigten. Mit was für einem albernen Rechtfertigungsversuch dieser Suckfüll wohl daherkommen würde?

Aber der Chef der Bamberger Kriminalpolizei machte keinerlei Anstalten, sich irgendwie duckmäuserisch verhalten zu wollen. Ganz im Gegenteil. Der Professor sah, wie sich die Gestalt des Mannes straffte und er dadurch noch größer wirkte, als er eh schon war. Irgendwelche Gefühlsregungen konnte der Professor in Robert Suckfülls Gesicht auch nicht erkennen, schon gar keine geknickten oder deprimierten. Dafür hatte sich der Tonfall seiner Stimme ziemlich gewandelt, als er nun zu sprechen begann. Die Worte, welche dem Professor nun als Antwort gereicht wurden, klangen ziemlich kühl, geradezu distanziert. Von einer eingeschüchterten Persönlichkeit war jedenfalls weit und breit nichts zu sehen.

»Seiteneinsteiger? Mittlere Reife? Davon abgesehen, Herr Professor, dass ich an einer Mittleren Reife überhaupt nichts Ehrenrühriges finden kann, gilt das für Ihre Ansprache hier sehr wohl. Ich habe ein abgeschlossenes Jurastudium aufzuweisen, Herr Institutsleiter, welches ich als Jahrgangsbester in Bayern mit der Note ›sehr gut‹ abgeschlossen habe. Im ersten wie auch zweiten Staatsexamen, wohlgemerkt. Daher weise ich Ihre Anwürfe auf das Entschiedenste zurück und mache Sie darauf aufmerksam, dass Sie sich besser adäquat und auf zivilisierte Weise mit mir unterhalten, sonst haben Sie, Herr Professor, die unabänderlichen Konsequenzen zu tragen.«

Die Ansage kam so nachdrücklich und glasklar in ihrer Aussage, dass es Professor Siebenstädter zum dritten Mal binnen kürzester Zeit die Sprache verschlug. Aber nur kurz, dann hatte er sich wieder gefangen. Dieser Mann da, ein Bamberger Polizist, wollte ihm Vorschriften machen? Ihm drohen? Hier, in seinem Institut? Das konnte der ja wohl völlig vergessen.

»Wie war noch der Name, Suckfüll? Jurist, soso. Da hat es

also so ein Winkeladvokat tatsächlich geschafft, Chef der Bamberger Polizei zu werden. Aber da stimmt doch was nicht. Mit so einem Abschluss wird man wenigstens Notar oder leitet eine Weltraumbehörde. Sie haben sich also irgendwie zu dieser Note durchschlawinert, sie gefälscht, gekauft, den Guttenberg gemacht. Geben Sie es doch zu, Sie sind ein Hochstapler, und das auch noch bei der Polizei!«

Den letzten Satz hatte Siebenstädter relativ laut gerufen, um dem Gesagten zu einer dramatischen Untermalung zu verhelfen. Wieder blieb sein Besucher äußerlich völlig ruhig, was Siebenstädter allmählich wütend werden ließ.

Bevor er jedoch zu seiner nächsten Tirade anheben konnte, deutete Fidibus auf den Boden zu des Professors Füßen und meinte lapidar: »Das da, ist das ein Teppich?«

Siebenstädter blickte leicht verunsichert nach unten, wo ein dicker Perserteppich lag, der noch von seinen missglückten Verlobungsfeierlichkeiten herrührte.

»Ja, das ist ein Teppich. Ich wüsste jetzt aber nicht, was das mit unserer –«

»Weil dieser Teppich dabei hilft, den sanften Weg sanft bleiben zu lassen«, unterbrach ihn Fidibus, und seine Hände vollführten dabei recht seltsam anmutende Bewegungen. »Es ist nicht nur ein sanfter Weg der Leibesertüchtigung, sondern darüber hinaus auch eine Philosophie zur Persönlichkeitsentwicklung. So manche Persönlichkeit ist bereits weit entwickelt, manch andere hat noch einen langen Weg«, erläuterte er ruhig und fast ein wenig in sich gekehrt, was dem Professor noch mehr Fragezeichen auf die Stirn trieb.

Dann machte Suckfüll zwei schnelle Schritte auf Siebenstädter zu, gefolgt von einem gekonnten Griff, und schon flog der Leiter der Erlanger Rechtsmedizin in hohem Bogen durch die Luft, um sodann mit einem dumpfen Geräusch rücklings auf dem Perserteppich aufzuschlagen. Dem Professor blieb die Luft weg, denn selbst der dickste Perserteppich war nun mal keine Judomatte, sein Mund stand weit offen, und die Augäpfel traten ihm wie Golfbälle aus den Höhlen. Fidibus indes stand breitbeinig über ihm und hatte die Arme nun lässig vor der Brust verschränkt.

»Zwei philosophische Prinzipien liegen dem Judo zugrunde. Das gegenseitige Helfen und das Verstehen zum beiderseitigen Fortschritt und Wohlergehen. Ziel ist es, diese Prinzipien des sanften Weges als eine Haltung im Leben in sich zu tragen und im Falle des Kampfes bewusst in jeder Bewegung zum Ausdruck zu bringen. Ein Judomeister wie ich praktiziert in diesem Sinne also auch dann Judo, wenn er nicht in der Trainingshalle steht.«

Professor Siebenstädter verstand kein Wort von dem, was sein Besucher ihm da erzählte, hatte er doch gerade größte Schwierigkeiten mit der Sauerstoffversorgung und kleine goldene Sterne vor Augen, die im Nebel auf und ab tanzten.

✷✷✷

Florian saß halb nackt in seinem Bett und rieb sich verwirrt die Augen. Für eine Weile starrte er nach oben an die Zimmerdecke und prägte sich ein, was er da gerade geträumt hatte. Dann schaute er auf den Wecker. Sechs Uhr dreißig in der Frühe, draußen war es noch stockdunkel. Keine Zeit für einen Single am Wochenende, um sich zu erheben. Florian war ein begeisterter Anhänger des natürlichen Erwachens und scheute vor solch ungewohnten Uhrzeiten zurück.

Aber da war ja dieser irritierende Traum. Er musste an ihn denken, wieder und wieder, und er nahm ihn tatsächlich irgendwann ernst. Träume waren Botschaften aus dem eigenen Unterbewusstsein, das hatte er einmal gelesen, und so war die Wahrsagerin vielleicht eine Manifestation desselben. Vor allem aber waren solcherlei Botschaften, wie die Wahrsagerin sie geäußert hatte, natürlich höchst interessant und machten ihn neugierig, ob man aus den nebligen Aussagen der Sprecherin seines Unterbewusstseins nicht eine gewisse Erkenntnis extrahieren konnte.

Dieser Traum sollte ihm den Weg zu seiner ihm bereits bekannten Traumfrau zeigen, so viel hatte er verstanden. Kurz und gut, er beschloss, morgentrunken, wie er war, sich dem Wahrgesagten zu stellen und die Herausforderung anzunehmen, die ihm seine Seele ins Bett gelegt hatte.

Florian stand auf und ging ins Bad, um sich der Morgentoilette zu widmen. Noch während er sich die Zähne putzte, ratterten schon Namen und Gesichter von weiblichen Kandidatinnen der jüngeren und älteren Vergangenheit durch sein Gehirn und wetteiferten um den ersten Platz auf seiner Favoritenliste. Als er das Bad verließ, hatte er rund zwei DIN-A4-Seiten voller Frauennamen im Kopf, die er jetzt gleich zu Papier zu bringen gedachte.

Dass hier der eitle Wunsch Vater des männlichen Gedankens war, merkte Florian wenig später. Als er nämlich mit einer großen Tasse dampfenden Kaffees vor seinem Schreibblock hockte, fiel ihm auch nach längerem Nachdenken nur noch ein einziger Name ein, auf den die Kriterien seines Traumes einigermaßen zutrafen. Alle anderen Kandidatinnen passten entweder nicht ins Raster oder hatten sich durch Heirat oder Ähnliches selbst disqualifiziert. Egal, wie intensiv Florian in den wirklich reichhaltigen Erinnerungen seiner amourösen Vergangenheit stöberte, am Ende schrieb er lediglich einen einzigen Namen auf sein Blatt: »Veitsberglady«.

Was für Florian gleichzeitig bedeutete, dass er die Sache mit dem Traum direkt wieder abhaken konnte. Seit Monaten hatte er nicht mehr an die rothaarige Erscheinung auf dem Veitsberg gedacht. Jetzt war die Frau zwar plötzlich wieder so präsent, als wäre sie nie aus seinem Kopf verschwunden gewesen. Aber das war ja alles Unsinn, das hatte er mit sich selbst doch längst geklärt. Zwei kurze Treffen, ein paar nette Worte, mehr war da nicht gewesen, Ende der Geschichte. Da konnte sich das Schicksal alles noch so schön zurechtlegen, der Kopf sich die Fakten und Hinweise schön saufen, zuletzt entschied die Vernunft. Und die schüttelte gerade heftig den Kopf.

Florian legte das Blatt zur Seite und befeuerte den Kachelofen, denn die brutale Kälte, die draußen herrschte, kroch bereits durch die Mauern. Als der Raum einigermaßen aufgeheizt war und er sich im Bad ein paar Ladungen Wasser ins Gesicht geklatscht hatte, setzte er sich aufs Sofa und musste erst einmal begreifen, was das gerade überhaupt war: Ganz einfach, ein gewaltiger Irrtum, ein gigantisches Missverständnis.

So schön es auch gewesen war, wieder an die Begegnung mit dieser Frau zu denken, die Frustration saß tief. Dann eben weiter Single, dachte er ernüchtert, stellte fest, dass es mit sieben Uhr dreißig noch immer viel zu früh war, und ging zurück ins Bett. Im Vorbeigehen griff er sich den Kugelschreiber und machte einen entschlossenen, energischen Strich durch das Wort »Veitsberglady«. Den Kugelschreiber legte er auf den Tisch zurück und sich in sein kaltes Bett, wo er bald darauf einschlief, allerdings traumlos – diesmal.

In den nächsten Tagen ordnete Florian das Geschehene als einen Hinweis des Universums ein, dass Plan A – das war der mit dem dauerhaften Singledasein – wohl doch der eindeutig bessere Weg durchs Leben war. Also Schluss mit diesen beziehungstechnischen Phantastereien, Schluss mit geträumter Wahrsagerei, und den Blick nach vorne auf die Realität gerichtet, auf die schönen, unkomplizierten Dinge des Lebens wie zum Beispiel seinen lang geplanten Geburtstag, der ja in genau einer Woche gefeiert werden wollte. Dazu hatte er seinen engsten Freundeskreis eingeladen, eine kleine abendliche Feier mit Feuer und edlen Destillaten im Sinn.

Der Frust war schnell vergessen, innerhalb weniger Stunden kehrte der Frohsinn zurück, und Florian konnte schon wieder über sich selbst lachen. Was für Streiche einem doch das Leben spielen kann, dachte er und hakte die ganze Geschichte ab. Einzig die frühmorgendlich erstellte Namensliste mit dem durchgestrichenen Schriftzug »Veitsberglady« lag noch auf seinem Essenstisch.

Dort blieb sie auch.

Aus unerfindlichen Gründen entsorgte Florian sie nicht, sondern beließ sie volle sechs Tage an Ort und Stelle. Was soll das, die Frau siehst du nie mehr wieder, schmeiß doch den Zettel endlich mal weg, dachte er, wann immer ihm während seiner Tischaufenthalte der Behelfsname von dem weißen Blatt entgegenleuchtete. Fast zwei Jahre war die seltsam schöne Begegnung mit dieser Frau jetzt her, trotzdem war sie in seinem Gedächtnis abgespeichert geblieben. Vielleicht war die Erinnerung mit der Zeit ein wenig angestaubt und vergilbt, aber Florians Unterbewusstsein schien sich zuletzt gegen seinen Willen die Mühe gemacht zu haben, die Erinnerung zu säubern und blitzeblank zu polieren.

Wie dem auch sei, es war nun endgültig an der Zeit, loszulassen, die Vergangenheit als solche zu betrachten und sich nachdrücklich auf die Zukunft, das neue Leben zu konzentrieren. Am siebten Tag drückte Florian innerlich auf die Löschtaste, griff sich den vor ihm liegenden Zettel und zerknüllte die »Veitsberglady«. Nachdem er dieses Zeremoniell erfolgreich hinter sich gebracht hatte, schritt er, sich seiner heroischen Tat durchaus bewusst, zum Kachelofen, in dem ein gar prächtiges Feuer loderte. Feierlich flog das zerknüllte Zeugnis seiner geträumten Beziehungsphantastereien in die Flammen, um einen kleinen Beitrag zur zimmerlichen Temperatursteigerung zu leisten.

»Und jetzt endgültig auf in mein neues Leben«, sagte er leise zu sich selbst, ging zu seinem Giftschrank und holte eine lang verschmähte Flasche heraus, um sich einen von seinem besten selbst gebrannten Obstler zu genehmigen. Genussvoll schlürfte Florian Kauper den Mirabellenbrand.

Mit einem Gefühl des Stolzes auf sich und seine Entscheidungsfreudigkeit wollte er nun endlich nach vorne blicken und diesen ganzen emotionalen Beziehungsballast hinter sich lassen. Dazu gehörte, dass er sich jetzt auf seine morgige Geburtstagsfeier konzentrierte und den Freunden, auf die er sich schon immer felsenfest hatte verlassen können, einen schönen Abend bereitete. Er schenkte sich noch einen ein, nahm ein Blatt Papier zur Hand und begann zu notieren, was er für die Bewirtung seiner Gäste so alles besorgen musste.

Kemnitzenstein

Als César Huppendorfer und Franz Haderlein nahezu zeitgleich am Kemnitzenstein eintrafen, wurden sie bereits sehn-
lichst erwartet. Und zwar sowohl von etlichen Einsatzkräften
der Lichtenfelser Polizei, die das Gelände komplett abgeriegelt
hatten, als auch von einer Gruppe junger Kletterer, die ziemlich verunsichert im Eingangsbereich des abgesperrten Areals
herumstanden. Die beiden Kommissare hatten ihre Fahrzeuge
kaum verlassen, als sich auch schon einer dieser Kletterbegeis-
terten aus der Gruppe löste und im Dauerlauf auf sie zugerannt
kam. Wie zu erwarten war, würdigte er Haderlein keines Blickes,
sondern begann, wie ein Wasserfall auf César Huppendorfer
einzureden. Mit fuchtelnden Handbewegungen und hektischer
Stimme schilderte er die Umstände seines grausigen Fundes.

Franz Haderlein betrachtete Huppendorfers alten Schulkum-
pel unterdessen unauffällig etwas genauer. Mein Gott, der sieht
ja noch verhauter aus als Bernd, dachte der vom Äußeren seines
jüngeren Kollegen oftmals leidgeprüfte Kommissar. Wie eine
abgerissene Mischung aus einem typischen Althippie und dem
Vorsitzenden einer fanatischen Grünen-Ortsgruppe Lichtenfels,
ausgestattet mit der Ausrüstung eines Hochleistungskletterers.
Daher also Huppendorfers Klagen über Bernhards im Freundeskreis durchaus berüchtigten Geiz; wenn man als ewiger Student
die ganze Kohle in das Kletterequipment investierte, blieb nichts
mehr für anständige Klamotten übrig.

Während Haderlein derlei Gedanken durch den Kopf geis-
terten, plapperte Bernhard munter weiter, bis er schließlich erschöpft innehielt und sein Gegenüber sowie jetzt auch Franz
Haderlein mit leerem Blick musterte. César Huppendorfer war
während der ganzen Zeit nicht ein einziges Mal zu Wort gekommen. Erst jetzt, da Klaus Bernhard schwer atmend vor ihm
stand und schwieg, konnte er etwas Struktur in die ganze Angelegenheit bringen.

»In Ordnung, Klaus, ganz ruhig«, beschwor er seinen ehemaligen Schulkameraden, damit der nicht gleich wieder loslegte. »Am besten zeigst du uns jetzt erst einmal die Stelle, von der du die ganze Zeit geredet hast, damit wir uns selbst ein Bild machen können.«

Bernhard begriff zwar, was Huppendorfer sagte, an seinem hohlen Blick änderte sich jedoch nichts. Es bemächtigte sich seiner gerade eine große, schwere Müdigkeit, und er hatte das Bedürfnis, sich auf der Stelle hinzulegen und zu schlafen. In seinem ganzen Leben war noch nichts wirklich Sensationelles passiert, und jetzt geschah so etwas. Das war etwas zu viel für sein sensibles Nervenkostüm.

»Klaus, das ist übrigens mein Kollege Haderlein«, setzte Huppendorfer nach. Franz Haderlein streckte seine Hand aus und schüttelte die des angehenden Geologen, der dadurch ein Stück weit zurück in die Realität gehievt wurde.

»Ja, also gut, dann folgt mir einfach«, erklärte Klaus Bernhard mit leicht zerstörtem Gesichtsausdruck, drehte sich um und ging mit schleppendem Schritt voraus, vorbei an der Gruppe unsicher dreinschauender Kletterer und vorbei an seiner Familie, die mit bleichem Gesicht an ihrem Auto herumstand. Am Zugang zum Kemnitzenstein stand ein Streifenwagen mit Blaulicht. Die dortigen Beamten grüßten kurz, dann hatten Bernhard und die beiden Kommissare auch sie passiert. Durch das frische Grün der Wiese ging es nun leicht ansteigend nach oben.

Von der dichten Nebeldecke, die sich am frühen Morgen wie eine undurchdringliche Hülle auf die Felsen gelegt hatte, war nichts mehr zu sehen. Die Sonne stand gleißend am Himmel, der in einem strahlenden Blau die Szenerie umrahmte. Eine absolut romantische Stimmung – wie ein Postkartenmotiv lag die Felsformation vor ihnen –, die allerdings jäh zerstört wurde, als sie den Fuß der Kalkfelsen erreichten. Beim grausigen Anblick dessen, was Bernhard entdeckt hatte, verstanden die beiden Kommissare sofort, warum sich der Mann in einem derart aufgelösten Zustand befand.

Am Boden lagen zwei Körper, und zwar übereinander. Der

fast kahle Kopf des unteren, eines großen, austrainierten Mannes in Kletterausrüstung, war unnatürlich zur Seite verdreht, und die offenen Augen blickten leer auf die über ihm emporragende Felswand. Man musste kein ausgebildeter Pathologe sein, um feststellen zu können, dass der Mann tot war.

Ebenso eindeutig, aber weitaus drastischer war das Analyseergebnis des anderen, zuoberst liegenden Körpers. Vermutlich eine ebenfalls männliche Person, mit Jeans und einem grünen Hemd bekleidet. Das absolut Erschreckende an diesem Körper war allerdings nicht sein zweifelsfrei erfolgtes Ableben, sondern das Fehlen eines Kopfes. Irgendwer schien das Haupt dieser mutmaßlich männlichen Person von deren Körper getrennt zu haben. Allerdings war von Ersterem weit und breit nichts zu sehen. Entweder lag der abgetrennte Körperteil also noch irgendwo auf dem Gelände, oder aber der Täter verfolgte mit dem Kopf eigene Pläne.

César Huppendorfer starrte den entstellten Leichnam zunächst wortlos und mit bleichem Gesicht an. Franz Haderlein war in seinem Gewerbe zwar durchaus kampferprobt, eine solche Brutalität ließ jedoch auch ihn nicht kalt. Nur ließ er sich das äußerlich nicht anmerken. Das Gegenteil galt für Klaus Bernhard, dessen Nervenkostüm nun endgültig zusammenbrach. Geräuschvoll übergab er sich in das Gras der umliegenden Wiese.

»Ist gut, Klaus, geh zurück zu deiner Familie. Wenn wir noch etwas wissen wollen, kommen wir zu dir, aber jetzt erholst du dich erst einmal«, sagte César Huppendorfer mitfühlend und legte seine rechte Hand auf die Schulter des gezeichneten Schulfreundes.

Franz Haderlein nickte zustimmend. Der arme Mann konnte zur Aufklärung sowieso nichts beitragen. Und bevor er hier noch Spuren und Beweismittel zerstörte, war es sicher besser, er zog sich zurück.

Als Bernhard gegangen war, widmeten sich die Kommissare wieder den beiden Leichen und untersuchten diese nun etwas genauer. Haderlein streifte sich dünne Gummihandschuhe über und beugte sich zu dem Kopflosen hinab. Zentimeter für Zentimeter suchte er den Körper des Mannes ab und begutachtete ausgiebig die fürchterliche Schnittstelle an dessen Hals. Haderleins Eindruck nach war da jemand mit sehr scharfem Werkzeug und vor allem ziemlich fachkundig vorgegangen. Die Wundränder waren vollkommen glatt und an keiner Stelle irgendwie ausgefranst.

César Huppendorfer musste sich zunächst etwas fangen, dann ging er mit vorsichtigen Schritten um die beiden Toten, um das Ganze aus einer anderen Perspektive, von der Felswand her, zu betrachten. Und siehe da, auch ihm offenbarte sich ein nicht unwichtiges Detail. Die linke Hand des Kopflosen war zwar völlig blutverschmiert, dennoch war ganz eindeutig zu erkennen, dass ihr der Ringfinger fehlte. Auch er war mit einer scharfen Klinge abgeschnitten worden, allerdings war der Täter hier weit weniger sorgfältig vorgegangen als beim Kopf des Mannes. Den ausgefransten Hauträndern nach war der Finger mit ziemlicher Kraftanstrengung direkt am Ansatz nur zur Hälfte abgeschnitten und dann mit Gewalt abgerissen worden. Da war vielleicht Ungeduld, Zorn oder ganz einfach nur Eile im Spiel gewesen, mutmaßte der Kommissar und sah sich suchend um. Doch auch der Finger war dem erstem Anschein nach nirgends zu finden. Huppendorfer verkniff es sich, irgendetwas anzufassen, das würde nur wieder zu einem gnadenlosen Anschiss durch die Spurensicherung führen, womit diese dann auch sicher recht hatte.

Franz Haderlein richtete sich wieder auf und betrachtete die tödliche Gesamtsituation. »Weißt du was, Cesar«, überlegte er laut, »dieser Mann ist meiner Meinung nach nicht hier gestorben, und der Kopf wurde auch nicht an Ort und Stelle entfernt. Der Leichnam ist zwar total blutverschmiert, aber um ihn herum und auch auf dem toten Kletterer da ist ja nicht wirklich viel Blut zu finden. Das heißt, man hat ihn woanders umgebracht und danach hierhergeschleppt oder ...«

Unwillkürlich hob Haderlein den Blick und schaute die Felswand hinauf. Für ihn sah es ja eher so aus, als wäre der Kopflose von da oben heruntergestürzt und hätte dann hier unten den Kletterer erschlagen. Entweder indem er auf den Untenstehenden fiel, oder aber es hatte den armen Mann ein Stück weiter oben während seiner Kletterei erwischt. Sollte sich diese Vermutung als Tatsache erweisen, so hätten sie es hier zwar zur Hälfte mit einem Unfall zu tun, die andere Hälfte aber war ein Verbrechen der schlimmsten Art, wie er sie in seinem Leben nur selten erlebt hatte, so viel war sicher.

»… oder er wurde von oben runtergeschmissen und hat den anderen hier unten oder auf dem Weg hierhin erwischt«, beendete Huppendorfer den angefangenen Satz. »Da könntest du recht haben. Stellt sich nur die Frage, ob der Klettermax absichtlich getroffen wurde oder aus Versehen. Am Kopf hat er ja eine ziemliche Fraktur, die könnte vom Sturz herrühren oder auf eine andere Fremdeinwirkung zurückzuführen sein. Am besten wär's, jemand kraxelt mal da rauf und schaut, ob das ganze Übel seinen Ursprung nicht da oben auf den Felsen hat, was meinst du?«

Haderlein schaute genauso wie sein Kollege nachdenklich zu der Felskante hinauf, wurde in seiner Betrachtung jedoch unerwartet unterbrochen.

»Also Selbstmord war das nicht, würde ich sagen«, mutmaßte eine wohlvertraute Stimme hinter ihnen.

Als Haderlein und Huppendorfer sich überrascht umwandten, stand dort der Kollege Schmitt. In der Hand hielt er eine Stofftasche, in der sich irgendetwas Lebendiges bewegte. Ein ziemlich genervtes Grunzen und Quieken drang aus dem Stoffbeutel. An Lagerfelds Gesicht war nicht abzulesen, ob er gerade zu spaßen beliebte oder nicht. Im Zweifel war es aber immer besser, den Kollegen Schmitt lieber einmal ernst zu nehmen, und das galt auch in Bezug auf das, was er jetzt zu sagen hatte.

»Aber das da oben auf dem Felsen, diese Untersuchung, das könnten doch wir machen, Presssack und ich. Der Job klingt wie gemacht für eine schweinische Ausbildungsübung – oder nicht?«

***

Das Loch war nun tief genug. Beim Ablegen des Schädels ging er mit größter Sorgfalt vor, denn die Augen mussten genau ausgerichtet sein. Auch wenn sie in dieser Welt bereits tot waren, so konnten sie dennoch sehen. Vor allem aber sollten sie gesehen werden. Von *ihm*, in dessen Auftrag er gehandelt hatte. Denn er tat nur, was ihm vor langer Zeit einmal aufgetragen worden war. Eigentlich wollte er diesen Auftrag nicht, er hatte ihn nie gewollt. Trotzdem musste er ihn erfüllen, so gut es ihm nur möglich war.

Er war ein folgsamer Schüler des Herrn.

Also justierte er den blutigen Schädel penibel, bis er mit dessen Position im Loch vollends zufrieden war, dann legte er den Finger mit dem daran befindlichen Ring daneben. Er neigte den Kopf und murmelte leise die rituellen Worte. Sie durften keinesfalls vergessen werden, sie waren wichtig, sehr wichtig sogar. Noch einmal schaute er sich um und ließ seinen Blick prüfend durch die Dunkelheit wandern, aber es war wie immer nichts Verdächtiges zu bemerken. Zügig begann er, das Loch wieder mit Erde zu befüllen, bis nichts mehr davon zu sehen war außer einer runden braunen Stelle im Gras, die bald wieder bewachsen sein würde.

Er erhob sich und packte den Klappspaten fest mit beiden Händen, fast so, als wollte er für einen Moment an ihm Halt suchen.

Dies hier war ein besonderer Moment. Es war vollendet und fast vollkommen.

Die Anspannung begann Stück für Stück von ihm abzufallen. Noch wusste er nicht so recht, was er mit diesem seltsam euphorischen Gefühl innerer Befriedigung anfangen sollte, aber ganz sicher gefiel es ihm. Ein schmales Lächeln umspielte seinen Mund, er legte den Kopf in den Nacken und sah nach oben in den Nachthimmel. Es war eine wolkenlose Nacht, helle Sterne funkelten zu ihm herab, und er wusste, dass es nur noch eines zu tun gab.

Das Lächeln wich, und in seine Augen trat ein harter, metallischer Glanz. Es war genug, er konnte nicht ewig auf sie aufpassen und sie beschützen. Wenn er sie nicht bekehren konnte, wenn sie wirklich nicht willens war, das Böse zu erkennen und abzuweisen, sich nicht zu ihm, zur guten Seite, bekennen wollte, dann konnte er ihr nur noch den letzten Dienst erweisen.

***

Die Sterne vor seinen Augen wurden immer zahlreicher, statt dass sie verschwanden. Professor Siebenstädter kämpfte mit seiner Atemnot und mit seiner Fassung. Was bitte war das denn gerade gewesen? Hatte ihn dieser Polizist etwa ungefragt in die Horizontale befördert? Seine Gedanken wanden sich in unplanbaren Kreisläufen durch seine sämtlichen Hirnwindungen, während er mit verzweifelten Atemzügen Sauerstoff in seine Lungen zu pressen versuchte. Irgendwer über ihm sprach langsam und ruhig auf ihn ein, er war jedoch unfähig, sich darauf zu konzentrieren, zu sehr beanspruchte ihn seine momentane Unpässlichkeit.

Es dauerte schließlich über eine Minute, bis Siebenstädters völlig überforderte Lunge langsam wieder im normalen Drehzahlbereich funktionierte. Erst dann waren des Professors Rezeptoren in der Lage, ihre kommunikative Tätigkeit wiederaufzunehmen.

»Kommen Sie, Herr Professor, nehmen Sie meine Hand. Das geht jedem so beim ersten Mal, das ist völlig normal. Sie wissen ja, Herr Professor, lebenslang lernen, es ist noch kein Unkraut vom Himmel gefallen – alte deutsche Lebensweisheit.«

Der Leiter der Erlanger Rechtsmedizin verstand die angebliche Lebensweisheit nicht zur Gänze, schob dieses Unvermögen aber auf seinen desolaten Allgemeinzustand. Er war immer noch nicht zu einhundert Prozent konzentrationsfähig, also verzichtete er auf eine Antwort.

»Nun, da wir das mit den höflichen Begrüßungsfloskeln endlich geklärt haben, könnten wir ja zur Vermeidung von weiteren Zeitverlusten zur angedachten Fortbildung übergehen, wie finden Sie das?«

Siebenstädter fand den Vorschlag ziemlich bescheiden, aber das konnte und wollte er nun wirklich nicht öffentlich kundtun. In seinem eigenen Institut Schwäche zeigen? Niemals, das würde ihm ewig nachhängen. Zudem war er gerade nicht in der

Position, uneingeschränkt den Napoleon zu geben. Vielleicht wäre es fürs Erste besser, zum Schein zurückzuweichen, um dann später umso stärker zurückschlagen zu können.

Der Professor nahm alle Kraft und Konzentration zusammen und deutete mit der zitternden rechten Hand in seinen sich im Umbau befindlichen Sezierraum hinein. »Die, äh, die Fortbildung findet dort drüben statt«, erklärte er keuchend.

Fidibus blickte neugierig in die angezeigte Richtung. Es war ebenjene Seite des Raumes, die am wenigsten nach Rechtsmedizin, dafür umso mehr nach Küchenzeile aussah. Dieser Eindruck verstärkte sich noch, als Suckfüll näher trat, denn auf der frisch installierten Arbeitsfläche waren keine rechtsmedizinischen Werkzeuge wie Skalpell, Säge oder Klammern zu sehen, sondern vielmehr teure Gerätschaften der Firma WMF, die Robert Suckfüll von der Mücheneinrichtung seiner Frau her kannte. So ganz erschloss sich ihm noch nicht, zu welcher Art von Fortbildung sich ein gestandener Polizist hier einfinden sollte. Mit ratlosem Blick drehte er sich zu dem Professor um, der sich, immer noch von Schwindel befallen, aufgerappelt und zu ihm begeben hatte, wo er sich an der Küchenplatte festhalten musste, um nicht erneut unliebsame Bekanntschaft mit dem Fußboden zu machen.

»Ich möchte das Ambiente dieser Einrichtung etwas wohnlicher gestalten. Da meine letzten Versuche, das andere Geschlecht durch optische Reize zu beeindrucken, jedoch nicht zum Ziel führten«, erläuterte der Professor mit bleichem Gesicht und zusammengebissenen Zähnen, »dachte ich, vielleicht könnte mir jemand aus Ihrer Behörde, der im Umgang mit weiblichen Wesen etwas mehr bewandert ist als ich, bezüglich einer harmonischen Raumgestaltung etwas unter die Arme greifen.«

Robert Suckfüll konnte sehen, dass der Professor sehr mit sich rang, seine Hilflosigkeit einem anderen, noch dazu einem Mitglied der Bamberger Polizei, zu offenbaren. Dann hatte er wohl tatsächlich etwas falsch verstanden. Der Professor wollte gar nicht ihn, Robert Suckfüll, weiterbilden, nein, es war tatsächlich umgekehrt. Der Professor benötigte Rat in Sachen Frauen.

Na, da war er bei ihm genau richtig, schließlich war er ja schon viele Jahre verheiratet und kannte sich mit dem anderen, seltsamen Geschlecht ergo bestens aus. Sehr fein, dachte Fidibus, endlich einmal eine anspruchsvolle Aufgabe jenseits von Mord, Totschlag und anderen grausamen Verbrechen.

»Ich dachte mir, der Lieblingsplatz einer Frau ist ja anerkanntermaßen die Küche«, fuhr Professor Siebenstädter fort und schaute Suckfüll dabei prüfend an, aber der Bamberger Dienststellenleiter widersprach nicht, ganz im Gegenteil, er nickte beipflichtend.

»Ja, in der Küche blüht die Frau auf, dort ist ihr natürliches Zuhause. Auch meine Frau ist dort am liebsten, da sie ihr angeborenes Können und Potenzial an diesem Ort zur Gänze ausspielen kann. Und man muss die moderne Frau ja ernst nehmen und in ihren genetisch vorbestimmten Bedürfnissen fördern und unterstützen, das nennt man dann Emanzipation«, dozierte Fidibus, begeistert, endlich auch einmal in einem neuen Wissensbereich glänzen zu können. »Es sind eben nicht alle Menschen dafür gemacht, Akademiker oder Jurist–«

»... oder Mediziner zu werden«, vollendete Professor Siebenstädter keuchend Suckfülls ambitionierte männliche Theorie.

»Ja, genau. Schuster, bleib bei deinen Leichen ... oder so ähnlich«, faselte Fidibus, was beim Professor zu neuerlicher Verunsicherung führte.

Was sollte denn diese Sprichwort-Verunstaltung? War das eine Anspielung auf sein Berufsethos oder einfach nur das intellektuelle Wortspiel eines mit Prädikat examinierten Juristen? Egal, ihm ging es ja hauptsächlich um diese Küche. Er wollte und musste sein Leben ändern, wenn das mit der Ehe noch etwas werden sollte.

Der bisher so kalte und nüchterne Sezierraum sollte daher ab sofort eine perfekte Küche beinhalten, den Traum einer jeden Hausfrau, quasi eine unwiderstehliche Leimrute für das weibliche Geschlecht. Wenn diese Bamberger Kommissarin schon nicht für ein Candle-Light-Dinner zu haben war, dann ging es vielleicht hiermit. Dies sollte der Apfel aus dem Paradies sein, so unwiderstehlich, dass jede potenzielle Eva, allen voran Andrea Onello, einfach willenlos hineinbeißen *musste*, sobald sie die kulinarische Grundausstattung ihres Zukünftigen zu Gesicht bekam. Denn beim nächsten Mal musste alles passen, und zwar hundertprozentig. Noch so einen Rückschlag wie bei seinem letzten Heiratsantrag würde sein Selbstbewusstsein ganz sicher nicht verkraften. Daher musste auf jede Kleinigkeit geachtet werden – und deshalb hatte Professor Thomas Siebenstädter auch keine Kosten gescheut, ganz im Gegenteil.

So erachtete er denn auch seine feindselige Haltung dem Juristen von der Bamberger Polizei gegenüber als möglicherweise nicht mehr angebracht. Dieser Suckfüll war zwar etwas grob im Umgang, aber allem Anschein nach, was das weibliche Geschlecht anbetraf, mit ihm so ziemlich auf einer Wellenlänge. Vielleicht war eine friedliche, taktische Kooperation auf Zeit mit dem Mann durchaus sinnvoll.

Einer spontanen Eingebung folgend, wandte Siebenstädter sich dem exponiert in der Mitte des Raumes stehenden Einbauherd zu und winkte den Leiter der Bamberger Kriminalpolizei herbei.

»Sehen Sie das, Herr Suckfüll, sehen Sie das? Dieser Herd allein kostete mich schlappe siebentausend Euro. Der Mercedes unter den Einbauherden. Das muss eine Frau doch einfach begeistern, oder nicht? Andererseits begreife ich nicht, was an einem Herd siebentausend Euro wert sein soll, auch wenn außen der Name Bauknecht draufsteht.«

»Tja, da fehlt ihnen schlicht die Erfahrung des ehelichen Lebens, mein Lieber«, erklärte Fidibus mit wissendem Lächeln. »Auch ich habe in meiner Karriere als Ehemann schon den einen oder anderen Euro in die Grundausstattung unseres Küchenarsenals investieren müssen. Ich selbst vermag leider nicht zu kochen, das ist nicht so wirklich mein Ding. Ich bin kein Mann der alltäglichen Praxis, müssen Sie wissen, das macht mehr meine Frau. Ich habe studiert, aber zwei linke, äh … also die Hände sind nicht … vor allem, wenn es um heiße Sachen geht. Das soll besser jemand anders machen. Wenn meine Frau kocht, dann esse ich das auch, anstandslos. Selbst wenn ihr nicht immer alles perfekt gelingt, das muss man der Frau aber auch einmal nachsehen können. Vor einigen Wochen zum Beispiel, da gab es einen Tintenfisch, der war, wie soll ich sagen, *ogu*, falls Sie diesen Begriff kennen. Nun ja, lieber den Fisch in der Hand als die Wachtel auf dem Dach, habe ich mir gesagt. Da muss man dann einfach durch. Bei einer gewissen Mindestqualität der technischen Ausstattung kann aber ja eigentlich nichts schiefgehen. Die hat allerdings ihren Preis, billige Küchen verderben den Brei oder wie das heißt.« Mit der Fingerkuppe klopfte Fidibus bedeutungsvoll auf die Fläche der keramischen Kochplatte.

Siebenstädter hatte aufmerksam zugehört, konnte allerdings nur teilweise folgen. Was der Mann mit der deutschen Sprache veranstaltete, war wirklich abenteuerlich. Aber Germanistik war gerade nicht sein Begehr, er wollte wissen, ob er mit seiner neuen Lebensausrichtung, sprich: dieser Küche hier, auf dem richtigen Pfad war, beziehungstechnisch betrachtet. Gottlob war sein Gast mit seinen Abschweifungen ins Private fertig und wollte sowieso gerade auf den Punkt kommen.

»Warum das so teuer ist, mein lieber Herr Professor? Nun, dieses Gerät hier ist das Beste vom Besten der modernen Küchenmanufakturen, ein Wunderwerk der Technik. Dieser Herd hat ein sogenanntes Serrano-Kochfeld. Sie schalten es ein, und schon leckt Ihnen jede Frau den kleinen Zeh, das kann ich Ihnen versprechen«, meinte Fidibus mit einem überlegenen Grinsen, das vom Professor mit einem anerkennenden Nicken quittiert wurde.

Ein Serrano-Kochfeld also. Donnerwetter, der Mann hatte anscheinend richtig Ahnung. Professor Siebenstädter war ehrlich begeistert und geneigt zu glauben, im Chef der Bamberger Kripo einen Bruder im Geiste gefunden zu haben. Der Mann war intelligent und ausgesprochen fachkundig, was Küchen anbelangte, nur leider etwas zu handfest für seinen Geschmack, aber das wollte Siebenstädter nicht persönlich nehmen.

Er wusste es zu schätzen, endlich mal jemanden gefunden zu haben, der ihm so einigermaßen auf Augenhöhe begegnete.

Ein Mensch mit genügend kognitiver Leistungsfähigkeit, um Gedankengänge zu formulieren, denen man wenigstens ansatzweise folgen konnte. Dieser Suckfüll stand vielleicht nicht auf der gleichen intellektuellen Stufe wie er, Professor Thomas Siebenstädter, aber dennoch ein gutes Stück über dem polizeilichen Lumpenpack, mit dem er sonst zu tun hatte. Das war zumindest im kommunikativen Sinne erholsam.

Was die Umgangsformen dieses Polizeivorstehers anbelangte, war der Mann allerdings ebenso in die Kategorie »proletarischer Waldbewohner« einzuordnen wie seine weibliche Untergebene Onello, die Siebenstädter noch nicht vergessen, sondern ganz im Gegenteil immer noch auf dem Schirm hatte. Womit ihm schlagartig der Grund seines Hierseins und das Thema der Fortbildung in Erinnerung gebracht wurden. Und so rückte er nun, ungewohnt offen für seine Verhältnisse, mit dem eigentlichen Zweck seiner Umbaumaßnahmen heraus.

»Was für Vorschläge hätten Sie denn einzubringen, um diese Einrichtung zur Speisenzubereitung in eine Fliegenfalle für verlobungsunwillige Weiblichkeiten zu verwandeln, Herr Suckfüll?«

Fidibus taxierte mit prüfendem Blick zuerst den Leiter der Erlanger Rechtsmedizin, dann das wüste Sammelsurium an modernster Küchentechnik, welches hier ungeordnet im Raum herumstand. Sosehr es ihm auch schmeichelte, dass dieser hochdekorierte Rechtsmediziner Ratschläge von ihm erbat, wie man einem leichenbelasteten Sezierraum einen femininen Touch verpassen konnte, so sehr war ihm auch bewusst, dass dies ein Metier war, in dem er sich auf sehr dünnem Eis bewegte. Selbst ein erstklassiges Jurastudium verhalf dem erfolgreichen Absolventen nicht zwingend zu einem Bachelor in weiblicher Gefühlsanimation.

Na gut, er konnte dem Mann natürlich eine lange Liste von Herstellern erstklassiger Küchengeräte vorbeten. Wie diese aber anzuordnen waren, damit einer anzubetenden Weiblichkeit die Knie weich wurden, sobald sie diesen Küchenpalast betrat, dazu fehlte auch ihm die Fachkenntnis. Es wäre wirklich am besten, wenn dieser Professor …

Er konnte seinen Gedankengang nicht zu Ende führen, da sein Mobiltelefon geräuschvoll einen eingehenden Anruf meldete. Professor Siebenstädter beobachtete, wie sein Gast das Handy ans Ohr hob und dem Anrufer konzentriert Gehör schenkte. Es folgte eine knappe Verabschiedung, dann war das Telefonat auch schon wieder beendet. Was für die ganze Veranstaltung hier ebenfalls zu gelten schien.

»Tut mir leid, Herr Professor Siebenstädter, ich muss unseren Termin an dieser Stelle leider abbrechen, die Amtsgeschäfte rufen«, verkündete Fidibus mit feierlicher Miene und wandte sich sogleich zum Gehen, was beim Professor allerdings zu einer leichten Panikattacke führte.

»He, halt, stopp! Was soll denn jetzt aus meinem Restaurant werden? Ich brauche Sie! Wie soll ich hier weiter verfahren?«, rief Siebenstädter laut und tatsächlich ein wenig hilflos.

Robert Suckfüll, dessen Gedanken längst das Spielfeld gewechselt hatten, ließ seinen Blick ein letztes Mal durch den Raum und über das technische Chaos schweifen, das der Professor sein Restaurant nennen wollte.

»Tja, mein lieber Professor Siebenstädter, so hat halt jeder von uns im Leben sein Süppchen zu tragen«, verkündete er nebulös und machte eine kurze, bedeutungsvolle Pause, in der Siebenstädter mit wachsender Verzweiflung die Bedeutung dieses Sinnspruches zu ergründen versuchte.

Robert Suckfüll ließ ihm allerdings keine Zeit für gedankliche Studien, denn ihn streifte ein Geistesblitz, wie der planerischen Misere in diesem angedachten Kochstudio abzuhelfen war.

»Mediterran, Herr Professor, mediterran«, gab Fidibus von sich, dem gerade der letzte Urlaub mit seiner Frau auf der Insel Kreta in den Sinn gekommen war. »Zuallererst muss dieser Betonboden weg. Legen Sie einige von diesen fernöstlichen Geweben darauf, sozusagen als Teppichvorläufer, und schon schwebt der weibliche Fuß dahin. Dann, ganz wichtig, weniger Leichen und mehr Fisch. Außerdem mehr Knoblauch, viel mehr Knoblauch, das übertönt den seltsamen Geruch nach eingelegten Körperteilen. Und zum Schluss, Frauen achten auf so etwas, alles mit

Olivenöl anrichten. Um Gottes willen keine Butter, und zwar wegen dieser Gamma-4-fettigen Säuren. Probieren Sie das mal so, dann klappt das.«

Fidibus schürzte noch einmal kurz und abschätzend die Lippen, dann war es endgültig vorbei mit seiner Bereitschaft zur männlichen Amtshilfe, und der Leiter der Bamberger Polizeidienststelle machte auf dem Absatz kehrt, um dem Ausgang der Erlanger Rechtsmedizin entgegenzueilen.

***

»Wo, in Gottes Namen, kommst du denn jetzt her, Bernd?«, entfuhr es Franz Haderlein. »Ich dachte, du bist in wichtiger Mission in Bamberg unterwegs, weswegen es dir unmöglich ist, die Fortbildung bei Siebenstädter zu machen, oder habe ich da etwas falsch verstanden?«

Auch César Huppendorfer zeigte sich überrascht, den Kollegen Schmitt hier zu sehen. Es war für alle, er selbst eingeschlossen, ziemlich offensichtlich gewesen, dass Bernd ihrem Chef einen gequirlten Mist erzählt hatte, um nicht in Siebenstädters Fängen zu landen. Keiner von ihnen hatte etwas dazu gesagt, weil sie nachvollziehen konnten, dass Bernd mit seinem momentan zu bewältigendem Trennungsschmerz nicht in der Lage gewesen wäre, sich mit Siebenstädter in einen Raum zu begeben, geschweige denn dessen leider zu erwartende Gehässigkeiten zu ertragen. Also hätte ihm eigentlich jeder in der Dienststelle, Marina vielleicht einmal ausgenommen, diese selbst konstruierte Auszeit gegönnt.

Bernd hätte einfach mit Presssack irgendwohin verschwinden und den »Trainingstag« mit ihrem neuen Superferkel bei einem oder zwei Bier plus einer großen Schüssel gekochter Kartoffeln verbringen können. Niemand hätte ihn heute noch belästigt. Aber nein, jetzt tauchte der Kerl arbeitswütig an einem Tatort auf, der mit zwei erfahrenen Kriminalbeamten eigentlich bereits besetzt war. Andererseits wäre eine Begehung mit Presssack angesichts der verwirrenden Umstände hier vielleicht gar nicht so schlecht. Womöglich konnte der kleine Kerl, auch wenn er noch neu in dem Geschäft war, etwas Licht in das kopflose Dunkel bringen.

»Mein Zwischenjob in Bamberg war dann doch wesentlich stressiger, als ich gedacht hab«, fasste Lagerfeld die Umstände seines vorherigen Arbeitseinsatzes zusammen. »Ein Toter, ein Bewusstloser, ein tätlicher Angriff auf einen Polizeibeamten. Das langt für einen Vormittag, würde ich sagen. In die Dienststelle wollte ich jetzt aber nicht wieder zurück. Und so, wie das hier aussieht, könnt ihr ja auch Hilfe gebrauchen, oder nicht?«

»Also, wenn ich ganz ehrlich bin, Bernd, könntest du dich mit Presssack vielleicht wirklich nützlich machen. Dieser Fall ist nicht nur ausgesprochen abscheulich, sondern mindestens genauso mysteriös«, erklärte Haderlein bereitwillig. »Aber jetzt komm her, ich bring dich jetzt erst einmal auf den aktuellen Stand.«

Er winkte Lagerfeld zu sich, der mit dem Ferkel auf dem Arm einen genauen Einblick in die Umstände dieses Tatortes bekam.

Es war ein außergewöhnliches Briefing, das bei Kommissar Bernd Schmitt zu einer gewissen emotionalen Ernüchterung führte. Kopflose Leichen bekam man, selbst als Kriminalbeamter, nicht allzu oft im Leben zu Gesicht. Meistens bei Unfällen irgendwelcher Art. Auf Baustellen, im Autoverkehr oder zwischen Bahngleisen beispielsweise. Wenn einem Menschen aber mit voller Absicht der Kopf abgeschnitten wurde, war das noch mal etwas anderes.

Der einzige Ermittler, der bei dem ganzen blutigen Szenario nicht emotional angefasst wirkte, war der polizeiliche Mitarbeiter Presssack. Neugierig schnüffelte sein kleiner rosa Rüssel in Richtung Felswand. Neugier war aber auch das Einzige, was von dem kleinen gefleckten Ferkelgesicht abzulesen war. Entweder war der kleine Presssack trotz seiner wenigen Lenze gänzlich abgebrüht, vielleicht weil in jedem Schwein das drohende Ende in einer Metzgerei genetisch verankert ist, oder aber das Gegenteil war der Fall und der kleine Bursche hatte schlicht keine Ahnung von dem, was hier vorgefallen war. Dann gab es für ihn einfach nur Gerüche und Spuren, die es zu verfolgen galt. Egal, welche Variante nun den Tatsachen entsprechen mochte, der ferkelige Polizeischüler war zu hundert Prozent einsatzfähig und vor allem auch willig, so viel konnte sein Ausbilder und menschlicher Freund erkennen.

»Na dann, du Held, an die Arbeit!«, flüsterte Bernd Schmitt seinem Lehrling leise ins Ohr, woraufhin Presssack große Augen bekam und ebendieses Ohr senkrecht aufstellte, während das andere weiter schlaff und unbeteiligt von seinem Kopf herabhing. Eine regelrecht artistische Körperbeherrschung, die der Kommissar noch bei keinem seiner Geschwister hatte feststellen können, von der Mutter einmal ganz zu schweigen.

An seine Kollegen gewandt, erklärte Lagerfeld: »Wir gehen dann mal da rauf und überprüfen, ob sich irgendwer auf dem Gelände herumgetrieben hat. – Ist hier vielleicht jemand, der den Weg nach oben kennt?«

»Na, der Typ, der uns angerufen hat, ein alter Bekannter von mir. Er steht dort unten bei seiner Familie an dem alten Auto«, antwortete César Huppendorfer.

Lagerfeld nickte und machte sich mit dem kleinen Ferkel in der Armbeuge auf den Weg. Dabei winkte er mit dem freien Arm, aber der Kerl, der die beiden Leichen gefunden hatte, reagierte überhaupt nicht auf das Gefuchtel; vielleicht musste er es doch mit ein bisschen lautem Rufen versuchen.

Das konnte er sich jedoch sparen, denn der Kollege Huppendorfer war ihm lautstark behilflich. »Ey, Klaus, wir brauchen dich noch mal, komm her, Alter!«, schrie er gestikulierend.

Staunend schaute Bernd Schmitt sich um. So hatte er den Kollegen ja noch nie erlebt, sonst war César doch immer der korrekte, elegante Kommissar, der geneigt war, die Fassung zu bewahren. Und jetzt das. Brachen da alte Studienzeiten durch, oder wie? Aber César Huppendorfer grinste ihn nur undurchsichtig an, augenscheinlich froh, den abgebrühten Kollegen Schmitt endlich auch einmal verunsichern zu können.

Klaus Bernhard jedenfalls hatte die Botschaft verstanden und kam unverzüglich den Abhang wieder hochgestapft. Natürlich nahm er folgsam Kurs auf Huppendorfer, aber der deutete nur wortlos auf seinen Kollegen, der ein paar Meter weiter in Jeans und Cowboystiefeln auf der Wiese stand, woraufhin Bernhard brav einen Haken schlug und auf Lagerfeld zustapfte.

»Klaus Bernhard«, stellte er sich vor, wobei Lagerfeld von einem streng säuerlichen Geruch befremdet wurde, der von dem Mann ausging. Dass der überforderte Kletterer sein in Verdauungsarbeit befindliches Frühstück vor nicht allzu langer Zeit dem Gras neben den Leichen übergeben hatte, konnte Lagerfeld nicht wissen. Also vermutete er einen exzessiven alkoholischen Hintergrund hinter dieser aromatischen Kulisse. Das machte den Mann in Lagerfelds Augen nicht zu einem schlechteren Menschen, eher tendenziell zu einem unkonzentrierten, worauf nun mal besser zu achten wäre, solange sie zusammen unterwegs waren.

»Bernd Schmitt. Wir müssen da rauf. Du kennst den Weg?«, kam Lagerfeld unverblümt zur Sache.

»Was denn, in den Stiefeln?«, fragte Bernhard ungläubig.

»Ja, in den Stiefeln.« Der Kommissar hob nur kurz eine Augenbraue. »*I'm so sorry*. Meine Kletterausrüstung habe ich ja immer dabei, dauernd eigentlich, jeden Tag. Nur heute nicht, wirklich blöd, meine Schuld. Deswegen halt in den Stiefeln, geht leider nicht anders, tut mir leid.«

Es dauerte ein paar Sekunden, bis bei Klaus Bernhard der Groschen fiel.

»Ach so, ja okay, ich verstehe, ist okay«, beeilte er sich zu sagen.

Dann blieb sein Blick an dem Ferkel hängen, das ihn mit großen Augen neugierig musterte.

»Ähem, und was ist das da auf Ihrem Arm? Soll das Schwein etwa auch mit da rauf?«, fragte er, das Gesicht so ungläubig verzogen, dass Presssack diese Mimik als persönliche Beleidigung auffasste und den Mann sofort als hochgradig unsympathisch abspeicherte.

»Ja, auch das Schwein. Im Übrigen gilt, was die Kletterausrüstung anbelangt, für diesen tierischen Mitarbeiter der Bamberger Kriminalpolizei dasselbe wie für mich, wenn du verstehst, was ich meine«, legte sich Lagerfeld für seinen Azubi ins Zeug, was Presssack sehr zu schätzen wusste. Seine angespannte Körperhaltung wurde sofort etwas weicher, und der strenge Blick, den er auf sein Gegenüber gerichtet hatte, milderte sich deutlich.

Klaus Bernhard konnte zwar nicht ganz begreifen, was ein Ferkel bei der Bamberger Kripo verloren hatte, aber bitte, heute war ihm inzwischen sowieso alles scheißegal.

»Ja, gut, meinetwegen, dann los. Es gibt einen Weg hintenrum. Aber mit den Stiefeln da bitte trotzdem aufpassen. Kann sein, dass das Gestein da oben noch feucht ist. Und dann bist du schneller wieder unten, als du glaubst«, warnte er den Kommissar. Nicht dass er am Ende noch für irgendwas hier haftbar gemacht werden würde, das fehlte ja gerade noch.

Aber der ein bisschen ausgelutscht wirkende Bamberger Kommissar mit dem schweinischen Begleiter nahm ihm zumindest diesen Rucksack von den Schultern.

»Keine Sorge, Klaus, wir kommen schon klar. Und wenn's mich aufs Maul haut, dann waren das meine Stiefel, nichts sonst, in Ordnung?«

Bernhard lächelte erleichtert. »Ja das ist völlig in Ordnung«, sagte er leise und straffte sich. »Okay, wir müssen da links an den Felsen entlang und dann um die Hütte rum.«

Nachdem er die Richtung vorgegeben hatte, machte er sich ohne weitere Verzögerung auf den Weg. Lagerfeld ging ihm mit Presssack hinterher, auch wenn er sich mit dem Folgen etwas schwertat, denn mit den glatten Sohlen seiner Cowboystiefel rutschte er im feuchten Gras immer wieder seitlich weg, wie er zu seinem großen Missfallen feststellen musste.

∗∗∗

Der Tag seines Geburtstages war gekommen, ein Mittwoch im Januar, der einen neuen Abschnitt in Florians Leben einläuten sollte. Die Vorbereitungen für die Feier waren auch fast abgeschlossen, es galt eigentlich nur noch, ein paar kleine, aber essenzielle Dinge in einem Drogeriemarkt zu besorgen. So stand

Florian Kauper im Rossmann und fischte aus den Regalen, was ihm zu seiner frostigen Open-Air-Feier in seinem Innenhof noch fehlte. Viel war es nicht, die mitgebrachte Stofftasche war für das bisschen an Einkauf eigentlich überdimensioniert, wie er feststellen musste. Aber egal, jetzt nichts wie los zur Kasse. Das dürfte nicht lange dauern, denn in dieser Drogerie war nie viel los, er saß also praktisch schon im Auto. Schwungvoll bog er mit seinem Stoffbeutel um das letzte Regal und erstarrte. Eine für rossmännische Verhältnisse extrem lange Schlange hatte sich vor der Kasse gebildet. Das waren bestimmt zehn Leute, wenn nicht mehr. Ach du lieber Himmel, das konnte ja dauern. Nicht, dass Florian Kauper es furchtbar eilig gehabt hätte, aber ewig lange in der Schlange stehen, das brauchte er jetzt auch nicht. Frustriert machte er kehrt, denn bevor er sich da anstellte, konnte er auch genauso gut noch ein bisschen shoppen. Irgendetwas würde er schon finden, was er mal ausprobieren konnte. Ohne ein besonderes Ziel vor Augen landete er vor dem Terminal, mit dessen Hilfe man Bilder vom Smartphone herunterladen und ausdrucken konnte.

Einen Moment lang starrte er die Fotoecke an, dann kam es zu einer folgenschweren Entscheidung. Man mag es im Nachhinein Eingebung nennen, Schicksal oder die Fügung himmlischer Mächte, Florian Kauper kamen die Bilder der wunderschönen rothaarigen Frau vom Veitsberg wieder in den Sinn. Dann fiel ihm auch noch ein, dass er die schönsten Fotografien jenes Abends ja auf seinem Handy gespeichert hatte und sie jetzt schon seit vielen Monaten mit seinem Mobiltelefon durch die Gegend schleppte.

Florian folgte seinem Bauchgefühl, handelte fast wie fern-gesteuert. Vergessen waren Kassenschlange und Shopping-Vorhaben. Er fummelte sein Handy aus der Jackentasche und suchte die Datei mit den Fotografien. Als er sie gefunden hatte, wählte er die beiden schönsten aus und übertrug die Dateien mittels Bluetooth auf das Fototerminal. Dann drückte er die Taste »Print«, woraufhin sich die computergestützte Druckerei geräuschvoll in Bewegung setzte. Die Wartezeit nutzte Florian Kauper, um sich in dem nebenstehenden Regal zwei silberfarbene Tischbilderrahmen auszusuchen, in denen er die ausgedruckten Fotografien zu platzieren gedachte. Das alles funktionierte ganz wunderbar, und die Bilder der Rothaarigen sahen in ihren silbernen Rahmen noch hinreißender aus als auf dem kleinen Display seines Mobiltelefons.

Irgendetwas Seltsames, Mächtiges rührte sich in Florians Brust, und er musste sich wirklich zusammenreißen, die beiden Fotos nicht endlos anzugaffen. Die Schlange an der Kasse hatte sich zwischenzeitlich mindestens halbiert, weshalb Florian Kauper nicht mehr zögerte und sich kurzerhand anstellte.

Die Kassiererin wickelte die beiden Bilderrahmen auf seine Bitte hin bereitwillig in ein schönes rotes Geschenkpapier mit Schleifchen drauf, ein wissendes Lächeln inklusive, was Kauper aber gar nicht mitbekam. Er zahlte, verließ den Drogeriemarkt und schwang sich auf den Fahrersitz seines Wagens.

Eigentlich war sein Heimweg in ihm abgespeichert, war er ihn doch schon hunderte Male gefahren. Aber diese fremde Macht, die sich seiner bemächtigt hatte, ließ ihn den Wagen nicht nach Dörrnwasserlos lenken, sondern einmal über den Berg nach Westen ins Maintal. So stand er wenig später nicht vor seiner Haustür, sondern mitten in Dittersbrunn, am Fuße des Veitsberges. Natürlich war ihm inzwischen klar geworden, was ihn hierhergetrieben hatte. Er wollte dieser Frau die Bilder eines wunderschönen Augenblicks schenken und sich mit ihr verabreden – und zwar so bald wie möglich.

Leider hatte er überhaupt keine Ahnung, wo die Veitsberglady eigentlich wohnte. Aber er war schon viel zu weit gegangen, um jetzt einfach aufzugeben. So groß war dieses Kaff ja nun wirklich nicht. Wenn hier eine dreistellige Einwohnerzahl erreicht wurde, würde ihn das sehr wundern. Aber selbst von einhundert Bewohnern brauchte er nur eine einzige Person, solange die sich hier auskannte. Also stieg Florian Kauper aus, schloss das Auto ab und schlenderte mit seiner Stofftasche durchs Dorf. Er war gerade fünfzig Meter weit gelaufen, als er auch schon auf einen kleinen, dünnen älteren Herrn traf, der ihm mit einer Schaufel in der Hand entgegenkam.

»Entschuldigung«, sagte Kauper, holte sein Handy aus der Tasche und zeigte dem hiesigen Ureinwohner eine seiner Fotografien. »Kennen Sie diese Frau? Sie muss hier irgendwo wohnen. Ich muss dort was abgeben, aber ich hab die Adresse nicht.« Das war streng genommen nicht einmal gelogen, und der Mann schien auch nur lautere Absichten zu vermuten, denn er hob den Arm und zeigte die ansteigende Straße hinauf in Richtung Ortsende.

»Ja, die kenn ich. Die Straß da nauf, nachert letztes Haus links die Auffahrt nauf. Aber den Namen weiß ich fei net, die wohnt noch net lang da«, gab er bereitwillig Auskunft.

Mehr wollte der aufgeregte Fotograf auch gar nicht wissen. Er bedankte sich bei dem Mann und setzte seinen Weg fort. Es waren noch einmal etwa fünfzig Meter, dann stand er an der besagten Auffahrt, die linker Hand steil zum Haus hinaufführte. Florian marschierte das kurze gekieste Stück nach oben, bis er an einem schmiedeeisernen Tor anlangte.

Es war ruhig hier, absolut still. In Dittersbrunn war man weit weg von jeglicher Hektik und städtischem Lärm. Florians Nervositätspegel stieg und stieg, und eine innere Hitzewallung jagte die nächste. Er blickte sich hektisch um, ob jemand sein seltsames Tun beobachtete, und suchte das Tor und den daran hängenden blechernen Briefkasten nach Informationen ab, aber Fehlanzeige. Keine Klingel, kein Türschild.

Als er über das Tor blickte, sah er ein liebevoll dekoriertes Hanggrundstück mit niedrigen Mauern und halb verfallenen Antiquitäten auf der Rasenfläche, auf denen mal ein Stein lag oder ein kleiner Engel herüberlächelte. Auch am Eingang stand ein kleiner weißer Engel mit einer hölzernen Laterne, in der doch tatsächlich eine echte Kerze brannte.

Wieder ergriffen ihn ein Eindruck von Wärme und das Bewusstsein, angekommen zu sein. Florian Kauper hatte das untrügliche Gefühl, schon einmal hier gewesen zu sein, was aber definitiv nicht sein konnte. Seine Nervosität wurde immer größer, und er wollte jetzt einfach nur noch sein Geschenk loswerden, die hübsch eingepackten Bilder ihrer neuen Besitzerin übergeben.

Na gut, wenn es keine Klingel gab, dann würde er die Bilder eben in den Briefkasten werfen. Er hatte vorsorglich einen kleinen blauen Zettel aus dem Auto mitgenommen, auf den er jetzt mit einem Kugelschreiber seine Telefonnummer schrieb, zusammen mit der Bitte um ein Date mit einem koffeinhaltigen Getränk. Den Zettel warf er zu den Bildern in die Stofftasche, dann öffnete er den Deckel des Briefkastens.

Es gab ein so furchtbar lautes, metallisches Scheppern, dass Florian Kauper erschrak wie zuvor selten in seinem Leben. Der Kasten war aus lackiertem Blech und wohl so verbogen, dass das Öffnen des Deckels diesen kanonenschussähnlichen Knall verursacht hatte. Florian stand da wie vom Donner gerührt, unfähig, zu reagieren. Bestimmt würde jetzt entweder jemand aus dem kleinen, putzigen Bauernhäuschen gerannt kommen, um ihn zu fragen, was er hier eigentlich treibe. Oder aber das ganze Dorf war aufgewacht und bewaffnete sich gerade mit Mistgabeln und Dreschflegeln, um den unbeholfenen Störenfried unter Androhung von Hieben aus dem Ort zu scheuchen.

Tatsächlich passierte aber nichts, überhaupt nichts. Keine Mistgabeln, keine Hausbewohner, nichts. Das konnte dann wohl nur bedeuten, dass dieser Briefkasten schon des Öfteren geknallt hatte und sich niemand darum scherte. Nach einer Weile wagte Florian Kauper wieder, sich zu bewegen, und ließ die Luft laut hörbar aus den Lungen entweichen. Na gut, dann rein damit, die Bilder haben endlich ihr Zuhause erreicht, dachte er und versuchte, das Präsent in den Briefkasten zu legen.

Ein netter Gedanke, jedoch zum Scheitern verurteilt, denn die Bilderrahmen waren etwas zu groß geraten. Es fehlten nur wenige Millimeter, aber die reichten aus, um den Weg ins Briefkasteninnere zu versperren.

Nach mehrmaligem Drehen und Wenden gab er schließlich ernüchtert auf. Das mit dem Briefkasten konnte er vergessen. Aber was sollte er denn jetzt machen? Er konnte die Tasche doch nicht einfach an das Tor hängen. Probehalber drückte er auf die schmiedeeiserne Türklinke, und gänzlich unerwartet schwang der schwere Torflügel auf, als wollte er sagen: Komm herein, fremder Prinz, du bist willkommen.

Das Grundstück mit dem wunderschönen Garten und dem alten Bauernhaus hätte durchaus als Kulisse für einen Märchenfilm herhalten können, nur der angedachte Prinz fühlte sich gerade überhaupt nicht als ein solcher. Er war nervös, genervt und unschlüssig, was er jetzt machen sollte. Ach, was soll's, dachte Florian Kauper, fasste die Tasche mit den Bildern fester und ging auf dem Weg aus Sandsteinplatten zu dem Häuschen, an der Hauswand entlang, bis er die hölzerne Eingangstür erreichte. Jetzt war eh schon alles egal, da konnte er seinem Dornröschen das Geschenk auch persönlich übergeben. Was er sagen sollte, würde ihm schon einfallen, wenn er erst vor ihr stand. Er nahm seinen ganzen Mut zusammen und klopfte entschlossen gegen das hölzerne Türblatt, da auch an dieser Tür keine Klingel zu finden war. Er klopfte erneut, aber es gab keine Reaktion. Entweder war tatsächlich keiner zu Hause, oder die Veitsberglady wollte ihm nicht aufmachen.

Dies war nun genau der Moment, in dem Florian Kauper Mut, Konzentration und Nerven verließen. Was, um Himmels willen, tat er hier eigentlich? Das war doch völlig verrückt. Er hängte die Stofftasche einfach an die Türklinke, dann machte er, dass er wegkam. Er lief zurück zum Tor und zog es so leise wie möglich hinter sich ins Schloss, da hörte er in seinem Rücken eine laute, schrille Frauenstimme rufen: »Die ärbed Schicht!«

Erschrocken fuhr Florian Kauper herum und erblickte eine ziemlich korpulente Frau, die auf zwei stämmigen Beinen in ihrer Hofeinfahrt auf der anderen Straßenseite stand.

»Moment, ich komme runter!«, rief er entsetzt. Hoffentlich brüllte die jetzt nicht das ganze Dorf zusammen, das wäre überaus peinlich. Aber die brillentragende Nachbarin war nicht vom Geschlecht der Feinsinnigen und machte in der gleichen Lautstärke weiter.

»Die is ledich!«, rief sie ihm mit einem breiten Grinsen entgegen.

Florian interessierte sich gerade nicht für die übermittelten

Informationen, er war nur darauf bedacht, dass diese Nachbarin endlich ihre immense Lautstärke drosselte. Also sprintete er regelrecht über die Straße, bis er direkt vor der Ruferin stand. »Is ja gut, is ja gut. Ich bin Fotograf und habe nur ein paar Fotos vorbeigebracht. Sagen Sie Ihrer Nachbarin bitte schöne Grüße, sie weiß dann schon Bescheid.«

»Sind Sie der geschiedene Mo?«, erkundigte sich die Nachbarin ungeniert, aber Florian Kauper hatte jetzt wirklich genug, er wollte nur noch hier weg.

»Nein, bin ich nicht, ich bin wie gesagt Fotograf. Aber ich muss weiter, schön, Sie kennengelernt zu haben«, stieß er hektisch hervor, ließ die Frau stehen und eilte, so schnell es ging, zu seinem Auto zurück. Noch während er die Fahrertür öffnete, hatte er das Gefühl, dass die Blicke von Millionen hinter Gardinen versteckten Augenpaaren an ihm klebten und ihn erst wieder losließen, als er das Ortsschild von Dittersbrunn mit Vollgas hinter sich gelassen hatte.

**

Der Aufstieg zum Gipfelplateau des »Rammelhasen« erwies sich in der Tat schwieriger als gedacht. Wie von Klaus Bernhard angekündigt, war die Rückseite der Kemnitzenstein-Felsen noch nebelfeucht und glatt. Für Bamberger Kommissare mit Cowboystiefeln an den Füßen und kleinen Ferkeln auf dem Arm ein absolut heikles Unterfangen. Zwar war es von der Rückseite her viel einfacher, nach oben zu kommen, als von vorn, wo man die steilen Wände hinaufklettern musste, aber es war auch kein Spaziergang, ganz und gar nicht. Schwer atmend und durchgeschwitzt erreichten sie schließlich den höchsten Punkt.

Lagerfeld beugte sich leicht nach vorne und konnte unten, am Fuße der leicht schräg abfallenden Wand, die beiden Kollegen sehen, die intensiv mit der Tatortsicherung beschäftigt waren. Vorsichtig stellte er Presssack auf den Boden und legte ihm auch gleich die Leine an. Nicht dass der kleine Kerl Höhenangst bekam und sich aus Versehen in die Tiefe stürzte, man wusste ja nie.

»Tja, wir sind da«, meinte Klaus Bernhard lapidar, stellte sich breitbeinig an den äußersten Rand und verschränkte abwartend seine Arme vor der Brust.

Lagerfeld nickte und begann damit, den felsigen Boden nach Hinweisen abzusuchen. Auch Presssack zeigte erfreulicherweise keinerlei Ängstlichkeit und ging schnurstracks dazu über, sich mit tief gesenktem Rüssel schnüffelnd über das circa zwei mal drei Meter große Plateau zu bewegen.

Schnell war klar, dass die Kollegen Haderlein und Huppendorfer sich nicht getäuscht hatten. Soweit Lagerfeld das beurteilen konnte, war hier oben tatsächlich wesentlich mehr Blut geflossen als unten bei der kopflosen Leiche. Es schien weitestgehend im Boden versickert beziehungsweise am Felsen eingetrocknet zu sein, daher war nicht ganz klar, um wie viel Blut es sich genau handelte. Aber der ersten Einschätzung nach hatte auch diese Stelle nicht das Zeug zum Tatort eines Geköpften.

Der Laie machte sich im Normalfall ja keine Vorstellung davon, wie viel Blut im Körper eines Menschen kreiste. Bei einem erwachsenen Mann konnte durchaus von fünf bis sechs Litern Blut ausgegangen werden. Das war hier aber niemals der Fall, da hätte das Blut ja rechts und links die Felsen hinunterlaufen müssen. Demnach war der Mann nicht hier oben umgebracht und enthauptet worden, vielmehr schien ihn jemand schon tot hier heraufgeschleppt zu haben. Ohne Cowboystiefel und mit guter Kondition war das durchaus zu schaffen. Aber warum, überlegte Lagerfeld ratlos, sollte man das um Gottes willen tun? Wieso eine kopflose Leiche auf diesen Felsen hier schleppen?

Der Kommissar bekam ein ziemlich ungutes Gefühl bei diesem Gedanken, denn in diesem Fall schien ein ziemlich gestörtes Hirn am Werk zu sein.

Es half alles nichts, da mussten sich wohl die Spurensicherer zuerst ihre Gedanken machen.

Lagerfeld richtete sich wieder zu voller Größe auf, als Presssack auf einmal laut zu grunzen anfing. Ein untrügliches Zeichen dafür, dass das auszubildende Ferkel etwas entdeckt hatte. Ob dieser Fund für die Ermittlungen von Belang war, ließ sich jetzt natürlich noch nicht sagen, für Presssack war es das aber ganz sicher. Sein kleiner rosa Rüssel versah seinen Dienst über einer besonders blutigen Stelle auf dem Felsen, wo er vehement und beharrlich die Luft einsog.

Mit der Hand schob Lagerfeld das kleine, schnaufende Köpfchen behutsam zur Seite, dann befühlte er die Stelle, an der Presssack so herumgerochen hatte. Da war tatsächlich etwas, etwas Flaches, Metallisches. Mit den Fingernägeln konnte der Kommissar das vom Blut an den Stein gepappte Metallstück vom Felsen lösen und hob es hoch. Nichts zu erkennen. Er nahm ein Tempotaschentuch und versuchte, das Metallstück, so gut es eben ging, vom zähen, angetrockneten Blut zu befreien, während Bernhard und Presssack ihn aufmerksam dabei beobachteten.

Es dauerte nicht lange, dann hielt Bernd Schmitt des Rätsels Lösung in den Händen. Was da in der Sonne vor ihm aufschimmerte, war nach seinem Dafürhalten die abgebrochene Spitze einer Messerklinge. Das kleine Stück war sogar noch immer richtig scharf, was er anschaulich demonstrierte, als er mit dem Teil auf seinem Unterarm probehalber ein paar Härchen abrasierte.

»Gut gemacht, du Schlawiner«, lobte Lagerfeld seinen Auszubildenden beiläufig, während er die vom Blut verschmierte Messerspitze in der Sonne hin- und herdrehte. »War das alles, oder hast du noch andere Spuren?«

Presssack schaute Bernd Schmitt nur abwartend an, was wohl heißen sollte, dass von ihm nichts mehr zu erwarten sei.

Bernhard beobachtete das Geschehen schweigend, aber mit beredten Blicken, was Lagerfeld jedoch überhaupt nicht tangierte. Seit vor einigen Jahren Presssacks Mutter Riemenschneider Einzug ins Team der Bamberger Kripo gehalten hatte, war er an solche Blicke gewöhnt.

»Also gut, mehr werden wir wohl erst mal nicht finden«, meinte Lagerfeld. »Wir gehen wieder runter.« An seinen Guide gewandt, ergänzte er: »Äh, könntest du vielleicht Presssack nehmen? Mit meinen Stiefeln ist das Klettern wirklich nicht so toll«, woraufhin Bernhard das kleine Ferkel bereitwillig auf seinen Arm nahm und es von der Leine trennte.

»Wir sehen uns dann unten«, erklärte Klaus Bernhard lapidar und machte sich grinsend auf den Weg, Presssack immer schön geschützt in der rechten Armbeuge haltend. Mit eleganten, kraftvollen Bewegungen entschwand er aus Bernd Schmitts Sichtfeld und war kurz darauf verschwunden. Der Abstieg des Kommissars gestaltete sich weit weniger ästhetisch, er dauerte zudem weitaus länger. Aber auch er kam schließlich wohlbehalten unten an, wo Bernhard schon auf ihn wartete, Presssacks Leine in der Hand.

»Wo ist mein Auszubildender?«, fragte Lagerfeld schnaufend, denn die Leine an sich nützte ihm herzlich wenig.

Verblüfft schaute Klaus Bernhard an sich herab, bevor er erschrocken feststellte: »Oh, der Kleine war doch gerade noch da, das gibt's doch nicht!« Er blickte sich suchend um. »Da oben!«, rief er aufgeregt und deutete zur Schutzhütte hinauf, wo gerade ein kleiner rosa Hintern links um die Ecke verschwand.

Sofort eilten die beiden Männer hinterher, nicht dass sich der kleine Kerl noch in den umliegenden Wald verirrte. Aber Presssack irrte ganz und gar nicht ziellos durch die Gegend, sondern steuerte schnurgerade auf die kleine Terrasse der Schutzhütte zu, auf der er stehen blieb und erneut zu grunzen anfing, und zwar lauter als zuvor. Als sein Herrchen mit Bernhard ebenfalls auf der Terrasse ankam, wusste es dieses laute Grunzen auch sofort zu deuten.

Dort, auf dem Boden der Schutzhüttenterrasse, prangte eine unregelmäßig runde, dunkelrote Pfütze. Blut, das noch nicht einmal ansatzweise eingetrocknet war. Von dieser Pfütze ausgehend, waren relativ frische Schleifspuren auf dem rauen Beton zu erkennen, die sich blutig in Richtung Kletterfelsen an der linken Wand der Schutzhütte entlangzogen. Lange konnte der Leichentransport noch nicht her sein, so viel konnte Lagerfeld kraft seines langen polizeilichen Wirkens auf Anhieb feststellen. Neben der blutigen Pfütze bemerkte er zudem ein seltsames Geschmiere von Blut auf dem Betonboden, auf das sich der

Bamberger Kommissar erst einmal keinen Reim machen konnte und ehrlich gesagt auch nicht wollte. Er war nur für eine kurze Übungseinheit mit Presssack hier aufgetaucht, und die war von seinem schweinischen Auszubildenden weit besser absolviert worden, als er zu hoffen gewagt hatte. Genaueres sollte die Spurensicherung feststellen, dafür waren die ja da. Das Rätselraten hatte jedenfalls vorerst ein Ende, der Ort des Verbrechens hatte sich soeben offenbart.

Wenig später wimmelte der Kemnitzenstein nur so von polizeilichen Kräften jeglicher Art. Das mittlerweile großräumig abgesperrte Areal wurde von Spurensicherern, Polizisten der Bereitschaftspolizei, Kriminalbeamten und sogar Hundeführern bevölkert, die jeden Quadratzentimeter nach Spuren und Beweisen, vor allem aber nach einem ganz bestimmten vermissten Körperteil absuchten. Rund um den bekannten Ausflugsgipfel wurde alles fotografiert, auch die Stellen, die auf den ersten Blick gar nichts mit den Vorfällen zu tun hatten.

Außerhalb der Absperrung hatte sich nach und nach eine ansehnliche Gruppe von Menschen versammelt. Hauptsächlich handelte es sich um Anhänger des Klettersports sowie ein paar Wanderer und sonstige Touristen, die neugierig den Polizeieinsatz beobachteten.

***

Es dauerte fast zwei Wochen, in denen Florian Kauper regelmäßig auf sein Mobiltelefon schaute, ob seine Nachricht in Dittersbrunn nicht vielleicht doch auf fruchtbaren Boden gefallen war. Wenn dem so wäre, müsste doch irgendwann ein Anruf eingehen oder wenigstens eine SMS. Aber nichts dergleichen geschah. Am Tag seiner Geburtstagsfeier nicht und auch nicht an den Tagen danach.

Florian Kauper konnte nicht umhin, zu glauben, dass er sich diesmal aber so richtig zum Idioten gemacht hatte. Mit seinen nunmehr sechsundfünfzig Jahren hatte er sich doch tatsächlich benommen wie ein verliebter Teenager – und sich bestimmt zum

Gespött des ganzen Dorfes gemacht, das nun hinter vorgehaltener Hand wilde Geschichten über diesen durchgeknallten Fotografen in der Weltgeschichte verbreitete. Er durfte wohl froh sein, wenn er nicht in der Deppenrubrik der Bildzeitung auftauchte oder gar ein Team billigster Fernsehsender sensationslüstern nach dem verliebten Heini aus Dörrnwasserlos fahndete.

So bereitete er sich innerlich auf die abstrusesten Szenarien vor, doch seine Befürchtungen traten nicht ein, es geschah ganz einfach nichts. Kein Anruf, kein Reporterteam, keine Nachrichten, auf welchen Kanälen auch immer. Bis zum Vormittag des dritten Februars.

An diesem Tag, Florian Kauper beschäftigte sich gerade mit seinem Morgenkaffee, meldete sich plötzlich, mit einem vernehmlichen Ping, sein Handy. Auf dem Display erschien die SMS einer ihm unbekannten Nummer. Die Nachricht lautete wie folgt: »Hallo, sorry, dass ich mich so lange nicht gemeldet habe, aber ich wusste erst nicht, mit wem ich es zu tun habe. Jetzt ist es mir wieder eingefallen. Vielen Dank für die wunderschönen Bilder, die haben sofort einen Ehrenplatz bekommen.«

Florian Kauper blickte wie versteinert auf den Screen seines Mobiltelefons und war einige Sekunden lang baff. Das war ja nicht zu fassen, jetzt hatte die Veitsberglady sich ja doch noch gemeldet. Diese völlig unerwartete Erkenntnis brachte sein emotionales Grundgerüst gehörig ins Schwanken, hatte er sich doch schon mit sämtlichen Argumentationsreihen selbst therapiert und überzeugend klargemacht, warum es gar nicht sein konnte, dass seine pubertäre Vorstellung in Dittersbrunn auch nur die geringste Chance auf Erfolg hatte. Und jetzt meldete sie sich tatsächlich. Da musste er gefühlsmäßig erst einmal umplanen, von »vergessen« und »besser aus dem Gedächtnis ausradieren« auf »positive Erwartungshaltung« und »freudige Gefühle« umswitchen. Und das machte er ja nun wirklich mit dem größten Vergnügen.

Parallel dazu startete er sogleich eine wilde Sprachnachrichtenoffensive den angedachten gemeinsamen Kaffee betreffend, aber erneut blieb das Handy stumm, keine Antwort von Amelie, was

Florian Kauper sofort wieder verunsicherte. Was denn, war sie etwa schon wieder abgetaucht? Hatte er hier so ein ultrascheues Reh erwischt, welches gejagt und erhascht werden wollte?

Na gut, dann musste er eben warten. Das konnte er. Er war schon immer ein sehr geduldiger Mensch gewesen, und er wollte diese Frau ja auch nicht mit seiner überbordenden Art überfordern. Sie würde sich schon wieder melden, sobald sie für ein Treffen bereit war. In deutlich heitererer Stimmung als an den Tagen zuvor machte sich Florian Kauper an die Arbeit in seiner Schreinerei in Dörrnwasserlos.

Es dauerte drei geschlagene Tage, bis die Veitsberglady ihre nächste Nachricht verschickte. Ein paar undeutliche Bilder von ihr im Schnee, auf denen er die Lady aber nicht besonders gut erkennen konnte. Das war wirklich schade, denn es waren ja seit ihrem letzten Treffen knapp eineinhalb Jahre vergangen, da verblasste das eine oder andere Detail in der Erinnerung. Aber sie war es, ganz eindeutig. Sie wechselten zwei, drei Sätze der kurzen digitalen Kommunikation, dann war auch schon wieder Schluss. Erneute Sendepause. Kauper war nicht einmal dazu gekommen, die Forderung nach dem Kaffee aufs Tableau zu bringen. Kaum erschienen, war sie schon wieder verschwunden. Sein mehrmaliges Nachfragen per SMS führte stets zum gleichen ernüchternden Ergebnis, Amelie war wieder in Deckung gegangen. Was war denn das für eine abgefahrene kommunikationstechnische Guerillataktik? Da war aber jemand megavorsichtig.

Florian Kauper blieb nichts anderes übrig, als seine Bemühungen aufs Neue einzustellen. Ernüchtert gestand er sich ein, dass das Kennenlernen mit Amelie vom Berge sich wohl langwieriger gestalten würde als ursprünglich angedacht. Was, um Himmels willen, war denn so schwierig daran, sich zu einem Kaffee zu verabreden? Es musste ja nicht gleich in ihrem putzigen Häuschen sein, man konnte doch erst einmal neutrales Gelände aufsuchen, ein Café oder eine Wirtschaft vielleicht, davon gab es im Fränkischen ja weiß Gott genug. Aber bitte, er konnte nicht nur geduldig, sondern auch hartnäckig sein, und zwar sehr, sehr hartnäckig.

Diese Eigenschaft der verzögerten Willensdurchsetzung war auch bitter nötig, denn das Spielchen mit dem SMS-Schreiben und dann wieder nichts zog sich hin, und Florian Kauper wurde darüber bald wahnsinnig. Er stufte sich nun wirklich als ausdauernd ein, wenn er etwas erreichen wollte, was er in seinem Leben für wichtig erachtete, aber selbst dem Ausdauerndsten geht irgendwann die Puste aus. Da kamen jetzt seit Wochen sehr nette Sprüche und noch nettere Bildchen, aber das Bild einer Person war von seiner Natur her ja nun mal kein echter Mensch, Herrgott. Einer SMS konnte man nicht in die Augen sehen, um beispielsweise nur die Blicke sprechen zu lassen. Er kapierte dieses scheue Getue nicht wirklich und sah allmählich seine persönliche Götterdämmerung heraufziehen.

Die Gute wollte gar nicht. Vielleicht spielte diese Amelie ja nur mit ihm. Sie ließ ihn zappeln, und irgendwann war sie weg – oder er, weil er keinen Bock mehr auf diese Hinhaltespielchen hatte.

Also fasste er einen folgenschweren Entschluss.

Das ganze Gesimse führte nirgendwohin, daher probierte er es auf die altmodische, analoge Art. Übermorgen war nämlich Valentinstag, der Tag der Verliebten, Verlobten und Verheirateten. An diesem Tag würde er der Veitsberglady ein letztes persönliches Geschenk in ihren Briefkasten werfen und danach, sollte es in der Folge nicht zu einem persönlichen Treffen kommen, jegliche Kommunikation einstellen. Sollte sie dann halt verschimmeln in ihrem Häuschen und das größte Glück ihres Lebens, nämlich ihn, verpassen.

Also stiefelte der verliebte Schreiner wild entschlossen ins nächstbeste Buchgeschäft, um ein kleines, herzerwärmendes Präsent zu kaufen. Klein deshalb, weil der knallende Metallbriefkasten seiner Angebeteten ja schon die Bilder in ihren etwas zu groß geratenen Rahmen nicht angenommen hatte. Aus dem Bauch heraus entschied er sich für ein kleines Buch über spirituelle Weisheiten der Antike. Das sagte ihm irgendwie zu, außerdem hatte es goldene Lettern auf dem Buchtitel, das kam so schön feierlich rüber, einem Valentinstag angemessen. Noch eine passende Geschenkkarte plus Widmung dazu, einpacken und fertig. Ohne langes Zögern machte er sich zum zweiten Mal auf den Weg nach Dittersbrunn.

So unbedarft wie bei seinem ersten Besuch ging es allerdings diesmal nicht vonstatten. Er hatte das Ortsschild noch gar nicht erreicht, da fing Florian Kauper bereits an, sich umzublicken, ob er von irgendwelchen neugierigen Dorfbewohnern beobachtet wurde. Er rechnete mit dem Schlimmsten, jedoch vergeblich. Niemand ließ sich auf der Straße und den angedeuteten Gehwegen blicken. Also fuhr er ungesehen durch die gesamte Ortschaft hindurch, bis er schließlich am letzten Haus auf der linken Seite angekommen war. Er nahm das Valentinsgeschenk vom Beifahrersitz, stieg aus seinem Wagen und ging schnurstracks die kleine Auffahrt hinauf zum Briefkasten, um das Geschenk einzuwerfen. Natürlich knallte es wieder laut und metallisch aus dem Briefkasten, aber das kannte er ja schon. Passformgenau versenkte er das Buch für den heiligen Valentin in der blechernen Kiste, kehrte sofort wieder um und ging zurück zu seinem Auto, mit dem er umgehend den Heimweg antrat.

Während der viertelstündigen Fahrt nach Dörrnwasserlos schwor er sich feierlich, dass er ab jetzt keine zwei Wochen mehr darauf warten würde, dass diese Frau sich wieder meldete. Dieses Valentinsgeschenk war der wirklich allerletzte Versuch, endgültig.

Zu Hause stellte er den Wagen ab und ging, ob seiner männlich-konsequenten Vorgehensweise mit sich selbst zufrieden, ins Haus. Wenn diese Frau sich auch diesmal wieder wochenlang Zeit ließ, dann würde er aber –

Mit einem Ping meldete sich sein Handy. Als er es aus der Tasche zog, war da groß und deutlich Amelies Nachricht zu lesen: »Vielen Dank für das nette Valentinsgeschenk, hab mich total gefreut. Warst du gerade da?«

Florian Kauper konnte es nicht fassen. Wahrscheinlich war sie diesmal tatsächlich zu Hause gewesen, und er hatte sie verpasst. Sie hätten sich ohne Probleme bei ihr zu Hause treffen können. So ein verdammter Dreck, das darf ja wohl nicht wahr sein, dachte er verzweifelt, dann riss Florian Kauper endgültig der Geduldsfaden. Es reichte ihm jetzt mit dem ständigen Hin und Her. Ohne groß nachzudenken, drückte er auf den entsprechenden Button, und sein Telefon wählte Amelies Nummer. Er würde die Frau jetzt einfach mal anrufen, völlig egal, ob es ihr gerade passte oder nicht.

***

Nach seinem Aufenthalt am Kemnitzenstein und der kurzen, aber erfolgreichen Spürarbeit war es für Lagerfeld an der Zeit, sich mit dem Auszubildenden Presssack in die Dienststelle zurückzubegeben. Zuvor wollte er aber noch seinem ersten Tatort des heutigen Tages einen Besuch abstatten. Nicht nur die Firma AE-DES, auch die komplette Straße vom Bahnhof zur Pfisterbrücke war aufgrund des tödlichen Unfalles inzwischen gesperrt worden, sodass sich das ehemals demonstrierende Volk der Impfgegner auf der gegenüberliegenden Baustelle des abgerissenen Atriums versammeln musste. Von lauten Protesten war hier mittlerweile nichts mehr zu hören und zu sehen, zu groß war die Betroffenheit über den Verlust ihres Anführers Gunnar Schildmann, der sich fatalerweise selbst in den Tod gestürzt hatte.

Lagerfeld sprach noch einmal kurz mit den Kollegen vor Ort, um sich auf den Stand der Dinge bringen zu lassen, und begab sich dann mit seinem Ferkel zurück in die Dienststelle, wo er fast zeitgleich mit seinem Chef eintraf. Er stellte sich sogleich auf Ärger ein, denn so richtig vorschriftsmäßig war sein Verhalten heute Morgen wirklich nicht gewesen. Erst die faulen Ausreden, um aus der Dienststelle verschwinden zu können, dann sein eiliges Entfernen vom Unfallort am Bahnhof.

Natürlich war sein Nervenkostüm im Moment nicht das allerstabilste, denn die emotionale sowie räumliche Trennung von Frau und Kind steckte ihm immer noch gewaltig in den Knochen. Und obwohl er es redlich versuchte, er kriegte seine Ängste und Emotionen einfach nicht in den Griff. So war er schon seit längerer Zeit auf der Flucht vor so ziemlich allem und tat sich ziemlich schwer mit seiner Konzentration, vor allem wenn es um die Arbeit ging. Nur das mit Presssack, das machte dem unglücklichen Bernd Schmitt richtig Spaß, da konnte er innerlich abschalten und seinen Lebenskummer für eine Weile vergessen.

Aber das dürfte seinem Chef ziemlich egal sein, und eigentlich rechnete Lagerfeld mit einem mittelprächtigen Anschiss und einer fundamentalen Zurechtweisung von Fidibus, aber Robert Suckfüll war weit davon entfernt, seinem vom Leben gezeichneten Mitarbeiter die fadenscheinige Abseilaktion des heutigen Morgens vorzuhalten. Dazu war inzwischen einfach zu viel passiert und die Informationslage zu angespannt, als dass er sich mit solchen Nebensächlichkeiten beschäftigen mochte. Fidibus sprach zuerst mit Marina Hoffmann, die ihm anscheinend Wichtiges mitzuteilen hatte, dann kam er zu seinem kommissarischen Sorgenkind herüber, legte zuerst einmal seinen Sommermantel ab und belegte den misstrauisch dreinblickenden, abwartend vor ihm stehenden Bernd Schmitt mit einem äußerst nachdenklichen, prüfenden Blick.

»Mein lieber Kommissar Schmitt, Sie sehen aus, als wären Sie eine Woche lang im Campingurlaub gewesen. Was, in Gottes Namen, ist Ihnen denn widerfahren?«, fragte Fidibus streng.

Lagerfeld strich sich sogleich schuldbewusst über den Kopf und meinte entschuldigend: »Sie haben recht, Chef, aber es war wirklich ein hektischer Morgen, eine absolute Odyssee – und dabei ist meine Frisur wohl etwas in Unordnung geraten. Ich kann Ihnen gern alles ausführlich schildern, wenn Sie möchten.«

Robert Suckfüll nahm fürs Erste dankend Abstand von diesem Angebot. Ihn beschäftigten gerade viel zu viele Dinge, da waren die Haare seines Untergebenen das geringste Problem.

»Frisur? Das nennen Sie eine Frisur? Ich nenne das Haare, die verzweifelt versuchen, aus Ihrem Gesicht zu fliehen, Herr Kollege. Aber bitte, ich kenne das ja schon von Ihnen, und außerdem haben Sie es im Moment privat auch nicht ganz leicht, wie ich höre. Nun, das kenne ich von meiner eigenen Familie, so etwas ist nicht einfach. Da will ich mal Silber vor Gold ergehen lassen, mein lieber Kollege Schmitt. Da tun wir jetzt einen Schwamm drüber und vergessen das heute einfach mal. Kommen wir lieber zu meinen Erlebnissen bei der Fortbildung in Erlangen, bei der ich ja die Ehre hatte, Sie vertreten zu dürfen.« Lagerfeld zog reflexhaft den Kopf ein, folgte doch jetzt bestimmt eine Zurechtweisung der heftigeren Art. Doch sein sonst so unfehlbarer Instinkt, was seinen Chef anbetraf, versagte erneut, denn Fidibus fand von diesem Moment an regelrecht sanfte Worte.

»Da haben Sie wirklich etwas verpasst, mein lieber Kollege Schmitt, da haben Sie was verpasst«, sinnierte er und verschränkte jetzt auch noch die Arme. »Dieser Termin in der Rechtsmedizin, mein lieber Schmitt, der hatte es in sich. So gar nicht, wie man sich eine Fortbildung in einer Rechtsmedizin vorstellt, gar nicht. Das war regelrecht innovativ, modern, um nicht zu sagen interdisziplinär, wenn Sie verstehen, was ich meine.«

Bernd Schmitt verstand überhaupt nichts, außer dass sein Verschwinden heute Morgen bei seinem Chef kein Thema mehr zu sein schien, was ihn fürs Erste ziemlich beruhigte. Er stellte Presssack auf den Boden der polizeilichen Realität zurück, was diesen veranlasste, umgehend zu seiner Gönnerin und Hüterin der Kartoffelvorräte, der Dienststellensekretärin Hoffmann, zurückzulaufen.

»Und der Leiter dieser Anstalt, Herr Siebenstädter, über den ich bisher von meinem Personal immer nur Heulen und Zähneknirschen zu hören bekommen habe, dieser Professor, mein lieber Schmitt, der war mir nicht direkt unsympathisch, wirklich nicht. Für einen kurzen Moment waren wir sogar Verbundene, Brüder im Geiste, würde ich sagen. Ich spürte tatsächlich eine Art Seelenverwandtschaft.«

Fidibus stand in Denkerpose mitten im Raum, die Arme vor der Brust verschränkt, ein Bein leicht nach vorne gestellt und den sanften Blick in weite Fernen gerichtet. Er wirkte geradezu schwärmerisch. Lagerfeld nahm die Entwicklung der Dinge mit Erstaunen zur Kenntnis, hatte aber keine Ahnung, wovon sein Chef da gerade fabulierte. Seelenverwandtschaft? Mit Siebenstädter? Hatten die beiden zusammen etwas geraucht, oder hatte Siebenstädter vielleicht wieder etwas von seinen selbst gepanschten Alkoholika kredenzt? Er warf Honeypenny einen kurzen fragenden Blick zu, aber Marina Hoffmann zuckte nur ratlos mit den Schultern, bevor sie emsig einige frisch gekochte Kartoffeln zerstückelte, um Presssacks Heißhunger zu stillen.

»Um was ging es denn eigentlich in dieser Fortbildung, wenn ich fragen darf? Habe ich tatsächlich etwas verpasst?«, fragte Bernd Schmitt misstrauisch, weil er sich überhaupt nicht erklären konnte, wie sein Chef dazu kam, Siebenstädter auch nur ansatzweise sympathisch zu finden.

»Wer säen will, muss ernten, mein lieber Kollege Schmitt, ohne Schweiß kein Fleiß, das haben Ihnen Ihre Eltern doch bestimmt beigebracht oder nicht? Da hilft es manchmal wirklich, über den eigenen Tellerrand hinauszuschauen und die Scheunenklappen, die ... na, Sie wissen schon.« Suckfüll beendete seine semantischen Konstruktionsversuche und nahm wieder die schwärmerisch-nachdenkliche Haltung ein, die ihm bisher so gefallen hatte.

Lagerfeld wusste allerdings nicht und brachte ergo nur ein ratloses »Aha« zustande. Wovon redete sein Chef da bloß, zum Kuckuck?

»Mediterran, mein lieber Schmitt, mediterran heißt die Lösung, das kenne ich doch schon von meiner Frau. Meeresfrüchte mit viel Olivenöl und noch mehr Knoblauch. Zubereitet in einem qualitativ hochwertigen Ambiente feinster Küchentechnik. Das sind die Bedingungen, welche die erotischen Saiten in einer jeglichen Frau zum Klingen bringen, mein lieber Schmitt. Auch wenn es einer gewissen Übung der Sanftheit bedurfte, um den Kollegen Siebenstädter von meiner Sicht der Dinge zu überzeugen, so fanden wir doch sehr schnell einen Weg zueinander, und ich konnte diesem so verunsicherten Mann, nun, vielleicht nicht direkt den zu beschreitenden Pfad, so aber doch eine gewisse Richtung weisen. Und für diese Richtung muss man nicht zwingend ein teures Serrano-Kochfeld sein Eigen nennen, normale Kochplatten tun es auch. Aber das lernt der schon noch«, meinte Fidibus mit verklärtem Blick, was Lagerfeld in noch tiefere Verwirrung stürzte. Zeit für eine gewisse

Richtungskorrektur, denn dieses sinnlose Geschwafel seines Chefs war ja nicht zum Aushalten.

»Honigbrot vielleicht?«, erklang da eine weibliche Stimme, und eine silberne Platte mit der erlesenen Zwischenmahlzeit in vielfacher Ausführung wurde in das Blickfeld der beiden Diskutanten geschoben. Honeypenny hatte sich zwischenzeitlich nicht nur um das leibliche Wohl eines gewissen Ferkels, sondern auch um das der hier angestellten männlichen Belegschaft gekümmert, was diese erfreut zur Kenntnis nahm.

»Ah, herzlichen Dank, Frau Hoffmann«, entfuhr es Fidibus, und auch Lagerfeld bedachte seine Lieblingsgegnerin im Büro ausnahmsweise mit einem freundlichen Lächeln. Er nahm sich eines der dick mit Honig bestrichenen Brote und nutzte die unerwartete Gelegenheit, um das Gesprächsthema in eine sinnstiftende Richtung zu lenken.

»Äh, Chef, während Sie sich fortgebildet haben, ist in unserem Dienstgebiet einiges passiert. Ich glaube, es wäre an der Zeit, dass ich mal berichte, wie und wer sich heute bereits alles von den Lebenden verabschiedet hat, wär das vielleicht möglich?«

»Aber natürlich, Sie haben recht, mein lieber junger Kollege, dann kommen Sie doch herein in meine gute Stube und bringen Sie mir die Tagesgeschehnisse einmal gründlich zu Gehör«, meinte Robert Suckfüll und biss genüsslich in sein Honigbrot. Dem Untergebenen Bernd Schmitt voraus ging er in sein Büro.

Als beide auf ihrem Gestühl Platz genommen hatten, nahm Fidibus zuallererst eine seiner teuren kubanischen Zigarren aus der hölzernen Verpackung in seiner Schreibtischschublade. Dann ließ er sich von Lagerfeld die Ereignisse am Bahnhof und am Kemnitzenstein darlegen. In der Tat war er ziemlich überrascht von dem, was Bernd Schmitt zu berichten hatte, und seine Gedanken an Einbauküchen und deren Kochfelder waren binnen kürzester Zeit vergessen.

»Also gut, mein lieber Kollege Schmitt, dann wollen wir doch einmal abwarten, was die Herren Huppendorfer und Haderlein nachher von diesem Kletterstein mitbringen, ich will nicht vorschnell urteilen. Viel interessanter finde ich ja Ihre Erlebnisse am Bahnhof, Schmitt. Ihr unvermitteltes Entfernen vom Tatort wollen wir ein anderes Mal besprechen, viel interessanter als Ihr selbsttätig Erhängter ist doch das Geschäftsmodell dieses Labors. Sie meinen also, bei dieser Firma AEDES wird mit Stechmücken experimentiert, die fürderhin das Impfen der Bevölkerung übernehmen sollen? Das ist eine wirklich charmante Idee, mein lieber Schmitt, wirklich charmant«, sagte Fidibus, während er gedankenverloren eine seiner Trockenzigarren zwischen den Fingern drehte. »War aber klar, dass das nicht jedem gefällt, würde ich meinen. Als strengem Impfgegner bliebe einem ja nur noch, einen Taucheranzug mit dickem Neopren anzulegen, damit die gemeine Stechmücke keine Chance zum Stechen bekommt. Eine andere Möglichkeit, die Sommermonate ungeimpft zu überstehen, sehe ich für die Gegner des Impfens ehrlich gesagt nicht. Und von Mai bis Oktober in voller Imkermontur, also ich weiß ja auch nicht. Ich fände das beschwerlich und unangenehm, das wird die Impfquote der Zukunft sicherlich in ungeahnte Höhen treiben.«

Lagerfeld hörte nur stumm zu und sagte nichts. Ihm war im Moment am wichtigsten, nicht wegen unerlaubten Entfernens vom Arbeitsplatz beziehungsweise Tatortes von seinem Vorgesetzten zusammengestaucht zu werden.

»Andererseits, mein lieber Schmitt, könnte man so sehr kostengünstig auf künftige Pandemien reagieren, denn wenn das Virus montiert, kann es wirklich sehr schnell gefährlich werden, das haben wir ja gerade erst erlebt.«

Erst jetzt sah sich Kommissar Schmitt genötigt, einzuhaken.

»Montiert? Was meinen Sie denn genau damit, was soll das bitte sein?«, wollte Lagerfeld wissen, dem ein gigantisches Fragezeichen ins Gesicht geschrieben stand.

Robert Suckfüll war ihm bei der Beseitigung seiner Unwissenheit gerne behilflich. In solcherlei Dingen war er mindestens genauso kompetent wie im Bereich der deutschen Sprache, und er hatte mitnichten die Absicht, seinen Angestellten dumm sterben zu lassen.

»Das sind die Feinheiten der Mikrobiologie, mein junger

Kommissar, das können Sie natürlich noch nicht wissen in Ihrem zarten Alter. Na, so ein Virus vervielfältigt sich ja tausendfach in den menschlichen Zellen. Und bei dieser Vervielfältigung geschehen natürlich ab und zu Fehler, mein lieber Schmitt, das Virus verändert sich, es montiert, so nennt man das, eine Mont... eine Montation.«

Das Fragezeichen in Lagerfelds Gesicht, obschon von beachtlicher Größe, begann zu wachsen, sich regelrecht aufzublähen.

»Montiert?«, wiederholte Bernd Schmitt hilflos, die schreckliche Wahrheit bereits erahnend.

»Ja, in der Tat, der Erreger montiert. Das heißt, er verändert sich. Ich glaube, er wechselt die Farbe oder so ähnlich, und dann hilft auch das ganze Geimpfe nicht mehr, weil dieses montierte Virus vom alten Impfstoff nicht mehr erkannt wird. Mit diesen trainierten Stechmücken könnte man aber sofort gegensteuern, die würden einem dann einen angepassten Impfstoff der Firma Bion... Bionade-Pfister verabreichen, bevor der Erreger erneut die Farbe wechselt. Eine wirklich gute Idee, wirklich sehr clever, Respekt!«, meinte Fidibus anerkennend, während die Trockenzigarre immer schneller rotierte.

Lagerfeld glotzte seinen Chef nur noch sprachlos an. Was war mit diesem Tag bloß los, was hatte er verbrochen, dass ihm das Schicksal heute so gnadenlos mitspielte? Aber dann sah er draußen im Büro eine Bewegung, die ihm endlich einen guten Grund lieferte, das Gespräch mit dem Chef schleunigst zu beenden.

»Herr Suckfüll, ich muss gehen, Andrea ist gekommen. Ich schreib einen Bericht, okay?«, verkündete er hektisch und wollte zum zweiten Mal an diesem Tag unerlaubt die Gesprächsrunde mit seinem Dienststellenleiter verlassen. Aber der war diesmal schneller. Die Trockenzigarre in Fidibus' Fingern glich dem Propeller eines einmotorigen Flugzeuges, welches kurz vor dem Start zu einem Kunstflug stand.

»Moment, mein lieber Schmitt!«, rief Robert Suckfüll streng und hob mahnend die Hand, was die gequälte Zigarre endgültig zur Aufgabe brachte. Wie ein abgeschossener Papagei segelten die entblätterten Einzelteile der Havanna zu Boden.

Fidibus nahm das Malheur nur am Rande zur Kenntnis, war er doch gerade viel zu sehr mit pädagogischer Unterweisung beschäftigt.

»Mein lieber junger Kommissar Schmitt. Ab jetzt will ich keine dienstlichen Verstöße mehr erleben, verstanden? Auch wenn Sie gerade den Eindruck machen, als hätte Sie ein Bus gestreift, erwarte ich von Ihnen heute nur noch Eifer und Disziplin. Haben Sie mich verstanden, mein lieber Schmitt?«

Suckfülls Ansage war außergewöhnlich streng, sowohl im Ton als auch in der Wortwahl. Da war es ratsam, diese Einlassung seines Chefs besser einmal ernst zu nehmen.

»Alles cool, Chef, wird gemacht, Sie können sich auf mich verlassen«, brummte Lagerfeld, bevor er sich zur Glastür umdrehte und schleunigst das Büro seines Dienststellenleiters verließ.

Zwei

Angst ist ein Reflex. Mit Angst reagiert man auf Situationen, die man für zu gefährlich hält, als dass man sich ihnen stellen könnte. Angst ist ein Reflex des Unterbewusstseins, der hilflosen Seele. Furcht überwinden heißt Widerstand aufbauen, heißt seine Seele ernst nehmen. Sich nicht bremsen und verstecken, weil man fürchtet, Fehler zu machen. Dafür braucht es Mut. Wenn man mutig ist, hat man seine Angst nicht vermindert, sondern überwunden. Jeder Sieg, den man über sich erringt, ist wie ein Sonnenaufgang. Die Furcht und alle Befürchtungen hinter sich zu lassen öffnet einen grenzenlosen Horizont.

Lehre Buddhas

Angst

Andrea Onello betrat die Dienststelle, ohne eine dienstliche Verpflichtung zu haben, denn sie war ja noch krankgeschrieben. Und es gab in ihrem privaten Umfeld auch einiges, womit sie ihre Zeit sinnvoll hätte verbringen können. Da war zum Beispiel die noch frische Beziehung zu Thomas Callenberg, den sie unter wildesten Umständen während der Arbeit an ihrem letzten Fall kennengelernt hatte.

Ohne ihn wäre sie heute wahrscheinlich gar nicht mehr am Leben, geschweige denn, dass sie noch ihrer Arbeit als Polizistin nachgehen könnte. Die Schusswunde, die sie sich bei dem Fall eingefangen hatte, war ziemlich ernst gewesen, inzwischen aber im Großen und Ganzen abgeheilt. Trotzdem litt sie immer noch unter der Verletzung, allerdings mehr auf der psychischen Ebene, was ebenfalls dringender Heilung bedurfte.

Zudem war es ein schönes Gefühl, endlich mal wieder verliebt zu sein, und es ließ sich mit Tom bisher auch ganz gut an, wie sie fand. Sie merkte aber auch, dass sie jetzt mal eine Pause von ihm, der Reha und alldem brauchte.

Thomas war bei den Zwillingen in Daschendorf geblieben, damit sie, Andrea, eine Auszeit nehmen und auf ihrer alten Arbeitsstelle auf andere Gedanken kommen konnte. Mira und Svea, die beiden albanischen Vollwaisen, die ihr in ihrem letzten Fall zusammen mit Tom quasi in die Arme gelegt worden waren, lebten dort vorübergehend bei einer Betreuerin. Und da sie und Tom die einzigen weiteren Bezugspersonen der beiden Mädchen waren, verbrachten sie viel Zeit mit ihnen. Als die personifizierte Rastlosigkeit im Leben brauchte Andrea zwischendurch aber unbedingt einmal frische Luft, also Zeit für sich, um ihre gerade etwas aufgewühlte Innenwelt ein wenig durchsortieren zu können. Und wo könnte das besser gelingen als auf der Dienststelle der Bamberger Kriminalpolizei? Einem Ort, an dem negative Emotionen, wenn überhaupt, nur am Rande eine Rolle zu spielen hatten.

Als sie sich in der Dienststelle umschaute, gab es zu ihrer Verwunderung nicht viel zu sehen. Einzig Marina Hoffmann war anwesend und total in ihre momentane Hauptbeschäftigung, das Kartoffelschnippeln, versunken. Ihr zu Füßen saß der neue Stern am Bamberger Ermittlerhimmel, Presssack der Füllige, und schaute ihr bei dieser Tätigkeit mit weit geöffneten Augen und hektisch wackelndem Ringelschwänzchen zu. Sonst war niemand zu sehen. Doch dann bemerkte Andrea aus dem Augenwinkel eine Bewegung im gläsernen Büro ihres Chefs. Fidibus hatte einen Besucher bei sich, der sich bei genauerem Hinsehen als der Kollege Bernd Schmitt entpuppte. Fast hätte Andrea Onello ihren Kollegen gar nicht erkannt, zerzaust und verdreckt, wie er war. Aber vielleicht täuschte das hinter der Scheibe ja auch – und außerdem, wer bei Fidibus im Büro Rede und Antwort stehen musste, kam nicht selten als völlig anderer Mensch wieder heraus. Das Gehirn frisch gewaschen und gebügelt.

Bernd war anscheinend gerade fertig mit seinem Rapport beim Chef, denn die Glastür öffnete sich, und ihr Kollege erschien wieder im Lichte der Öffentlichkeit beziehungsweise der Lampen im Büro. Nein, ihr erster Eindruck hatte keineswegs getrogen. Bernd sah gelinde gesagt aus, als hätte ihn ein oberfränkischer Metzger schön langsam durch den Fleischwolf gedreht. Durchgeschwitzt, die spärlichen Haare nur noch teilweise im dünnen Zopf zusammengehalten, und seine für einen Ermittlungsbeamten sowieso eher legere Kleidung sah noch heruntergekommener aus als sonst. Der arme Kerl, dachte sie. Die Trennung von Freundin und Tochter schien Bernd weit mehr mitzunehmen, als er sich eingestehen wollte. Die Spatzen der Dienststelle pfiffen es schon seit Längerem von den Dächern: Der Kollege Lagerfeld hatte mit heftigen gefühlsmäßigen Turbulenzen zu kämpfen. Als äußerst hilfreich bei der Situationsbewältigung schien sich die Ausbildung Presssacks zum Polizeiferkel zu erweisen, der sich Lagerfeld mit Hingabe widmete. Auch wenn der kleine schwarz-rosa gefleckte Wonneproppen sich immer mehr als Therapieschweinchen für die menschliche Bezugsperson mauserte, war doch jeder im Büro, Bernd zuliebe, mit dieser Rollenverteilung einverstanden. Der Kerl brauchte Hilfe, und die erhielt er von seiner Polizeifamilie auch.

Lagerfeld hatte die Glastür zum Büro seines Chefs gerade hinter sich geschlossen, und ein Lächeln erschien auf seinem Gesicht, denn er freute sich ehrlich, die Kollegin Onello mal wieder hier zu sehen.

»Na, Frau Kollechin, auch amal wieder im Lande? Gell, der Würzburcher wird scho zu langweilich?«, begrüßte Lagerfeld sie feixend im breitesten Fränkisch, was Andrea Onello sofort zum Lachen brachte.

»Nein, Bernd, das nicht gerade. Ich bin frisch verliebt, schon vergessen? Da wird nichts so schnell langweilig, das dauert noch ein bisschen«, antwortete sie und begab sich an ihren verwaisten Arbeitsplatz. Alles war so, wie sie es vor zwei Wochen zurückgelassen hatte, sogar der Computer stand noch leicht verrutscht auf seinem Platz.

»Ja, ja, das ist der Lauf der Dinge in Beziehungen«, erwiderte Lagerfeld frustriert, und seine Gesichtszüge verschoben sich massiv ins Säuerliche. »Erst schwören sie einem die große Liebe, dann, wenn der Kopulationspartner sich wunschgemäß fortgepflanzt hat, werden im Angesicht des Nachwuchses ganz plötzlich unerfüllbare Forderungen an den Samenspender gestellt. Eine Demokratur sozusagen. Du, Mann, darfst jetzt alles machen – was ich will. Wart's nur ab, Andrea, genauso wird's bei euch auch irgendwann laufen. Wenn du des großen bärtigen Mannes überdrüssig bist, kriegst du einen ›Mängelzoom‹, und plötzlich findest du alles an dem Kerl scheiße. Das Aussehen, die Klamotten, und die Zähne putzt er sich auch nicht oft genug! Dann schießt du ihn ab und vertrittst die Ansicht, dass frau allein sowieso am besten dran ist!«, dozierte Lagerfeld laut, und Andrea Onello überkam eine große Welle des Mitleids.

Sie trat auf Lagerfeld zu und nahm ihren so tief enttäuschten Kollegen fest in ihre Arme. »Bernd, das wird schon wieder, da glaube ich fest dran. Du darfst nicht dauernd deinen Beziehungsfrust wie einen Müllberg vor dir herschieben, das versperrt dir nur den Blick nach vorne. Komm, setz dich doch lieber einmal zu mir an den Tisch und erzähl mir von deinen aktuellen Fällen. Vielleicht kann ich ja bei irgendwas helfen, und ganz bestimmt heitert es dich ein bisschen auf, mit deiner hübschen Kollegin ein wenig rumzuflirten.«

Sie hatte es tatsächlich geschafft, Lagerfeld brach spontan in ein lautes Lachen aus. Das Gelächter war so laut, dass sich sowohl Fidibus in seinem Glaskasten als auch Marina Hoffmann erstaunt zu ihnen umdrehten. Lediglich Presssack hielt den Blick starr auf die halb geschälte letzte Kartoffel gerichtet, die Honeypenny in Arbeit hatte.

»Flirten, mit dir? Du bist doch gerade völlig immun. Aber bitte, besser als durchgedrehte Demonstranten vom Boden aufsammeln. Also gut, Andrea, dann setz dich hin, gerade gibt's in unserem Dienstbereich nämlich ziemlich viele aufregende Geschichten.« Er sah andeutungsweise über seine linke Schulter und rief: »Vielleicht gibt's ja noch ein paar Honigbrote, dann könnte es mit dem Tag heute doch noch ein erträgliches Ende nehmen.«

Honeypenny schüttelte nur stumm den Kopf, machte sich dann aber doch daran, der Bitte in der Miniküche der Dienststelle Folge zu leisten. Selbst sie konnte nicht umhin, diesem Schatten seiner selbst ein wenig unter die Arme zu greifen.

»Also, geht doch«, meinte Lagerfeld zufrieden und ließ sich schwer und bedeutungsvoll auf die Sitzfläche eines Stuhles vor dem Arbeitsatz seiner Kollegin fallen.

Andrea Onello setzte sich in ihren Drehstuhl am Schreibtisch, verschränkte die Arme vor der Brust und schaute Bernd gespannt an. Der schaute zurück und sammelte sich, um alle Ereignisse dieses hektischen Tages in eine vertretbare Reihenfolge zu bringen. Dann begann Bernd Schmitt, seiner geduldig zuhörenden Kollegin von aufgebrachten Demonstranten zu erzählen, von Zwangsimpfungen durch Stechmücken und erhängten Unfallopfern, von angriffslustigen Nazis und enthaupteten Toten in einem beliebten Klettergebiet im Landkreis Lichtenfels.

»Du meinst, der Kopf ist verschwunden, einfach weg?«, hakte Andrea Onello ziemlich fassungslos nach.

Lagerfeld nickte, dann hob er einen Finger, um die Besonderheit dieses Umstandes hervorzuheben.»Der Kopf und der Ringfinger der linken Hand. Sauber abgetrennt, jedenfalls der Kopf. Der Finger nicht so, da könnte der Täter es etwas eilig gehabt haben. Das Verrückteste ist aber, dass, wer immer das auch getan hat, den Enthaupteten danach noch auf ein Plateau am Kemnitzenstein geschleppt hat. Und von dort oben hat er ihn dann wieder runtergeschmissen, auf einen Kletterer, der unten stand oder gerade die Felswand hochkam. Wozu macht der so etwas, frage ich mich da? Das ist doch nicht nur krank, das muss auch absolut anstrengend gewesen sein. Auf jeden Fall hatte dieser Mann bessere Schuhe an als ich, so viel steht fest.« Lagerfeld blickte an sich herab und betrachtete nachdenklich seine von der Kletterei verdreckten Stiefel.

Enthauptete Leichen, fehlende Körperteile – in ihrer noch relativ kurzen Laufbahn bei der Bamberger Kriminalpolizei waren Andrea Onello solche brutalen Verbrechen bisher nicht untergekommen, damit musste sie erst einmal fertigwerden.

»Das ist ja furchtbar. Ich will gar nicht drüber nachdenken, dass ich vielleicht als Erste an diesen Tatort gekommen wäre. So etwas habe ich nicht einmal im Entferntesten erlebt. Hattest du schon einmal so einen Fall, Bernd?«

Der Blick des Angesprochenen war immer noch auf den Dreck an seinen Stiefeln gerichtet. »Ja und nein. Wir hatten schon einmal einen abgeschnittenen Kopf in einer Gartenhütte in Baunach bei so einem Baron. Da haben wir ein ziemlich verwestes Haupt in einer Holzkiste gefunden. Allerdings lag der dazugehörende Körper nicht weit davon entfernt, das hat dann wenigstens irgendwie gepasst. Aber nachdem am Kemnitzenstein auf den ersten Blick weder Kopf noch Finger zu finden waren, sieht es für mich so aus, als wollte der Täter beides aus irgendwelchen Gründen für sich behalten. Ein ganz besonders netter Zeitgenosse, wenn du mich fragst.«

Auch das Beispiel der längst aufgeklärten Begebenheit bei Baunach löste bei Andrea Onello keine Begeisterung für ihr aktuelles Berufsfeld aus. Sie war froh, das in der Vergangenheit verpasst zu haben. Lagerfeld hatte inzwischen seinen Kopf gehoben und sogar die Sonnenbrille abgenommen. Andrea Onello blickte in müde Augen, die von dicken Tränensäcken eingerahmt wurden. Bernd musste es ganz tief innen wirklich beschissen gehen, das war nicht zu übersehen. Da saß er nun, der Coolste der Coolen, und Bernd »Lagerfeld« Schmitt litt Höllenqualen. Sein Anblick sprach Bände, da musste man keine tiefenpsychologischen Studien betreiben, um das zu erkennen. Der Kerl war bestimmt zu einigem fähig, aber heute sicher nicht mehr zum Arbeiten.

Honeypenny kam herangeschlendert und stellte ein Tablett mit Honigbroten auf den Tisch. Sie hatte sie aufgrund der desolaten seelischen Verfassung Lagerfelds extra dick bestrichen. Das half immer, das wusste sie aus eigener Erfahrung. Lagerfeld griff sich sofort eines der Brote und biss hinein wie ein Verhungerter. Wahrscheinlich hatte der ziellose Zwangssingle heute noch gar nichts gegessen und sollte trotzdem Job plus Seelenschmerz bewältigen. Das konnte niemals gut gehen, und Marina Hoffmanns Herz öffnete sich. Zwar war sie, was Lagerfeld anbetraf, schon seit sehr langer Zeit auf dem Kriegspfad, weil er Presssacks Mutter Riemenschneider auf moralisch zweifelhafte Pfade geführt hatte. Aber jetzt sah der Mann so gottserbärmlich aus, dass sie vor Mitleid nur so dahinschmolz. Bernd war ja kein schlechter Mensch, nur eben etwas sehr eigensinnig und unkonventionell. Gerade jedoch war er einfach nur fix und fertig.

»Bernd, ich sag dir was. Du packst jetzt deine Sachen, gehst nach Hause und schläfst dich mal richtig aus«, entschied Honeypenny, die mit in die Hüfte gestemmten Armen und festem Blick den ausgelutschten Kommissar auf seinem Stuhl betrachtete. Andrea Onello nickte beipflichtend. Sie rollte auf ihrem Drehstuhl ein Stück zur Seite und legte Lagerfeld ihre Hand auf die Schulter.

»Mach das, Bernd, ich werd heute für dich einspringen. Ich mach hier einfach mal ein wenig Computerrecherche zum Thema. Du dagegen machst heute gar nichts mehr außer baden und schlafen, verstanden?«

Lagerfelds Blick ruhte hohl und leer auf dem Gesicht seiner

Kollegin, so als könnte er Andrea zwar hören, aber nicht verstehen, was sie gerade gesagt hatte. Dann, ganz plötzlich, hob er seine Hand und setzte die Brille zurück auf die Nase, wo sie hingehörte. Er deutete ein Nicken an, dann erhob er sich, nahm seine Jeansjacke, griff sich den kauenden Presssack und ging mit schleppenden Schritten hinaus.

Als die Bürotür leise hinter ihm ins Schloss fiel, schauten sich Andrea Onello und Marina Hoffmann schweigend, jedoch mit ziemlich vielsagenden Blicken an.

***

Heribert Ruckdeschl hatte als Leiter der Spurensicherung ja schon einiges gesehen, aber selbst ihm war beim Anblick des enthaupteten Toten nicht so ganz wohl in seiner Haut. In Berufsdingen neigte er ab und an zu einem sehr trockenen Humor, doch davon war im Moment nichts zu bemerken. Er hatte sein Schreibbrett unter den Arm geklemmt und kam mit ernster Miene auf die Kommissare Haderlein und Huppendorfer zu. Als er sie erreichte, klappte er seine Unterlagen auf, schaute einige Sekunden lang hinein und begann, sich mit der freien Hand am Kopf zu kratzen. Als er die Hand wieder wegnahm, schaute er ein wenig unschlüssig von einem zum anderen.

»Meine Herren, so etwas brauche ich auch nicht jeden Tag, ganz ehrlich. Nichtsdestotrotz habe ich diesen Beruf ja selbst ausgewählt, da darf ich mich nicht beschweren. Aber in einem nächsten Leben werde ich mir sagen, Heribert, Augen auf bei der Berufswahl.«

Ruckdeschl nickte fleißig vor sich hin, als wollte er sich dieses Credo fest und tief einprägen. Huppendorfer und Haderlein wechselten einen Blick. Was war denn mit dem los? So erschüttert hatten sie den Leiter der Spurensicherung selten erlebt. Womöglich wurde Ruckdeschl langsam alt. Alt und sensibel. Viele Jahre konnte er bis zu seiner Pensionierung jedenfalls nicht mehr haben. Aber der Heribert Ruckdeschl hatte sich bereits wieder im Griff und ging zum Tagesgeschäft über.

»Nun gut, kommen wir zur Sache. Wir haben eine Leiche komplett, also mit Kopf und Finger, und wir haben eine ohne diese Körperteile. Ersteren haben wir identifizieren können. Es ist der Besitzer des Porsches dort hinten neben der Hütte. Ein gewisser Otmar Schober aus Ebing, Gemeinde Rattelsdorf. Da wir keine äußeren Verletzungen feststellen konnten, die nicht auf den Aufprall am Boden zurückzuführen sind, gehe ich davon aus, dass der Mann vom Felsen gestürzt ist oder gestürzt wurde, für die Todesursache macht das erst einmal keinen Unterschied, würde ich sagen.«

Ruckdeschl stoppte kurz, da er umblättern musste, und räusperte sich geräuschvoll, bevor er fortfuhr.

»Bei dem anderen Opfer tappen wir ehrlich gesagt noch ziemlich im Dunkeln, was die Identifizierung anlangt. Gut möglich, dass der Schädel genau deshalb abgetrennt wurde. Ohne Gebiss wird es nämlich schwer werden, die Personalien dieses armen Tropfes zu ermitteln. Wenn ihn keiner vermisst und die Fingerabdrücke nicht in den Polizeiakten zu finden sind, dann gute Nacht. In dem Fall müssen wir uns auf die Erlanger Rechtsmedizin verlassen, wovor uns der Herr im Himmel bewahren möge.«

Jetzt hatte Ruckdeschl es doch noch mit seinem seltsamen Humor probiert, was Haderlein und Huppendorfer einigermaßen beruhigte.

»Die Todesursache. Nun, ich glaube, da kann ich nur das Offensichtliche wiedergeben. Abgesehen davon, dass dem Mann neben dem Ringfinger der linken Hand mit einem sehr scharfen Werkzeug fein säuberlich der Kopf abgetrennt wurde, konnten wir keine äußeren Verletzungen feststellen. Aufgrund der Blutspuren ist aber ziemlich sicher davon auszugehen, dass der Mann dort hinten auf der Terrasse der Hütte enthauptet und vermutlich auch getötet wurde.«

Wieder machte Ruckdeschl eine kleine Pause, dieses Mal, um sich ein paar Schweißperlen von der Stirn zu wischen, die sich zwischenzeitlich dort gebildet hatten.

»Nachdem die beiden Körperteile entfernt worden waren,

blutete der Körper des Unglücklichen weitestgehend aus. Erst danach wurde die Leiche nach oben auf das Plateau verbracht und über den Rand des Felsens geworfen. Ob diese Handlung auch für Schobers Tod ursächlich war, kann ich nicht sicher sagen, es ist angesichts des Umstands, dass der Kopflose direkt auf ihm gelandet ist, aber wahrscheinlich. Auch hier muss ich leider auf die Erlanger Rechtsmedizin verweisen.«

Sowohl Franz Haderlein als auch César Huppendorfer hoben ob dieser unangenehmen Nachricht beide Augenbrauen, wagten es aber nicht, Ruckdeschl in seinem Vortrag zu unterbrechen.

»Kommen wir zu den positiven Nachrichten«, fuhr der Leiter der Spurensicherung fort, was dann aber doch einen ersten Kommentar provozierte.

»Ach, es gibt auch gute Nachrichten? Na, schau mal einer an«, warf César Huppendorfer ein, dessen Stimmung aufgrund der dürftigen Erkenntnislage so langsam in niedere Gefilde abzurutschen drohte.

Ruckdeschl bedachte ihn mit einem kurzen, missbilligenden Blick. Wenn jemand Witze am Tatort machte, dann war er das und niemand sonst. Das hatte er schon diesem Kommissar Schmitt beibiegen wollen. Jedoch weitestgehend vergeblich. Und kaum gab es mal Anlass zur Freude, dass der dünnhaarige Kommissar nicht hier war, kam dieser Brasilianer daher und schlug in die gleiche Kerbe.

»Ja, ein paar Erkenntnisse kann ich durchaus vermelden, Herr Huppendorfer, durchaus. Wir haben einen Fußabdruck der Person sichern können, welche die Leiche nach oben geschafft hat. Schuhgröße fünfundvierzig oder sechsundvierzig. Damit ist klar, dass wir es mit einem kräftig gebauten Täter zu tun haben dürften. Das weibliche Geschlecht können wir bei dieser Schuhgröße wohl ausschließen.«

»Na, das ist doch schon mal was«, meinte Franz Haderlein und nickte Ruckdeschl aufmunternd zu.

»Der Todeszeitpunkt lässt sich auf heute Morgen zwischen sechs und sieben Uhr in der Früh eingrenzen, also kurz nach Sonnenaufgang. Interessanterweise entspricht das in etwa dem

Zeitpunkt der Ankunft des zweiten Opfers. Aufgrund der Aussage des Zeugen, der Nebelfeuchtigkeit unter den Reifen des Porsches dort hinten und der Reifenspuren im Gras gehe ich von einer ungefähren Übereinstimmung aus. Gewissheit haben wir aber erst, wenn wir den Computer des Fahrzeuges ausgelesen haben.«

Huppendorfers Arm schoss nach oben. »Moment! Könnte es vielleicht sein, dass wir Täter und Opfer zugleich am Fuß des Berges liegen haben? Vielleicht ist ja dieser Schober der gesuchte Perversling, der den Kopflosen kopflos gemacht und nach oben geschleppt hat. Dort ist er dann irgendwie mit seinem Opfer abgestürzt. Könnte doch sein?« Erwartungsvoll blickte er von einem Kollegen zum anderen, erntete aber nur mitleidiges Kopfschütteln.

»Und wo ist dann der Kopf? Wo ist der Finger? Die müssten dann ja noch irgendwo herumliegen, weil er durch seinen ungeplanten Absturz keine Zeit zum Aufräumen gehabt hätte«, wandte Franz Haderlein ein.

»Die Schuhgröße passt zudem nicht, und das Profil der Sohlen ist auch ein ganz anderes. Der Kletterer kann es also nicht gewesen sein, der ist in dieser Hinsicht unschuldig«, pflichtete ihm Ruckdeschl bei. »Nein, nein, wer auch immer hier zugange war, läuft noch frei herum.«

Haderlein nickte zustimmend, während Huppendorfer beschloss, sich bis auf Weiteres in den argumentativen Schmollwinkel zurückzuziehen.

Franz Haderlein beschäftigte sich in Gedanken bereits intensiv mit dem, was ihnen Ruckdeschl da gerade an Fakten und Spuren kredenzt hatte. So schlüssig die Analyse des Tathergangs auch war, Sinn und Zweck dieses Vorgehens blieben undurchsichtig. Aber alles ergab irgendwann einen Sinn, und wenn es sich am Anfang noch so irrsinnig und verquer anfühlte. Man musste ihn durch polizeiliche Ermittlungen halt herausfinden. Allerdings tat sich Haderlein im Moment noch schwer damit, Motive für die Enthauptung eines Menschen zu generieren, da fiel ihm auf Anhieb nicht viel zu ein. Vielleicht ein Geisteskranker, ein religiöser

Fanatiker oder gar ein Serienkiller? Dazu fehlte es natürlich noch an weiteren Morden, bisher wusste er nur von diesem Tötungsdelikt mit Kopfentfernung.

Wie auch immer, die beiden Leichen mussten von Siebenstädter begutachtet werden, womöglich hatte der ja noch etwas Sinnstiftendes zu dieser grausamen Tat beizutragen. Der Professor war zwar als Mensch ein Arschloch, als Rechtsmediziner jedoch ein absolutes Genie, das musste man einfach akzeptieren.

✶✶✶

Sie ging nicht ran, was Florian Kauper endgültig auf die Palme brachte. Das eben noch felsenfeste Vorhaben zur männlichen Unabhängigkeit wurde direkt wieder über den Haufen geworfen, indem er beschloss, dieser Amelie einen Besuch abzustatten, und zwar sofort. Er hatte endgültig genug von diesem unwürdigen Versteckspiel. Also setzte er sich wieder in sein Auto und fuhr denselben Weg zurück, auf dem er vor wenigen Minuten gekommen war. Inzwischen war es ihm auch so was von scheißegal, ob er, von wem auch immer, im Dorf beobachtet wurde oder nicht.

Er parkte direkt vor dem Grundstück, stieg aus und warf die Fahrertür so demonstrativ zu, dass es wahrscheinlich im ganzen Ort zu hören war. Dann stapfte Florian Kauper die kurze Auffahrt hinauf, öffnete, ohne zu zögern, das Tor und folgte den Steinplatten in Richtung Haustür. Ein kleines, unscheinbares Schildchen hing an der Hauswand, »Amelie Imhof«, stand darauf. Bei seinem ersten Besuch war es ihm vor lauter Nervosität überhaupt nicht aufgefallen. Diesmal suchte Florian gar nicht erst nach einer Klingel, sondern klopfte laut und vernehmlich an die Tür. Und wenn Amelie gleich aufmachte und auch nur ein einziges strenges Wort über sein unangemeldetes Auftauchen verlor, dann würde er der Frau aber –

Die Tür öffnete sich unversehens, und Amelie erschien. Die rotblonden Haare umstrahlten ihren Kopf, sodass Florian Kauper sofort wieder die Assoziation eines Engels hatte, was ihm gelinde gesagt die Sprache verschlug. Alles, was er sich jemals ausgedacht hatte, um seine Person in diesem wichtigen Moment im allerbesten Licht erscheinen zu lassen, war plötzlich verschwunden, verdampft im Angesicht dieser umwerfenden weiblichen Erscheinung.

Der Engel schaute ihn freundlich, aber fragend an, woraufhin Florian Kauper ein kurzes, gequältes »Ich bin Florian, der Fotograf« herauswürgte.

Es war geschafft, er hatte es ausgesprochen. Endlich konnte er tief durchatmen und war nun sogar zu einem erleichterten Grinsen fähig.

Das Gesicht des rothaarigen Engels hingegen erstarrte, fror regelrecht ein, und eine deutliche Blässe legte sich auf Amelies Antlitz. Ihre ganze Körperhaltung drückte Entsetzen aus, Florian konnte ihre Panik und Verzweiflung beinahe spüren. Verstehen konnte er sie allerdings nicht. Was, in Herrgotts Namen, hatte er denn angestellt, dass die Frau so panisch reagierte? Er wollte ihr doch überhaupt nichts Böses, er hoffte nur, mit ihr endlich einen Kaffee zu trinken. Was war denn daran so schlimm?

Aber Amelie Imhof hatte augenscheinlich anderes im Sinn als Kaffee, sie wollte die für sie höchst schreckliche Situation so schnell als möglich beenden. Die blanke Angst stand in ihren Augen, als sie schließlich zu sprechen begann.

»Du? Florian? Du kannst doch nicht einfach so vorbeikommen!«, rief sie mit weinerlicher Stimme, und tatsächlich rannen die ersten Tränen ihre Wangen hinunter.

Florian Kauper wusste nicht, wie er reagieren sollte. Damit hatte er nicht gerechnet, nicht mit einer so harschen Reaktion. »Entschuldigung, Amelie, aber ich wusste nicht, dass es verboten ist, bei dir einfach mal –«

Weiter kam er nicht, denn die weinende Amelie trat auf ihn zu und umschlang ihn fest mit ihren Armen. Er spürte ihre bebende Brust und ihre Hände, die sich in sein Hemd krallten. Ein stilles Schluchzen durchlief ihren Körper, und Florian war völlig außerstande, einen klaren Gedanken zu fassen. Was war denn hier los? Hatte er das angerichtet? Er war geschockt, hilflos und voller

Mitgefühl für das rotblonde Wesen in seinen Armen. Wenn er nicht aufpasste, würde er auch gleich das Flennen anfangen und nicht einmal wissen, wieso.

So plötzlich, wie sie sich an ihn geklammert hatte, ließ Amelie ihn auch wieder los. Sie trat zwei Schritte zurück und versuchte, sich mit dem Handrücken die Tränen aus dem Gesicht zu wischen, mit eher kläglichem Ergebnis. Reflexartig begann Florian Kauper, in seinen Hosentaschen nach Papiertaschentüchern zu fahnden. Er reichte dem schniefenden Engel ein Taschentuch, welches sie auch dankbar annahm und sofort zur Tränenentfernung nutzte.

»Du musst gehen«, entfuhr es ihr, was ihren verunsicherten Besucher regelrecht zur Verzweiflung brachte. Warum denn jetzt schon gehen, er war doch gerade erst angekommen? Zu allem Übel begann jetzt auch noch ein Hund im Inneren des Hauses zu bellen, was Florians Stresspegel noch zusätzlich erhöhte.

»Gehen? Warum denn? Ich habe eigentlich gedacht, wir könnten uns endlich mal in Ruhe unterhalten, Amelie. Willst du mir nicht erklären, was überhaupt los ist? Vielleicht kann ich dir ja helfen, wobei auch immer.«

»Es liegt nicht an dir, Florian. Vielleicht kann ich es dir irgendwann erklären, aber nicht jetzt. Du bist so ein netter Kerl, aber bitte geh jetzt und komm nie mehr hierher, das musst du mir versprechen, ja?«

Sie schaute ihn aus tränennassen Augen bittend an, und Florian Kauper wusste, dass er gerade gar nichts mehr wusste. Er wollte diese Frau, unbedingt. Und Amelie machte selbst auch nicht den Eindruck, als würde sie ihn total daneben finden. Trotzdem schickte sie ihn fort, noch dazu für alle Zeiten. Was sollte das?

»Bitte geh, Florian, ich bitte dich inständig«, wiederholte Amelie unter Tränen. »Jetzt hau ab, ich will dich hier nicht haben«, rief sie gleich darauf mit bebender Stimme und schaute ihn mit einer Mischung aus Wut und Verzweiflung an. Alles an ihr signalisierte Abwehr und Aggression.

Florian Kauper kapierte zwar nicht den Grund für den ganzen

Aufstand, aber er war von seinem Naturell her alles andere als aufdringlich. Er würde ihren Wunsch natürlich respektieren.

»Okay, Amelie, wir können ja telefonieren. Wär trotzdem schön, wenn du mir irgendwann erklären könntest, was ich eigentlich genau verbrochen habe. Bis irgendwann dann«, entgegnete er, drehte sich um und ging zurück zum Tor.

Als er sich umdrehte und zum Haus blickte, sah er Amelie immer noch dort stehen. Er hob kurz die Hand, um zu winken, und siehe da, sie winkte zurück und lächelte sogar dabei. Allerdings nur kurz, dann verschwand sie im Haus.

Florian Kauper atmete einmal tief durch. Dann drehte er sich um, ging zu seinem Wagen und machte sich einigermaßen frustriert und auch ein bisschen verstört auf den Heimweg.

Amelie Imhof schloss die Haustür und drehte den Schlüssel im Schloss. Ihr war schwindelig und ein wenig übel, weshalb sie schweren Schrittes zu dem kleinen alten Sofa mit dem bordeauxfarbenen Bezug im Wohnzimmer ging, wo sie sich erschöpft niederließ. Sie nahm ihren Hund und drückte ihn ganz fest an ihre Brust. Stille Tränen rannen über ihr Gesicht. Dieser Florian schien ein netter Kerl zu sein, ein wirklich netter. Ihr war längst klar geworden, dass sie es hier mit einem sehr geduldigen Mann zu tun hatte, einem guten Menschen. Und sie hätte wirklich sehr gern einen Kaffee mit ihm getrunken, aber er hätte nicht hierherkommen dürfen. Sie konnte ihn nun nicht mehr wiedersehen, das durfte sie nicht, also wollte sie auch nicht mehr. Aber er schien ein netter Kerl zu sein, ein wirklich netter.

Die peinigenden Gedanken kehrten in Dauerschleife wieder und wieder, was sie so lange weinen ließ, bis sie auf dem kleinen Sofa vor Erschöpfung eingeschlafen war.

***

Franz Haderlein war nach Ruckdeschls Ergebnisanalyse in die Dienststelle nach Bamberg zurückgekehrt und hatte seinem Dienststellenleiter von seinen beiden Fällen des heutigen Tages berichtet. Der Sturz von der Brücke war definitiv nicht als

Mord zu klassifizieren, die Vorfälle am Kemnitzenstein dafür umso mehr. Fidibus, der vom Kollegen Bernd Schmitt bereits informiert worden war, nahm den Stand der Dinge zur Kenntnis und trug Haderlein auf, den kopflosen Fall als vordringliche Ermittlungsaufgabe zu behandeln. Seine jüngeren Untergebenen konnten sich ja derweil um die verunglückten Aluhutträger kümmern, besonders der psychisch gerade etwas instabile »Luftikus Schmitt«, wie Robert Suckfüll sich ausdrückte.

Nach dem Rapport unterhielt sich Haderlein ausführlich mit der eigentlich krankgeschriebenen Kollegin Onello, die er nun schon eine ganze Weile nicht mehr zu Gesicht bekommen hatte. Natürlich freute er sich mit ihr über die Fortschritte, die sie bei ihrer Genesung machte, vor allem aber teilte er ihre Ansicht über Bernds momentane Verfassung. Er war sehr damit einverstanden, dass Honeypenny den derangierten Lagerfeld zur gründlichen Erholung nach Hause geschickt hatte und Andrea für ihn heute die Schicht im Büro übernahm.

Andrea Onello war wieder ganz in ihrem Element. Sie hatte erst bemerkt, wie sehr sie ihre Arbeit vermisste, als sie den Computer hochgefahren hatte. So eine verletzungsbedingte Auszeit war ja prinzipiell nichts Schlechtes, aber nach einer gewissen Zeit der Genesung juckte es einem dann schon in den Fingern. Natürlich war ihr die Zeit der beruflichen Abstinenz durch die neue Liebe zu Thomas Callenberg versüßt worden. Es war lange her, dass ein Mann sie so in den Bann gezogen hatte, und eigentlich hatte sie mit dem leidigen Thema ja auch längst abgeschlossen. Aber wie das Leben halt so spielt, im unerwarteten Moment kam eine Überraschung ums Eck. Und da saß sie nun, als dreifache Mutter und erklärter Dauersingle, mit einem Mann in ihrem Leben, den sie schon vermisste, wenn sie nur wenige Stunden aus dem Haus war. Sie erkannte sich selbst nicht wieder, war sie doch die ganzen Jahre so stolz auf ihre emotionale Unabhängigkeit gewesen. Und jetzt das. Andrea Onello war verliebt, und zu ihrem eigenen Erstaunen fand sie das auch völlig in Ordnung so.

Aber jetzt war erst einmal die versprochene Entlastung für Bernd angesagt. Der Arme befand sich ja genau am anderen Ende der emotionalen Skala, nämlich ganz unten, dort, wo der strenge Frost angezeigt wurde. Seit dem Verkauf der Mühle, in der er zusammen mit Ute und der gemeinsamen kleinen Tochter gelebt hatte, war er mit den Nerven durch. Seine schnoddrige Art, sein zynischer Humor waren wie weggeblasen. Er schien in seinem Leben auf gar nichts mehr Lust zu haben, was für den bekennenden Lebeleicht eine absolute Tortur sein musste. Lediglich sein privates Ausbildungsprogramm für den kleinen Presssack diente ihm noch als Krückstock, mit dessen Hilfe er gerade so durchs Leben humpelte. Weshalb jeder hier in der Dienststelle dem armen Kerl unter die Arme griff, wo es nur ging. Irgendwann musste Lagerfeld zwar zu seinem inneren Gleichgewicht zurückfinden, sonst drohten ihm privat wie beruflich ernsthafte Konsequenzen. Aber jetzt galt es erst einmal, dem Mann einen Teil der Last von den Schultern zu nehmen, und wenn es um Recherchearbeit am Computer ging, konnte sie das trotz Krankschreibung gerne für ihn übernehmen.

Sie begann damit, in den digitalisierten Polizeiakten zum Thema »Leichen ohne Kopf« herumzustöbern. Dieser Suchbegriff förderte jedoch weit weniger Erkenntnisse zutage, als sie gehofft hatte. Im Bereich der Bamberger Kriminalpolizei hatte es nur einen einzigen Fall gegeben, und zwar genau den, der ihr von Bernd beschrieben worden war. Nun gut, wenn's auf direktem Wege nichts zu finden gab, dann musste man entweder die Suchkriterien oder das Suchgebiet erweitern.

Andrea Onello entschied sich für Letzteres und begann nun in ganz Franken zu forschen, also bis hinauf nach Coburg, Bayreuth und Hof sowie danach in Richtung Untermain, also Schweinfurt, Würzburg und Aschaffenburg. Diese Arbeit erforderte sehr viel mehr Zeitaufwand, als sie eigentlich eingeplant hatte. Dafür gab es einige Treffer.

Die Art und Weise, wie die Opfer seinerzeit ihren obersten Körperteil verloren hatten, war aber meist nicht im kriminellen Milieu anzusiedeln, sondern vielmehr als Unfälle unterschiedlichster Art klassifiziert oder bestenfalls noch als fahrlässige Tötung.

Da gab es einen Motorradfahrer, der einen Kopf kürzer gemacht worden war, als ihm ein Kleinlaster entgegenkam, dessen Stahlplatten nicht ordnungsgemäß auf der Ladefläche befestigt worden waren. Sie verrutschten und verrichteten dadurch ihr tödliches Werk. Außerdem klassische Arbeitsunfälle, bei denen Maschinen nicht ordnungsgemäß bedient worden waren und ihrem menschlichen Instruktor das Denkgehäuse entfernt hatten.

Es gab sogar einen noch ziemlich frischen Kopflosen aus dem Nürnberger Landkreis, der sich gegen jegliche Vernunft bei einem schweren Gewitter mit seinem Mähdrescher aufs freie Feld begeben hatte. Der Blitz traf ihn auf dem Führersitz, und er stürzte ins Mähwerk, was zu der unverhofften Verstümmelung führte. Die Mitarbeiter der Spurensicherung stellten in diesem Zusammenhang fest, dass dem erklärten Obrigkeitshasser vielleicht gar nichts Schlimmes passiert wäre, wenn sich der Blitz nicht seinen Aluhut als lockendes Ziel ausgesucht hätte, denn in der Regel hätte die energiegeladene Naturerscheinung eher die Metallkarosserie des Mähdreschers erwischt. Aber so ein gut und mehrfach gefalteter Aluhut war natürlich ein viel besserer Leiter als das schnöde Blech einer lackierten Landmaschine. Welches Gewitter konnte da widerstehen? Dieses Ereignis war zwar tragisch, blöd, ignorant oder wie man ein solch borniertes Verhalten auch immer nennen mochte, aber ein Mordfall war es natürlich nicht.

Am schrägsten fand Andrea Onello aber den Fund von zwei kopflosen Skeletten im mittelfränkischen Weißenburg aus dem Jahr 2016. Hier hatte sich bei der Untersuchung sehr bald herausgestellt, dass es sich eher um einen archäologischen denn um einen kriminalistischen Fall handelte. Ein Mord schien zwar nicht ausgeschlossen. Und das war er im Grunde immer noch nicht, aber die Kripo wollte von dem Fall trotzdem nichts mehr wissen. Denn auch wenn Mord niemals verjährt – Straftaten aus dem Mittelalter oder der Antike verfolgt die moderne Polizei dann doch nicht mehr.

Die Körper waren vor sehr langer Zeit zusammen in einer Grabgrube bestattet worden. Zunächst ging man davon aus, dass es sich bei den Leichen um Geköpfte handeln könnte, was die Geschichte durchaus mysteriös machte. Nach Meinung der hinzugezogenen Archäologin kamen die beiden Schädel aber ziemlich sicher bei früheren Bauarbeiten abhanden. Es war ihrer Theorie nach sogar wahrscheinlich, dass die Skelette bereits mehrfach entdeckt worden waren. Etwa bei der Verlegung eines Kabelstrangs, der die Unterschenkel der Skelette gekappt hatte, und wohl auch bei der letzten Umgestaltung der Grünanlage 1968. Man entschied sich aber wohl für eine unbürokratische Lösung und machte kein großes Aufheben um die Sache. Möglicherweise hatte bei der Gelegenheit aber auch ein historisch interessierter oder okkultisch veranlagter Bauarbeiter die beiden Schädel eingesackt, und sie lagen bis heute in irgendeinem privaten Keller herum.

Weitgehend ungeklärt blieb die Frage, aus welcher Zeit die Skelette stammten. Eine sichere Datierung war laut Archäologin unmöglich, weil die zahlreichen Grabungen das Erdreich bis in tiefe Schichten aufgewühlt hatten und keine direkten Grabbeigaben gefunden worden waren. Zwar fand sich in unmittelbarer Nähe zu den Knochen eine Spindel aus dem Spätmittelalter, allerdings könnte die ebenso wie andere Funde bei einer späteren Verfüllung in die Baugrube gelangt sein. Eine sehr interessante Sachlage, wie Andrea Onello fand, aber ohne Bezug zu ihrem aktuellen Fall am Kemnitzenstein.

So arbeitete sich die Kommissarin akribisch von einem Regierungsbezirk in den nächsten. Manch tödlicher Fall war auch falsch abgelegt worden, da bei der vor Kurzem erfolgten Gründung des Bundeslandes Franken ja erst einmal alles neu sortiert werden musste. Und bei der behördlichen Umstellung war eine einhundertprozentige Ordnung der Akten offenbar nicht immer zu gewährleisten gewesen. Was dazu führte, dass sich Andrea Onellos Recherche immer mehr in die Länge zog, bis sie sich nach mehrstündiger Computerrecherche fast schon von einem wie auch immer gearteten Erfolgserlebnis verabschiedet hatte. Dann stach ihr jedoch eine Polizeiakte aus dem Jahre 1990 ins Auge.

In der Nähe des unterfränkischen Ortes Egenhausen war

eine männliche Leiche gefunden worden, welcher der Kopf abgetrennt worden war. Die Kriminalpolizei Schweinfurt bildete zur Aufklärung der Gewalttat eine Sonderkommission, trotz mehrjähriger Ermittlungen konnte die Tat jedoch niemals vollständig aufgeklärt werden. Immerhin war die Identität des Opfers bekannt, ein gewisser Peter Schlereth, siebenundzwanzig Jahre alt, aus Werneck. Das war aber so ziemlich alles, was die Kripo damals hatte herausfinden können. Jedenfalls auf den ersten Blick, denn nicht alle Daten zu dem Fall waren online gespeichert, damals war Polizeiarbeit noch Papierkram gewesen und wurde demzufolge händisch als analoge Akte im Archiv abgelegt. Ergo musste diese Akte noch bei der Schweinfurter Polizei zu finden sein.

Andrea Onello notierte die Aktennummer und schrieb den Fall als ersten wirklich sinnstiftenden Hinweis auf ihren Notizblock. Die Mordsache Schlereth könnte womöglich eine Parallele zu den hiesigen Vorfällen am Kemnitzenstein darstellen. Bis jetzt nur eine vage Theorie, aber immerhin war es eine. Allemal besser als aufgebaggerte Skelette aus der Jungsteinzeit.

Sie legte ihren Stift beiseite, um weiter im Regierungsbezirk Unterfranken zu forschen, und siehe da, bereits wenig später wurde sie erneut fündig. Ein weiterer Kopfloser, dieses Mal aus dem Jahre 1993, gefunden auf der Anhöhe eines Wasserspeichers in der Nähe von Brendlorenzen, einem Ortsteil von Bad Neustadt an der Saale, am Rande des Naturparkes Bayerische Rhön. Martin Scheuplein, dreißig Jahre, aus Wechterswinkel. Auch hier hatte die Kriminalpolizei aus Schweinfurt die Ermittlungen übernommen, wieder dauerte es Jahre, bis die Ermittlungen ohne konkretes Ergebnis eingestellt werden mussten. Immerhin waren zwischenzeitlich Verdächtige festgenommen und verhört, jedoch ohne hinreichenden Tatverdacht wieder freigelassen worden. Es gab in der Fallakte sogar einen direkten Verweis auf den Mordfall in Egenhausen, und ein konkreter Zusammenhang wurde aufgrund der damaligen forensischen Spurenlage angenommen. Weitere Beweise blieben die Ermittler hierzu aber letztendlich schuldig.

Jetzt wurde es langsam interessant. Diese beiden alten Fälle schienen einander zu gleichen, und der kopflosen Morde waren es nach Adam Riese nun schon insgesamt drei. Beim Fall aus der Rhön hatte man Anfang der Neunziger immerhin schon Fotos vom Tatort digitalisiert und online gestellt. Neugierig studierte sie die alten Aufnahmen, bis sie bei einem der Fotos stutzte und förmlich erstarrte.

Die kopflose Leiche lag bäuchlings auf der Anhöhe, den linken Arm seitlich vom Rumpf weggestreckt. Die blutverschmierten, leblosen Finger waren leicht gekrümmt und berührten das Gras – bis auf einen. Der Ringfinger der linken Hand war nicht mehr vorhanden. Auf einer Nahaufnahme der Hand waren deutlich die ausgefransten Wundränder an der Handwurzel zu erkennen.

Andrea Onello saß wie zur Salzsäule erstarrt auf ihrem Sitz. Nicht nur der Kopf, auch der Ringfinger war vom Täter abgeschnitten worden. Damit stellte die Tat von 1993 keine Möglichkeit eines Bezuges zu ihrem aktuellen Fall mehr dar, nein, ab jetzt war es eine Spur.

Von ihrem unverhofften Erfolg selbst überrascht, las sie die Angaben zu den damaligen Ereignissen noch mehrmals durch und machte sich zahlreiche Notizen. Als sie alles, aber auch wirklich alles, was es zu den beiden alten Fällen zu notieren gab, aufgeschrieben hatte, machte sie sich erneut, diesmal frisch beseelt von ihrem Rechercheerfolg, auf die Suche nach weiteren Fällen. Doch so sehr sie sich auch bemühte, es blieb bei dem, was sie bisher gefunden hatte. Nicht einmal als sie die Suche erst bayernweit, dann bundesweit wiederholte, konnte sie ein weiteres Erfolgserlebnis verbuchen. Es gab zwar durchaus noch Fälle, bei denen es zu enthauptenden Gewalttaten gekommen war, aber am Ende waren sie dann entweder aufgeklärt, oder es gab andere, nicht kriminalistisch relevante Erklärungen, ähnlich einer archäologischen Herleitung wie im Falle der kopflosen Skelette von Weißenburg.

So kam es, dass am Ende eines langen Tages der Kollege Huppendorfer die Dienststelle betrat und mit Freude, allerdings auch großem Erstaunen, die krankgeschriebene Kollegin Onello vor ihrem Computer sitzen sah. Sie machte außerdem einen ziemlich geschafften Eindruck. Fast so, als wäre sie jetzt schon seit einiger Zeit wieder im Dienst und mit einer überaus anstrengenden Tätigkeit betraut. Als er zu ihr an den Schreibtisch trat, fuhr Andrea regelrecht zusammen, so vertieft war sie in ihre Computerrecherche gewesen. Sie hatte gar nicht bemerkt, dass César die Dienststelle betreten hatte.

»Na, du blondes Gift, kannst wohl die Finger nicht von der Arbeit lassen, wie? Geht dir deine neue Eroberung schon auf den Keks, oder was hat das hier zu bedeuten?«, frotzelte Huppendorfer, der nach dem Arbeitseinsatz auf dem Kemnitzenstein auch nicht mehr auf der Höhe seiner geistigen Leistungsfähigkeit war, ein blöder Spruch für die Kollegin ging aber immer.

Andrea Onello ließ sich gar nicht weiter darauf ein, sondern drehte den Bildschirm ihres Computers in Huppendorfers Richtung, damit der die leicht unscharfen Bilder des Falles von 1993 in Bad Neustadt an der Saale sehen konnte.

»Kommt dir das irgendwie bekannt vor, César?«, fragte sie neugierig.

Die oberflächliche Neugier ihres Kollegen verwandelte sich sofort in höchstes Interesse, als er des fehlenden Ringfingers an der kopflosen Leiche auf dem Wasserspeicher gewahr wurde.

»Ich werd verrückt!«, entfuhr es Huppendorfer, dann studierte er die Bilder noch einmal, um auch wirklich sicherzugehen, dass er sich nicht verguckt hatte. »Das sieht genauso aus wie bei mir heute, und zwar ganz exakt genauso. Wo hast du das her, Andrea? Wo und wann war das denn, auf den Fotos sieht ja alles aus wie anno dazumal?« Er bedachte seine lange nicht gesehene Kollegin mit einer Mischung aus Unglauben und absoluter Anerkennung.

Andrea Onello legte ein schmales Lächeln der Dankbarkeit auf, das tat gut, nach so vielen Wochen des Nichtstuns. Aber sie wollte ihre Leistung auch nicht höher hängen, als sie war.

»Ich könnte jetzt einfach behaupten, es wäre weibliche Intuition gewesen, mein Lieber, aber ehrlich gesagt habe ich einfach nur eine ausgiebige Datenbankrecherche durchgeführt, ganz normale, stupide Polizeiarbeit. Um deine Frage zu beantworten, ich habe nicht nur diesen einen, sondern zwei Fälle gefunden, beide aus den Neunzigern, die zu dem euren ziemlich auffällige Parallelen aufweisen, wie du gerade selbst bemerkt hast. Was das zu bedeuten hat, weiß ich noch nicht, aber nach einem Zufall sieht das meines Erachtens nicht gerade aus. Womöglich habt ihr heute die Spitze eines Eisberges freigelegt, einen Mord eines Serientäters, eines Nachahmers, was weiß ich. Ich hab ja bloß recherchiert, als Ersatz für Bernd. Der sah heute Mittag aus wie frisch in die Psychiatrie eingeliefert, also haben Marina und ich ihn nach Hause ins Bett, zum Whisky, zum Fernseher oder sonst wohin geschickt, Hauptsache, er richtet heute auf der Arbeit keinen Schaden an.«

César Huppendorfer nickte sofort zustimmend. »Ja, da hast du wohl recht. Der Kerl ist gerade nicht ganz bei sich. War schon gut, Andrea, dass du die Recherche von ihm übernommen hast. Gute Arbeit, wie man sieht. Das sollten wir gleich morgen früh in großer Runde besprechen.«

»Danke, César.« Andrea lächelte ihren Kollegen erfreut an. »Und wie sieht's an eurem Tatort aus, irgendwelche neuen Erkenntnisse?«

»Nein, eigentlich nicht, ganz normale, stupide Polizeiarbeit, um mal eine blonde Kollegin zu zitieren«, erklärte Huppendorfer feixend. »Als Nächstes ist Siebenstädter gefragt beziehungsweise die Spusi, die sämtliche Indizien vom Tatort auswerten muss.«

Huppendorfer erhob sich wieder aus seiner gebückten Haltung und reckte sich komplett durch. Auch ihm war anzusehen, dass ihm dieser Tag einiges abverlangt hatte.

»Aber weißt du was, Andrea? Ich bin ehrlich gesagt gar nicht so weit von Bernds Zustand entfernt, der Tag hatte es nämlich echt in sich. Auf der Rückfahrt vom Kemnitzenstein musste ich noch einen dienstlichen Zwischenstopp einlegen, weil sich an einer Brückenbaustelle in Breitengüßbach trotz doppelter Absperrung ein kompletter Kleinbus voll mit irgendwelchen Querdenkern in die Tiefe gestürzt hat. Die kamen angeblich von irgend so einer Impf-Demo am Bamberger Bahnhof und waren auf der Heimfahrt nach Suhl. Und obwohl da riesige Verbotsschilder standen, weil sich heute Morgen schon so ein Vollpfosten über die Absperrung katapultiert hat, sind die mit Vollgas da durch und über so eine Art Sprungschanze aus Sand dem ersten Wagen quasi direkt hinterher. Das Autowrack vom Morgen lag noch da und hat den Sturz ein wenig abgebremst, aber trotzdem, bis auf die beiden Insassen, die hinten auf der Rückbank saßen, sind alle tot. Also die Beamten vor Ort sind ziemlich fertig, das kann ich dir sagen.«

Von Andrea Onello erntete er ein ungläubiges Kopfschütteln. Zu solcherlei irrsinnigem Verhalten konnte und wollte sie nichts sagen, zumal auch sie mit ihrer Konzentration am Ende war. So ein Nachmittag am Computer war wirklich anstrengend, da würde sie das nächste Mal im Zweifelsfall lieber draußen an irgendwelchen Tatorten herumstiefeln. Aber so war das halt, der Job hier bei der Kripo war eben kein Wunschkonzert.

Für heute war jedenfalls getan, was getan werden konnte, und so beschlossen die beiden Kommissare, den Tag an dieser Stelle zu beschließen und morgen früh alle anderen vom Stand der Dinge zu unterrichten.

* * *

Die Tanzveranstaltung beim Kaiser in Unterpreppach neigte sich ihrem Ende zu, und Amelie begab sich erschöpft, aber glücklich zurück zu ihrem Platz. Seit langer Zeit hatte sie sich nicht mehr so gut gefühlt. Vor allem hatte sie endlich einmal wieder getanzt. Die Band auf der Bühne war wirklich klasse und hatte einen aktuellen Song nach dem anderen gespielt. Ace of Base, DJ Bobo, Dr. Alban und Bon Jovi, was halt gerade so angesagt war. Das war ganz nach ihrem Geschmack gewesen, und noch dazu hatte sie einen absolut genialen Tanzpartner an ihrer Seite.

Gott, wie hatte das gutgetan, endlich mal wieder auf der Tanzfläche zu stehen. Tanzen war schon immer ihr Leben gewesen, aber diese Leidenschaft war ihr in den letzten Jahren

*reichlich verdorben worden, und so hatte sie jegliche Vergnü-
gung lange Zeit gemieden. Bis heute Abend. Martin war mit
ihr die ganze Strecke von der Rhön bis nach Unterpreppach
gefahren, nur um ihr diesen Tanzschuppen zu zeigen. Seit sie
ihn kennengelernt hatte, war ihr Leben ein anderes. Und tatsächlich, der Kerl hatte mit seinem Lob für den Kaiser nicht
übertrieben, die knapp einstündige Fahrt hatte sich wirklich
gelohnt.*

*Martin Scheuplein hatte sich jetzt wirklich lange genug um
sie bemüht. Während der letzten Monate hatte er so einiges
angestellt, um sie aus ihrer ewigen Lethargie zu holen. Seine
Hartnäckigkeit würde heute endlich belohnt werden, das hatte
sie im Laufe des Abends beschlossen. Später würde sie mit Martin zurück in die Rhön fahren und bei ihm übernachten. Sollte
dieses letzte Experiment ebenfalls positiv verlaufen, dann wollte
sie mit ihm ein neues Leben beginnen. Es wurde Zeit, die alten
Geschichten, die Trauer und den dumpfen Druck ihrer Vergangenheit hinter sich zu lassen. Was geschehen war, war geschehen, nicht alle Männer mussten deswegen bösartige, kranke
und durchtriebene Menschen sein. Sie wollte endlich wieder mit
Optimismus und Fröhlichkeit durchs Leben tanzen, glücklich
sein.*

*Sie warf Martin, der ihr mit seinem halb vollen Bierglas gegen-
übersaß, einen kurzen Blick zu, den er bereitwillig erwiderte.
Lachend erhoben sie sich von ihren Plätzen und stürmten zurück
auf die Tanzfläche, wo mit dem aktuellen Hit von UB40 gerade
die nächste Runde eingeläutet wurde.*

*Die einstündige Fahrt zurück nach Wechterswinkel, einem
kleinen, abgelegenen Ort, der zur Gemeinde Bastheim in der
Rhön gehörte, verlief dann im Gegensatz zum ausgelassenen
Abend relativ ruhig und unaufgeregt. Was wohl daran lag, dass
sie beide von der ganzen Tanzerei fix und fertig waren. Amelie
war Martin so was von dankbar, dass er von vorneherein den
Fahrdienst übernommen hatte. Obwohl man auch ihm die Müdigkeit ansehen konnte, gab er bereitwillig den Chauffeur. Die
Heimfahrt endete an Martins Wohnung, wo sie den Rest der*

Nacht zusammen verbrachten. Auch dieses Erlebnis fiel sehr zum beiderseitigen Wohlwollen aus, sodass sie sich am nächsten Morgen einig waren, es schon bald wiederholen zu wollen.

So begannen sich die zarten Bande ihrer Beziehung zu festigen. Allerdings bat Amelie Martin darum, den Ball noch etwas flach zu halten und zunächst niemandem etwas von ihrer Liebe zu erzählen. So richtig konnte sie Martin Scheuplein ihre Scheu vor der Öffentlichkeit nicht erklären, aber er akzeptierte ihre Bitte mit einem Lächeln. Da der gelernte Dachdecker unter der Woche zum Arbeiten in Nürnberg war und sie am Wochenende sowieso die meiste Zeit für sich blieben, fiel ihm dieses Unterfangen nicht sonderlich schwer.

An einem Freitagabend, als er wieder einmal aus Nürnberg zurückkam, wollte Martin sich mit ihr an einem kleinen Wäldchen etwas außerhalb von Bad Neustadt treffen. Amelie hatte keine Ahnung, was er im Schilde führte, aber es konnte sich eigentlich nur um eine seiner zahlreichen Überraschungen handeln. Freitags hatte er immer etwas für sie dabei, irgendeine Kleinigkeit, die er in Nürnberg für sie gekauft oder gebastelt hatte. Mal fand sie seine Sachen putzig, manchmal so lala und manchmal auch völlig daneben. Aber sie honorierte seinen guten Willen und dass er sich etwas Besonderes für sie ausgedacht hatte. Da war eine aus alten Dachlatten zusammengenagelte Fischattrappe zu verschmerzen, die konnte man ja zu gegebener Zeit feierlich einem Feuer im Garten übergeben. Amelie war gespannt, was ihr Liebster sich dieses Mal für sie ausgedacht hatte.

Sie kam pünktlich an dem Volerts, wie das kleine Waldstück genannt wurde, an, und stellte fest, dass Martin bereits auf sie wartete. Lange konnte er aber noch nicht hier sein, denn er war noch dabei, das Standbein eines kleinen Tischs mit Hilfe eines Vorschlaghammers und kräftigen Schlägen in die Erde zu treiben. Er atmete schwer und hatte sich wohl ziemlich verausgabt, machte aber einen prinzipiell sehr zufriedenen Eindruck.

»Okay, du Dachdecker, was soll denn das werden?«, fragte Amelie lachend und strahlte Martin an. Der kam in seinen ver-

schwitzten Arbeitsklamotten auf sie zu und drückte ihr erst einmal einen dicken Kuss auf die Lippen.

Dann wies er in Richtung Stadt und meinte: »Schau, ist das nicht schön?«

Amelie drehte sich um und blickte in die angezeigte Richtung. Dort lag unten im Tal Bad Neustadt an der Saale, die kleine Stadt, in der Martin aufgewachsen war. Sie selbst stammte ja nicht von hier, hatte sich aber inzwischen gut eingelebt, und die Stelle in einem Kindergarten machte ihr auch richtig Spaß. Ja, Martin hatte recht. Es war ein lauer Sommerabend Mitte Juni, am wolkenlosen Himmel funkelten die Sterne, und die Lichter der Stadt leuchteten zu ihnen herauf. Martin nahm Amelie in den Arm, und sie legte schweigend ihren Kopf auf seine Schulter. So standen sie einige Minuten lang da, ergriffen von dem romantischen Anblick, bis Amelie bemerkte, dass sich Martins rechter Arm unmerklich zu bewegen begann. Sie maß dem keine größere Bedeutung bei, jedoch nur so lange, bis zwei Finger einer männlichen Hand direkt vor ihrem Gesicht auftauchten. Sie hielten etwas, das ganz eindeutig wie ein Ring aussah.

Ihr Herz klopfte bis zum Hals, und zwar nicht nur vor Verliebtheit. Das war doch jetzt hoffentlich nicht das, was sie dachte, dass es war? Wenn das ein Heiratsantrag werden sollte, hatte sie ein Problem, das wäre ihr jetzt wirklich zu viel, und vor allem wäre es viel zu früh für sie beide. Ihr Kopf fuhr herum, und sie blickte Martin mit einer Mischung aus Freude und Unbehagen in die Augen, aber der lächelte nur und sagte: »Keine Angst, Süße, ich will dich nicht zum Altar führen oder dass wir jetzt schon unsere Lohntüten zusammenschmeißen. Das ist kein Heiratsantrag, Amelie, sondern etwas anderes. Ich will's mal so sagen, dieser Ring ist ein Versprechen. Auch wenn noch niemand, den wir kennen, etwas von uns weiß, du und ich wissen, dass wir uns haben. Und wenn ich die Woche über weg bin, soll er dich daran erinnern, dass ich dich liebe, dass wir zusammengehören. So ein Ring soll das sein. Und schau mal«, rief er in gespielter Überraschung, »ich hab auch so einen.« Er steckte sich den Ring an die linke Hand und hielt sie nach oben gegen den Sternenhimmel.

»Die beiden ersten Versprechungsringe der Welt, und ich hab einen davon, echt cool.«

Amelie standen Tränen der Rührung in den Augen. Sie hatte Martin tatsächlich unterschätzt. Das war Gott sei Dank kein plumper Heiratsantrag, das war einfach die schönste Liebeserklärung, die sie in ihrem ganzen Leben bekommen hatte. Nicht nur das, nein, es war die schönste Liebeserklärung, von der sie überhaupt jemals gehört hatte. Ein Versprechen also – und wofür? Na gut, irgendwann würde der Mann schon damit herausrücken. Fürs Erste war Amelie sehr, sehr gerührt und vor allem sehr, sehr verliebt. Sie packte den stoppelbärtigen Schädel des langen Lulatschs und küsste Martin so, wie sie ihn bisher noch nie geküsst hatte. Dann steckte sie sein Geschenk an ihren Finger und wischte sich die Tränen aus dem Gesicht. Sie war schon immer nah am Wasser gebaut. Um ihre Fassung wiederzuerlangen, lenkte sie das Gesprächsthema in eine andere Richtung.

»Was soll eigentlich dieser improvisierte Verkaufsstand, den du da in den Boden geklopft hast, Martin? Willst du mir wieder eines deiner Dachlattenkunstwerke andrehen, oder was?«

»Ach so, ja!«, rief Martin Scheuplein. »Das hätte ich fast vergessen. Der ist für den Sekt. Wir müssen das doch irgendwie begießen, oder nicht?« Flugs drehte er sich um und zauberte eine Sektflasche inklusive zweier Gläser aus dem Gebüsch.

»Aber ich trinke doch gar keinen Alkohol«, wandte Amelie ein.

Martin winkte lächelnd ab. »Der ist alkoholfrei, gibt's neuerdings beim EDEKA. Ich kenn doch meine Amelie.«

Dann ließ er mit einem lauten »Plopp« den Korken hinauf in den Nachthimmel schießen. Zusammen setzten sie sich in das warme Gras, nahmen sich in die Arme, schauten sekttrinkend hinunter auf die Stadt und gaben sich dem wundervollen Gefühl ihrer frischen Verliebtheit hin.

Während des restlichen Wochenendes waren Martin und Amelie fast ununterbrochen zusammen, bis sie sich am Sonntagnachmittag wieder für eine Woche trennen mussten. Martin hatte noch einige Sachen einzupacken, die er mit nach Nürnberg nehmen musste, denn sie wechselten in der kommenden Woche die Baustelle. Aber sie verabredeten sich für den kommenden Freitag an ihrem Platz an dem kleinen Wäldchen.

Für Amelie kam der Abschied dieses Mal viel zu früh, hatte sie sich doch jetzt komplett für Martin entschieden und beschlossen, ihre Verwundungen aus der Vergangenheit endgültig loszulassen. Sie wollte jetzt am liebsten jede freie Minute mit ihm verbringen und litt Höllenqualen bei der Vorstellung, dass sie sich erneut eine ganze Woche lang nicht sehen konnten. Das machte ihr wirklich zu schaffen. So irrte sie an diesem Nachmittag ziellos durch die Stadt, um sich irgendwie abzulenken.

Allein die Mühen waren vergebens; all ihre Gedanken waren bei Martin und dem Ring an ihrem Finger, den sie permanent hin und her drehte. Am Abend fiel sie kurz nach der Tagesschau hundemüde in ihr Bett und schlief bis zum nächsten Morgen durch.

Als sie aufwachte und sich für die Arbeit fertig machen wollte, stellte sie zu ihrem Entsetzen fest, dass sie verschlafen hatte. Sie hatte den Wecker nicht gehört, und jetzt blieben ihr gerade mal dreißig Minuten, um rechtzeitig an ihrem Arbeitsplatz im Kindergarten zu erscheinen. Das reichte natürlich keinesfalls für die übliche Prozedur im Bad, sie musste heute wohl oder übel mit dem Notprogramm zurechtkommen.

Trotz größter Eile erreichte sie den Kindergarten in Bad Neustadt erst kurz vor knapp. Allerdings war sie bei ihrer Ankunft bass erstaunt, dass sich niemand um ihre späte Ankunft, geschweige denn um ihr improvisiertes Äußeres kümmerte. Ihre Kolleginnen, die Kindergartenleiterin und sogar einige Eltern mit ihren Kindern an der Hand standen in Grüppchen zusammen und diskutierten miteinander. Amelie war sofort klar, dass etwas vorgefallen sein musste. Hoffentlich nichts mit einem der Kinder, dachte sie, denn das war das Schlimmste, was sie sich ausmalen konnte.

Aber kaum war sie durch die Tür, kam ihre Kollegin Kerstin aus der Bienengruppe auf sie zugelaufen, packte sie am Arm und meinte mit vor Aufregung gerötetem Gesicht: »Hast du davon gehört? Die Polizei hat zwischen Brendlorenzen und Wollbach eine Leiche gefunden, und zwar ohne Kopf, das musst du dir einmal vorstellen. Wer, in Gottes Namen, schneidet denn jemandem den Kopf ab, wer tut denn so etwas?«

Sie erwartete offensichtlich eine Antwort von Amelie. Aber die stand mit angstgeweiteten Augen da und rührte sich nicht. Alles Blut war aus ihrem Gesicht gewichen. Der schreckliche Film aus ihrer Vergangenheit, den sie endlich erfolgreich verdrängt und hinter sich gelassen hatte, war von einem Moment auf den anderen wieder da. All die fürchterlichen Bilder, die Dämonen, die sie so lange begleitet hatten, tanzten erneut vor ihren Augen, emporgestiegen wie ein Phönix aus der Asche, und Panik bemächtigte sich ihrer.

Immer noch war da die Weigerung in ihr, das Unvermeidliche zu akzeptieren. Noch hatte Kerstin es nicht ausgesprochen. Dabei wusste sie nur zu gut, was passiert war. Sie wollte schreien, wollte brüllen vor Schmerz, wollte weglaufen, aber es ging nicht. Sie war wie versteinert.

Kerstin Schäfer deutete Amelies Sprachlosigkeit fälschlicherweise als Aufforderung, nun auch noch die anderen bekannten Details dieses schrecklichen Geschehens preiszugeben. »Die Polizei weiß auch schon, wer der Tote ist. Angeblich ein junger Dachdecker aus Wechterswinkel, der –«

Weiter kam die Erzieherin nicht, denn Amelie Imhof begann laut zu schreien und streckte mit weit aufgerissenen Augen die Hände wie in Abwehr weit von sich, während sie immer weiter schrie. Sofort war in der Kindertagesstätte der Teufel los. Erzieherinnen, Kinder und anwesende Eltern kamen angerannt, um zu sehen, was denn mit Amelie los war. Deren panisches Gebaren endete abrupt, ihre Augen weiteten sich noch ein wenig mehr, dann wurde sie an Ort und Stelle ohnmächtig und sackte bewusstlos in sich zusammen.

Ein Vater, der seine Tochter jeden Tag in der Kindertagesstätte ablieferte, war Arzt im benachbarten Bad Neustädter Kreiskrankenhaus und kümmerte sich fachkundig um die bewusstlose Erzieherin, während das wild durchmischte Menschenknäuel,

das sich um die beiden drängte, heute mehr Neuigkeiten zu ver-
arbeiten hatte als sonst in einem ganzen Jahr.

Es dauerte eine Weile, dann kam Amelie Imhof zur Erleich-
terung aller wieder zu Bewusstsein.

»Na, Gott sei Dank, Frau Imhof, Sie sind wieder unter den
Lebenden«, sagte der Arzt und tätschelte besorgt ihre Wange.

»Ich nehme Sie jetzt trotzdem mit zu mir ins Krankenhaus und
checke Sie dort kurz durch, einverstanden?«

Amelie antwortete ihm nicht. Sie schien den Arzt, ebenso wie
die Umstehenden, überhaupt nicht wahrzunehmen. Ihr Blick
war zwar auf das Gesicht des Mannes gerichtet, aber in ihren
Augen lag eine so grenzenlose Leere, dass der Oberarzt zutiefst
erschauerte.

Schattenwelt

Der Tag in der Bamberger Dienststelle begann am frühen Morgen mit einem höchst irritierenden Ereignis. Marina Hoffmann war es eigentlich gewohnt, in der Frühe die Erste in der Dienststelle zu sein, um selbige für das kriminale Personal herzurichten. Ihr oblag die Sortierung der Akten, Tagespläne et cetera, vor allem aber war es ihre Aufgabe, jederzeit einen respektablen Vorrat an Kulinarien bereitzuhalten, um die Stoffwechsel der Mitarbeiter am Laufen zu halten. Dazu gehörten ihre allseits geschätzten Honigbrote, Kaffee schwarz für ihren Chef, geschnittene Äpfel für die Riemenschneiderin respektive die gekochten Kartoffeln für den Nachwuchsstar der Ermittlerszene, Presssack den Fülligen. Ein durchaus ambitioniertes Unterfangen, das Honeypenny seit vielen Jahren mit absoluter Souveränität meisterte, auch wenn diese küchenstrategische Meisterleistung es erforderlich machte, immer ein paar Minuten früher in der Dienststelle zu sein als alle anderen.

Umso erstaunter war Marina Hoffmann, dass an diesem Morgen bereits alle Lichter im Büro brannten, als sie die Tür öffnete. Der Verursacher dieser ungewöhnlichen morgendlichen Helligkeit war kein Geringerer als Robert Suckfüll höchstselbst. Mit einer Aktentasche unter dem Arm und reichlich Hektik im Blick kam er aus seinem Glaskasten gerannt und eilte direkt auf sie zu. Die Sekretärin war so verblüfft, dass sie ihren Chef ob des bis dato ungekannten Vorgangs nur fragend ansah.

Fidibus, obwohl nicht der allerfeinfühligste im Umgang mit anderen Menschen, erkannte auf Anhieb das Anliegen seiner altgedienten Mitarbeiterin.

»Ja, einen schönen guten Morgen, Frau Hoffmann, auch schon im Dienst? Na, ich weiß schon, was Sie mich fragen wollen, nämlich: Was macht mein Chef in aller Herrgottsfrühe auf seinen zwei Beinen, mit denen er noch dazu zur Unzeit hier in meinem Büro herumrennt? Nun, diese Frage kann ich Ihnen sehr gerne beantworten, Frau Hoffmann, ich habe einen Termin bei der fränkischen Staatsregierung in der Landeshauptstadt Haßfurt. Was sagen Sie jetzt?«

Honeypenny nahm die Botschaft zur Kenntnis, konnte aber nicht so recht etwas damit anfangen, also tat sie das, was die allermeisten Menschen in einer solchen Situation machten: Sie fragte nach, in der Hoffnung auf nähere Einzelheiten.

»Staatsregierung, Sie?«, brachte Honeypenny hervor, was den Leiter der Bamberger Dienststelle doch ein wenig irritierte.

»Frau Hoffmann, ich verstehe weder Ihre hilflose Frage noch Ihren kritischen Blick, ganz ehrlich. Immerhin bin ich ein hervorragender Jurist, noch dazu einer, der mit jahrelanger Berufserfahrung im kriminellen Bereich gesegnet ist. Und jetzt, da es gilt, das neu gegründete Bundesland Franken weiter aufzubauen und zu festigen, werde ich der Landesregierung mit meinen profunden Kenntnissen und juristischen Fähigkeiten sehr gern dabei helfen. Vielleicht möchte man mir ja sogar ein Ministeramt antragen, was würden Sie denn dann dazu sagen, na?«

Honeypennys Blick veränderte sich kein bisschen ins Positive, im Gegenteil, der Anteil an kritischen Elementen in ihrer Mimik nahm noch einmal signifikant zu.

»Minister? Sie, Chef? Ihre juristischen Fähigkeiten sind ja unbestritten, aber als Minister, da müssten Sie doch frei sprechen, womöglich auch noch im Fernsehen, Pressekonferenzen und so …«

Diese Feststellung seiner Untergebenen brachte Fidibus endgültig auf die Palme. Irgendwie hatte er mit ein klein wenig mehr Begeisterung gerechnet. Mit Unterstützung und Zuspruch, jedoch keinesfalls mit einem so herb pessimistischen Unterton. Zweifelte seine Sekretärin etwa an seinen sprachlichen Fähigkeiten? Wenn ja, wäre das doch unerhört.

»Frau Hoffmann, ich spüre Zweifel bei Ihnen, es schimmert so ein seltsam skeptischer Unterton in Ihrer Frage durch, die ich aber nichtsdestotrotz gern beantworte. Ja, im Ernstfall muss sich ein Minister frei vor Publikum oder Fernsehkameras artisti… artikelo… artikulieren können. Aber das ist für mich überhaupt kein Problem, Frau Hoffmann, ich habe in der deutschen Sprache regelrecht gebadet wie Obelix im Zaubertrank. Duden ist mein zweiter Vorname, die Semantik ist quasi mein Wohnzimmer, Frau Hoffmann.«

Robert Suckfüll beugte sich etwas nach unten und hielt seiner Sekretärin den erhobenen Zeigefinger direkt vors Gesicht. »Frau Hoffmann, die deutsche Sprache ist eine extrem anspruchsvolle Angelegenheit, nichts für Anfänger. Eine Silbe falsch gesetzt, und schon ist der ganze Satz uriniert, da muss man sehr aufpassen. Aber von solchen Sachen haben Sie ja keine Ahnung, Sie sind ja nur eine einfache Sekretärin, Frau Hoffmann. Schmieren Sie mal lieber Ihre Honigbrote. Kleinvieh, bleib bei deinen Leisten, sag ich da nur. Und jetzt gehaben Sie sich wohl, Frau Hoffmann, ich muss zu meinem Vorstellungsgespräch.«

Er warf seiner Sekretärin noch einen vernichtenden Blick zu, dann drehte er sich mit Schwung um und kollidierte beim Hinauslaufen fast mit Franz Haderlein, der inzwischen ebenfalls den Weg zu seiner Arbeitsstelle gefunden hatte.

»Was war denn das?«, fragte Haderlein Honeypenny, die noch nicht genau wusste, ob sie mit dem Honigglas nach ihrem Chef werfen oder einfach nur schreien sollte.

»Dieser … dieser arrogante –«, hob Marina Hoffmann an, aber Franz Haderlein legte lieber schnell einen Keil unter das Hinterrad, bevor der wutbeladene Wagen ungebremst Fahrt aufnehmen konnte.

»Marina, ich habe deine Honigbrote jetzt aber so was von nötig. Meine Herzdame Manuela war vorhin nicht in der Lage, sich um unser Frühstück zu kümmern, weil sie ihre Fingernägel frisch lackiert hatte. Und wenn die Nägel frisch lackiert sind, ist eine Frau quasi hilflos, jedenfalls in dem Sinne, dass sie dann keinen Kaffee machen oder ein Frühstück herrichten kann, hat mir Manuela erklärt. Wenn du jetzt also bitte meine Lebensgefährtin ersetzen könntest, zumindest was das Frühstück anbelangt, dann wäre ich dir wirklich außerordentlich dankbar, Marina.«

Mit diesen Worten setzte sich Franz Haderlein an seinen

Schreibtisch und schaute Honeypenny mit dem treudoofsten Dackelblick an, zu dem er imstande war.

Die Angesprochene durchblickte das Manöver zur innerbetrieblichen Deeskalation natürlich sofort. Sie war wütend und beleidigt und wollte sich abreagieren, am liebsten an ihrem Chef. Der war allerdings weg, und so musste sie wählen. Entweder ihren negativen Gefühlen freien Lauf lassen, die Einrichtung im Büro demolieren und allen anderen hier den Tag versauen, oder sie nahm das Haderlein'sche Angebot zum Wutverzicht an und konzentrierte sich lieber auf ihre Aufgabe als Ersatzfreundin.

Marina Hoffmann entschied sich schnell, und zwar für die friedliche Lösung. Sie würde jetzt ein improvisiertes Frühstück mit viel Honig herrichten und die Sache mit ihrem Chef auf den Das-hab-ich-mir-gemerkt-und-das-kriegst-du-irgendwann-doppelt-zurück-Stapel legen. Der war inzwischen auf eine beachtliche Höhe angewachsen und der Zeitpunkt, da sie ihrem Chef diese Frustmüllhalde vor die Füße kippen würde, nicht mehr allzu fern. Aber fürs Erste wollte sie die arrogante Grobklötzigkeit, die ihr angetan worden war, vergessen und sich um Franz und seinen Unterzucker kümmern. Es gab ja immer noch Menschen in diesem Büro, die es wert waren, dass man sich aufopferungsvoll um sie kümmerte. Also löste sie ihre verkrampfte Haltung, lächelte Franz Haderlein wohlwollend zu und machte sich an die Arbeit.

Kaum hatte die Kaffeemaschine mit einem dumpfen Brummen ihre siedende Arbeit aufgenommen, kamen zeitgleich die Kollegen Huppendorfer und Schmitt durch die Tür spaziert, Letzterer mit Presssack auf dem Arm. Wie in einem gut geprobten Kammerspiel betraten sie genau im richtigen Moment die Bühne, da der erste Akt mit dem Eitlen, der Dame und dem Weisen zu Ende gegangen war. Natürlich hatten Lagerfeld und Huppendorfer von dem vorangegangenen Disput nichts mitbekommen, sie freuten sich aber über die unter Volllast arbeitende Kaffeemaschine und die Aussicht auf frische Honigbrote. Binnen kürzester Zeit war die Stimmung in der Dienststelle wieder im grünen Bereich, und auch Honeypenny konnte wieder lachen.

Dann, als die Honigbrote sich einladend auf ihrem Tablett stapelten, öffnete sich ein weiteres Mal die Dienststellentür, und Andrea Onello kam mit ihrer Neuerwerbung Thomas Callenberg ins Büro. Es gab ein großes Hallo, denn seit dem letzten Fall hatten sie nicht mehr alle zusammengesessen und die Weltlage erörtert, wozu sich jetzt eine außerordentlich gute Gelegenheit bot. Lediglich Fidibus war nicht zugegen, was aber niemanden nachhaltig störte, Marina Hoffmann am allerwenigsten.

Gerade als der gesellige Teil von Franz Haderlein beendet wurde, es gab ja beileibe genug Ermittlungsarbeit, die bewältigt werden wollte, genau in diesem Moment klingelte das Telefon auf Haderleins Schreibtisch. Während sich der Rest der Belegschaft noch fröhlich Schwänke aus der jüngsten Vergangenheit erzählte, nahm Haderlein das Gespräch an.

»Haderlein, Kriminalhauptkommissar«, meldete er sich pflichtschuldig, was er innerhalb von Sekunden bereute, als er erfuhr, wer sich am anderen Ende der Leitung befand.

»Einen schönen guten Morgen, Herr Polizist, Thomas Siebenstädter hier, Rechtsmedizin.«

Franz Haderlein zuckte innerlich zusammen, versuchte aber, sich den rasanten Niedergang seiner gerade noch vorhandenen Zufriedenheit mit dem Leben nicht anmerken zu lassen und stattdessen ausnahmsweise einmal eine lockere, flapsige Gesprächsatmosphäre mit seinem Lieblingsfeind herzustellen.

»Ja, Herr Professor, wie kann ich Ihnen helfen? Ich nehme doch stark an, Sie wollen mir Ihre ersten Erkenntnisse hinsichtlich der beiden Leichen von gestern mitteilen. Sollte das der Fall sein, Herr Professor, wird sich unser prinzipiell angespanntes Verhältnis auf ein fast freundschaftlich zu nennendes Niveau heben. Also, freiheraus, wer hat die Männer umgebracht? Wer ist der Täter? Sie wissen doch immer alles, das ist bei Ihren außerordentlichen Fähigkeiten doch bestimmt ein Klacks für Sie.«

Die Gespräche der Kollegen waren ob Haderleins Einlassung am Telefon inzwischen verstummt. Wenn Siebenstädter in der Leitung war, galt es immer, auf der Hut zu sein, irgendetwas

Unberechenbares passierte garantiert. Der Professor war ein hochbegabter Stimmungskiller, der es sogar schaffen würde, einen euphorisierten Faschingsprinzen während der Karnevalssitzung in die Depression zu treiben, von altgedienten Kriminalhauptkommissaren einmal ganz zu schweigen. Aber dieses Mal schien den Leiter der Erlanger Rechtsmedizin etwas anderes umzutreiben als die gewohnte Verunglimpfung von Bamberger Kripopersonal.

»Herr Haderlein, seien Sie sich meiner freundschaftlichen Gefühle gewiss, deswegen rufe ich aber gar nicht an. Ihr Kopfloser liegt hier säuberlich abgedeckt neben einem toten Klettermax, der sogar noch sein Geschirr umhat, als wäre er gerade eben aus seinem Seil gestiegen. Wie üblich befinden sich die Leichen in einem wirklich desolaten Zustand, es fehlen sogar etliche Körperteile, wie ich bemerken musste, aber das habe ich bei Verstorbenen aus Ihrem Hause auch nicht anders erwartet, Haderlein. Nun zu Ihrer Frage, mein lieber Polizist. Ich kann noch nichts wirklich Sinnstiftendes zu dieser Leiche sagen, das wird auch noch etwas dauern. In meinem Hause vollziehen sich gerade epochale Veränderungen im Bereich der Innenarchitektur, die im Moment absoluten Vorrang genießen. Aber wie schon gesagt, rufe ich nicht deswegen an, Haderlein, sondern um mit dem sehr sympathischen Chef Ihrer Behörde zu sprechen, Herrn Suckfüll, wäre das vielleicht möglich?«

Franz Haderlein war etwas verwirrt. Siebenstädter hatte nicht die Absicht, ihn psychisch runterzumachen, stattdessen wollte er Fidibus sprechen, den er noch dazu sehr sympathisch fand? Was war denn hier los? Andererseits interessierte sich Franz Haderlein nur am Rande für das private Verhältnis von Siebenstädter und Fidibus. Vielmehr ging es ihm um die pathologischen Ergebnisse sein Mordopfer betreffend. Der Typ sollte gefälligst seine Arbeit machen. Trotzdem galt es, diplomatisch zu bleiben.

»Ähm, Herr Suckfüll ist nicht da, Herr Professor, und ich weiß auch nicht, wann er zurückkommt. Aber wieso haben Sie denn mit unseren beiden Leichen noch nicht anfangen können? Es wäre wirklich dringend«, betonte Haderlein.

Der Professor schien neuerdings jedoch andere Prioritäten zu setzen.

»Ach, das ist aber schade. Herr Suckfüll hätte mir bestimmt weiterhelfen können. Ich arbeite zum ersten Mal in meinem Leben an anspruchsvolleren Problemstellungen als der Leichenbeschau, mein lieber Haderlein. Die Arbeit an Ihren Dahingeschiedenen muss ergo erst einmal ruhen, ich habe Wichtigeres zu tun, da bitte ich wirklich um Ihr Verständnis«, entgegnete Siebenstädter ziemlich rigoros.

Haderleins Kamm begann bereits wieder zu schwellen, wenn auch aus ungewohntem Grund. Er wurde von Siebenstädter nicht beleidigt, sondern in seinem beruflichen Anliegen missachtet, das war ja mal ganz was Neues.

»Ach, Sie haben Wichtigeres zu tun, Herr Professor? Darf ich fragen, was es Wichtigeres geben kann, als einen brutalen Mordfall aufzuklären?«, raunzte Haderlein jetzt ziemlich angefressen ins Telefon, was sein Gegenüber aber nicht im Mindesten beeindruckte.

»Nun, Haderlein, ich stehe vor einer weit umfassenderen Herausforderung, nämlich der Aufgabe, ein hochmodernes Serrano-Kochfeld anschließen zu müssen. Und zu dieser Problemlage hätte mir Herr Suckfüll bestimmt ein paar hilfreiche Ratschläge erteilen können. Es handelt sich hier um Elektrotechnik, und auf diesem Gebiet habe ich noch keinen akademischen Abschluss machen können. Aber vielleicht kennt Herr Suckfüll ja durch seine Methode des sanften Weges ein paar Möglichkeiten, dieses Kochfeld mittels elektrischer Energie zu erhitzen.«

Franz Haderlein kämpfte mit seinen Emotionen, die allesamt aggressiver Natur waren. Das durfte doch wirklich nicht wahr sein.

»Ein was?«, brachte er noch halbwegs gefasst zustande, ehe ihm bei Siebenstädters nun folgenden Worten endgültig der Kragen platzte.

»Ein Serrano-Kochfeld, Haderlein. Die Mikrowelle in Betrieb zu nehmen, habe ich selbst geschafft, und auch die Spüle war keine große Sache. Aber bei diesem Serrano-Kochfeld will ich mal lieber kein Risiko eingehen, das braucht einen Fachkundigen. Wann wird Herr Suckfüll denn zurückerwartet?«, erkundigte sich Siebenstädter beflissen.

Das war's, Haderlein war mit seiner Geduld am Ende.

»Sind Sie noch bei Trost, Siebenstädter?«, brüllte er aufgebracht ins Telefon. »Sie lassen jetzt sofort Ihr Kochfeld Kochfeld sein und machen sich daran, meine Leichen zu untersuchen, oder ich drücke Ihnen eine Klage wegen Arbeitsverweigerung aufs Auge, die sich gewaschen hat, haben Sie mich verstanden, Herr Professor?«

In der Dienststelle war es mucksmäuschenstill, nur Presssack schmatzte ungerührt vor sich hin. Es dauerte ein paar Sekunden, bis Professor Siebenstädter antwortete, nun wieder in altbekannter Manier.

»Sie wollen mich verklagen, Haderlein? Sie? Sie schaffen es doch noch nicht einmal, eine fehlerfreie Anklageschrift zu Papier zu bringen, Sie Polizist. Diese Anklage wird todsicher abgewiesen, und zwar wegen Unleserlichkeit. Das wird die größte Lachnummer, die ein deutsches Gericht jemals erlebt hat, Haderlein. Sonst noch etwas, Herr Aushilfsanwalt, oder kann ich wieder zu meinem Herd?«

Siebenstädter war offenbar wieder der Alte, und damit konnte Kriminalhauptkommissar Franz Haderlein umgehen. Er reagierte adäquat, wie er es im Zusammenspiel mit Siebenstädter über die Jahre immer getan hatte, und legte einfach auf. Als er sich zu den anderen Mitarbeitern in der Dienststelle umdrehte, konnten alle sehen, dass ein gefährliches Feuer in Franz Haderleins Augen loderte.

Sollte es jemals wieder zu einer leibhaftigen Begegnung zwischen dem Professor und Kriminalhauptkommissar Haderlein kommen, so müsste sich ein gewisser Rechtsmediziner besser sehr, sehr warm anziehen.

∗∗∗

Amelie Imhof war im Kreiskrankenhaus in Bad Neustadt an der Saale vom Vater eines ihrer Gruppenkinder gründlich durchge-

checkt worden, danach durfte sie umgehend wieder nach Hause. Der Vater ihres Schützlings hatte nichts Schlimmes feststellen können, außer natürlich, dass die Erzieherin aus dem Kindergarten seines Sohnes einen gewaltigen Schock erlitten hatte und jetzt erst einmal Ruhe brauchte. Also hatte er die Patientin für drei Tage krankgeschrieben.

In ihrer Wohnung angekommen, tat Amelie aber ganz und gar nicht das, was ihr der Arzt aufgetragen hatte, nämlich abschalten und Ruhe bewahren. Stattdessen warf sie sich aufs Bett und versuchte, ihre panischen Gedanken irgendwie auf die Reihe zu bekommen. Martin war tot, umgebracht von dem dunklen Schatten aus ihrer Vergangenheit, den sie aus ihrem Bewusstsein verbannt hatte. Doch nun war alles wieder da. Die Angst, die Panik, all die entsetzlichen Dämonen, die sich ihrer Seele bemächtigten.

Er hatte sie gefunden.

Wie das geschehen konnte, war ihr absolut schleierhaft, aber er war wieder da und hatte erneut zugeschlagen. Sie hatte zu lieben gewagt, und das hatte das Leben dieses ihr nahestehenden, geliebten Menschen gekostet. Es würde nichts bringen, zur Polizei zu gehen, man würde ihr nicht glauben. Dort hatte man ihr schon einmal nicht glauben wollen. Sie musste hier weg. Sie musste fliehen, sich aufs Neue verstecken. Wie sie das anstellen sollte, davon hatte sie noch überhaupt keine Vorstellung. Am besten, sie fuhr jetzt erst einmal zu Christian nach Bastheim. Ihr Bruder hatte ihr schon einmal geholfen, er wusste vielleicht weiter. Vor allem war er jetzt der einzige Mensch auf der ganzen Welt, dem sie noch vertrauen konnte.

Also packte sie alles, was ging, in ihren Koffer sowie ein paar Umzugskartons, die sie noch aufgehoben hatte, und stopfte den ganzen Krimskrams in ihren Twingo. Natürlich waren da noch die Möbel und alles mögliche andere Zeugs, aber das war alles nicht wichtig.

Ehe sie in ihr geliebtes kleines Auto mit dem schwarzen Faltdach stieg, schaute sie sich instinktiv noch einmal um. Sie wusste, dass er hier irgendwo war. Er befand sich in der Nähe und be-

obachtete sie. Es war nur ein Gefühl, aber es machte ihr eine wahnsinnige Angst.

Mit Panik im Bauch stieg sie in ihren Twingo, startete den Motor und machte sich auf den Weg nach Schweinfurt, wo ganz in der Nähe ihr Bruder wohnte. Christian würde wissen, was jetzt zu tun war.

✳✳✳

Haderlein bemerkte die fragenden Blicke der Kollegen, atmete einmal tief durch und kehrte zurück in den Normalmodus. Es wurde Zeit, dass die Ermittlungen in diesem Fall einen Gang höher geschaltet wurden, deswegen war es wohl am besten, alle hier in der Dienststelle auf den gleichen Informationslevel zu bringen, um eine gemeinsame Faktengrundlage zu erarbeiten.

»Also, Herrschaften, halten wir doch bitte mal fest, was wir über den Mord vom Kemnitzenstein wissen«, eröffnete Haderlein die ab sofort dienstliche Diskussion. »Nach allem, was uns die Spurensicherung mitgeteilt hat, die Ergebnisse der Ermittler Schmitt und Presssack eingeschlossen, stellt sich die Situation wie folgt dar: Wir haben zwei Leichen. Eine davon ist noch mit allen Körperteilen ausgestattet. Es gibt eine massive Verletzung am Kopf, welche vielleicht die Todesursache sein könnte, aber das muss der gerichtsmedizinische Befund klären, den wir in nächster Zukunft wegen einer dringlichen Elektroinstallation aber leider nicht bekommen werden …«

Als sich niemand der Anwesenden berufen fühlte, dieses heikle Thema näher zu erörtern, verkniff sich Haderlein weitere sarkastische Bemerkungen und fuhr mit seinem Faktencheck fort.

»Der Klettertote ist ein gewissen Otmar Schober aus Ebing, Gemeinde Rattelsdorf. Wie wir bisher herausfinden konnten, war der Mann ein fanatischer und auch guter Kletterer, außerdem besaß er eine Elektronikfirma in Rattelsdorf. Keine Familie, außer Klettern und Firma hatte der Mann anscheinend nichts im Sinn. So weit, so gut.«

Haderlein verschränkte seine gespreizten Finger ineinander und dehnte sie, dann machte er weiter.

»Dann haben wir noch den interessanten Fall einer kopflosen Leiche, deren Identität wir noch nicht feststellen konnten. Der Mann hatte keine Papiere bei sich, die Fingerabdrücke sind polizeilich unbekannt, und eine Vermisstmeldung, die auf ihn passen könnte, liegt bislang auch nicht vor. Wir haben das ganze Gelände abgesucht, aber kein Fahrzeug gefunden, mit dem der Mann zum Kemnitzenstein gekommen sein könnte. Die einzigen Spuren, die nicht Schobers Wagen oder dem Fahrzeug der Familie zugeordnet werden können, welche die Leichen gefunden hat, sind Abdrücke von Mountainbike-Reifen. Aber ob die eine verwertbare Spur darstellen, ist eher zweifelhaft, am Kemnitzenstein fahren ja sicher dauernd Mountainbiker rum. Wir wissen also nicht, wie das Opfer zum Berg gekommen ist. Fest steht aber, dass unser Mann am Kemnitzenstein getötet wurde und ihm an der dortigen Hütte sowohl Kopf als auch Finger entfernt wurden. Anschließend hat der Täter den enthaupteten Leichnam zum höchsten Punkt der Felsformation hinaufgeschleppt, das konnte einwandfrei nachgewiesen werden. Von dort fiel die Leiche nach unten beziehungsweise wurde nach unten geworfen, das kann im Moment noch nicht abschließend beurteilt werden. Nach Lage der Dinge gehe ich jedenfalls davon aus, dass der Sturz des Kopflosen ursächlich für den Tod unseres Kletterers Schober war, womit Ersteres als Mord, Letzteres als Unfall anzusehen wäre, so auch die vorläufige Analyse der Spurensicherung.«

Haderlein hielt kurz inne und schaute zum Kollegen Huppendorfer hinüber, der nur zustimmend nickte. Er hatte Haderleins Darstellung nichts hinzuzufügen.

»Das war's von meiner Seite, hat von euch noch jemand zusätzliche Informationen?«, fragte Haderlein in die Runde, woraufhin zur allgemeinen Überraschung Andrea Onello die Hand hob. Nur César blieb gänzlich ungerührt in seinem Stuhl sitzen, hatte er doch bereits eine ziemlich genaue Vorstellung von dem, was Andrea Onello jetzt vortragen würde.

»Also ich denke, es wäre am besten, wir gehen alle mal rüber zu meinem Computer, dann könnt ihr euch selbst ein Bild machen. Ich habe alles, was ich bei meiner Recherche gefunden habe, abgespeichert.«

Tom Callenberg verabschiedete sich von Andrea mit dem Hinweis, in der Bamberger Innenstadt noch etwas erledigen zu müssen. Andrea erhob sich und ging zu ihrem Schreibtisch, wo sie sich auf dem Drehstuhl niederließ, während Franz Haderlein, Lagerfeld und César Huppendorfer sich um den bislang verwaisten Arbeitsplatz gruppierten und warteten, bis Andrea Onello ihren Computer hochgefahren hatte. Während des Startvorganges schilderte sie kurz, was die Kollegen zu erwarten hatten.

»Es sind zwei Polizeiberichte, von 1990 und 1993. Beide Fälle ereigneten sich in Unterfranken. Der erste in der Nähe von Schweinfurt, der andere in Bad Neustadt an der Saale in der Rhön.«

Der Bildschirm des Computers leuchtete auf, und Andrea Onello rief die erste Datei auf.

»So, das ist der Polizeibericht aus dem Jahr 1990. Das Mordopfer hieß Peter Schlereth, er war zum damaligen Zeitpunkt siebenundzwanzig Jahre alt. Der Fundort liegt oberhalb eines alten Steinbruchs in der Nähe der kleinen Ortschaft Egenhausen bei Werneck. Der Täter hat die kopflose Leiche am höchsten Punkt des Steinbruches abgelegt.«

»Hat man den Täter damals gefasst?«, fragte Haderlein.

»Nein, hat man nicht, obwohl sogar eine Sonderkommission eingerichtet worden war. Laut den spärlichen Angaben, die ich dazu bisher habe, hatte niemand im Umfeld des Opfers eine Erklärung für den Mord, und es gab noch nicht einmal einen einzigen plausiblen Verdächtigen. Dieser Schlereth war überall beliebt, in allen möglichen Vereinen aktiv, keiner hatte etwas gegen ihn. Es gab einfach kein Motiv zu finden, ein absolutes Rätsel. Der Mann war in einer Beziehung, die aber wohl ziemlich harmonisch gewesen sein muss. Die Freundin erlitt nach Bekanntwerden der Tat einen Schock und musste danach sogar für ein Jahr nach Werneck in die psychiatrische Klinik. Hinweise auf eine Beziehungstat oder etwas in dieser Richtung gab es also auch nicht. Keine Zeugen, keine Hinweise, keine Anhaltspunkte. Nach zwei Jahren intensiver Ermittlungen wurde der Fall von der Schweinfurter Kriminalpolizei zu den ungelösten Fällen gelegt.«

»Das gibt's doch nicht, die müssen was gefunden haben, irgendwas gibt es doch immer«, warf Lagerfeld ein, und Huppendorfer nickte beipflichtend. Aber Andrea Onello schüttelte bedauernd den Kopf.

»Mehr steht online nicht drin. Wenn wir mehr erfahren möchten, sollte jemand nach Schweinfurt fahren und sich die Akte anschauen. Eventuell ist ja sogar noch einer der Ermittler von damals greifbar und kann was dazu sagen. Jetzt ist Samstagmorgen, da werden wir nichts mehr herausfinden. Aber nächste Woche Dienstag könnte ich mich drum kümmern. Tom muss sowieso mal zu seiner Dienststelle nach Würzburg, da kann er mich mitnehmen, und wir schauen in Schweinfurt bei den Kollegen vorbei.«

Sie schaute Haderlein fragend an, und der ältere Kollege nickte zustimmend. »Das können wir gleich einmal so festhalten, eine gute Idee«, meinte er, um dann sofort die nächste Frage zu stellen. »Gut, okay. Was ist mit dem anderen Fall?«

Andrea Onello rief die nächste Datei auf, und schon hatten sie die Akte des Falles von 1993 vor sich auf dem Bildschirm.

»Dieser Fall ereignete sich ziemlich genau drei Jahre später in der Nähe von Bad Neustadt an der Saale. Die Kreisstadt liegt am Rande des Naturparkes Rhön an der Bundesstraße Richtung Fulda.«

»Ach, die kenn ich doch, da bin ich mal durchgefahren, als ich vor einigen Jahren einen Mönch auf dem Kreuzberg interviewt habe«, sagte Franz Haderlein. »Ist eine sehr nette Gegend da.« Für einen Moment kehrten seine Gedanken zurück zu dem Fall, bei dem er im Laufe seiner Ermittlungen kurzzeitig die komplette bayrische Landesregierung festgesetzt hatte.

»Hier wurde ebenfalls eine kopflose Leiche gefunden, diesmal auf dem Wasserspeicher des Ortsteiles Brendlorenzen, dem sogenannten ›Langen Klausen‹. Zu den konkreten Ermittlungsergebnissen komme ich noch, hier erst mal die Fotos, die die Spurensicherung damals gemacht hat.«

Andrea Onello drückte auf eine Taste, und die Fotografien erschienen nacheinander auf dem Schirm. Schweigend betrachteten ihre Kollegen das Bildmaterial, begutachteten die grausame Tat eines Menschen, der dem Anschein nach zum Schlimmsten fähig war, bis schließlich das letzte Foto gezeigt wurde, auf dem unter anderem auch die linke Hand des Opfers zu sehen war, gefolgt von deren Nahaufnahme. Es fehlte der Ringfinger, an der Stelle war nur noch ein blutiger Stumpf zu sehen.

»Das gibt's doch nicht«, entfuhr es Lagerfeld, und in Haderleins Augen trat ein kaltes Glitzern. »Kopf weg, Finger weg. Das ist doch die gleiche Scheiße wie oben am Kemnitzenstein!«

Nicht nur Lagerfeld, sondern wirklich jeder der Ermittler verspürte ob des Wiedererkennens der mörderischen Handschrift ein leichtes Frösteln.

»Ja, leck mich doch am Arsch! Da ist ein Serienmörder unterwegs, und das seit Jahrzehnten«, rief Lagerfeld laut.

Franz Haderlein bedachte seinen Kollegen ob der zensurwürdigen Ausdrucksweise mit einem strafenden Blick, beschloss aber, besser mit gutem Beispiel voranzugehen und eine nüchterne Analyse vorzunehmen.

»Ich sehe das so. Wir haben zwei, dem Anschein nach sogar drei Leichen mit nahezu exakt gleichen Befunden, nur eben mit einem erheblichen Zeitabstand von fast dreißig Jahren. Es müsste ja mit dem Teufel zugehen, wenn es da keinen Zusammenhang gäbe«, erklärte er mit grimmiger Entschlossenheit. »Trotzdem dürfen wir jetzt keine voreiligen Schlüsse ziehen, sondern müssen unsere Arbeit machen und anfangen, weitere Spuren zu ermitteln. Und zwar genau so, wie es uns unsere eigentlich krankgeschriebene Kollegin Andrea in vorbildlicher Art und Weise vorgemacht hat. Gute Arbeit, Andrea, sehr gute Arbeit sogar!«

Diese explizite Anerkennung aus Franz Haderleins Mund war ein absolutes Novum. Der Kommissar lobte, obwohl aus dem Oberbayrischen stammend, eher fränkisch. Sollte heißen: Nicht geschimpft war gelobt genug. Daher bedeuteten seine Worte eine außerordentliche Adelung seiner Mitarbeiterin, und es war fraglich, ob dieser epochale Moment in der Arbeitsbeziehung zwischen Franz und Andrea jemals eine Wiederholung feiern würde. Der Kommissarin schien das durchaus bewusst zu sein, denn sie lächelte wie ein Honigkuchenpferd von einem Ohr zum anderen.

»Na ja, eigentlich wäre das ja mein Job gewesen«, maulte Lagerfeld ein wenig eifersüchtig, wurde von den männlichen Anwesenden aber umgehend mit Blicken abgestraft, und auch aus der Sekretärinnen-Ecke meldete sich jemand lautstark zu Wort.

»Weißt du was, halt jetzt einfach die Klappe, Bernd!«, blaffte Honeypenny, die vom männlichen Personal heute so langsam die Nase voll hatte. Fidibus, Bernd – alles selbstverliebte, rücksichtslose Idioten, einfach nicht zu fassen, so was.

»Ach, passt schon, ist in Ordnung«, wiegelte Andrea Onello ab. »Vielleicht willst du am Dienstag ja mitkommen, Bernd, und dir die alten Tatorte mit mir ansehen. Dann kommst du mal auf andere Gedanken, und Presssack tut die frische Luft bestimmt auch ganz gut.«

Der Kollege Lagerfeld schien allerdings keine gesteigerte Lust auf so eine lange Autofahrt zu haben, zumindest ließ sein widerwillig verzogenes Gesicht darauf schließen. Ehe er jedoch zu einer seiner berüchtigten Ausreden anheben konnte, mischte sich ein sehr entschlossener, erfahrener Kollege ein.

»Schluss jetzt, es langt!«, rief Haderlein aufgebracht und schlug mit der flachen Hand so heftig auf Andrea Onellos Schreibtisch, dass alle im Raum erschrocken zusammenzuckten. »Mir reicht's jetzt mit deinen Stimmungsschwankungen, Bernd. Deine persönliche Krise in allen Ehren, aber diese psychologischen Untiefen haben bei der Arbeit nichts zu suchen. Ich bin jetzt wirklich schon sehr lange Polizist, und so etwas wie drei enthauptete Leichen habe selbst ich noch nicht gesehen. Ganz sicher gibt es da einen Zusammenhang und ein Motiv. Das heißt, wir haben dreißig Jahre aufzuarbeiten und damit einen ganzen

Haufen Arbeit vor uns. Also, mein Lieber, entweder fährst du mit Andrea und Thomas nach Schweinfurt, oder aber du begibst dich stattdessen nach Erlangen in die Rechtsmedizin, um bei Professor Siebenstädter deine sogenannte Fortbildung nachzuholen, verstanden?«

Bernd Schmitt hatte ob der harschen Worte und der Blitze, die aus Haderlein Augen schossen, schuldbewusst die Schultern gehoben. In leicht gebückter Haltung erstarrt, stand er wie ein gedemütigter Schuljunge, den man gerade beim Abschreiben erwischt hatte, im Büro.

»Is ja gut, ich komm mit euch mit am Dienstag«, brummelte er in Andreas Richtung, woraufhin mit einem grimmigen Grinsen im Gesicht zuerst Franz Haderlein, dann die gesamten restlichen Mitglieder der Dienststelle zu applaudieren begannen.

Andrea Onello, die Lagerfelds Verunsicherung erkannte, ging zu ihm und nahm ihn mit versöhnlichem Blick in den Arm. Irgendwie tat ihr Bernd total leid, auch wenn sie Franz absolut beipflichten musste, dass dieses ewige Depressionsgetue am Arbeitsplatz nichts zu suchen hatte. Zudem glaubte sie bei Bernd überhaupt nicht an eine depressive Verstimmung, nein, ihrer Ansicht nach sehnte sich der gute Lagerfeld einfach nach Zuspruch und Verständnis, um ihn aus seiner Opferrolle herauszuholen. Aber keiner in der Dienststelle hatte ein gesteigertes Bedürfnis, für Bernd die Mamarolle zu spielen und permanent seine verletzte Seele zu streicheln, auch Andrea nicht.

Franz Haderlein hatte Lagerfelds Willensbekundung unterdessen mit Erleichterung zur Kenntnis genommen, was für einen anderen Mitarbeiter nun aber natürlich bittere Konsequenzen hatte, womit Franz Haderlein denn auch nicht länger hinter dem Berg hielt.

»Sehr fein, das heißt allerdings im Umkehrschluss, dass der allseits geschätzte Kollege Huppendorfer die undankbare Aufgabe übernehmen darf, Herrn Siebenstädter nach den Ergebnissen seiner Leichenbeschau zu befragen.«

César schaute erschrocken zu seinem dienstälteren Kollegen, aber der hatte in Abwesenheit ihres Chefs nun einmal die amtliche Gewalt, also würde er sich dieser wohl oder übel beugen müssen, da half alles nichts. Er nickte zögerlich.

»Am besten drängst du jetzt gleich auf Arbeitserfüllung, César, der Professor ist noch mindestens drei Stunden in seinem Institut. Eine wunderbare Möglichkeit, den Mann an seine Pflichten zu erinnern, findest du nicht?«

Huppendorfer konnte nichts Vergnügliches an diesem Arbeitsauftrag finden, machte aber trotzdem gute Miene zum bösen Spiel.

»Sehr wohl, Herr Haderlein, zu Befehl. Dann werde ich dem Herrn Professor im Namen der Bamberger Kripo mal ein wenig in den Arsch treten, wenn's beliebt«, erklärte er mit säuerlicher Miene und griff nach seinem Mantel.

»Was habe ich nur für fleißige und arbeitswütige Mitarbeiter«, entgegnete Haderlein, während er ziemlich zufrieden zwischen Lagerfeld und Huppendorfer hin- und herblickte.

César Huppendorfer sparte sich einen neuerlichen Kommentar. Er war bereits auf dem Weg zur Tür, als diese ziemlich heftig von außen geöffnet wurde und Fidibus mit versteinerter Miene hereingestürmt kam. Fast hätte er seinen Kommissar über den Haufen gerannt, Huppendorfer konnte mit einem eleganten Sidestep gerade noch ausweichen. Sein Chef schaute ihn mit großen, erstaunten Augen an, als wäre er ein aus dem Zoo entlaufenes mexikanisches Streifenhörnchen.

»Sie, Huppendorfer? Wohin des Weges? Ich hoffe, es gibt einen triftigen Grund und nicht wieder nur ein fadenscheiniges Manöver, um sich vor der polizeilichen Arbeit zu drücken, wie es bei unserem Kollegen Schmitt zu vermuten ist. Sollte das so sein, mein lieber César, dann lege ich sofort mein Foto ein, und dann, mein Lieber, husch, husch, zurück ins Körbchen.« Mit erhitztem Gesicht und herausforderndem Blick starrte er Huppendorfer an, der aber sehr wohl einen präsentablen Arbeitsauftrag vorzuweisen hatte.

»Äh, nein, Chef, ich muss wirklich los, und zwar in die Erlanger Rechtsmedizin. Siebenstädter kommt mit unseren Toten nicht so richtig in die Gänge, und Franz hat gemeint, ich solle dem Mann motivationstechnisch ein bisschen unter die Arme greifen. Mal sehen, ob das klappt«, erklärte er, woraufhin sein Chef sofort eine wesentlich entspanntere Haltung einnahm.

»Ach so, das ist natürlich was anderes, sehr fein, sehr fein.« Fidibus klopfte seinem dunkelhäutigen Kommissar lächelnd auf die Schulter und schien noch eine Art Eingebung zu haben, denn er hob den Zeigefinger vor Huppendorfers Gesicht und ergänzte in einem Tonfall, den Pfarrer an den Tag legen, um von der Kanzel zu predigen: »Sollte dieser Professor Ihnen in ungebührlicher Weise begegnen, so teilen Sie ihm in meinem Namen mit, dass auch Sie, mein lieber Kommissar, in die Geheimnisse des sanften Weges eingeweiht sind. Sie werden sehen, mein lieber César, Ihr Weg wird von da an ein leichter sein.«

Der Finger sank nach unten, und Robert Suckfüll ging gemessenen Schrittes in Richtung seines Büros, traf aber bereits nach wenigen Metern auf Lagerfeld, der ihm von allen Mitarbeitern, die sich um Andrea Onellos Schreibtisch gruppiert hatten, am nächsten stand und reichlich unschlüssig in die Gegend schaute. Fidibus blieb stehen, verschränkte die Arme vor der Brust und meinte kopfschüttelnd: »Schmitt, Schmitt, Schmitt. Da habe ich Sie wohl gerade auf dem falschen Topf erwischt, wie? Welche Ausrede fällt Ihnen denn jetzt ein, damit Sie sich nicht betätigen müssen?«

Bevor der arme Lagerfeld jedoch erneut zusammengefaltet werden konnte, sprang ihm Haderlein unterstützend bei. »Da tun Sie Bernd jetzt aber wirklich unrecht, Chef. Er hat zusammen mit Andrea, die ja eigentlich noch krankgeschrieben ist, sehr wichtige Erkenntnisse in unserem aktuellen Fall sammeln können. Und am Dienstag werden die beiden zusammen nach Schweinfurt fahren, um von den Kollegen der Kripo vor Ort vielleicht noch zusätzliche Hinweise zu erhalten. Ich denke, unser Kollege Schmitt ist wieder zu einhundert Prozent arbeitswillig und vor allem -fähig, nicht wahr, Bernd?« Er patschte seinem jungen Kollegen so heftig mit der Hand auf die Schulter, dass dieser regelrecht zusammensackte, sich aber sofort wieder fing.

»Jawoll, Chef, ich bin wieder ganz der Alte. Am Dienstag fahre ich mit Andrea nach Schweinfurt, und dann werden Sie aber mal sehen«, faselte Lagerfeld. Es war das Erstbeste, was ihm zu dem Thema einfiel, ohne jedoch im Ergebnis wirklich überzeugend zu klingen.

Fidibus schaute zweifelnd von Lagerfeld zu Haderlein und wieder zurück. Er beschloss, nichts zu beschließen, seufzte einmal tief und schwer und begab sich dann endgültig in seinen Glaspalast.

✷✷✷

Amelie Imhof lag zu Hause in ihrem Heim in Dittersbrunn auf dem Sofa, und wieder einmal überschlugen sich ihre Gedanken. Florians unangekündigter Besuch hatte genau das in ihr ausgelöst, was sie eigentlich für den Rest ihres Lebens vermeiden wollte: Angst. Kaum war sie seiner ansichtig geworden, kroch die blanke Panik durch ihren Körper, und sie hatte wirklich an sich halten müssen, um dem armen Kerl nicht die Tür vor der Nase zuzuknallen. Warum wahrte er nicht die Distanz, bis sie es von alleine schaffte, sich vielleicht einmal mit ihm zu treffen?

Er hatte alles kaputtgemacht, dieser naive, ahnungslose Idiot. Sie wollte sich nur noch vergraben, die Burgmauern ihrer kleinen Behausung nie mehr verlassen. Vielleicht musste sie, wenn sie ihren inneren Schockzustand überwunden hatte, sogar wieder wegziehen, auch wenn ihr das Häuschen hier weiß Gott ans Herz gewachsen war. Aber durch Florians Hartnäckigkeit war ihr über die Jahre mühsam stabilisiertes Nervengerüst erneut zusammengebrochen, so als wäre es nie da gewesen.

Von Anfang an hatte Florian sie an Martin erinnert, den gutherzigsten, ehrlichsten und treuesten Menschen, den es nur geben konnte. Das hatte sie schon bei ihrem ersten Gespräch gespürt, und als er heute leibhaftig vor ihr gestanden hatte, war es umso deutlicher geworden. Aber er hatte auch was von Peter, ihrem lieben Peter, der im Herzen ein Träumer gewesen war. Und jetzt hatte sie wieder diese Panik, eine unbändige Angst, dass alles von vorne beginnen würde, dass Florian ihretwegen sterben musste.

Sie wollte sich nicht mehr erinnern, dagegen wehrte sie sich mit aller Kraft, die sie aufbringen konnte. Aber ihre Seele verlangte unbarmherzig nach Verarbeitung, nach Heilung. Sie musste sich mit ihren inneren Dämonen auseinandersetzen, die alten Traumata noch einmal durchleben und durchleiden, ob sie das wollte oder nicht.

Es war ein wunderbarer Spätsommertag in dem kleinen Ort Egenhausen, und sie wartete. Wartete auf ihren Freund, der es tatsächlich geschafft hatte, sie von sich zu überzeugen, was wirklich nicht einfach gewesen war. Sie war ein schwieriger Fall, zumindest sah sie sich selbst so. Es hatte sich in ihrem einundzwanzigjährigen Leben schon der eine oder andere die Zähne an ihr ausgebissen, aber Peter hatte es mit seiner fröhlichen, unbeschwerten Art geschafft, sie zu erobern. Er war jemand, von dem sie tatsächlich sagen konnte, es mit einem ehrlichen, optimistischen Mann zu tun zu haben, einem, der sie mit Respekt behandelte und mit dem durchs Leben zu gehen sich lohnte. Fast ein halbes Jahr waren sie jetzt zusammen, ein wirklich glückliches halbes Jahr, in dem sich ihre Beziehung gefestigt hatte. Sie begannen bereits damit, Pläne für einen gemeinsamen Urlaub, überhaupt Pläne für die Zukunft zu schmieden.

Dann brach von einem Moment auf den anderen plötzlich die Hölle los. Zuerst war draußen auf der Dorfstraße das Sirenengeheul eines Einsatzfahrzeuges zu vernehmen, welches mit hohem Tempo durch den Ort fuhr. Erschrocken sprang Amelie von ihrem Bett auf und lauschte dem Tumult, der sich draußen abspielte. Dem Einsatzfahrzeug folgte nämlich sogleich das nächste und dann das übernächste. In Egenhausen schien sich wirklich alles zu versammeln, was auch nur irgendwie zu Notsituationen gerufen werden konnte. Polizei, Notarzt, Krankenwagen, Feuerwehr, sogar das Technische Hilfswerk rückte innerhalb kürzester Zeit an, ein wirklich schweres Unglück musste sich ereignet haben.

Amelie hatte keine Ahnung, was geschehen war, aber schon

beim ersten Sirenenklang hatte sie dieses blöde Gefühl in der Magengrube gehabt. So schnell es ging, zog sie ihre Schuhe an und warf eine leichte Jacke über. Als sie wenig später vor die Haustür trat, sah sie bereits überall Leute in kleinen Grüppchen herumstehen und heftig miteinander diskutieren.

Amelie wandte sich den nächstbesten Diskutanten zu, bei denen es sich um ihre Nachbarn von der gegenüberliegenden Straßenseite handelte. Sie fragte Erika, mit der sie sonst auch immer das Neueste aus dem Dorf austauschte, was denn hier eigentlich los sei.

»In einem der alten Steinbrüche ist ein Toter gefunden worden«, antwortete Erika Baier sofort. »Und das Schrecklichste ist, der Tote hatte keinen Kopf mehr. Die Polizei hat bekannt gegeben, dass niemand Egenhausen verlassen darf, weil sie später noch alle möglichen Leute befragen wollen.«

Amelie hielt sich vor Schreck die Hand vor den Mund. »Um Gottes willen«, flüsterte sie mit weit aufgerissenen Augen. »Weiß man denn schon, wer es ist?«

Aber die Umstehenden schüttelten nahezu synchron die Köpfe.

»Nein, keine Ahnung«, sagte Erika. »Es wird gemunkelt, dass es ein junger Mann aus der Gegend sein soll, aber niemand weiß was Genaues. Die Polizei spricht wohl gerade mit denjenigen, die den Toten gefunden haben. Vielleicht erfahren wir danach mehr. Aber ist das nicht alles furchtbar, Amelie?«

Ja, das war es in der Tat, und das mulmige Gefühl in Amelies Bauch verstärkte sich von Minute zu Minute. Dann kam ihr unversehens ihr Freund in den Sinn. Wo war eigentlich Peter? Wieso war er noch nicht hier? Sie besah sich die Menschen, die in immer größerer Zahl auf der Dorfstraße standen, aber Peter Schlereth war nicht darunter, obwohl etliche von seinen Freunden nicht weit entfernt heftig miteinander diskutierten. Es lag eine aufgeladene Stimmung in der Luft, angesiedelt irgendwo zwischen Volksfest und düsterer Vorahnung.

Amelie ging die Dorfstraße hinunter zum Haus der Schlereths, wo Peter bei seiner Mutter wohnte. Unterwegs hielt sie die Augen offen, aber von ihrem Freund weit und breit keine Spur. Niemand, den sie traf, hatte ihn gesehen. *Als sie schließlich am Haus der Schlereths stand und voller Ungeduld mit ihrem Daumen die Klingel malträtierte, hatte sich ihre noch unbestimmte innere Unruhe in eine sehr spezifische große Besorgnis verwandelt.*

Die Tür wurde geöffnet, es stand aber nicht Peter vor ihr, sondern seine Mutter Paula. Sie war in Begleitung eines uniformierten Polizeibeamten. Das Gesicht von Peters Mutter war leichenblass, und der Polizeibeamte musste sie mit seiner Hand permanent stützen.

»Amelie, es ist etwas Schreckliches passiert«, hauchte Paula Schlereth mit tränenerstickter Stimme, dann löste sie sich von dem Polizeibeamten und fiel der Freundin ihres Sohnes schluchzend in die Arme.

Amelie Imhof war wie paralysiert. Sie brauchte die Frage nach Peter nicht mehr zu stellen, ihr Herz hatte längst begriffen, dass er nicht mehr nach Hause kommen würde.

Unterdessen kamen immer mehr Menschen zum Haus. Auch ein Streifenwagen mit stumm blinkendem Blaulicht traf ein, und mehrere Männer ohne Uniform stiegen aus, die auf das Haus der Schlereths zusteuerten.

Amelie hielt die schluchzende Paula im Arm, während sich immer mehr die Eiseskälte eines massiven Schockzustandes in ihr breitmachte. Sie wollte schreien, weinen, weglaufen, aber sie war zu nichts dergleichen fähig, der See ungeklärter Emotionen, der sich gerade in ihr aufstaute, fand keine Möglichkeit, den gewaltigen Druck irgendwie kontrolliert loszuwerden.

»Frau Schlereth, kommen Sie, ich helfe Ihnen«, meinte schließlich der Polizeibeamte und legte seinen Arm wieder stützend um Paula Schlereth, die ihr tränenüberströmtes Gesicht von Amelies Schulter löste und sich, am ganzen Körper zitternd, von dem Beamten in ihr Haus zurückbegleiten ließ.

Amelie wurde schwindelig, sie musste sich mit der rechten Hand an der Hauswand abstützen, um das Gleichgewicht einigermaßen halten zu können. Vielleicht wäre es besser, sie setzte sich erst einmal irgendwohin, aber dann sah sie, dass die gerade eingetroffenen Polizisten in Zivil direkt auf sie zusteuerten. Die

*waren bestimmt von der Kriminalpolizei und würden die Schle-
reths, aber auch sie befragen. Hilfesuchend sah Amelie sich um.
Vielleicht fand sich ja jemand, der ihr ins Ohr flüsterte, dass sie
sich in einem fürchterlichen Alptraum befand, und sie müsste
einfach nur die Augen öffnen und aufwachen, damit alles vorbei
wäre. Aber es kam niemand, im Gegenteil, alle hier starrten sie
seltsam an. Die meisten natürlich mit dem allergrößten Mitgefühl, aber auch verunsichert. Wie sollte man sich ihr gegenüber
jetzt bloß verhalten, bei einem so schrecklichen Verbrechen und
der ganzen anwesenden Polizei?*

*Vielleicht hätte Amelie noch einen Weg aus der grauenvollen
Zwangslage gefunden, in der sich ihr Innerstes gerade befand.
Vielleicht hätte sie die Hilflosigkeit, die Trauer und den Schmerz
irgendwie bewältigen können, vielleicht. Aber diese Chance war
ihr nicht vergönnt, denn gleich darauf sah sie ihn.*

*Er stand abseits der Menge, etwa dreißig Meter entfernt, an
einen Laternenpfahl gelehnt und sah sie an.*

*Amelie erstarrte, und sämtliches Blut gefror ihr in ihren Adern.
Er.*

*Die schreckliche Wahrheit erkannte sie sofort, auch wenn sie
sie noch nicht akzeptieren konnte. Ein Teufel in Menschengestalt
hatte ihr auf bestialische Art und Weise das Liebste genommen,
was sie je besitzen durfte. Ein schmales, hartes Lächeln lag auf
seinem Gesicht, seine kalten grauen Augen fixierten sie.*

*Die Beamten der Kriminalpolizei hatten Amelie beinahe er-
reicht, da begann sie – aus Sicht der Beamten und Umstehenden
gänzlich unvermittelt und ohne erkennbaren Grund – hem-
mungslos zu schreien. Der innere See durchbrach den instabilen
Damm, und die Fluten ergossen sich ungebremst in Amelies Seele.
Sie schrie und schrie und schlug dabei so heftig um sich, dass kein
Polizeibeamter der Welt ihrer mehr hätte Herr werden können.*

*An eine Befragung der Freundin des ermordeten Peter Schle-
reth durch die Schweinfurter Kriminalpolizei war nicht mehr zu
denken. Erst als mehrere Beamte sie einigermaßen festhalten
konnten und der Notarzt in der Lage war, ihr eine Beruhigungs-
spritze zu verabreichen, wurde es still, und Amelie Imhofs Geist*

versank in einer tiefen, dunklen, gnädigen Dunkelheit.

❊❊❊

Kriminalkommissar César Huppendorfer wusste, wenn er jetzt durch diese Tür trat, würde er dem Professor gegenüberstehen. Das hatte gewisse kommunikative Folgen, also fuhr der Halbbrasilianer vor dem Zusammentreffen vorsorglich seine mentale Rüstung hoch. Ein gewisses Maß an Sarkasmusabwehr war bestimmt eine gute Idee, auch wenn er von seinem Chef diesen seltsamen Tipp mit dem sanften Weg bekommen hatte. Dann öffnete er die Tür zu Siebenstädters Reich und konnte diesen zu seinem Erstaunen nicht sehen, dafür aber hören.

Aus der hintersten Ecke des Raumes kam ein metallisches Klappern, also begab sich der Bamberger Kommissar dorthin, in der Hoffnung, Klarheit über Siebenstädters Aufenthaltsort zu erlangen. Das klappte auch insofern, als er den Professor inmitten einer improvisiert wirkenden Küchenzeile auf dem Rücken liegend unter einem Einbauschrank vorfand. Siebenstädter schien ihn nicht zu bemerken, weshalb sich Huppendorfer mit einem lauten, entschlossenen Räuspern bemerkbar machte. Das klappernde Geräusch unter dem Schrank verstummte, und Siebenstädters genervtes Gesicht kam zum Vorschein.

»Ach, schau mal einer an, unser nachgedunkelter Kommissar aus Bamberg hat sich eingefunden«, knurrte er und erhob sich mit deutlich vernehmbarem Ächzen aus seiner Handwerkerstellung. »Also gut, Sie Polizist, was führt Sie zu mir? Hat Haderlein seinen brasilianischen Mohrenkopf geschickt, weil er sich nicht selbst hierhertraut?«, ätzte Siebenstädter, während Huppendorfers mentale Rüstung, obwohl dick und stark, bereits jetzt an ihre Belastungsgrenze geraten war.

Mohrenkopf? Statt Motivationshilfe hätte er gerade größte Lust, diesen pathologischen Rassisten auf einer seiner Leichenliegen zu fixieren, um ihn mit einer sehr speziellen Auswahl gerichtsmedizinischer Werkzeuge zu bearbeiten. Das würde einen formellen Austausch zum Zwecke der Findung weiterer

Hinweise ihre Leichen betreffend allerdings weitestgehend erschweren. Also schloss César Huppendorfer ergeben die Augen, um sich einer kurzen, aber intensiven Entspannungsübung hinzugeben.

Professor Siebenstädter parkte seinen Schraubenzieher auf einer der Liegen mit den gestern gebrachten Leichen und legte sicherheitshalber noch mal nach. »Fehlen Ihnen die Worte prinzipiell, oder haben Sie einfach nur einen sprachlegasthenischen Anfall, Huppendorfer? Selig sei, der nichts zu sagen hat und trotzdem die Klappe hält, sage ich nur. Für den Fortgang unserer Unterhaltung wäre es allerdings ziemlich hilfreich, wenn Sie mir wenigstens den ungefähren Grund Ihres unaufgeforderten Hierseins umreißen könnten, ansonsten werde ich mich lieber wieder meinen Installationsarbeiten widmen, Herr Kommissar«, giftete er seinen Besucher an, während er seine zwei Reihen makelloser Zähne zu einem haifischartigen Lächeln öffnete.

Auch bei Huppendorfer öffnete sich etwas, nämlich die Erkenntnis, dass es jetzt vielleicht einmal an der Zeit wäre, es mit dem Hinweis seines Chefs zu versuchen.

»Herr Professor, mein Dienststellenleiter Herr Suckfüll hat mich gebeten, Ihnen mitzuteilen, dass auch ich eine fundierte Ausbildung in der Kunst des sanften Weges genießen durfte«, brachte Huppendorfer hervor, ohne auch nur die geringste Ahnung zu haben, was in Gottes Namen diese Auskunft beim Professor bewirken sollte.

Das Ergebnis seiner Verlautbarung überraschte niemanden mehr als César Huppendorfer selbst. Siebenstädters Haifischlächeln löste sich auf der Stelle in Luft auf und machte einer beim Professor nie gekannten Umgangsform Platz. Zuerst starrte er seinen Besucher einfach nur an, als ob sich in seinem Gehirn ein kompliziertes mechanisches, jedoch träges Räderwerk in Gang gesetzt hätte. Dann wanderte sein Blick zu dem dicken Perserteppich, auf dem er die Ehre gehabt hatte, den sanften Weg der Kommunikation durch Robert Suckfüll kennenzulernen. Schließlich schien der Rechenvorgang abgeschlossen, und Siebenstädters Kopf drehte sich wieder, einem Baustellenkran ähnlich, dem Bamberger Kommissar entgegen, ein friedvolles Lächeln im Gesicht.

»Ach, Herr Suckfüll hat sich persönlich mit einer Botschaft an mich gewandt? Das finde ich ja außerordentlich freundlich von ihm. Bitte grüßen Sie Ihren Herrn Vorgesetzten ganz herzlich von mir, wenn Sie Ihn sehen«, säuselte der Professor in einem äußerst konzilianten Ton, wie ihn Huppendorfer in diesen heiligen Hallen noch nie vernommen hatte.

Der Kommissar genehmigte sich nun ebenfalls eine kleine Überraschungssekunde, dann ergriff er die Gelegenheit des moderaten Umgangs mit seinem Gegenüber und kam flugs mit seinem eigentlichen Anliegen ums Eck.

»Nun, da wir das mit dem sanften Weg geklärt haben, könnten wir uns ja den dringlichen Anliegen der Bamberger Polizei widmen, der Leichenbeschau nämlich. Das ist ja, wenn ich freundlichst darauf hinweisen darf, die bevorzugte Dienstleistung Ihres Hauses«, flötete Huppendorfer in einem ähnlichen Duktus zurück, was beim Professor auf durchaus fruchtbaren Boden fiel.

»Nun gut, wenn ich Herrn Suckfüll, meinem Bruder im Geiste, damit einen Gefallen tun kann, sollten wir nicht länger beim Austausch höfischer Floskeln verweilen, sondern uns stattdessen umgehend mit Ihren verstorbenen Leichen befassen«, verkündete Professor Siebenstädter fast euphorisch und grinste den Bamberger Kommissar breit an.

Der konnte sein Glück kaum fassen. Ein gut gelaunter, friedlicher Siebenstädter. Dass er das noch erleben durfte. Ein kurzer Augenblick des Glücks und der Erleichterung für Huppendorfer, der von der Unbill des beruflichen Schicksals wenig später bereits wieder ausgelöscht wurde. Der Professor zog das Tuch von der kopflosen Leiche und ergriff den Schraubenzieher, den er neben dieser abgelegt hatte. Als er bemerkte, dass er ein für den Einbau von Steckdosen unabdingbares, für die pathologische Arbeit jedoch absolut ungeeignetes Werkzeug in Händen hielt, schüttelte er ob seiner Zerstreutheit kurz den Kopf, dann winkte er Huppendorfer zu sich heran.

»Nun, mein lieber Kommissar, dann werde ich Sie jetzt mal

in die sanfte Art meiner Berufsausübung einweihen. Da Sie es eilig zu haben scheinen, dürfen Sie mir assistieren, um alsdann mit einem massiv erweiterten Wissensschatz nach Bamberg zurückkehren zu können.«

Er reichte dem Kommissar eine kleine Säge aus Edelstahl, während er selbst zu einer Art Flex griff, die, mit einem Stromkabel verbunden, von der Decke herabhing. César Huppendorfer, der weder Lust verspürte, den sanften Weg der Siebenstädter'schen Leichenöffnung kennenzulernen noch irgendeinen anderen, musste wohl oder übel mitspielen, wollte er das auf wundersame Weise erlangte, angenehm freundliche Betriebsklima in der Erlanger Rechtsmedizin nicht gleich wieder zerstören.

»Selbstverständlich, Herr Professor, ich lerne immer gerne dazu«, proklamierte er wider besseres Wissen und stellte sich entschlossen neben den Professor.

»Sehr fein, mein lieber Kommissar, sehr fein. Dann wollen wir mal«, meinte Siebenstädter trocken, dann begann die kleine Flex in seinen Händen mit einem hellen Singen ihre blutige Arbeit.

***

Florian Kauper saß daheim an seinem selbst gefertigten Küchentisch aus Ahorn und starrte in sein Bierglas. Er hatte ja mit vielem gerechnet, nicht jedoch mit einer so vehementen Zurückweisung. In Amelies Nachrichten hatte doch alles so harmonisch und zuversichtlich geklungen. Als würde sie nur darauf warten, dass er den nächsten Schritt unternahm, weil sie selbst irgendwie nicht den Mut dazu aufbrachte. Also war er seinem Bauchgefühl gefolgt und einfach zu ihr gefahren. Dass er sich so hatte täuschen können, deprimierte ihn zutiefst.

Mit derlei negativen, dunklen Gedanken hatte er die letzten Stunden verbracht und sich mittels eines hopfenhaltigen Getränks über den Schmerz hinweggetröstet. So wenig, wie er Amelies Reaktion verstand, so sehr sträubte sich alles in ihm, die für ihn unerklärliche Zurückweisung zu akzeptieren. Er war vom Sternzeichen her Steinbock, die gaben nicht so einfach auf.

Aber erneut unangemeldet bei ihr vorbeispazieren war nicht drin, da musste er wohl irgendwie ein wenig feinfühliger vorgehen. Vielleicht brachte es ja was, wenn sie sich woanders trafen, nicht bei ihr zu Hause und auch nicht in einem Café. Womöglich ergäbe es Sinn, sich wieder an den Ort des ersten Kennenlernens zu begeben, den Veitsberg.

Also machte sich Florian Kauper ans Werk, das er mit der Öffnung einer weiteren Flasche Bier begann. Als er sich entsprechend gestärkt hatte, holte er die nötigen Utensilien, die man für eine inzwischen aus der Mode gekommene Informationstechnik brauchte, das Briefeschreiben.

Ein Brief hatte, außer der Zustellgeschwindigkeit, eigentlich nur Vorteile. Er war analog, man hatte also etwas in der Hand, das von jemand anderem zuvor mit Sorgfalt und Mühe händisch angefertigt worden war. Eine solche Botschaft hatte etwas Besonderes, etwas Romantisches, vor allem aber etwas sehr Persönliches. Und auch wenn seine Handschrift etwas ungelenk wirkte, weil er ungeübt und über die Jahre eingerostet war, so war das immer noch besser als eine kalte digitale Nachricht über WhatsApp oder E-Mail.

Das Ganze hat ja langsam was von einer Liebesromanze aus dem Fernsehen, dachte er, und ein feines Lächeln umspielte Florians Mundwinkel, als er seine wohlüberlegten Sätze zu Papier brachte.

Er schrieb und schrieb, bis aus dem angedachten kurzen Brief zu guter Letzt ein fast vierseitiges Werk geworden war. Er las ihn noch einmal durch, denn fortgeschickt war fortgeschickt, da ging nichts mehr mit Im-Nachhinein-Löschen oder so. So war das in den alten Zeiten eben gewesen. Alles etwas langsamer, dafür mit einer gewissen Konsequenz und Endgültigkeit. Damals, in der vordigitalen Welt, musste man die Fähigkeit zum Warten besitzen, Geduld genannt. Eine Charaktereigenschaft, die beim Briefeverschicken unabdingbar war. Und mit dieser Fähigkeit war Florian Kauper wenn auch nicht im Übermaß, so doch reichlich ausgestattet, genau wie mit einem immerwährenden Vorrat an Briefmarken, von dem er sich jetzt eine griff und auf den Umschlag klebte. Seit Jahren hatte er nur Amtliches oder Geschäftskorrespondenz per Post verschickt, diesmal sollte ein persönlicher Brief seine Reise von Dörnwasserlos nach Dittersbrunn antreten. Es war zwar inzwischen schon dunkel geworden, aber er war fest entschlossen, den Brief heute noch einzuwerfen.

Als er sich auf den Weg zum Briefkasten machte, war es draußen bitterkalt geworden, minus sechzehn Grad zeigte sein Thermometer an der Hauswand. Keine Temperatur, um sich länger als nötig mit dem Einwurf aufzuhalten. Florian Kauper warf einen letzten, beschwörenden Blick auf den Umschlag, auf den er sogar noch ein selbst ausgeschnittenes rotes Herz geklebt hatte.

»Na, dann wollen wir dich mal *posten*«, murmelte er und lachte leise über seine alberne Wortspielerei. Er warf den Brief ein und machte sich auf den Rückweg.

Die Kälte fraß sich unbarmherzig durch seinen hektisch übergeworfenen, dünnen Pullover. Trotzdem fror er nicht, denn Florian Kauper machte sich warme Gedanken darüber, ob und wann er denn eine Antwort auf seine Botschaft erhalten würde.

***

In der Erlanger Rechtsmedizin war die sanfte Art der Leichenbeschau in ein entscheidendes Stadium eingetreten. Professor Siebenstädter hatte beide Leichen geöffnet und zwischenzeitlich ihrer inneren Organe beraubt. Zudem hatte er sowohl Blut- als auch Gewebeproben entnommen, um sie auf eventuelle Spuren von Stoffen zu untersuchen, die dort naturgemäß nicht hingehörten. All das zog sich länger hin als gedacht, da sich sein Gehilfe und fortbildungswilliger Kommissar irgendwann aus der sanften Pathologie verabschiedet hatte.

Mit kreidebleichem Gesicht saß César Huppendorfer vor einem Eimer aus Edelstahl, den er bereits mehrfach mit Auszügen aus seinem oberen Verdauungstrakt bestückt hatte. Zwar war er durchaus willens, an dem Exkurs teilzunehmen, den ihm der Professor angedeihen ließ, aber alles in ihm rebellierte, kaum dass er einen Blick auf die geöffneten Leichen warf. Nach der letzten Eimerbefüllung hatte er es schließlich aufgegeben und wartete nun eigentlich nur noch darauf, dass Siebenstädter endlich fertig wurde.

Der Professor hatte seinen Aushilfsstudenten schlicht vergessen. Vertieft in sein ureigenstes Handwerk, hatte er das Fehlen seines unpässlichen Helfers irgendwann verdrängt und einfach so weitergearbeitet wie immer. Aber jetzt, da er mit seinen Untersuchungen weitestgehend fertig war, erinnerte er sich wieder an die Anwesenheit seines Kommissars.

»So, mein lieber Huppendorfer, wir sind am Ende angelangt. Da haben wir in der Kürze der Zeit aber einiges geschafft, würde ich sagen, und die eine oder andere kleine Überraschung haben wir auch zutage fördern können, nicht wahr?«

Fröhlich blickte er zu dem Häufchen Elend mit Eimer hinunter, während er sich in einer großen Schüssel die blutverschmierten Hände wusch. Der angesprochene Helfershelfer konnte mit dem genannten »wir« nicht so wirklich etwas anfangen, hatte er doch schon nach wenigen Minuten und dem ersten zarten Anblick menschlicher Innereien dankend die Segel gestrichen und den Eimer angefordert. Trotzdem versuchte er sich, so gut es eben ging, zusammenzureißen und seinen Job ordnungsgemäß zu erledigen. Bald hatte er es ja geschafft, es war immerhin Pfingstsamstag, vierzehn Uhr, und er ja schon fast im Wochenende. Also erhob er sich, holte sein kleines Notizbuch heraus und versuchte, den gruseligen Anblick auf den beiden metallenen Liegen möglichst zu vermeiden, während er niederschrieb, was ihm der Professor jetzt in den Kugelschreiber hineindiktieren würde.

»Also gut, fangen wir mal mit dem Ungeköpften an«, eröffnete Siebenstädter seine Ausführungen. »Der Mann hat diverse Frakturen, unter anderem im Schulterbereich, in der Wirbelsäule, am Beckenknochen und am rechten Fußgelenk. Vornehmlich auf der Körperrückseite, sodass wir davon ausgehen können, dass der Mann bei seiner Kletterei abstürzte und aus einer Höhe von, ich sage mal grob, vier Meter plus x auf dem Rücken landete, wobei er sich diese Verletzungen zuzog. Die waren zwar sicherlich allesamt äußerst schmerzhaft und auch hinderlich bei der weiteren Sportausübung, jedoch nicht lebensgefährlich.« César Huppendorfer schrieb das Gesagte zunächst stoisch in sein Notizbuch, stutzte dann aber und schaute den Professor fragend an. Der klärte ihn auch bereitwillig auf.

»Todesursächlich waren auch nicht die vielen gebrochenen Rippen, die meines Erachtens vom Gewicht der anderen Leiche herrühren, die auf ihn gefallen ist. Nein, als Todesursache muss eindeutig die Schädelverletzung angeführt werden, die wahrscheinlich im Fall an einem Felsvorsprung oder durch den Aufprall am Boden erfolgte. Die dadurch verursachte Hirnverletzung führte zum sofortigen Abtritt aus dem irdischen Dasein, so sieht's aus, mein lieber Huppendorfer. Wenn Sie möchten, kann ich Ihnen das gerne –«

Siebenstädters Hand war bereits auf dem Weg zur Schädeldecke des Klettertoten. Aber Huppendorfer, der gar nicht wissen wollte, wie so ein zertrümmerter Hirnbereich aussah, winkte hastig ab. »Danke, Professor, Sie sind ein Genie, wirklich, ich glaube Ihnen das einfach unbesehen«, beeilte er sich zu sagen, um einen weiteren Eimerbesuch tunlichst zu vermeiden.

Der Professor wirkte ehrlich enttäuscht, mit seiner säuberlich abgeflexten Schädeldecke nicht angeben zu können, akzeptierte aber die Einlassung seines Gastes, da sie ja wegen des drohenden Wochenendes ein Zeitproblem hatten.

»Nun gut, mein lieber Kommissar, dann kommen wir zu dem anderen toten Problem.« Mit diesen Worten ging der Professor zur anderen Liege und begann einen weiteren Vortrag, ganz im Stil einer Vorlesung vor seinen Studenten. »Hier vor uns liegt ein männlicher Leichnam, von dem post mortem der Schädel entfernt wurde. Dies geschah mit Hilfe einer sehr scharfen Klinge, die den Kopf oberhalb des letzten Wirbels vom Rumpf trennte. Wer auch immer diese Enthauptung durchführte, tat dies mit einer gewissen Fachkundigkeit, denn der Schnitt erfolgte mit beeindruckender Präzision, was an den sauberen Wundrändern und der glatten Schnittführung abzulesen ist. Wer auch immer das war, er tat dies nicht zum ersten Mal. Als Todesursache konnte ich einen Stich oberhalb des Kehlkopfbereiches ausmachen, der mit einem sehr spitzen Werkzeug durchgeführt wurde, das bis in die Halswirbelsäule reichte. Direkt oberhalb des Stiches wurde dann der Schnitt zur Abtrennung des Kopfes angesetzt.«

»Ach was, ein Stich? Das wusste ich ja gar nicht!«, rief César Huppendorfer überrascht, was den Professor sichtlich befriedigte.

»Na, sehen Sie, mein lieber Kommissar, es kommt doch immer was heraus in der Erlanger Rechtsmedizin, nicht wahr? Na, dann kommen Sie doch einmal näher, mein junger Freund, dann kann ich es Ihnen zeigen«, meinte der Professor durchaus freundlich und winkte Huppendorfer erneut zu sich heran.

Alle guten Vorsätze über Bord werfend, stand der jetzt auch tatsächlich auf, um sich diese Einstichstelle doch einmal genauer zu betrachten. Und wirklich, direkt unterhalb der Schnittkante war eine entsprechende Verletzung der Haut zu sehen, die ein sehr spitzer, schmaler Gegenstand verursacht haben musste. Der weniger schön anzusehende Stichkanal, auf den Siebenstädter den Kommissar mit einem Fingerzeig als Nächstes hinwies, führte einmal quer durch den Hals. Als hätte jemand eine sehr lange, dünne Stricknadel als Mordwerkzeug benutzt.

»Ansonsten konnte ich keinerlei äußere oder innere Verletzungen am Körper dieses Mannes feststellen. Bliebe noch die Möglichkeit einer Schädelfraktur, was in Anbetracht eines Fehlens desselben nicht abschließend beurteilt werden kann, und die einer Vergiftung, aber da konnte ich mich aus Zeitgründen noch nicht drum kümmern. Im Übrigen scheint es mir aber, als könnten wir beides als Todesursache eher ausschließen. Es bleibt meines Erachtens der Stich mit diesem langen, spitzen Mordinstrument.«

»Das ist ja wirklich interessant«, murmelte Huppendorfer halblaut vor sich hin, und seine unguten Gefühle bezüglich geöffneter Leichenkorpusse waren wie weggeblasen. »Und was ist das da, dieses Loch?« Er deutete auf eine runde Öffnung oben in dem abgeschnittenen Halsbereich.

Dem Professor schien das plötzlich erwachte Interesse seines Besuchers durchaus zu gefallen, dann gab er jetzt eben einen kurzen Crashkurs in Anatomie.

»Dieses Loch oder, wie Kurt Tucholsky es zu beschreiben pflegte, dieses Nichts mit einem Rand drum herum ist die Luftröhre. Sozusagen ein Luftröhrenschnitt, nur etwas zu gründlich geraten.« Er zeigte nun wieder seine Haifischzähne und hatte im nächsten Moment eine kleine Taschenlampe in der Hand. »Hier, schauen Sie mal von oben hinein in die Trachea, wie weit die in den Lungenbereich hinuntergeht.« Von oben leuchtete er in die Trachea hinein, und Huppendorfer versuchte, im Inneren irgendetwas zu erkennen.

»Da glitzert was«, verkündete er und deutete mit dem Finger in die Luftröhre hinein.

Der Professor schaute den Kommissar einen Moment lang unschlüssig an, dann verschwand sein Haifischlächeln, und er bückte sich nun ebenfalls, um das Innere der Röhre zu betrachten. Dann erhob er sich wieder und ging schnellen Schrittes zum Nebentisch, wo er den abgelegten Schraubenzieher an sich nahm und mit diesem zu Huppendorfer zurückkehrte.

»Wollen wir doch mal sehen …« Die Taschenlampe im Anschlag, hantierte er mit dem Schraubenzieher in der geöffneten Trachea. »Hab ich dich«, knurrte er schließlich zufrieden und zog den Schraubenzieher vorsichtig wieder aus der Luftröhre. Ohne Umschweife hielt er das Werkzeug dem Bamberger Kommissar vor die Nase, der zu seinem Erstaunen bemerkte, dass an dem Schraubenzieher ein Ring baumelte.

Der Professor nickte ihm zu, also ergriff Huppendorfer den Ring und zog ihn von dem Schraubenzieher. Das Schmuckstück war leicht mit Blut verschmiert, weswegen er es noch mit einem Tempotaschentuch säubern musste, dann hielt er es ins Licht. In die Innenseite des platinfarbenen, matt glänzenden Rings hatte jemand etwas eingraviert. Die Schrift war noch einwandfrei zu lesen, es war ganz eindeutig ein weiblicher Vorname.

»Und, was ist nun?«, wollte der Professor ungeduldig wissen.

»Was steht in dem Ring, Herr Kommissar?«

Der Angesprochene las es sicherheitshalber noch einmal genau, bevor er antwortete.

»Amelie«, stellte Cesar Huppendorfer nüchtern fest. »Der Name Amelie ist in den Ring eingraviert.«

***

Es war warm und sonnig, als sich Thomas Callenberg, Andrea Onello und Bernd Schmitt inklusive ihres drallen Ermittlerferkels am Dienstag nach Pfingsten auf den Weg nach Schweinfurt machten. Vorher jedoch, darum hatte Robert Suckfüll gebeten, sollten sie die Einsatzkräfte der Polizei an der Brückenbaustelle in Breitengüßbach unterstützen. Dort schien es größere Schwierigkeiten zu geben, und die Kommissare sollten doch bitte einmal kurz nach dem Rechten sehen.

Als sie mit Blickrichtung nach Norden an der Baustelle ankamen, stand die weiträumig abgesperrte Fahrspur vor der Brücke voller Pkws, die dort eigentlich überhaupt nichts zu suchen hatten. Offenbar stauten sich hier die querdenkenden Demonstranten vom AEDES-Vorplatz und wollten partout durch die abgesperrte Brückenbaustelle hindurch.

Andrea und Tom blieben im Wagen sitzen, da Bernd der Meinung war, er könne das ziemlich schnell allein regeln. Als er sich der Kriegsfront näherte, erschloss sich ihm allmählich die ganze Dimension des Aufstandes. Selbst ein massives Polizeiaufgebot schien die Kolonne nicht abzuschrecken, mitnichten. Die Polizeipräsenz stachelte den Kampfesmut der Querdenker wohl umso mehr an. Verbote waren der wütend Fahnen sowie Parolen schwingenden Menschenmenge nicht nur Anreiz, sondern gewissermaßen Verpflichtung geworden, genau das Gegenteil von dem zu tun, was die Exekutive anordnete.

Lagerfeld fühlte sich an die Gedankenwelt einer Lemmingpopulation erinnert, die ja auch nicht viel anderes im Sinn hatte, als sich im gemeinschaftlichen Todeswunsch die nächste Klippe hinunterzustürzen. Die Querdenkerlemminge auf der Brücke mussten mit einer ziemlich ähnlichen Psyche ausgestattet sein, da sie, ihrem absonderlichen psychischen Programm folgend, jetzt auf Teufel komm raus hier durchwollten.

Eigentlich sollte man diese Irren einfach fahren lassen, dachte Lagerfeld. Ein durchaus lösungsorientierter Ansatz, der aber leider diametral zu seiner Berufsethik stand und damit nicht zu verwirklichen war. Aber wie hieß es so schön in der Polizeiausbildung? Man sollte immer versuchen, sich in den Kopf seines Gegenübers hineinzuversetzen, sich bemühen, so zu denken wie er oder sie. Auch wenn es sich um Lemminge handelte. Erst dann erschlössen sich ja dem Polizeibeamten die geeigneten Möglichkeiten, einen Konflikt friedlich und gewaltfrei zu lösen.

Also betrachtete Lagerfeld das Szenario eine Weile und ging schließlich auf den leitenden Einsatzbeamten der Bereitschaftspolizei zu, um ihm etwas ins Ohr zu flüstern. Der Beamte schaute ihn nur verdutzt an, fragte sicherheitshalber noch einmal nach, überließ Lagerfeld dann aber das Feld, Megafon inklusive, und trat kopfschüttelnd zur Seite. Lagerfeld stellte sich auf die Sprungschanze aus Sand, vor der ein Aufgebot von Polizeibeamten die letzte Bastion zwischen Fahren und Fliegen bildete.

Da der Kommissar ja in Zivil unterwegs war und noch dazu in ziemlich abgewetztem, lässigem Outfit, wurde der heftig fuchtelnde Mensch auf dem Sandhaufen als nicht polizeizugehörig wahrgenommen. Was dazu führte, dass die wilden Proteste allmählich verstummten, bis auch der letzte Zwischenruf erstarb. Die Querdenker wollten wissen, was dieser Mann zu sagen hatte. Und tatsächlich, der zopftragende, sonnenbebrillte Mensch dort vorne sprach zu ihnen, und zwar durch das Megafon, das er gerade eben einem dieser aggressiven Bullen abgenommen hatte.

»Liebe Freunde, Brüder und Schwestern, liebe Querdenker. Ich habe soeben mit den Bullen gesprochen und die Sache geklärt. Also, das mit dem Durchfahrverbot ist anscheinend ein Riesenmissverständnis. Die Polizei hatte leider falsche Anweisungen und zieht jetzt unverzüglich wieder ab. Die Brücke ist dann wieder frei befahrbar, wir müssen nur noch diese falsch platzierten Schilder entfernen. Sorry für die Umstände. Also noch mal, wer hier durchfahren möchte, kann das in Kürze tun. Allerdings muss ich auch noch etwas Unerfreuliches bekannt geben, so leid es mir tut. Freunde, Brüder und Schwestern, liebe Querdenker. Wie ich soeben erfahren habe, weiht der Bamberger Landrat, ein, wie wir alle wissen, willfähriger Gehilfe der Diktatur, in der wir leben müssen, in diesen Minuten einen bisher geheim gehaltenen, riesigen Zwangsimpfungskomplex am Zeppelinfeld in Zückshut ein. Darum rufe ich alle hier Anwesenden auf, dass wir uns sofort und unverzüglich zum Zeppelinfeld nach Zückshut begeben, um diesen Terroristen vom Landkreis zu zeigen, dass wir so etwas nicht mit uns machen lassen. Wir werden niemals, ich wiederhole, niemals eine Einrichtung akzeptieren, die uns unserer elementarsten Freiheitsrechte beraubt!«

Lagerfeld hatte seine Redelautstärke schrittweise gesteigert und zum Schluss nur noch empört geschrien, um seinen Worten querdenkerischen Nachdruck zu verleihen. Natürlich hatte er sich zudem noch ein paar andere verschärfte Theorien zurechtgelegt, falls das mit dem Zeppelinfeld in Zückshut nicht griff, doch seine Ansage zeigte bereits jetzt eine erstaunliche Wirkung. Wütendes Geschrei war zu hören, und Rufe wie »Wir haben's ja immer gewusst«, »Nieder mit der Impfdiktatur« oder auch »Hängt den Landrat« machten die Runde. Die ersten Fahrzeuge wendeten bereits und nahmen mit quietschenden Reifen Fahrt auf, um die nächste Autobahnausfahrt anzusteuern. Niemand interessierte sich mehr für eine gewaltsame Brückenüberquerung, und der Leiter der polizeilichen Einsatzkräfte konnte der davonfahrenden Meute nur völlig verdutzt hinterherblicken. Das Vorgehen des Kollegen von der Kriminalpolizei entsprach zwar weder in der Sache noch im Geiste irgendeiner Regelung im Polizeihandbuch. Aber bitte, Schwamm drüber, es hatte funktioniert, und das auch noch ziemlich gut.

»Das war's«, meinte Lagerfeld lässig, gab dem Polizisten sein Megafon zurück, klopfte dem Einsatzleiter aufmunternd auf die Schulter und erteilte ihm noch einen abschließenden Rat. »Also, bis Zückshut sind's maximal zehn Kilometer. Irgendwann wern die Querköpf feststellen, dass es in Zückshut ka Zeppelinfeld, ka Zentrum zum Zwangsimpfen und scho gar kan Landrat gibt. Des haaßt, ihr habt jetzt ungefähr a Stunn, um hier Panzersperren, Betonblöck oder sonst was hinzustelln, glar? Wenn die Spinner des nächste Mal arüggn, muss des hier undurchdringlich sei, selbst wenn die mit am Audogran dagechendonnern!«

Der Einsatzleiter schaute auf die Uhr, dann nickte er entschlossen. »Kriegen wir hin, Herr Schmitt. Vielen Dank.«

Sichtlich erleichtert eilte er zu seinem Einsatzwagen, um die entsprechenden Anordnungen durchzugeben. Lagerfeld zupfte sich seine Jeansjacke zurecht und ging zurück zu Tom und Andrea, die den Vorgang auf der Brückenbaustelle mit großem Staunen beobachtet hatten.

**

In der Bamberger Dienststelle der Kriminalpolizei hatten sich der Leiter derselben, Hauptkommissar Franz Haderlein und die Dienststellensekretärin Marina Hoffmann versammelt. Letztere weniger aus ermittlungstaktischen Gründen als vielmehr, um ihren Chef mit ihren Honigbroten und einem extrastarken Kaffee zu verwöhnen.

Das Pfingstwochenende war relativ ereignislos verstrichen, allerdings hatte César es am Samstag zuvor tatsächlich geschafft, Professor Siebenstädter zu einer Arbeitsaufnahme zu bewegen. Die Autopsie hatte ja dann auch ein überraschendes Ergebnis zutage gefördert. Nämlich einen Ring, der in der Luftröhre des ermordeten Kopflosen zu finden gewesen war.

Im Anschluss daran hatte César Fotos von dem Ring gemacht und sie an seine Kollegen geschickt, sich heute aber freigenommen, um sich vom Wochenenddienst beziehungsweise von seinen »dramatischen Erlebnissen in der Rechtsmedizin« zu erholen, wie er sich ausdrückte.

Nicht, dass der Ringfund sie wesentlich weitergebracht hätte, aber sie kannten jetzt wenigstens einen weiteren Namen, Amelie, und vielleicht würde es ihnen gelingen, die Person dazu zu finden. Die Identität des Kopflosen war noch immer nicht geklärt, womöglich wurde die Person nirgendwo vermisst, oder aber es handelte sich um einen Mann, der nicht gefunden werden wollte, der eine geheime Identität besaß. Besonders im Mafiamilieu respektive der organisierten Bandenkriminalität kam das durchaus öfter vor.

Auf die Mitwirkung und Hilfe von Zeugen konnten sie diesbezüglich leider nicht hoffen. Das Perfide an einer kopflosen Leiche war ja auch der Umstand, dass man kein Fahndungsfoto für die Öffentlichkeit bereitstellen konnte, man war komplett auf die polizeilichen Ermittlungen angewiesen, was eine außerordentliche Einschränkung bedeutete.

Dies alles und mehr war von Franz Haderlein vorgetragen worden, um seinen Chef auf den neuesten Stand der Ermittlungen zu bringen. Fidibus hatte sich alles schweigend angehört, schien aber nicht so recht bei der Sache zu sein. Er nickte zwar immer wieder zwischendurch, Haderlein war sich jedoch nicht sicher, ob er die Datenlage wirklich korrekt abgespeichert hatte. Also war es vielleicht einmal an der Zeit, seinen Chef nach seinem werten Befinden zu fragen.

»Chef, wie lief denn eigentlich Ihre Besprechung in der Landeshauptstadt? Was wollten die von der Regierung von Ihnen?«, fragte er höflich nach, während Honeypenny ihrem Chef einen heiß dampfenden schwarzen Kaffee in seiner geliebten rosa Tasse reichte. Erst rührte Fidibus etwas lustlos darin herum, dann hob er den Kopf und schaute Haderlein aus ratlosen, ja fast etwas verstört wirkenden Augen an.

»Nun, mein lieber Franz, die fränkische Landesregierung in Haßfurt erwägt, mich zum Justizminister des Landes vorzuschlagen. Ich hatte ein langes Gespräch mit einem gewissen Zöder, Leiter der Staatskanzlei. Ich kannte den Herrn bereits aus einem Traum, den ich unlängst hatte, ein wirklich seltsames Erlebnis. Außerdem dachte ich, der Mann habe noch eine Gefängnisstrafe abzubüßen, aber die scheint wohl verstrichen zu sein. Wie auch immer, dieser Zöder unterbreitete mir ein durchaus verlockendes Angebot. Meine juristische Qualifikation, mein beruflicher Werdegang, mein Leumund, die Parteizugehörigkeit, alles schien wunderbar zu passen, und ich hatte schon erste euphorische Gefühle, mein lieber Haderlein, das können Sie mir glauben. Dazu noch eine satte Vergütung plus Chauffeur plus Dienstwagen. Auf den ersten Blick ein wirklich traumhaftes Angebot. Allerdings enthielt dieses Angebot eine Bedingung, die ich selbst nach längerer Überlegung und gründlichem Abwägen nicht akzeptieren konnte. Beim besten Willen nicht.«

Wieder rührte Fidibus frustriert in seinem Kaffee, was Franz Haderlein zu einer berechtigten Nachfrage motivierte.

»Bedingung? Was denn für eine Bedingung, Chef? Das klingt doch alles ziemlich gut, ein richtiger Karrieresprung, würde ich sagen. Warum, um Himmels willen, haben Sie also abgelehnt?«

Der Kriminalhauptkommissar schaute seinen Chef erwartungsvoll an, und auch Honeypenny war gespannt, weswegen ihr Chef so ein einmaliges Angebot ausschlug.

Robert Suckfüll stellte das Rühren ein und schaute mit hohlem, leerem Blick von Haderlein zu Honeypenny. »Der Grund dafür ist ganz einfach, wurde mir jedoch erst ganz am Schluss offenbart. So, wie wenn man einen wunderbaren Vertrag aushandelt, aber dann kommt das Kleingedruckte in ganz kleinen Buchstaben. Genauso war es in diesem Fall leider auch.«

Noch einmal hielt Fidibus inne und holte tief Luft, ehe er das Unaussprechliche artikulierte.

»Man erwartet allen Ernstes von mir, für meinen Dienstwagen ein Haßfurter Nummernschild zu akzeptieren«, brachte Fidibus verzweifelt hervor und begann wieder, mit dem Löffel in seinem Kaffee herumzurühren.

Honeypenny und Haderlein wechselten einen kurzen, bedeutsamen Blick. Ein Haßfurter Nummernschild, das war kein Karrieresprung, das war eine absolute Demütigung, ein unauslöschlicher Makel auf Lebenszeit.

»Des geht net«, meinte Honeypenny entschlossen und bedachte ihren Chef mit einem verständnisvollen Blick.

Haderlein äußerte sich nicht dazu, denn Marina Hoffmann

hatte bereits alles gesagt, was es dazu zu sagen gab.

**

Als sie in Schweinfurt eintrafen, verabschiedete sich Tom Callenberg vor der Eingangstür der Kriminalpolizeidienststelle. Er würde mit dem Zug nach Würzburg weiterfahren, damit Andrea und Bernd mobil waren und ihre Ermittlungen in aller Ruhe durchführen konnten. Mit Andreas Suzuki waren sie flexibler, falls sie ungeplant irgendwohin fahren mussten. Natürlich war während der Fahrt nach Schweinfurt der Ring Thema gewesen, den César und Siebenstädter gefunden hatten. Sowohl den Ring als auch den eingravierten Namen würden sie bei den weiteren Ermittlungen im Auge behalten müssen. Aber jetzt wollten sie erst einmal Licht in das Dunkel der Vorkommnisse bringen, die sich Anfang der neunziger Jahre abgespielt hatten.

Die Schweinfurter Kollegen hatten sie bereits erwartet. Nach der Begrüßung wurden sie von Kommissarin Annalena Bock in ein separates Zimmer geführt, in dem die fraglichen Akten schon für sie bereitlagen. Auch Presssack fand Platz auf einem schnell organisierten Fußabstreifer, der ihm als Lagerstatt diente. Nicht das Allerbequemste, aber immerhin besser als nichts. Die Arbeit bei der Kripo war eben kein Streichelzoo, das musste der Herr Auszubildende auch einmal lernen, so zumindest die Meinung seines menschlichen Lehrmeisters Lagerfeld.

Andrea Onello und Bernd Schmitt bedankten sich bei ihrer Kollegin aus Schweinfurt und wollten sich eigentlich ohne weitere Umschweife über die besagten Akten hermachen, aber Annalena Bock hatte noch eine kleine Überraschung für sie parat.

»Herr Schmitt, Frau Onello, ich habe mir erlaubt, jemanden einzuladen, der Ihnen in diesem Fall vielleicht weiterhelfen kann. Kriminalhauptkommissar Klaus Gütling hat zum damaligen Zeitpunkt die Sonderkommission zu diesen Fällen geleitet. Er ist zwar schon seit Längerem im Ruhestand, war aber sofort bereit, Sie zu unterstützen. Ich denke, Herr Gütling wird jeden

Moment eintreffen. Das ist Ihnen doch recht?«

Ob das in Ordnung war? Sowohl Andrea Onello als auch Lagerfeld waren ob dieser unerwarteten Neuigkeit hocherfreut, konnte ein ermittelnder Beamter aus der damaligen Zeit doch weit ausführlicher Auskunft geben als jegliche Akte, und mochte sie auch noch so penibel geführt und bebildert sein.

»Das ist super!«, antwortete Lagerfeld, und auch Andrea Onello strahlte die Schweinfurter Kollegin an.

»Ja, damit helfen Sie uns wirklich sehr weiter, Frau Bock, vielen Dank.«

»Gern geschehen.« Annalena Bock erwiderte ihr Lächeln. »Kann ich vielleicht sonst noch etwas für Sie tun?«

»Oh ja.« Lagerfeld hob spitzbübisch den Finger. »Wenn Sie vielleicht ein paar gekochte Kartoffeln für unseren Ermittler-kollegen hier hätten?« Mit dem Daumen deutete er auf Press-sack, der sich mit gelangweiltem Blick auf seinem Fußabstreifer langgemacht hatte.

Die Augen der Kommissarin Bock wurden groß, und ihr freundliches Lächeln verschwand, genau wie ihr ehemals selbst-sicheres Auftreten. »Kartoffeln? Oh. Na ja, nicht weit von hier gibt's einen Italiener, ich kann ja versuchen, ob ich dort was auftreiben kann«, erwiderte sie etwas verwirrt und war dann ob des ungewöhnlichen Wunsches seitens der Bamberger Kollegen auch ziemlich schnell verschwunden.

»Läuft doch.« Lagerfeld grinste Andrea an und griff sich die Akte aus dem Jahr 1990, die er auch sofort aufschlug. Die losen Blätter entnahm er und legte sie in chronologischer Reihen-folge auf dem Tisch aus. Die Fotografien legte er ans Ende der Reihe. So konnten sie gleichzeitig, aber unabhängig voneinander den Fall studieren. Das taten sie dann auch relativ schweigsam, schließlich gab es einiges an Text zu verarbeiten. Die Sonder-kommission hatte ziemlich viel an Daten zusammengetragen, das musste man denen lassen.

»Bernd, hör mal. Hier steht, dass das Opfer mit siebenund-zwanzig Messerstichen in Brust und Bauch vom Täter schwer verletzt wurde, dass aber lediglich drei der Stiche tödlich gewesen waren. Überleg mal, Bernd, siebenundzwanzig Mal zugestochen. Das heißt für mich, wer auch immer das getan hat, war wie im Rausch. Ein professioneller Killer sticht einmal zu, vielleicht zwei- oder auch dreimal. Aber siebenundzwanzig Mal, da hat sich, wenn du mich fragst, jemand psychisch so richtig ausgeklinkt und wie ein Berserker gewütet.« In Andrea Onellos Blick lag Fassungslosigkeit ob der ausufernden Brutalität.

Ihr Kollege war da wesentlich robuster gestrickt und aufgrund seiner privaten Turbulenzen momentan sowieso in einer tendenziell abgebrühten Phase. »Irgendeinen Grund wird er schon gehabt haben. Es gibt immer einen Grund, Andrea. Mag sein, dass der Täter ausgerastet ist, aber bestimmt nicht ohne Auslöser. Wir müssen halt herausfinden, warum –«

Bernd Schmitts Redefluss stockte, denn er hatte während seiner beiläufigen Antwort kontinuierlich die Zeugenliste studiert, die die Ermittler der Sonderkommission erstellt hatten. Er starrte auf einen Eintrag, dann kramte er hektisch sein Handy heraus und begann in aller Eile damit, irgendetwas auf seinem Smartphone zu suchen. Andrea Onello stand etwas ratlos daneben und wusste nicht so recht, was sie davon halten sollte.

»Was ist denn jetzt los, Bernd? Bist du auf etwas gestoßen? Wenn ja, dann wäre es wirklich nett, wenn du mich einweihen würdest, oder willst du, dass ich deinetwegen blöd sterbe?«, meinte sie bissig, konnte sie es doch auf den Tod nicht ausstehen, ignoriert zu werden, und zwar egal von wem.

Aber der Kollege Schmitt hörte nur mit halbem Ohr hin, denn er hatte gefunden, was er suchte. Grimmig betrachtete er das Display seines Mobiltelefons, ehe er es seiner Kollegin hinüberreichte. Die war erst einmal ziemlich verdutzt. Denn das, was sie da sah, hatte sie auch geschickt bekommen, und zwar von César, der dieses Foto in der Erlanger Rechtsmedizin aufgenommen und sofort an die Kollegen der Bamberger Dienststelle weitergeschickt hatte. Es war die Aufnahme des Ringes, auf dessen Innenseite der Name Amelie eingraviert war.

Fragend schaute sie zu Lagerfeld, der inzwischen gar nicht mehr arbeitsscheu oder gar lustlos wirkte, nein, in Kriminalkommissar Schmitt schien ein längst vergessenes Feuer entfacht worden zu sein. Seine Körperhaltung war aufrecht, und seine Augen blitzten hellwach und unternehmungslustig.

»Schau mal hier, Andrea, was da steht.« Lagerfeld drückte seinen Zeigefinger auf eine Zeile der Zeugenliste.

Neugierig beugte sich Andrea Onello über das Blatt Papier. Lagerfelds Finger ruhte unter einem Vermerk, der da lautete: »Nicht vernehmungsfähig«. Und hinter diesem Vermerk stand klar und deutlich: »Amelie I...« Unglücklicherweise war der Familienname massiv verschmiert und unleserlich, ebenso wie mehrere andere Stellen auf dem Papier. Es sah aus, als hätte jemand ein Getränk verschüttet, und Spritzer der Flüssigkeit seien auf der Liste gelandet. Zur damaligen Zeit wurden die Akten noch mit Schreibmaschine erstellt, da konnte so etwas schon einmal vorkommen.

»Das ist sie, das muss sie sein. Hier auf dieser Zeugenliste steht der Name, der in den Ring eingraviert ist«, erklärte Lagerfeld sachlich, aber mit einem Glitzern in den Augen.

Drei

Jegliche Furcht rührt daher, dass wir etwas lieben.

Thomas von Aquin

Totenstelle

Die geheimen Verabredungen im Internet hatten Wirkung gezeigt; in Scharen waren sie nach Bamberg gekommen, um hier erneut mit vollem Einsatz gegen die mückentechnischen Pläne der Firma AEDES zu protestieren. Die megauncoole Aktion der Polizei, die dieser verlogene Scherge der Staatsdiktatur heute Morgen auf der Breitengüßbacher Brückenbaustelle abgezogen hatte, war dafür das i-Tüpfelchen gewesen und hatte nun wirklich alles, was auch nur irgendwie querdachte, auf die Palme gebracht.

Der Mann vom Sicherheitsdienst sah sich einer aufgebrachten Meute mit alugewickelten Kopfbedeckungen gegenüber, ein wütender Mob, gegen den die Eindringlinge ins Washingtoner Kapitol ein lustiger Kindergartenausflug gewesen waren. Er überlegte, ob er mit dem Funkgerät noch schnell Hilfe rufen oder sich aufgrund Zeitmangels der Welle der Entrüstung besser allein entgegenstellen sollte, kam aber zu keinem befriedigenden Schluss. Die Menge war einfach zu schnell aufgetaucht und zu allem entschlossen.

Der gut angezogene Typ mit dem teuren Anzug, der direkt vor ihm stand, stieß dem Wachdienstler mit einem harten Ruck das stumpfe Ende seines Baseballschlägers in die Magengrube, woraufhin er mit einem dumpfen Stöhnen in sich zusammensackte. Kaum lag er am Boden, drängte die aufgeheizte Menge der Demonstranten mit lautem Geschrei und Parolen skandierend gegen die Eingangstür. Es dauerte nur wenige Sekunden, dann gab das Glas der Tür den wilden Schlägen nach und zerbarst. Die Baseballschläger und was die Eindringlinge sonst noch dabeihatten schwingend, stürmten die Demonstranten in das Innere des Gebäudes und begannen ohne viel Federlesens damit, Einrichtung, Gegenstände, Fenster und Türen zu zertrümmern. Die Mitarbeiter der Firma AEDES flüchteten sich in die hintersten Ecken und Räume oder versuchten, irgendwie das Gebäude zu verlassen. So ziemlich jeder hatte jetzt Angst um Leib und Leben und suchte nach einem sicheren Ort.

Der gewalttätige Mob arbeitete sich unterdessen Stockwerk für Stockwerk nach oben, eine Spur der Verwüstung hinter sich zurücklassend. Nachdem in den unteren Stockwerken bereits alles in Trümmern lag, erreichten die Baseballschlägerschwinger schließlich den Raum mit der Stechmückenpopulation. In der etwa zehn Meter langen und drei Meter breiten Glasvitrine tummelten sich die hier gezüchteten Vertreter der asiatischen Tigermücke Aedes albopictus.

Fast ehrfürchtig standen die Demonstranten vor dem riesigen Glasverschlag, der entfernt an ein ziemlich teures Gewächshaus erinnerte, bis eine ganz in Schwarz gekleidete Mitstreiterin ihren Fuß hob und mit einem wilden Schrei ihren Springerstiefel gegen das Glas der Mückenbehausung donnerte. Diesem Tritt hielt die Vitrine stand, nicht jedoch den vielfachen Schlägen, die danach auf das Glas krachten. In kürzester Zeit lag das Gewächshaus für die Insektenbrut in Trümmern, überall traten die weiterhin hereinströmenden Demonstranten auf Splitter und verbogene Metallteile. Zudem war der Raum nun vom lauten Summen und Brummen der befreiten Tigermücken erfüllt, die, ihrem genetischen Auftrag entsprechend, umgehend anfingen, die anwesenden menschlichen Säugetiere zu impfen. Die Meute der Demonstranten begann, wild mit den Armen zu fuchteln, hilflos um sich zu schlagen und die arbeitswütigen Impfkommandos auf ihrer Haut zu vernichten. Nachdem er seine unfreiwillige Siebt- und Achtimpfung erhalten hatte, erkannte der Anführer des Mobs die Sinnlosigkeit dieses Unterfangens und suchte fieberhaft nach einem Ausweg aus der ungeplanten Misere.

»Die Fenster, die Fenster!«, rief er laut, was zur Folge hatte, dass die zerstochenen Anwesenden zur Fensterreihe stürmten und in wilder Panik damit begannen, die Scheiben zu zerschlagen. Tatsächlich entwich dadurch ein Teil der Mückenpopulation in die Freiheit, es blieben aber immer noch genug Tigermücken übrig, um den Angriff auf die aluhuttechnisch nur am Kopf geschützten Eindringlinge fortzuführen und sich weiter ihrer Stechlust hinzugeben.

Am Ende blieb den Demonstranten nichts weiter übrig, als das innen in Schutt und Asche gelegte Gebäude der Firma AEDES fluchtartig zu verlassen. So war der ganze Spuk im Prinzip schon vorbei, noch ehe die zur Verstärkung angeforderten Polizeikräfte in signifikanter Anzahl ihren Einsatzort erreichten. Mit dem Ergebnis, dass sich mehr als hunderttausend Stechmücken der Gattung Aedes albopictus über die Bamberger Bevölkerung hermachten, um diese gegen Genitalherpes zu impfen. Und ausgerechnet diejenigen, die sich am hartnäckigsten gegen jegliche Impfung, womit und wodurch auch immer, gewehrt hatten, kamen in den Genuss, als erste menschliche Probanden das neuartige Vakzin auf seine Wirksamkeit und etwaige Nebenwirkungen testen zu dürfen.

Die Stadt Bamberg würde nun auf immer mit der Ausrottung des Genitalherpes verbunden sein. Ein höchst einschneidender, jedoch innovativer Moment in der Bamberger Stadtgeschichte, welcher bald darauf aus genau diesen Gründen in die Annalen der WHO, der Weltgesundheitsorganisation, eingehen sollte.

⁎

Noch bevor Andrea Onello sich dazu äußern konnte, klopfte es hinter ihr an der Tür. Als sie diese öffnete, stand ein lächelnder grauhaariger älterer Herr mit ebenso grauem Vollbart vor ihr.

»Guten Tag, schöne Frau, Gütling mein Name. Frau Bock hat mich angerufen, wohl in der Hoffnung, dass ich zwei Bamberger Kollegen über einen meiner alten Fälle Auskunft geben könnte. Bin ich da bei Ihnen richtig?«

Es dauerte einen Moment, bis bei Andrea Onello der Groschen fiel.

»Ach so, ja, Herr Gütling, natürlich«, rief sie dann und beeilte sich, den wichtigen Besucher willkommen zu heißen. »Kommen Sie doch bitte herein. Frau Bock hat uns natürlich schon Bescheid gesagt.«

Klaus Gütling betrat den Raum und machte sich umgehend auch mit Lagerfeld bekannt. Sein neugieriger Blick streifte die auf dem Tisch ausgebreiteten Blätter der alten Akte, und Lagerfeld erkannte mit einem Schmunzeln, dass sich der ehemalige Leiter der Sonderkommission sofort wieder an seinen einstigen Fall erinnerte, der Mann schien ein gutes Gedächtnis zu haben. Andererseits waren das damals ja auch Morde gewesen, die man nicht so schnell vergaß.

»Nehmen Sie doch bitte Platz, Herr Gütling«, forderte Lagerfeld den Schweinfurter Kollegen auf und stellte ihm einen Stuhl an den Tisch.

Klaus Gütling ließ sich dankbar darauf nieder. »Gut, bevor wir uns den inhaltlichen Dingen widmen, hätte ich ein paar grundsätzliche Anmerkungen. Ich bin ja jetzt schon seit Längerem pensioniert, war aber von 1990 bis 1995 Leiter der Sonderkommission ›Steinbruch‹, welche die Morde in Egenhausen und Bad Neustadt an der Saale bearbeitete. Die Sonderkommission hatte bezüglich der beiden Mordfälle in Egenhausen und der Rhön zusammengerechnet ungefähr fünf Jahre Bestand, kam aber zu keinem Zeitpunkt zu einem wirklich befriedigenden Ergebnis. Wir haben recherchiert, Zeugen befragt noch und nöcher, haben jede auch nur irgendwie relevante Spur verfolgt, aber es verlief alles im Sande. Kein Hinweis auf den oder die Täter, geschweige denn ein Motiv. Was bei mir aber bis heute hängen geblieben ist, waren die schauerliche Vorgehensweise des Mörders und der dringende Verdacht, dass wir es in beiden Fällen mit demselben Täter zu tun hatten.«

Andrea Onello und Bernd Schmitt hatten sorgfältig zugehört, Lagerfeld hatte sich zwischenzeitlich zudem einige Aktenblätter gegriffen, um die Zusammenfassung, sozusagen das Fazit des Ermittlungsleiters, zu lesen.

»Legen Sie die Seiten ruhig wieder weg«, meinte Klaus Gütling abwinkend. »Was wir herausgefunden haben, kann ich Ihnen auch so erzählen. Das hat sich bei mir eingebrannt, und das werde ich auch bis zu meinem Ableben nicht mehr vergessen. So einen Fall, mit einer derart abscheulichen Brutalität, nicht aufklären zu können, empfindet man schon ein wenig als persönliche Niederlage, das kann ich Ihnen sagen.«

Die beiden Bamberger Kommissare nickten verständnisvoll. Niemand wollte so ein Verbrechen, noch dazu eines, das sicher groß und breit in den Zeitungen gestanden hatte, als ungelöst zu den Akten legen. Das war nicht gut für das Image der Polizei und ganz besonders nicht für einen selbst.

»Okay, was können Sie uns also berichten?«, fragte Lagerfeld, der es jetzt endlich genau wissen wollte, und legte die Aktenblätter wieder an ihren Platz.

»Also zuallererst einmal konnten wir feststellen, dass Peter Schlereth nicht dort umgebracht wurde, wo seine Leiche zum Schluss gelegen hat, sondern weiter unten im Steinbruch. Der Täter hat sein Opfer erst danach, also nachdem er den Kopf abgetrennt hatte, nach oben getragen und am höchsten Punkt der Abbruchkante abgelegt. Die Stelle, an der der Mord geschah, konnten wir ausfindig machen, von dem Kopf gab es jedoch keine Spur, der blieb verschwunden. Wir fanden auch keine Spuren von irgendeinem Fahrzeug, mit dem der Täter gekommen oder weggefahren sein könnte. Einen einzigen verwertbaren Fußabdruck von einem Turnschuh, Größe fünfundvierzig, konnten wir sichern, aber das war es dann auch schon.

Andrea Onello und Lagerfeld sahen sich bei der Erwähnung des Schuhabdrucks kurz an, unterbrachen Gütling aber nicht.

»Wir kamen erst weiter, als 1993 der zweite Mord geschah. Die Rechtsmedizin fand heraus, dass wir es in beiden Mordfällen mit einem Rechtshänder zu tun hatten, und zwar einem mit nicht unerheblichen Körperkräften. Eine wichtige Erkenntnis, nach der wir von einem männlichen Täter ausgehen mussten. Die Köpfe der Opfer wurden in beiden Fällen außerordentlich gekonnt von der Wirbelsäule getrennt, und zwar mit einem ziemlich scharfen Messer direkt oberhalb des letzten Wirbels. Die Parallelen lagen auf der Hand. Bei der ersten Leiche in Egenhausen hatten wir knapp dreißig Einstiche in den Rumpf des Opfers, beim Mordfall in Bad Neustadt waren es siebzehn, was immer noch ungewöhnlich hoch ist. Peter Schlereth wurde demnach regelrecht hingerichtet, das zweite Opfer auf fast identische Art und Weise. Der einzige signifikante Unterschied war, dass dem toten Martin Scheuplein in der Rhön auch der Ringfinger der linken Hand fehlte. Er wurde abgeschnitten, laut Rechtsmedizin vom selben Rechtshänder wie der Kopf. Die Tat wurde in Bad Neustadt ebenfalls nicht am Fundort begangen, sondern in einem kleinen Wäldchen wenige hundert Meter entfernt. Die Spürhunde konnten die Stelle genau lokalisieren. Auch hier wurde die Leiche auf einen erhöhten Platz getragen. Diesmal fanden wir jedoch Reifenspuren eines Pkw, vermutlich eines VW Golf, die sich allerdings nur bis zur nächsten asphaltierten Straße zwischen Bad Neustadt an der Saale und der Ortschaft Wollbach zurückverfolgen ließen, das war's. Auch hier keine Zeugen, keine Fingerabdrücke, keine sonstigen Spuren, nichts. Der Täter ging bei aller Brutalität so gründlich vor, wie ich es noch niemals zuvor gesehen hatte.«

Klaus Gütling verzog bei der Erinnerung daran das Gesicht, dann seufzte er. »Wir haben in den fünf Jahren sowohl in Egenhausen als auch in Bad Neustadt unzählige Zeugen befragt, aber niemand hatte auch nur das Geringste gesehen. Und wenn jemand angeblich etwas beobachtet haben wollte, stellte sich das im Nachhinein als nicht haltbar heraus. Wir hatten sogar einmal ein Geständnis, aber der Mann war erstens Linkshänder und zweitens nicht ganz dicht, das konnten wir schon nach wenigen Minuten Befragung herausfinden. Also mussten wir die Fälle am Ende zu den Akten legen. Es war absolut niederschmetternd.«

Selbst jetzt, nach über dreißig Jahren, stand Gütling die grenzenlose Frustration über die dürftigen Ermittlungsergebnisse deutlich ins Gesicht geschrieben.

»Wir haben dann in den nächsten Jahren immer darauf gewartet, vielleicht sogar gehofft, dass der Täter erneut zuschlagen würde und dass uns das nächste Opfer mehr Hinweise liefern könnte, aber es kam nichts. Keine kopflosen Toten mehr. Bei meiner Pensionierung war ich der Ansicht, unser Mann sei vielleicht längst tot, Autounfall, Krankheit, was weiß ich, oder habe sich gleich in den Neunzigern ins Ausland abgesetzt. Und jetzt kommen Sie nach über dreißig Jahren und erzählen mir etwas von einer kopflosen Leiche bei Lichtenfels. Da bin ich aber schon gespannt, ob es da Parallelen gibt.« Neugierig schaute Klaus Gütling von einem zum anderen.

Bernd Schmitt, der ja selbst am Tatort am Kemnitzenstein gewesen war, schilderte bereitwillig den Mordfall und alles, was er darüber wusste. Dann zeigte er Gütling auf seinem Handy die Fotos von der Leiche und dem Ring, den César Huppendorfer und Siebenstädter in der Erlanger Rechtsmedizin zutage gefördert hatten.

Interessiert betrachtete Gütling die Bilder, dann schaute er fragend zu Lagerfeld, denn mit dem Ring konnte er jetzt erst einmal gar nichts anfangen.

»Im Fall Peter Schlereth steht auf der Zeugenliste eine Amelie I. Warum wurde die niemals verhört? Hier ist ein Vermerk neben ihrem Namen: ›nicht vernehmungsfähig‹«, fragte Lagerfeld mit Verweis auf das entsprechende Blatt der auf dem Tisch ausgebreitet liegenden Akte. Und Gütling konnte sich auch noch daran erinnern.

»Ach so, ja, das arme Mädchen. Diese Amelie war wohl die Freundin des ersten Opfers. An ihren Nachnamen erinnere mich leider nicht. Ich weiß aber noch, wie ich am Tag des Polizeieinsatzes zum Elternhaus von Peter Schlereth gefahren bin, um die Familie zu befragen. Ich war mit meinem Kollegen kaum aus dem Auto ausgestiegen, da hörten wir schon die Schreie des armen Mädchens. Die Mutter des Opfers hatte ihr anscheinend kurz zuvor mitgeteilt, was mit ihrem Freund passiert war, woraufhin das arme Ding völlig die Fassung verlor und vor unseren Augen einen Nervenzusammenbruch erlitt. Sie war nicht mehr zu beruhigen. Hat geschrien wie am Spieß und um sich geschlagen, bis ihr der Notarzt ein Beruhigungsmittel verabreicht hat. Sie wurde ins Krankenhaus gebracht, und wie sich später herausstellte, musste sie im Anschluss sogar in der nahen Nervenklinik im Schloss Werneck stationär behandelt werden, vernehmungsfähig war sie zu diesem Zeitpunkt jedenfalls nicht. Nach ihrer Entlassung im Jahr darauf wurde sie natürlich noch zu den Vorkommnissen befragt, konnte aber keinerlei Hinweise auf den Täter liefern. Mehr kann ich dazu leider nicht mehr sagen.«

Klaus Gütling war mit der Preisgabe seines Detailwissen zu den damaligen Fällen am Ende, und ein kurzes, nachdenkliches Schweigen breitete sich in dem kleinen Raum aus.

»Dann stellt sich doch wirklich die Frage, warum jetzt, dreißig Jahre später, wieder so ein Fall auftaucht, mit einer nahezu identischen Vorgehensweise, und dazu noch der Ring mit der Namensgravur«, gab Andrea Onello zu bedenken. »Ich meine, Amelie ist ja kein alltäglicher Name wie Andrea oder Susanne«, stellte sie fest, woraufhin ihre beiden Kollegen zustimmend nickten.

»Leider ist der Nachname der Frau in den Akten verschmiert und damit unleserlich. Wir müssen die Seite ins Labor bringen, dann kriegen die den Namen schon raus und können schauen, wo die Frau abgeblieben ist. Vielleicht weiß sie ja doch mehr, als sie damals sagen wollte, oder aber sie weiß etwas Entscheidendes, von dem sie gar nicht weiß, dass sie es weiß?«

Jetzt kam Andrea bei Bernds verwickelter Theorie nicht mehr mit, und auch Klaus Gütling konnte sich ein leises Lächeln nicht verkneifen.

»Also, Herr Schmitt, bevor wir diese Blätter ins Labor schicken und tagelang auf ein Ergebnis warten, wäre es doch einfacher, nach Egenhausen zu fahren und im Ort jemanden zu fragen. Selbst wenn sie dort nicht mehr wohnen sollte, wissen die doch bestimmt noch, wie diese Frau hieß. Außerdem könnte ich Sie dann zum Tatort von damals führen, damit Sie sich selbst ein Bild machen. Wenn Sie mich mitnehmen wollen, zeige ich Ihnen gern alles. Bis Egenhausen ist es auch nicht weit, maximal zwanzig Minuten, würde ich sagen.«

Fragend schaute der pensionierte Schweinfurter Kommissar zu Andrea Onello, während Lagerfeld nachdenklich sein kleines Ermittlerferkel musterte, das inzwischen auf dem Fußabstreifer eingeschlafen war. Die Idee war gar nicht so schlecht, vielleicht gab es dort ja noch irgendetwas zu finden. Auch wenn die mit

Spürhunden durch das Gelände gegangen waren, hatten sie damals keinen Presssack. Wenn jemand noch einen Hinweis aufspüren konnte, dann war es sein kleiner, dicker Auszubildender.

***

Florian Kauper wartete erneut, diesmal wochenlang, aber es kam keine Antwort auf seinen Brief. Er konnte es nicht glauben, denn tief in seinem Inneren spürte er, dass sie es war, die Frau fürs Leben. Er musste sich wirklich zusammenreißen, um nicht wieder vor ihrer Haustür zu stehen oder nicht wenigstens eine verliebte WhatsApp-Nachricht zu schicken, und blieb lange eisern. Aber unter zu hoher Belastung verbog sich auch das stärkste Eisen irgendwann, und bei Florian Kauper geschah dies nach sieben Wochen, zwei Tagen und dreieinhalb Stunden.

Die Geduld des Schreiners erlitt den lange vermiedenen, jetzt aber dennoch eintretenden Ermüdungsbruch. Es ging so nicht mehr weiter mit dieser sinnlosen Warterei, es musste dringend etwas passieren. Er hatte gerade ein Projekt abgeschlossen, es beim Kunden ausgeliefert und war, nun wieder auf sich selbst zurückgeworfen, erneut mit seinem ungelösten Dilemma konfrontiert.

Es gab ja diese berühmte Regel, die er einmal irgendwo gelesen hatte. Irgendein schlauer englischsprachiger Mensch hatte sie als Wegweiser fürs Leben in die Welt gestellt: *Love it, change it or leave it.* Das hieß frei übersetzt: Nimm es an, ändere es oder gib es auf. Nun, so gefragt, kam Florian Kauper ziemlich schnell zu der Überzeugung, dass er die Situation weder annehmen noch aufgeben wollte. Also musste er wohl oder übel die Initiative ergreifen, um den Status quo zu verändern. Allerdings sagte ihm sein Gefühl, dass er bei Amelie und ihrer zweifelsohne komplizierten Gefühlslage sehr vorsichtig vorgehen musste, um sie nicht gleich wieder zu verschrecken. Am besten schaffte er es irgendwie, dass die Frau zu ihm kam oder zumindest auf ihn traf und nicht umgekehrt. Dann konnte sie ja immer noch selbst entscheiden, wie sie sich verhielt.

Nach langem Überlegen reifte in ihm der verrückte Plan, sich mehr oder weniger häuslich auf dem Veitsberg einzurichten. Wenn er dort nur genug Zeit verbrachte, würde er ihr bestimmt irgendwann begegnen, so seine stille Hoffnung. Warme Klamotten, ein gutes Buch zum Lesen und immer eine Brotzeit mit ein paar Flaschen Bier im Rucksack, damit ließ es sich eine Weile aushalten. Es war jetzt Anfang April, und ab und an wurde es immer noch ziemlich schattig hier oben, aber solange es nicht regnete, würde er ab jetzt jeden Morgen herkommen und auf sie warten. Irgendwann musste sie sich einfach blicken lassen, und dann würde sie ja vielleicht mit ihm reden, auf neutralem Boden sozusagen. Bis dahin musste, bis dahin würde er durchhalten. Und warten.

Florian Kauper war felsenfest entschlossen, die Nummer durchzuziehen. Er würde so lange auf der Bank sitzen, auf der sie damals miteinander geredet hatten, und auf sie warten, bis Amelie vor ihm stand oder die Hölle zufror.

**

Franz Haderlein stand inmitten der zertrümmerten Einrichtung der Firma AEDES und versuchte, sich ein Bild von der katastrophalen Lage zu machen. Das hochdekorierte Start-up gab es nicht mehr. Es war nicht nur ein immenser Sachschaden zu beklagen, es gab auch einige verletzte Mitarbeiter, die entweder von ausgetickten Demonstrierenden angegangen worden waren oder sich durch Scherben oder an der scharfkantigen Einrichtung verletzt hatten.

Als die Polizei am Tatort eingetroffen war, hatte sie nur noch wenige Randalierer festnehmen können, darunter immerhin den obersten der üblen Baseballschlägerschwinger, auf dessen Konto auch der tätliche Angriff auf den Wachmann unten am Eingang ging. Damit hatten sie eine nachgewiesene Körperverletzung, einen Täter und einen Zeugen. Das war zumindest ein Anfang. Der Mann saß in Handschellen zwischen zerbrochenem Glas und deformierten Laborgeräten auf einem Stuhl im einstigen

Labor, wo es einigermaßen streng nach irgendwelchen chemischen Substanzen roch, die allerdings nicht gesundheitsschädlich sein sollten, wie ihm ein Mitarbeiter der Firma versichert hatte.

Also nahm Franz Haderlein auf einem Stuhl gegenüber dem eloquent wirkenden Typen Platz, hinter dem zusätzlich zu den Handschellen noch ein kräftiger Polizeibeamter stand, damit der Mann nicht auf dumme Gedanken kam.

Das Gesicht des Festgenommenen war von Mückenstichen übersät und sah reichlich aufgequollen aus. Genitalherpes würde im Leben dieses Mannes wohl keine entscheidende Rolle mehr spielen, was Haderlein fast ein wenig enttäuschend fand. Das verunstaltete Gesicht stand im diametralen Gegensatz zu der ansonsten sehr eleganten Erscheinung des Mannes: Eine neue, akkurate Frisur, ein maßgeschneiderter Anzug und der Duft eines teuren Parfums wiesen den Festgenommenen als dem besseren Teil der Gesellschaft zugehörig aus, zumindest schien er sich selbst dafür zu halten.

»Warum?«, fragte Haderlein nach ausgiebiger Betrachtung seines zerstochenen Gegenübers knapp und in ruhigem Ton.

Der Angesprochene reagierte auf die eigentlich einfache Frage nicht sofort, sondern blickte den Kriminalhauptkommissar noch einige Sekunden lang wortlos an, bevor er schließlich etwas Sinnstiftendes von sich gab.

»Weil Impfen das größte Verbrechen an der Menschheit seit dem Ende des Zweiten Weltkrieges darstellt. Es ist doch inzwischen zweifelsfrei nachgewiesen, dass es dem menschlichen Körper nur schadet und keinen Nutzen hat. Da werden fremde, gentechnisch veränderte Substanzen in unsere Körper eingeführt, was auch eine Veränderung unserer DNA bewirkt, die dann schrecklichste Folgen nach sich zieht«, erklärte der Mann im makellos hochdeutschen Brustton der Überzeugung.

»Ach, und was für Folgen sollen das sein, dass sie ein solches gewaltsames Vorgehen auch nur im Ansatz rechtfertigen?« Franz Haderlein hatte zwar schon vom querdenkenden Teil der Menschheit gehört, aber noch nie einen Vertreter desselben leibhaftig vor sich gehabt. Da war es schon einmal interessant, zu erfahren, wie die so tickten, bevor er den hier dem Haftrichter vorführte.

»Impfen verändert unsere Gene, es macht Frauen unfruchtbar, oder sie bekommen reihenweise behinderte oder verstümmelte Kinder.«

Das war ja allerhand, fand Haderlein. Wenn man es denn glauben könnte. Anstatt aber mit dem Mann zu diskutieren, zog der Kommissar es vor, ihn mit ähnlich debilen Einbildungen zu konfrontieren, ihn vielleicht sogar zu übertreffen.

»Und die psychischen Probleme nicht zu vergessen«, warf er eifrig ein. »Meine Frau hat mir erzählt, dass Rechtshänder durch das Impfen plötzlich zu Linkshändern geworden sind. Die hatten dadurch mit schweren psychischen Problemen zu kämpfen.«

Den Querulanten brachte diese Ansage für einen Moment aus der Fassung. Misstrauisch beäugte er den vor ihm sitzenden Kommissar, der auch gleich noch eins drauflegte.

»Ich bin im Übrigen davon überzeugt, dass es denen gar nicht ums Impfen geht, sondern dass uns dadurch mikroskopisch kleine Chips in die Blutbahn gespritzt werden, um uns zu überwachen und auszubeuten.«

Der Rädelsführer konnte es nicht glauben. Ein Polizeibeamter, der eigentlich auf der Seite ihrer Bewegung war?

»Dann stehen Sie zwar im Dienst dieses Verbrecherregimes, aber im Grunde solidarisieren Sie sich mit unseren Inhalten und Überzeugungen?«, erkundigte sich der Querdenker nach kurzem Überlegen euphorisch. Vielleicht ging das Ganze ja doch noch gut aus, und man ließ ihn laufen. Aber der Platz an der Sonne währte nur kurz.

»Nein, tue ich nicht. Ich habe nur gerade meine sarkastische Ader entdeckt. Wusste bis heute gar nicht, dass ich eine habe«, stellte Haderlein klar. »Ganz ehrlich, Menschen, die glauben, dass Impfen ihre DNA verändert, sollten das lieber als Chance betrachten.«

Haderlein stand auf und wandte sich dem Ausgang zu. »Abführen« war dann der letzte Kommentar, den der Querulant von Haderlein zu hören bekam, ehe er von dem hinter ihm stehenden

Polizisten gepackt und behandschellt, wie er war, zum Ausgang geschoben wurde.

*∗∗

Auf der Fahrt nach Egenhausen klärte Klaus Gütling die beiden Bamberger Kommissare darüber auf, welch bauhistorisch bedeutenden Ort die Steinbrüche in Egenhausen darstellten. »Weil der Sandstein bei Egenhausen nahe an die Oberfläche tritt, wurde er hier seit dem Mittelalter aus dem Boden geholt. Die Natur hat die Flächen längst wieder zurückerobert und in landschaftliche Biotope verwandelt. Vier Steinbrüche gab es, dazu zählen das zugeschüttete Kieselloch oberhalb von Vasbühl sowie der Steinbruch an der Grotte links der Straße nach Schnackenwerth, der 1955 eingestellt wurde. Zu dem fahren wir jetzt. Von dort wurden im 16. Jahrhundert die Steine für das Schweinfurter Rathaus und Mühlentor geliefert. Ein dritter Steinbruch lag am Teufelsgraben Richtung Schleerieth, der vierte am Geißberg, an der Grenze zu Geldersheim. Dort wurden harte Steine für Schleif- und Wetzsteine gebrochen«, berichtete Gütling. »Es gibt kaum ein größeres Bauwerk in der Umgebung, das man ohne Egenhäuser Sandstein errichtet hat. Der äußerst seltene grünliche, sehr harte Sandstein wurde in zahlreiche Länder versandt. Der warmgelbe Sandstein, den die Steinbrüche lieferten, wurde meist künstlerisch verarbeitet. Ab 1613 waren in Egenhausen auch mehrere Steinhauerwerkstätten namentlich bekannt, was natürlich zur Bekanntheit des Dorfes beitrug. War es zuvor noch das Dorf der Steinbrüche gewesen, wurde es nun zu einem Dorf der Steinhauer. Namen wie Pfister, Rehm, Lippert, Friedrich, Röder, Christ und Gosohorsky sind bis weit über die Grenzen des Schweinfurter Raumes hinaus in vielen Kirchenbaurechnungen Frankens zu finden. Diese Meister schufen auch die zahlreichen kunstvollen Bildstöcke und Altäre, die man in der Umgebung bewundern kann. Fünfunddreißig davon allein auf Egenhäuser Gemarkung.«

Gütling war richtig begeistert und empfahl ihnen einen Besuch im Egenhäuser Bildstockzentrum, in dem man zum Beispiel erfahren könne, welches Werkzeug zur Herstellung eines Bildstocks benötigt wurde und mit welchen Zeichen die Steinmetze ihre Steinlieferungen kennzeichneten. Dort gebe es auch eine Aufnahme des Lieds ›Der Egenhäuser Steinhauer‹. Dann kam er zum eigentlichen Grund ihres Hierseins zurück.

»Unser Steinbruch ist aber wie gesagt der in Richtung Schnackenwerth. Neben dem Steinbruch befindet sich eine sehr schöne Mariengrotte, aber die wird uns heute wahrscheinlich nur am Rande interessieren. Wir müssen ja zum höchsten Punkt des Steinbruchs, wo wir damals die enthauptete Leiche gefunden haben.«

Andrea Onello steuerte ihren weißen Suzuki gemäß den Anweisungen des Schweinfurter Kommissars kurz vor dem Ortsschild Egenhausens nach rechts in die Flur und auf schmalen Wegen weiter bis zu dem völlig verwilderten alten Steinbruch.

»Das war's, wir sind da«, stellte Gütling lapidar fest. »Ist schon ein komisches Gefühl, wenn man nach dreißig Jahren wieder an so einen Ort zurückkommt.«

Klaus Gütling wirkte beinahe ein wenig ergriffen, und auch Andrea Onello war nicht völlig gefühlsfrei, als sie den Motor abgestellt hatte und den Ort betrachtete, den sie bisher nur von den alten Fotografien her kannte. Bernd Schmitt hingegen schien die ganze Angelegenheit eher emotionslos zu betrachten, sein Augenmerk galt dem Lehrling Presssack, den er umgehend an die frische Luft gehoben hatte, woraufhin er ihn nun an seinem selbst gebastelten Spezialgeschirr anleinte. Dann gab es noch ein kleines Stück gekochte Kartoffel, denn Kommissarin Annalena Bock aus der Schweinfurter Dienststelle hatte tatsächlich welche besorgen können. Presssacks Lieblingsspeise war zwar kalt und außerdem italienischer Herkunft, aber dem Polizeischüler einerlei, er wollte das leckere Teil ja einfach nur essen und sich nicht mit ihm unterhalten.

»Alles klar, dann wollen wir mal«, sagte Klaus Gütling und lief einfach los, die beiden Kommissare und Presssack eilten notgedrungen hinterher.

Nach ungefähr zweihundert Metern stoppte Gütling bereits wieder. »Hier ungefähr muss es gewesen sein.« Er zeigte mit der rechten Hand auf eine Stelle direkt vor seinen Füßen. »Die Spürhunde führten uns direkt hierher, und die Spurensicherung fand eine große Menge von Peter Schlereths Blut auf beziehungsweise im Boden, was den Tatort als solchen bestätigte. Viel mehr war hier allerdings nicht zu finden, nur noch ein paar undeutliche Fußabdrücke, die wir niemandem zuordnen konnten.«

Andrea Onello und Lagerfeld nickten und verschafften sich erst einmal ein optisches Bild von der Lage. Presssack für seinen Teil war zwar angeleint, machte sich aber anscheinend schon seine ersten olfaktorischen Gedanken, denn er schnüffelte äußerst interessiert über das Stück Boden, auf dem vor langer Zeit ein Mensch sein Leben gelassen hatte.

»Tja. Und von hier hat unser unbekannter Mörder die Leiche irgendwie nach dort oben geschleppt«, fuhr Gütling fort und zeigte mit ausgestrecktem Arm nach oben zu der Stelle, die über einen schmalen, leicht gewundenen Pfad erreicht werden konnte.

»Warum hat er das wohl gemacht? Wozu diese Mühe?«, überlegte Andrea Onello laut.

Diese Mühe machte sich ihr Kollege und Schweinepfleger Lagerfeld nicht, er richtete sein Augenmerk lieber auf Tatsachen und die unbestrittene Notwendigkeit, dieses Polizeiferkel zu einer spürtechnischen Allzweckwaffe sondergleichen auszubilden. Hier unten war diesbezüglich nichts zu gewinnen. Presssack führte seine kleine, emsige Nase zwar immer noch höchst interessiert über den Boden, aber selbst für ein Schnüffelgenie wie ihn waren dreißig Jahre eine unüberbrückbare Schwelle. Sollten sich jemals Geruchsspuren des Täters auf dem Gelände befunden haben, so waren diese längst verblasst und verweht.

»Na, dann gehen wir doch einfach mal nach oben«, schlug Lagerfeld vor, und die kleine Gruppe brach auf.

Lagerfeld marschierte mit Presssack an der Leine voraus, Klaus Gütling und Andrea folgten ihm. Es dauerte nicht lange, dann waren die Ermittler an der Steinbruchkante angelangt. Nach den paar Höhenmetern, die sie dabei zurückgelegt hatten, kämpfte der pensionierte Kommissar aus Schweinfurt ziemlich mit seiner Kondition, und der kleine, rundliche Presssack gab nicht gerade ein wesentlich besseres Bild ab.

Als Gütling wieder einigermaßen zu Kräften gekommen war, ging er noch ein paar Schritte, schaute sich prüfend um und deutete schließlich erneut auf den Boden. »Hier ist es gewesen, hier haben wir die erbarmungswürdige Leiche von Peter Schlereth gefunden, der man den Kopf –«

Weiter kam Klaus Gütling nicht, denn Presssack war bei seiner spontanen Schnüffelei an diesem fremden Stückchen Erde augenscheinlich fündig geworden. Mit hektischem Schnaufen und energisch quiekend scharrten seine Vorderläufe über den Boden, kamen aber nicht so richtig voran, da die Erde an dieser Stelle mit dichtem Gras überwachsen war.

Der Schweinfurter Kommissar schaute verdutzt auf das kleine Schwein, das sich mehr und mehr in seine Graberei hineinsteigerte. Ein ziemlich ungewöhnliches Verhalten für ein Schwein, da diese ihre Füße normalerweise nicht zum Scharren benutzten, sondern ausschließlich mit dem Rüssel arbeiteten.

»Presssack hat was gefunden«, stellte Lagerfeld fest, was inzwischen aber sowieso jedem hier klar geworden war. Dass es etwas mit dem Mordfall zu tun haben könnte, glaubten zwei der drei Kommissare allerdings nicht, der war schon viel zu lange her. Allein Bernd Schmitt hatte diesbezüglich großes Vertrauen in die Fähigkeiten seines Schützlings.

»Was soll das Schwein hier schon finden«, meinte Klaus Gütling mit leicht abschätzigem Unterton, »Kartoffeln?«

Er handelte sich einen tadelnden Blick von Andrea Onello ein. Lagerfeld hatte aber gar nicht zugehört, sondern ein verkratztes, altes Taschenmesser aus den Tiefen seiner Jackentasche gezaubert, in der Absicht, Presssack bei seiner Graberei zu unterstützen. Um seinem Auszubildenden das Leben zu erleichtern, schnitt er mit seinem Schweizer Armeemesser ein circa zwanzig mal zwanzig Zentimeter großes Stück aus dem Rasen. Als der blanke Boden darunter zum Vorschein kam, hielt Presssack kurz inne, schnüffelte intensiv mit seinem kleinen Rüssel über die Stelle und begann dann erneut, wie ein Verrückter mit seinen Vorderfüßen auf dem Boden herumzukratzen.

Während Klaus Gütling nur genervt mit dem Kopf wackelte, stieß Lagerfeld die Klinge seines Taschenmessers in den Boden und begann zu graben. Presssack versuchte zwar, ihm dabei zu helfen, aber mit seinen kleinen Füßen schaufelte er eigentlich mehr Dreck in das Loch zurück, als er herausbeförderte. Andrea Onello konnte sich das Ganze irgendwann nicht mehr mit ansehen und bückte sich, um das kleine Ferkel von seiner sinnlosen Fronarbeit zu befreien, als Lagerfeld auf einmal innehielt und einen überraschten Laut ausstieß.

»Was ist das denn?«, rief er und hielt seinem Auszubildenden den gefundenen Gegenstand unter den Rüssel.

Presssack schnüffelte kurz daran, dann begannen seine Augen zu leuchten, und der kleine Ringelschwanz wedelte heftig hin und her.

»Na, schau mal einer an«, brachte Lagerfeld erstaunt hervor und erhob sich. Andrea und Gütling kamen neugierig heran, um zu sehen, was das Ferkel denn so Spannendes gefunden hatte. Sie waren allerdings genauso ratlos wie zuvor, als sie sahen, was auf Lagerfelds Handfläche lag. Es war ein Zahn. Allerdings einer, wie sie ihn zuvor noch nie gesehen hatten.

»Sieht aus, als wäre der von einem Drachen«, meinte Lagerfeld unschlüssig.

»Oder von einem Hai«, schlug Klaus Gütling leicht belustigt vor.

»Krokodil wäre auch noch möglich«, ergänzte Andrea Onello, aber irgendwie glaubte sie selbst nicht daran.

Von welch wundersamem Wesen der Zahn auch stammen mochte, der Fund war für Presssack bestimmt ein toller Erfolg, aber ohne Relevanz für ihren aktuellen Fall.

Kriminalkommissar Schmitt schien das aber irgendwie anders zu sehen. Er strich seinem kleinen, runden Helden sanft mit der Hand über den Kopf, um ihn dann überschwänglich zu loben.

»Gut gemacht, Großer, sehr gut gemacht. Dafür gibt's Kartoffeln ohne Ende, mein Lieber.«

»Und was willst du jetzt mit deinem Drachenzahn machen, du größter aller Ermittler?«, frotzelte Andrea Onello.

»Das ist ein polizeiliches Beweisstück, also nehm ich es mit«, meinte Lagerfeld lapidar. Dann steckte er den Drachenzahn oder was auch immer Presssack da im Boden gefunden hatte in seine Hosentasche.

»Du hast ja 'nen Knall«, bekam Lagerfeld von seiner Kollegin zu hören, und Klaus Gütling schüttelte sprachlos den Kopf. Seriöse Polizeiarbeit hatte zu seinen Zeiten wahrlich anders ausgesehen. Schnüffelschweine bei der Bamberger Polizei, er war wirklich froh, nicht mehr aktiven Polizeidienst schieben zu müssen.

Der Bamberger Kommissar namens Schmitt hatte jetzt zu allem Überfluss auch noch eine Packung Zigaretten aus seiner abgewetzten Jacke gefummelt und zündete sich in aller Seelenruhe eine an.

»Ich dachte, du wolltest damit aufhören?«, wunderte sich Andrea Onello, die Lagerfeld schon lange nicht mehr mit einer Kippe im Mundwinkel gesehen hatte.

Der nahm einen tiefen Zug, bevor er antwortete. »Ja, wollte ich. Meiner Familie und meiner Gesundheit zuliebe. Aber beides ist mir im Moment ziemlich egal. Außerdem hilft Rauchen beim Nachdenken, zumindest zeitweise. Vor allem dann, wenn man eigentlich gar nicht nachdenken will. Aber das wird ein alkoholfreier, veganer Nonstop-Gesundleber wie du, Andrea, wohl niemals verstehen.«

Andrea Onello merkte sofort, dass die fehlende Anerkennung für Presssacks Erfolg offensichtlich schon ausgereicht hatte, den guten Bernd in seine depressive Stimmung zurückzubefördern.

»Na gut«, gestand Bernd Schmitt ernüchtert. »Irgendwie hatte ich mir von der Besichtigung hier mehr erhofft.« Er betrachtete missmutig den kleinen Presssack, der aber ziemlich zufrieden mit dem Schwänzchen wedelte.

»Dann wollen wir mal ins Dorf und uns nach dieser Amelie erkundigen, vielleicht haben wir damit mehr Glück«, sagte Klaus Gütling aufmunternd.

Andrea Onello hatte nichts dagegen einzuwenden, und auch Lagerfeld nickte zustimmend. Er warf seine halb gerauchte Zigarette in den Steinbruch hinunter, und zusammen machten sie sich ohne weiteren Kommentar an den Abstieg.

***

Wieder einmal hatte Christian Seufert die Post für seine Schwester weggeschickt und war nun wieder auf dem Heimweg. So ging das jetzt seit vielen Jahren, aber er erledigte es ohne Murren. Ein- bis zweimal im Monat schickte er ein kleines Paket zu ihr. Darin waren hauptsächlich Rechnungen und die Anschreiben von Versicherungen und Ämtern, aber manchmal auch Briefe, Postkarten von alten Bekannten oder Freunden, wobei Letzteres immer mehr eingeschlafen war. Eine Freundschaft, so eng sie auch war, ging irgendwann zugrunde, wenn der persönliche Kontakt über Jahrzehnte nicht mehr zustande kam.

Amelie war nur seine Halbschwester, aber er würde alles für sie tun, das hatte er ihr schließlich versprochen. Erst hatten sie familienbedingt jahrelang keinen Kontakt gehabt, dann war seine kleine Schwester 1993 eines Morgens völlig aufgelöst bei ihm aufgetaucht, um sich bei ihm zu verkriechen. Zuerst hatte er ihre Geschichte nicht geglaubt, aber als er die Zeitungsberichte über den grauenvollen Mord in Bad Neustadt las, fing er an, die irren Einlassungen seiner Schwester für voll zu nehmen. Die ganze Wahrheit hatte sie ihm bis zum heutigen Tag nicht erzählt, weil sie ihn schützen wollte. Christian Seufert fand das zwar ein wenig übertrieben, aber er akzeptierte ihren Wunsch. Seine Schwester war zuvor schon mal zeitweise bei ihm untergekommen, nachdem sie aus der Psychiatrie in Werneck entlassen worden war. Und jetzt hatte er Amelie erneut geholfen, diesmal, um komplett unterzutauchen. Er löste ihren Arbeitsvertrag, besorgte ihr eine neue Bleibe, die möglichst weit weg von der Rhön war, aber trotzdem noch nah genug, dass er ihr helfen konnte, wenn sie Probleme bekam. Über gute Bekannte in Bad Staffelstein hatte er ihr innerhalb kürzester Zeit das abgelegene

Häuschen in Dittersbrunn besorgt, damit sie von der Bildfläche verschwinden konnte. Sie hatte dort nur eine Hausnummer und auch keinen offiziellen Wohnsitz, sondern war seit 1993 bei ihm in Bastheim gemeldet. Alle Zusendungen erreichten zuerst ihn, und er schickte alles in regelmäßigen Abständen mit der Post zu ihr. Einen Festnetzanschluss besaß Amelie ebenfalls nicht, nur ein Handy, aber das tauchte in keinem öffentlichen Verzeichnis auf. Sie benutzte Messengerdienste, aber keine Social Media. Wer auch immer in Deutschland nach einer Amelie Imhof suchte, würde zuallererst bei ihm landen. Und wenn nicht gerade die Polizei oder der Bundespräsident vor seiner Tür stand, würde er alle Anfragen, wie sie auch immer geartet sein mochten, zurückweisen.

Bastheim war die größte Gemeinde im Besengau im unterfränkischen Landkreis Rhön-Grabfeld. Der Ortsname erklärte sich durch die Tätigkeit des Besenbindens aus Reisern, Zweigen der Birke, die von der Bevölkerung aus wirtschaftlicher Not in den Wintern des 18. und 19. Jahrhunderts ausgeübt wurde. Geografisch war die Gemeinde Bastheim mit all ihren Ortsteilen mit dem sogenannten Besengau im Tal der Els im Grunde identisch.

Hier war Christian Seufert geboren, und hier würde er auch sterben, das hatte der heimatverbundene Schlosser schon immer gewusst. Er war ein bodenständiger Mensch, der einfach nur sein Leben leben wollte und dabei eigentlich ganz zufrieden war. Frauen hatten in seiner Vergangenheit keine große Rolle gespielt, und jetzt würde er auch nicht mehr damit anfangen, eine geeignete Partnerin zu suchen. Die einzige Frau in seinem Leben war seine Halbschwester, und um die kümmerte er sich, so gut er nur konnte. Auch Amelie war seit ihrem Wegzug ohne männliche Begleitung. Sie hatte jegliche weitere Beziehung abgelehnt, wahrscheinlich wegen des fürchterlichen Schocks, den sie damals erlitten hatte. Vielleicht lag dieses dauerhafte Singledasein aber auch ein wenig in der Familie.

Mehrfach in den vergangenen Jahrzehnten hatte Christian versucht, Amelie dazu zu überreden, doch noch zur Polizei zu gehen und alles, was sie wusste, zu erzählen, aber das lehnte seine

Halbschwester bis zum heutigen Tag vehement ab. Sie war der Überzeugung, niemand würde ihr glauben, so ohne Beweise, und noch dazu wollte sie einem ganz bestimmten Menschen in ihrem Leben nie mehr über den Weg laufen. Nein, für Amelie war dieses Leben in der absoluten Anonymität die einzige Lösung, und Christian Seufert akzeptierte das.

Er schloss die Haustür hinter sich und ging ohne weiteren Zwischenstopp in die Küche. Die Schubladen der kleinen Kommode im Flur standen leicht offen, und auch ein paar Stifte der Pinnwand neben der Tür lagen auf dem Boden, was er in seiner Gedankenlosigkeit aber nicht bemerkte. Es war Samstagmorgen, Zeit für sein Frühstück und damit einer der heiligen Momente im Tagesablauf des ledigen Schlossers. Gott sei Dank hatte er jetzt erst einmal zwei Wochen Urlaub. Bis nach Pfingsten konnte er es sich zu Hause wieder einmal so richtig bequem machen. Er hatte genug mit sich und seinen Hobbys zu tun, er brauchte keine Gesellschaft und wollte auch niemanden mehr an seiner Seite. In der Küche hängte er seine Jacke über einen Stuhl und öffnete die Kühlschranktür. Als er sie, mit Wurst, Käse und gekochten Eiern beladen, wieder schloss, stand ihm ein Mann gegenüber. In den Sekunden, in denen er noch bei Bewusstsein war, erkannte er eine schüttere Stirn und ein schwarzes Priestergewand mit weißem Stehkragen. Dann war da nur noch der heftige Schmerz in seinem Kopf und anschließend Dunkelheit.

Als er wieder zu sich kam, stand ein Priester über ihm, der ihn mit seltsamen Blicken musterte. Christian Seufert ahnte sofort, wer der Mann war. Ungekannte panische Gefühle stiegen aus seinem tiefsten Inneren in ihm auf.

Aus einem ersten Impuls heraus wollte er ihn anschreien, beschimpfen, was auch immer. Aber er schaffte es, zu schweigen. Wenn seine Halbschwester recht hatte, schwebte er gerade in Lebensgefahr. Noch immer war da diese Skepsis in ihm, Amelie könnte mit ihren panischen Bedenken übertrieben haben, aber im Moment hatte er auch eine Scheißangst.

Christian Seufert wusste genau, was der Eindringling von ihm wollte, denn er hatte Amelies Adresse und Telefonnummer nirgendwo niedergeschrieben. Diese Information gab es ganz exklusiv nur in seinem Kopf. Der Mann in dem Priestergewand trat näher, ganz nah an ihn heran, und erst jetzt wurde Christian Seufert bewusst, dass er mit den Händen auf dem Rücken an einen seiner Küchenstühle gefesselt war. Der Pfarrer hielt ein kleines Messer mit einer unglaublich dünnen, spitzen Klinge in der Hand, die er ihm direkt vors Gesicht hielt.

»Die Adresse«, raunte er, aber Christian Seufert schüttelte nur stumm den Kopf. Er wusste, wenn er überleben wollte, durfte er keinesfalls Amelies Wohnort preisgeben. Stattdessen ging er verbal zum Angriff über.

»In der Wohnung wirst du sie nicht finden, ich habe sie nirgends notiert. Also wirst du sie nicht kriegen, du blödes Arschloch.« Er schwor sich selbst darauf ein, den Aufenthaltsort seiner Schwester unter keinen Umständen preiszugeben.

Das Gesicht des Mannes war jetzt nur noch Zentimeter von seinem entfernt, und Christian Seufert sah, dass in den eiskalten Augen ein unstetes Feuer loderte.

»Amelie, die Adresse«, knurrte der Fremde und hielt ihm einen kleinen Notizblock und einen Kugelschreiber unter die Nase, aber wieder schüttelte Christian standhaft den Kopf.

Ein schmales Lächeln legte sich auf das Gesicht des Mannes, aber es erreichte die Augen nicht. Und noch bevor die feine Klinge das erste Mal in das Fleisch seines Oberschenkels drang, war Christian Seufert klar, dass er leiden würde.

※※※

So eine verrückte Aktion hatte er in seinem ganzen Leben noch nicht durchgezogen. Sich mit Vorräten auf einen Berg hocken und auf die mutmaßliche Traumfrau warten. Es war jetzt der dritte Tag, an dem er bei Sonnenaufgang ins Auto gestiegen und zum Veitsberg gefahren war. Das Ganze begann sich bereits zu einer Art Ritual zu verfestigen. Wenn er ehrlich war, hatte es sogar etwas. Die immer gleichen Abläufe brachten Ruhe und etwas Frieden in sein aufgewühltes Leben. Trotzdem wäre es

Florian Kauper lieber, Amelie würde ihm demnächst die Ehre erweisen und den Veitsberg aufsuchen. Aber das lag in Gottes Hand, also musste er sich wohl oder übel fügen und das Schicksal nehmen, wie es kam.

Und es kam, an diesem Morgen sollte er endlich erlöst werden. Florian hatte mehr als drei Stunden seines selbst gewählten Exils hinter sich, als auf einmal ein kleiner weißer Hund vor ihm stand, so eine Art Kreuzung aus Chihuahua, Robbe und einem Hasen. Er erkannte ihn sofort wieder.

»Na, was bist du denn, ein kleiner weißer Zimmerwolf, oder was?«, fragte er das Hündchen, als hätte er ein kleines Kind vor sich.

»Das ist ein Taschenhund, die werden nicht größer«, antwortete ihm eine weibliche Stimme. Ganz langsam drehte er sich um, und da stand sie. Jeans, ein weißes Hemd, und die rotblonden langen Haare bewegten sich leicht im Wind. Amelie hatte ihn natürlich sofort erkannt und schaute ihn mit einem ziemlich seltsamen Blick an. Nicht Angst oder Panik, sondern Misstrauen lag darin. »Was machst du hier, Florian, was soll der Aufstand?«, fragte sie mit leicht aggressivem Unterton und deutete auf die Ausrüstung, die er mit auf den Berg geschleppt hatte.

»Ich habe auf dich gewartet«, erwiderte er nur und schaute ihr so intensiv in die Augen, dass sie den Blick abwenden musste und zu Boden sah, mutmaßlich, um sich zu sammeln.

»Warum? Warum hast du auf mich gewartet?«, fragte sie, als sie aufblickte, und Florian Kauper konnte sehen, dass sie wieder weinte. Er holte eine Packung Papiertaschentücher aus seinem Rucksack und reichte ihr eines davon.

»Weil ich mit dir reden will, Amelie. Ich lasse mich nicht so einfach abspeisen. Du bedeutest mir was, verstehst du das nicht? Ich möchte, dass du mir alles erzählst, was dich so traurig und so panisch macht. Dann, wenn ich kapiert hab, was in deinem Leben los ist, dann geh ich … vielleicht, kommt ganz darauf an. Aber vorher, bevor ich nicht wenigstens andeutungsweise Bescheid weiß, wirst du mich nicht los, da kannst du machen, was du willst. Also entweder redest du jetzt mit mir, oder ich sitze das ganze Jahr hier rum, bis du es machst.«

Er betrachtete die lang erwartete wunderschöne Frau, die sich schniefend neben ihm auf der Bank niederließ, in aller Ruhe. Sie würde jetzt nicht mehr weggehen, das spürte er, heute nicht.

Es brauchte noch ein paar Taschentücher, deren Vorrat sich allmählich dem Ende zuneigte, bis Amelie wieder kommunikationsfähig war, dann schaute sie ihn aus geröteten, unendlich traurigen Augen an. Florian Kauper konnte fast körperlich spüren, wie sie mit sich kämpfte, aber dann war auch die letzte Träne getrocknet, und der rotblonde Engel vermochte wieder zu sprechen.

»Ich weiß wirklich nicht, ob das so eine gute Idee ist, Florian, ich habe eine wahnsinnige Angst davor, dir alles zu erzählen. Aber hier ist sowieso nicht der richtige Ort dafür. Pack deine Sachen zusammen und komm runter zu mir ins Haus«, sagte sie, »denn das wird eine lange Geschichte.«

Florian Kauper war sowohl erfreut als auch erleichtert. Irgendetwas musste diese Frau also für ihn übrighaben, sonst hätte sie dem hier kaum zugestimmt. In aller Eile begann er, seine Siebensachen zusammenzusuchen, von denen er nicht eben wenige dabeihatte, wie er erneut feststellte.

»Okay, geh doch schon mal ins Dorf. Ich pack alles zusammen und komm dann mit dem Auto nach«, schlug er vor, was bei Amelie einmal mehr eine völlig andere Reaktion auslöste als erwartet. Ihre Augen wurden groß wie Untersetzer und ihr Gesicht leichenblass, ehe sie mit bebender Stimme antwortete.

»Nein, das machst du nicht, Florian. Du bringst deine Sachen in dein Auto und läufst zu mir nach unten, verstanden? Ich möchte nie mehr, dass dein Auto vor der Tür steht. Entweder du kapierst das, oder du kannst gleich wieder heimfahren!«

Wie ein urzeitlicher Racheengel stand sie da, den rechten Arm energisch in seine Richtung ausgestreckt, und deutete angriffslustig auf seine Sachen und auf ihn. Florian Kauper fühlte sich wieder einmal wie die Kuh vorm Uhrwerk, er kapierte überhaupt nichts. Letztendlich machte es aber ja keinen Unterschied, wo sein Auto stand, also war die ganze negative Energie gerade überhaupt nicht nötig.

»Ist ja gut, ist ja gut«, meinte er beschwichtigend. »Ich komm gelaufen, keine Sorge. Ganz wie meine Herrin und Meisterin befiehlt«, erklärte er lächelnd und hob, zum Zeichen seiner bedingungslosen Ergebenheit, beide Hände in die Luft.

Seine Herzdame schaute ihn noch einen Moment lang böse an, dann musste sie aber auch lachen.

»Gut, also dann bis gleich«, sagte sie schmunzelnd, drehte sich um und machte sich zusammen mit ihrem Taschenhund auf den Heimweg.

* * *

Es dauerte eine Weile, bis sie in Egenhausen jemanden fanden, der ihnen eine Auskunft erteilen wollte und auch konnte. Genau gegenüber der damaligen Wohnung von Amelie I. öffnete ihnen schließlich eine alte Frau die Tür und schaute sie mit einer Mischung aus Neugierde und Misstrauen an. »Erika Baier«, stand auf dem Türschild, also konnten sie wohl davon ausgehen, dass diese Person gerade vor ihnen stand. Andrea Onello ergriff die Initiative und holte ihren Dienstausweis hervor, den sie der Frau vors Gesicht hielt.

»Guten Tag, Frau Baier. Wir sind von der Kriminalpolizei und wollten Ihnen ein paar Fragen stellen, wenn es Ihnen nichts ausmacht«, erklärte sie freundlich.

Die alte Dame schien aber ohne ihre Brille nicht viel erkennen zu können und musste Andreas Worten daher einfach einmal glauben, was sie auch bereitwillig tat. Sie nickte ein wenig überrascht und schaute abwartend von einem zum anderen, neugierig, was denn das für wichtige Fragen sein mochten, die ausgerechnet sie beantworten sollte.

Diesmal ergriff Lagerfeld das Wort und hob sogleich auf die damaligen Vorkommnisse ab. »Frau Baier, 1990 gab es in Egenhausen einen Mordfall, das Opfer stammte hier aus dem Ort. Können Sie sich vielleicht noch daran erinnern?«

Ein sofortiges Erkennen leuchtete im Gesicht von Erika Baier auf. Ach, darum ging es also.

»Ja, selbstverständlich erinnere ich mich noch daran, das war ja das größte Ereignis in Egenhausen seit dem Zweiten Weltkrieg. Ich bin jetzt achtzig Jahre alt, aber so etwas Schreckliches habe ich Gott sei Dank nicht noch einmal mitmachen müssen«, entfuhr es ihr.

»Das ist ja schön, Frau Baier, dass Sie noch ein so gutes Gedächtnis besitzen, Donnerwetter«, lobte Lagerfeld die alte Dame, die daraufhin einen roten Kopf bekam und den Kriminalkommissar fast ein wenig schwärmerisch anblickte.

»Ja, das stimmt, für mein Alter bin ich noch total fit, das sagt mein Sohn auch immer, wenn er mich besuchen kommt«, flötete sie fröhlich und lachte übers ganze Gesicht.

»Schön, denn wir haben noch eine Frage zu diesem Fall, die wir leider aus den Akten heraus nicht klären konnten. Und zwar geht es um die damalige Freundin des Mordopfers, die ja hier genau gegenüber gewohnt hat. Wissen Sie vielleicht noch, wie diese Freundin hieß?«

Drei Augenpaare legten sich gespannt auf die alte Frau Baier. Die hatte keinerlei Sinn für künstliche Dramaturgie, aber immer noch ein einwandfreies Gedächtnis.

»Ja, natürlich weiß ich das noch. Ach Gott, das arme Ding. Die hat der ganze Schlamassel so fürchterlich mitgenommen, dass sie danach nach Werneck ins Nervenkrankenhaus musste. Über ein Jahr haben sie sie, glaub ich, da drinbehalten. Das war alles ganz schlimm damals.«

Sie endete mit einem äußerst betroffenen Gesicht und merkte dabei gar nicht, dass sie gerade wunderbar Auskunft gegeben, dabei aber nicht die eigentliche Frage beantwortet hatte. Erst als die fragenden Blicke der Kriminalpolizei weiterhin beharrlich an ihr hafteten, bemerkte sie, dass in ihrer Antwort noch etwas zu fehlen schien.

»Ach so, ja. Amelie Imhof hat sie geheißen, Amelie Imhof. Ein wirklich hübsches Ding, mit Haaren so wie Sie, Frau Kommissarin«, schob Erika Baier nach. »Aber fragen Sie nicht, wo die Amelie jetzt wohnt, das weiß ich wirklich nicht, die hat sich hier in Egenhausen seitdem nicht mehr sehen lassen.«

»Danke, Frau Baier, Sie haben uns wirklich sehr geholfen«, sagte Andrea Onello, da der Kollege Schmitt noch dabei war, fleißig mitzuschreiben, und fuhr sich intuitiv über ihren blonden Pferdeschwanz.

»Und Ihr Gedächtnis ist wirklich phänomenal, leck mich am Arsch, so was hab ich ja noch nicht erlebt«, lobhudelte Lagerfeld, was bei der alten Frau zu einem noch tieferen Rot in der Gesichtsfarbe und einem sehr glücklichen Gesichtsausdruck führte.

Als alle Kommissare, a. D. wie noch im Dienst, wieder auf der Straße standen, hatte sich Lagerfeld bereits mittels seines Handys ins Internet begeben und den Namen Amelie Imhof gegoogelt. Es gab nur zwei Adressen in Deutschland, und keine davon befand sich in der Nähe, geschweige denn in Franken. Trotzdem rief Lagerfeld die beiden angegebenen Telefonnummern an. Er erreichte auch jemanden, beide Auskünfte waren allerdings ein großartiger Reinfall, denn entweder passte das Alter nicht oder die allgemeinen Angaben. Dann versuchte er es bei Honeypenny im Büro, vielleicht war die Frau ja im Melderegister zu finden, aber es war Mittagszeit, und keiner ging ran.

Wäre auch zu schön gewesen. Das roch ja geradezu nach jemandem, der nicht gefunden werden wollte. Oder aber diese Amelie Imhof hatte sich komplett aus Deutschland verabschiedet, dann wäre sie nur mit Interpol und damit äußerst schwer zu finden.

»Und, Satz mit X?«, fragte Andrea Onello und schaute Lagerfeld neugierig an.

Aber der hatte noch ein kleines Ass im Ärmel. Er drehte sich zu Klaus Gütling um und fragte: »Diese Nervenklinik, in der Amelie Imhof untergebracht war, die ist doch hier gleich um die Ecke, oder nicht?«

Gütling nickte. »Im Schloss Werneck, das ist nur ein paar Kilometer von hier, warum?«

»Weil wir da jetzt hinfahren«, verkündete Kommissar Bernd

Schmitt und war schon auf dem Weg zu Andreas Suzuki, als seine beiden Mitstreiter ihm noch verblüfft hinterherschauten.

Der Leiter des psychiatrischen Krankenhauses in Werneck, Professor Dr. med. Polz, blickte leicht irritiert von einem Kommissar zum nächsten.

»Sie wollen, dass ich Patientendaten herausgebe, ist das Ihr Ernst?«, fragte er die vor ihm stehenden Polizeibeamten ungläubig.

Eine klare Sache für Kriminalkommissar Bernd Schmitt, der ein Meister der Improvisation und mit unglaublicher Überzeugungskraft gesegnet war.

»Kommen Sie doch mal kurz«, sagte er zum Leiter der Klinik und zog und schob ihn einfach ein paar Meter weiter.

Andrea Onello und Klaus Gütling sahen zu, wie er mit dem Professor diskutierte und besonders zum Schluss heftig gestikulierte. Das Ganze dauerte eine geschlagene Viertelstunde, es ging hin und her, bis ein verschworen dreinblickendes Pärchen zu ihnen zurückkehrte. Antworten gab es erst einmal keine, dafür wandte sich Professor Dr. med. Polz an seine Sekretärin, die sich während der ganzen Zeit der Entscheidungsfindung vornehm zurückgehalten hatte.

»Frau Wenske, setzen Sie doch bitte mal ein kurzes Anschreiben an Frau Amelie Imhof auf, dass Sie mich bitte einmal persönlich anrufen möchte. Das stecken Sie dann in einen adressierten Briefumschlag und legen diesen hier auf den Tisch.«

»Herr Professor, da würde doch auch ein einfacher Anruf –«

»Machen Sie es einfach, Frau Wenske!«, fuhr sie ihr Chef und Klinikleiter genervt an, was bei der angepfiffenen Sekretärin eine spontane Schreibwut auslöste.

Zwei Minuten später lag ein fertig adressierter und zugeklebter Brief auf dem Tisch der Sekretärin, den der Klinikleiter Polz nun in die Hand nahm und an Lagerfeld weiterreichte.

»Herr Schmitt, könnten Sie als Kriminalkommissar bitte einmal überprüfen, ob dieser Brief hier den Geheimhaltungspflichten einer Klinik wie der unseren entspricht?« Der Widerwille gegen diese Rechtsbeugung stand dem Professor breit ins Gesicht geschrieben, während beim angesprochenen Kommissar eine völlig andere, weit fröhlichere Gefühlslage vorherrschte.

»Vielen Dank, Herr Professor, das mache ich sehr gern. Die Polizei freut sich doch immer, wenn sie Freund und Helfer sein kann.«

Mit diesen salbungsvollen Worten nahm Lagerfeld den Brief an sich, betrachtete ihn von allen Seiten ganz genau und gab ihn dem Professor schließlich mit einer theatralischen Geste zurück.

»Nun, Herr Professor Polz, ich kann Ihnen versichern, dass der Brief exakt den rechtlichen Vorgaben entspricht, Sie dürfen ihn jetzt gerne verschicken«, erklärte er feierlich. »Vielen Dank, Herr Professor, für Ihre Hilfe, wir wünschen noch einen schönen Tag.«

Mit diesen Worten und einem kurzen Handschlag verabschiedeten sich die Kommissare und waren Sekunden später verschwunden.

»Soll ich den Brief abschicken?«, fragte Frau Wenske pflichtbewusst nach, was ihrer Tagesstimmung definitiv den endgültigen Todesstoß versetzte.

»Schmeißen Sie den verdammten Brief gefälligst in den Reißwolf, Frau Wenske, und sprechen Sie mich heute bitte nicht mehr an, Sie dumme Nuss, verstanden?«, blaffte Professor Polz und stürmte mit puterrotem Kopf aus dem Sekretariat der psychiatrischen Klinik im Schloss Werneck.

Lagerfeld gab sein ergaunertes Wissen preis, kaum dass sie am Parkplatz des Klinikums angekommen waren: »Brunnengasse 10, 97654 Bastheim.«

»Das ist ja merkwürdig. Bastheim? Das liegt genau neben dem Ort Wechterswinkel, aus dem das zweite Mordopfer stammte«, warf Klaus Gütling aufgeregt ein, der schon seit geraumer Zeit nichts mehr gesagt hatte. »Aber mit dem hatte Amelie Imhof eigentlich gar nichts zu tun, zumindest ist sie in diesem Zusammenhang damals nicht aufgetaucht.«

Andrea Onello und Bernd Schmitt sahen sich kurz an, und

beiden ging der gleiche Gedanke durch den Kopf. Einer von ihnen musste ihn nur noch aussprechen.

»Das heißt, der Tatort in Brendlorenzen und der Wohnort dieser Amelie liegen total nah beieinander? Und das ist euch nicht aufgefallen?«, fragte Andrea Onello. Klaus Gütling verzog sichtlich getroffen das Gesicht und versuchte sich an einer Erklärung.

»Na ja, sie tauchte, wie schon gesagt, im Zusammenhang mit dem zweiten Mordfall gar nicht auf. Und warum hätten wir nach ihr fragen sollen, wenn sie doch bereits beim ersten Fall in Egenhausen für uns kein wirklicher Faktor war? Aber im Licht der jetzigen Erkenntnisse betrachtet, haben Sie natürlich recht«, gab der Kommissar im Ruhestand kleinlaut zu.

»Na, dann fahren wir doch einfach mal dorthin, in dieses Bastheim. Vorher könnten wir uns ja noch den Tatort in Brendlorenzen anschauen, der Vollständigkeit halber«, meinte Andrea Onello entschlossen und startete mit der schweigenden Zustimmung der beiden Kollegen den Motor.

✳✳✳

Das Kreuz befand sich oberhalb von Birkach, nicht weit von seinem Dekanat entfernt, in dem er vor langer Zeit seinen Dienst angetreten hatte. Er richtete sich auf und blickte nach halblinks, in die sternenklare Nacht.

Da hatte er sie überall gesucht, in ganz Unterfranken, dabei war sie ganz in seiner Nähe gewesen, all die Jahre. Sein Blick senkte sich, und er betrachtete die erleuchteten Häuser im Tal. Er hob ihn wieder und lenkte ihn auf die entfernten Umrisse von Staffelberg und Veitsberg. Ganz im Süden waren die glitzernden Lichter Bambergs zu erkennen.

Er wandte sich wieder der Figur zu, dem hölzernen Abbild von Gottes Sohn, dessen Haupt mit der Dornenkrone leicht nach unten geneigt war. Diesen Platz, dieses einsam gelegene Feldkreuz, das von einem einfachen Lattenzaun umgeben war, hatte er zu seinem Altar gemacht. Zu einer Opferstätte, Gott zu Ehren. Hier lagen tief in der Erde zwei Schädel begraben, die toten Augen fest auf Gottes Sohn gerichtet. So konnten sie doch immer den Mann sehen, der für sie alle Sünden auf sich genommen hatte. Und der auch ihm zu vergeben hatte, wenn er eines Tages diese Welt verließ, nachdem er sie vom sündigen Fleisch befreit hatte.

Er hatte sie beschützen wollen, so wie er es immer getan hatte, aber dann hatte auch sie gesündigt und war dunklen Mächten verfallen. Sie hatte sich seinem persönlichen Schutz entzogen und fleischlichen Gelüsten hingegeben. Sie war befleckt, beschmutzt und nicht länger eine Heilige. Wer sich mit den Gehilfen des Teufels eins macht, ist fortan eine abtrünnige Hexe, welche die Gebote des Herrn nicht achtet. Aber er würde sie bestrafen, so wie er all jene bestraft hatte, die sich an ihr vergangen hatten.

Die Befleckte hatte wohl gedacht, dass er sie nicht finden konnte, aber er würde sie immer finden, denn sie waren seit ewiger Zeit verbunden, schon vom ersten Aufeinandertreffen an. Und irgendwann machten sie alle einen Fehler, so auch dieses Mal. Niemand entkam seiner gerechten Strafe.

Wieder richtete er sich auf, und sein kalter Blick querte den Talgrund und den Main, hielt die Umrisse des Veitsberges fest umklammert. Es war an der Zeit, zu handeln. Zum letzten Mal würde er einen Kopf nehmen und ihn seinem Herrn und Schöpfer an diesem Kreuz, an diesem Altar zum Opfer bringen. Dann war es vollbracht, und er konnte seinen Frieden mit dem Herrn, seinem Schöpfer, mit der Welt und seinem Leben machen.

Entschlossen löste er den Blick von der dunklen Silhouette des Veitsbergs und begann, hinunter nach Birkach zu laufen, wo er seinen Wagen geparkt hatte.

✳✳✳

Endlich war es geschafft, Florian Kauper saß zusammen mit Amelie an ihrem Tisch in ihrem Häuschen am Veitsberg. Als er sich umgeschaut hatte, war er von der Inneneinrichtung überwältigt gewesen. Ihr Haus war hell und freundlich eingerichtet und machte auf den ersten Blick einen sehr aufgeräumten, sympathischen Eindruck. Was aber sofort ins Auge stach, waren die Engelsfiguren in allen Größen und Variationen, die ihm von jedem nur erdenklichen Platz entgegenblickten. Als sollten sie alles Böse der Welt von diesem Haus fernhalten und die Hausherrin gegen jegliche Unbill verteidigen.

Das war zugegebenermaßen ungewohnt für den eher nüchtern eingerichteten Schreiner, aber es hatte was, nämlich etwas sehr Beruhigendes. Er fühlte sich in diesen Räumlichkeiten sofort heimisch und zu Hause. Zwar konnte er immer noch das seltsame Misstrauen spüren, das von Amelie ausging, aber immerhin hatte er sich so viele Vertrauenspunkte bei ihr erworben, dass er diese heiligen Hallen hatte betreten dürfen.

Amelie hatte ihnen beiden einen Chai Latte gemacht, einen heißen Tee mit aufgeschäumter Milch. Sie saß da, die Hände eng um die warme Tasse Tee gelegt, und betrachtete ihn mit undefinierbarem Blick, als wollte sie noch einmal genau abwägen, wie und ob sie es ihm überhaupt sagen sollte. Es fiel ihr schwer, das Gespräch zu beginnen, das spürte Florian, weshalb er sich auch sehr zurückhielt, um bloß nichts Unüberlegtes von sich zu geben.

Amelie sah den großen, kräftigen Schreiner vor sich sitzen, und sie merkte, dass sie ihn wirklich sehr mochte. Es fühlte sich tatsächlich gut an, dass er hier in ihrem Esszimmer am Tisch saß, und sie hatte keine Angst vor ihm. Ein Umstand, der sie aus demselben Grund gleich wieder verunsicherte. So ein Gefühl hatte sie schon lange nicht mehr verspürt, aber genau das machte ihr Angst. Und zwar eine gewaltige Angst. Sie befürchtete, dass all das, was ihr vor langer Zeit diese traumatischen Erlebnisse beschert hatte, erneut geschehen könnte. Und wenn sie sich noch so oft einredete, dass doch inzwischen über dreißig Jahre vergangen waren, in denen sich der böse Schatten, der über ihrer Jugend lag, längst verzogen hatte. Der Kopf hatte keine Chance gegen die Macht der Gefühle. Das Trauma war immer noch da, präsent wie am ersten Tag. Und doch spürte sie schon seit längerer Zeit, dass sie versuchen wollte, es zu überwinden, und das auch musste.

Vielleicht war ja jetzt der richtige Moment gekommen. Vielleicht saß derjenige, der ihr dieses Trauma nehmen oder es zumindest mit ihr teilen konnte, gerade vor ihr. Es wäre wirklich zu schön.

Natürlich hatte sie ihren Ärzten in Werneck damals alles anvertrauen wollen, aber niemand hatte ihr geglaubt, als sie es versuchte. Ihre Geschichte hatte so irre geklungen, dass man sie lieber gleich noch ein paar Monate länger dabehielt. Man hatte ihre traumatische Störung behandelt, ausgelöst durch die Ermordung ihres damaligen Lebensgefährten. Aber den wahren Grund für ihren Nervenzusammenbruch hatte sie schön für sich behalten. Ihr war klar geworden, dass ihre Geschichte für die Polizei und die Öffentlichkeit nicht glaubwürdig war. Doch die Wahrheit gärte in ihr und fraß sich durch ihre Seele wie eine Säure. Sie musste diesen inneren Zerfall endlich beenden, den Rucksack abstellen, die gewaltige Last loswerden. Und wenn Florian unbedingt dieser Mensch sein wollte, war das vielleicht das Zeichen, auf das sie gewartet hatte.

Aber Vorsicht war die Mutter der Porzellankiste. Sie würde Florian in ihr Leben lassen, allerdings nicht ungeprüft. Zuvor würde sie ihn erst einmal gründlich scannen und abchecken.

»Erzähl doch einfach mal was von dir und deinem Leben«, entfuhr es ihr, was nach Florians Auffassung ein Zeichen dafür war, dass Amelie sich dem eigentlichen Gesprächsthema, nämlich dem Gestehen von gegenseitig empfundenen Gefühlen, lieber auf Umwegen nähern wollte. »Was machst du sonst so, außer schreinern, Florian? Hast du Hobbys?«

»Na ja, zum Beispiel mache ich sehr gerne Sport, Ballsportarten, vor allem aber Radfahren. Das könnte ich sieben Tage die Woche machen, und mir würde nicht langweilig werden. Vergangenes Jahr habe ich außerdem die Jagdprüfung abgelegt, ich bin jetzt also geprüfter Jäger. Aber ob ich das auf Dauer mache, weiß ich noch nicht. Tiere erschießen und ausnehmen ist nicht so mein Fall, habe ich inzwischen gemerkt«, erklärte er fast entschuldigend.

Amelie schaute ihn leicht erschrocken an, denn ein Mensch, der Tiere zum Vergnügen tötete, sammelte bei ihr erst einmal Minuspunkte. Andererseits machte ihr Besucher nicht gerade den Eindruck, als wäre dieses Hobby seine größte Leidenschaft oder gar eine Masche, mit der er bei ihr Eindruck schinden wollte. Daher legte sie diese offenbarte Freizeitgestaltung erst einmal unbewertet auf die Seite und quetschte Florian weiter nach allen Regeln der Kunst aus. Der beantwortete jede ihrer Fragen ruhig und gewissenhaft, obwohl er sich mit der Zeit im Verhörzimmer einer gut ausgebildeten Stasiabteilung wähnte. Dennoch bestand er die Prüfung mit Bravour, denn irgendwann fiel Amelie Imhof einfach keine sinnvolle Frage mehr ein. Alles, was sie wissen wollte, war beantwortet und dazu noch einiges mehr.

Der Kerl war in Ordnung. Florian Kauper schien es ernst zu meinen, und noch dazu war er äußerst hartnäckig und ausdauernd. Bei ihrem Anforderungsprofil als ängstlicher Beziehungspartner keine schlechte Voraussetzung. Amelies Misstrauen legte sich allmählich, und sie begann, sich ganz langsam und vorsichtig diesem Mann zu öffnen und ihm ein wenig zu vertrauen.

Von diesem Tage an trafen sich Amelie Imhof und Florian Kauper in regelmäßigen Abständen, und ihr Verhältnis wurde immer vertrauter und inniger. Jedoch nie enger als eine liebevolle Freundschaft. Denn bei aller für sie ungewohnten Offenheit hatte Amelie zwischen ihnen eine imaginäre rote Linie gezogen, die sie nicht überschritten wissen wollte. Florian Kauper spürte diese Linie fast körperlich, doch er respektierte sie. Kein Kuss, keine innigen Umarmungen, geschweige denn weitergehende intime Handlungen.

Da war immer noch etwas zu klären, es lag eine dunkle, schwere Angelegenheit in der Luft, die vor allem anderen angesprochen werden musste. Und es oblag Amelie, den Knoten zu durchschlagen. Florian Kauper spürte, dass er ihr die Wahl des Zeitpunktes überlassen musste. Er hatte nach wie vor keine Ahnung, was Amelie mit sich herumschleppte, aber dass sie ihn überhaupt so dicht an sich herangelassen hatte, war für sie ein richtig großer Schritt, so viel war ihm inzwischen klar geworden.

So verstrichen Tage und Wochen. Der Winter machte einem sonnigen und warmen Frühling Platz. Die Osterfeiertage verbrachten sie mit vielen Spaziergängen, und irgendwann fuhren sie sogar zusammen mit dem Mountainbike durch die Gegend, was für Florian, den Radfreak, ein ganz besonderes Erlebnis darstellte. Es waren glückliche Tage, aber sie blieben weiterhin platonisch, was den Druck auf ihr Zusammensein ganz allmählich erhöhte, auf sanfte Weise. Was schließlich dazu führte, dass Amelie sich immer mehr an Florian band und endlich den Schritt gehen konnte, den sie so lange vor sich hergeschoben hatte. Eines schönen Tages war es dann so weit.

An einem lauen Frühlingsabend saßen sie an dem alten Holztisch draußen auf der Veranda mit den alten Sandsteinplatten vor Amelies Häuschen und tranken alkoholfreien Rotwein. Das war nichts anderes als Kirschsaftschorle in Rotweingläsern, hatte aber den gleichen optischen Effekt. Nur mit dem Unterschied, dass man davon nicht besoffen wurde, egal wie viel man von dem Zeug trank. Amelie sah zuerst eine Zeit lang in ihr Glas, als hoffte sie, darin die Zukunft zu sehen, um endlich Antworten auf so viele Fragen zu erhalten. Aber der Kirschsaft würde ihr nichts erzählen, da konnte sie so lange starren, wie sie wollte. Sie musste sich also zu einer Fähigkeit aufraffen, die sie schon seit geraumer Zeit nicht mehr hatte aufbringen können: Sie musste vertrauen. Sie musste darauf vertrauen, nicht mehr in ihrer Seele verletzt zu werden, nicht mehr um Leib und Leben fürchten zu müssen. Sie musste ihre innere Burg verlassen und durch die schützenden Mauern nach draußen schlüpfen, um an die frische Luft und das Licht der seelischen Freiheit zu gelangen.

Amelie hob den Blick von ihrem alkoholfreien Rotwein und schaute Florian in die Augen. »Ich muss dir was erzählen. Etwas aus meinem Leben, das ich bis jetzt noch niemandem erzählt habe. Es ist etwas sehr Schlimmes, und es ist wichtig für mich, dass du mir glaubst, auch wenn es noch so verrückt klingt, das musst du mir versprechen, Florian.«

Florian Kauper saß wie versteinert da. Er wusste sofort, was los war. Amelie wollte endlich das loswerden, was seit ihrem Kennenlernen wie eine große schwarze, bedeutungsschwere Wolke über ihnen hing. Er ahnte nicht, was nun auf ihn zukommen würde, wusste aber, dass er es sich ganz sicher anhören und auch aushalten wollte. Er liebte diese Frau, also war ihre Geschichte, ihre Wahrheit, von jetzt an auch seine. Er sagte nichts, sondern nickte nur. Dann nahm er die Flasche und schenkte Amelie und sich noch einmal nach, bis die beiden Gläser bis zum Rand gefüllt waren. Die nun leere Flasche stellte er zurück auf den Tisch und nickte Amelie noch einmal aufmunternd zu.

»Fang an, ich bin bereit und außerdem sehr gespannt.« Er setzte sich in seinem Stuhl zurecht.

»Und du darfst mich nicht unterbrechen«, forderte Amelie. Sie nahm einen Schluck von ihrem alkoholfreien Getränk. Seit ihren Jugendjahren wünschte sie sich, einmal wieder echten Rotwein vor sich stehen zu haben.

»Gebongt, kein Problem.« Er schaute sie abwartend an.

»Das Ganze begann Ende der achtziger Jahre, kurz vor der Wendezeit«, fing Amelie mit leiser Stimme zu erzählen an. Florian hörte ihr aufmerksam zu, und ihm fiel auf, dass Amelie sich dabei emotional komplett zurücknahm, sodass es wirkte, als würde sie über die Geschichte einer Fremden berichten.

∗∗∗

In der Bamberger Dienststelle wollte sich Franz Haderlein gerade mit seinem Chef zu einer kurzen Dienstbesprechung zusammensetzen, als das Telefon auf seinem Schreibtisch klingelte. Kurz zögerte der Kriminalhauptkommissar, da er fürchtete, dass es die Erlanger Rechtsmedizin in Person ihres gehassten Leiters Professor Thomas Siebenstädter sein könnte. Aber dann riss er sich zusammen, es musste ja nicht gleich der ganze Tag einen solch tragischen Verlauf nehmen. Der Mob am Bahnhof, der dieses junge Start-up verwüstet hatte, war eigentlich schon Desaster genug gewesen. Außerdem fühlte er sich bemüßigt, seinem Chef ein wenig über dessen misslungenen Ausflug in die fränkische Landespolitik hinwegzuhelfen, aber wenn es auf seinem Schreibtisch klingelte, war das Gespräch dienstlich und damit vordringlich zu behandeln. Egal, es wird schon nicht so schlimm werden, dachte er, bestimmt nur wieder ein harmloser Alarm, den er schnell aufklären oder zumindest delegieren konnte. »Haderlein, Kriminalpolizei Bamberg, was kann ich für Sie tun?«

Es kam, wie es kommen musste, oder, um es mit den Worten von Oma Betty aus Zückshut auszudrücken: Der Teufel scheißt immer auf den größten Haufen. In diesem Fall entpuppte sich der fäkale Beelzebub als genau derjenige, den Haderlein gerade am wenigsten sprechen wollte.

»Ach, der Herr Kommissar Haderlein, sehr fein«, ertönte die sarkastische Stimme des Leiters der Erlanger Rechtsmedizin, dem die Freude über die Habhaftigkeit seines Lieblingsopfers deutlich anzumerken war. »ich hätte da eine kleine, aber feine Quizfrage für unseren minderbemittelten Häscher der Gejagten. Jetzt passen Sie mal auf, Haderlein, das wird Sie interessieren.«

Der angesprochene Häscher der Bamberger Kriminalpolizei war unschlüssig, ob er das Telefon an die Wand schmeißen sollte oder besser in den Hörer biss, um nicht zu schreien. Was sollte das? Was hatte er verbrochen, dass er von seinem Herrn und Schöpfer zu einem derart niederträchtigen Arbeitstag gerufen worden war? Siebenstädter nutzte derweil den kurzen Augenblick des Gedenkens und des Selbstmitleids, um seine kleine Unterrichtung in wichtigen Fragen der Weltgeschichte loszuwerden.

»Also, Haderlein, passen Sie auf. Im Jahre 1674 forderten Londoner Frauen in einer anonymen Schrift, ein Kaffeeverbot für Männer einzuführen. Der Grund war, das werden Sie nicht glauben, Haderlein, das beliebte Getränk mache die Männer angeblich impotent. So, was sagen Sie jetzt, Herr Oberkommissar? Ist das nicht unfassbar? Und erzählen Sie mir bloß nicht, Sie hätten das bereits gewusst, das glaubt Ihnen nämlich kein Mensch.«

Franz Haderlein hatte nicht besonders oft ein gesteigertes Verlangen nach Alkohol im Dienst, jetzt aber schon. Trat dieses Phänomen bei ihm auf, war es in der Regel ein untrügliches Zeichen emotionaler Überforderung, meist hervorgerufen durch dummschwätzende Erlanger Rechtsmediziner. Er warf einen mehr als verzweifelt wirkenden Blick zu Honeypenny hinüber, die das als Aufforderung verstand, ihrem altgedienten Kollegen sofort ein paar von ihren frisch geschmierten Honigbroten zu bringen. Haderlein versuchte sich unterdessen in Selbstdisziplin und zwang sich zu eiserner Sachlichkeit.

»Famos, mein lieber Herr Professor, ganz famos. Bevor Sie mich wissen lassen, wie die Geschichte für die Londoner Damenwelt ausgegangen ist, würde ich doch gern erst einmal den fachlichen Grund für Ihren Anruf erfahren, wäre das möglich?«

Es war ein heroischer Akt, ein Ausdruck seiner Fähigkeit, unangenehme Emotionen im rechten Moment kasernieren zu können, damit der Fortschritt wichtiger Ermittlungen nicht gefährdet wurde. Ein durchaus lobenswerter, in langen Dienstjahren erprobter und perfektionierter Ansatz, der von seinem Gesprächspartner aber geflissentlich ignoriert wurde.

»Sie sind ein Ignorant, ein Banause der feinen und eleganten Gesprächsführung, Haderlein«, drang es kalt und fast ein wenig beleidigt aus dem Hörer. »Aber bitte, wenn Sie sich unbedingt mit so profanen Themen wie umgebrachten Leichen befassen möchten, will ich Ihrem Drang zur Langeweile, zur gelebten Durchschnittlichkeit nicht im Wege stehen. Bitte, ganz wie Sie möchten, Herr Polizeirat.«

Es entstand eine kurze, bedeutungsschwangere Pause, in der niemand etwas sagte. Haderlein schwieg, weil er nichts zu sagen hatte, Siebenstädter, weil er noch abwartete, ob nicht doch etwas Polizeiliches aus der Telefonleitung gekrochen kam, das er verbal totschlagen konnte. Das blieb aber aus, also gab er es auf und wandte sich ein wenig widerwillig seiner eigentlichen Tätigkeit zu, dem Generieren rechtsmedizinischer Ergebnisse.

»Linkshänder«, warf er Haderlein an den Kopf, ein Brocken, der aus der Leitung auf den Haderlein'schen Schreibtisch rollte und dort völlig unerklärt liegen blieb.

»›Linkshänder‹? Was zum Teufel meinen Sie mit ›Linkshänder‹, Professor? Geht das auch genauer, oder muss ich erst noch die Dechiffrierabteilung des Kriminalbundesamtes bemühen?«

Haderlein bemühte sich zwar darum, die emotionale Ebene bei diesem Gespräch flach zu halten, aber das war ungefähr so einfach, wie ein Pferd im Angesicht einer Klapperschlange zu einer Dressurübung zu bewegen. Zum Glück schien es dem Professor jetzt wichtiger zu sein, seine überlegenen Erkenntnisse zu präsentieren, als sich weiterhin an der semantischen Unterlegenheit seines Gesprächspartners zu ergötzen.

»Was ich damit sagen will, ist, dass Ihr Täter, der dem Unglücklichen hier auf meinem Tisch den Kopf abgetrennt hat, definitiv ein Linkshänder war. Schnittspuren, Schnittrichtung und diverse andere Hinweise, die ein Laie wie Sie niemals begreifen würde, ergeben ein eindeutiges Bild. Der Mörder von Ihrem Kletterfelsen händelt mit links«, erläuterte Siebenstädter mit arrogantem Unterton.

Dann präsentierte er ohne Umschweife auch noch die restlichen Fakten, die sich bei der weiteren Untersuchung der Leichen ergeben hatten. »Des Weiteren lege ich mich beim Alter des Geköpften auf Anfang bis Mitte fünfzig fest, also Geburtsjahr 1965 bis circa 1970. Anscheinend hat der Mann auch viel Sport gemacht, jedenfalls machte der Körper einen ziemlich trainierten Eindruck. Er hat sich also fit gehalten, was ihm aber letztendlich auch nicht viel genutzt hat. Dann gab's noch eine Sache, die ungewöhnlich war, und zwar geht es um das Mordwerkzeug. Die Tatwaffe war nicht nur sehr lang und spitz, sondern auch leicht gebogen. Sie wurde von vorne mit großer Wucht durch den Kehlkopf getrieben und diametral gegenüber zwischen zwei Halswirbel hindurch in das Rückenmark des Opfers. Erst dann wurde mit einem größeren Messer der Kopf oberhalb des letzten Halswirbels abgetrennt, wobei ich mir sicher bin, dass der Täter dies mit einer gewissen Fachkundigkeit tat, will sagen, Ihr Mann hat das nicht zum ersten Mal gemacht. Haben Sie das verstanden, Haderlein, oder muss ich das jetzt alles noch einmal langsam wiederholen?«

»Nein«, erwiderte Haderlein knapp und legte einfach auf. Jeglicher Ärger über Siebenstädters bornierte Art war von jetzt auf gleich verflogen, denn das, was ihm der Professor soeben mitgeteilt hatte, gefiel ihm überhaupt nicht, konnte ihm nicht gefallen.

Wenn er die Aktenlage, die Andrea bei der Schweinfurter Polizei ausgegraben hatte, noch richtig im Kopf hatte, war der Täter aus den Neunzigern definitiv Rechtshänder gewesen. Sollten sie es hier mit derselben Person zu tun haben, hatte der Mann entweder seine Lieblingshand gewechselt, oder er war beidhändig unterwegs. Ersteres war eigentlich ausgeschlossen und das Zweite mindestens ungewöhnlich. Andererseits war ein guter Fußballer auch auf beiden Füßen ausgebildet und konnte rechts wie links Tore schießen.

Haderlein atmete einmal tief durch und notierte das eben Gehörte auf einem Zettel. Sie hatten also weiterhin keine Ahnung, wer der Enthauptete vom Kemnitzenstein überhaupt war. Immer noch hatte niemand eine Person als vermisst gemeldet, auf welche die Beschreibung passte, und Siebenstädter hatte zu diesem Punkt ebenfalls nichts Erhellendes beitragen können. Vielleicht hatten sie es ja hier mit einem Vertreter der Spezies Mensch zu tun, bei dem alle Beteiligten, seien es Verwandte, Bekannte oder sonstige Angehörige, froh waren, dass er diese Welt verlassen hatte. Wenn Andrea und Bernd aus der Rhön zurückkamen, mussten sie sich dringend besprechen und das weitere Vorgehen beschließen. Bis dahin wollte er aber erst einmal mit Fidibus die Tiefen der fränkischen Landespolitik erörtern.

Er schnappte sich eines von Honeypennys Honigbroten und biss hinein. Als er das Brot zur Gänze vertilgt hatte, sah seine Welt schon wieder eine ganze Ecke heller und freundlicher aus.

Der Alumnus

Da standen sie nun am Langen Hansen, dem Hochbehälter, der die Gemeinde Brendlorenzen mit Wasser versorgte. Klaus Gütling hatte sie hierher auf den grasbewachsenen Platz geführt, von dem man eine richtig gute Aussicht in die Rhön hatte. »Also irgendwie hat unser Mörder einen Hang zum Panorama«, bemerkte Andrea Onello, die sonst eher selten ins Zynische verfiel, während sie ihren Blick nachdenklich über das Tal der Brend schweifen ließ, die sich von den Bergen der Rhön kommend durch den Wiesengrund schlängelte. Auch Lagerfeld blickte sich prüfend um, lediglich der ehemalige Schweinfurter Kommissar deutete diensteifrig nach Norden, wo ein kleines Wäldchen auf einem noch etwas höheren Hügel zu sehen war. »Dort oben wurde Martin Scheuplein umgebracht und enthauptet. Dann hat der Täter sein Opfer hier abgelegt. Ganz genau weiß ich es nicht mehr, aber dies müsste ungefähr die Stelle gewesen sein, an der damals –«

Gütling verstummte, denn Presssack, der einem mit einer Kurbel aufgezogenen Kinderspielzeug gleich seine vier Beinchen in die Erde gestemmt hatte, versuchte mit puterrotem Kopf, seinen kleinen Rüssel an einer ganz bestimmten Stelle unter die Grasnarbe zu bekommen.

»Geht das schon wieder los«, bemerkte Klaus Gütling sichtlich mitgenommen. Er fühlte sich in seinem Redefluss gestört und war von dem Getue dieses oberfränkischen Ermittlerferkels allmählich genervt. Zumal es doch sowieso nur sinnlosen Krimskrams zutage förderte. Er hatte keine Ahnung, warum sich der Bamberger Kollege so mit diesem dicken Schweinchen abgab.

Aber Lagerfeld nahm grundsätzlich alles ernst, was Presssacks Spürsinn ans Tageslicht brachte, auch wenn es augenscheinlich nutzlose Drachenzähne waren, mit denen niemand etwas anfangen konnte. Also ging er auf die Knie, holte sein angerostetes

Schweizer Taschenmesser heraus und half seinem Azubi beim Graben. Andrea Onello und Klaus Gütling schauten sich bedeutungsschwanger an und rollten mit den Augen, sagten aber beide nichts. Wozu auch, es hatte ja eh keinen Sinn.

»Aha«, kam es vom Kollegen Schmitt, und sie sahen, wie sich Lagerfeld wieder aufrichtete. Anscheinend hatte das kleine Ferkel wieder etwas gefunden, das Lagerfeld nun mit seinen Fingern mühsam vom Dreck befreite.

»Und, was isses diesmal? Eine Glasperle? Ein Mäuseknochen? Oder gar ein Fahrradventil?«, spottete Gütling, woraufhin ihm Bernd Schmitt kommentarlos das nun klar zu erkennende Fundstück hinhielt.

»Ein Drachenzahn!«, entfuhr es Andrea Onello, und sie hielt sich überrascht die Hand vor den Mund. Auf Lagerfelds Handinnenfläche ruhte ein fast identischer Zahn wie der, den Presssack am Steinbruch in Egenhausen gefunden hatte. Nur dass an diesem Zahn noch ein Rest von einer verrosteten Halskette hing.

»Leck mich doch am Arsch«, stieß Klaus Gütling perplex hervor. »Das ist ja echt verrückt.« Er schüttelte ungläubig den Kopf, während er Presssack mit einem seltsamen, fast ehrfürchtigen Blick beobachtete.

Lagerfeld griff in seine Tasche, holte den zuerst gefundenen Zahn heraus und legte ihn neben den gerade entdeckten. Beide waren nahezu identisch, wenn auch mit ganz leichten Unterschieden in Form und Abnutzung. Diese Anhänger waren mit Absicht an den jeweiligen Tatorten vergraben worden, so viel war sicher.

»Glaubt hier immer noch irgendwer an einen Zufall?«, fragte Lagerfeld und schaute triumphierend in die Runde.

Niemand widersprach. Doch was diese seltsamen Zähne bedeuteten und warum man sie hier begraben hatte, blieb allen ein großes Rätsel. Statt irgendwelcher Antworten stellten sich ihnen nur noch mehr Fragen. Aber Lagerfeld war jetzt richtig im Flow. Presssacks Fund hatte ihn regelrecht wiederbelebt, seinen Tatendrang geweckt, der seit der Trennung von Ute in ihm verkümmerte.

»Dann sollten wir jetzt schleunigst nach Bastheim fahren und diese Amelie befragen. Wenn ihr mich fragt, sind wir vielleicht näher an der Lösung, als wir alle glauben.«

Andrea Onello lächelte nur schmal, während Klaus Gütling zustimmend nickte. Er ahnte, dass sie damals in ihrem Bestreben, möglichst bald Ergebnisse zu liefern, womöglich etwas übersehen hatten – nämlich diese Frau. Aber damals hatte man auch keinen Ring in der Luftröhre des Ermordeten gefunden, auf dem »Amelie« stand.

✳✳✳

Amelie war auf Tanz in Mittelstreu und hatte es sich gerade an der Bar bequem gemacht, als ein junger Mann zu ihr trat, der sie schon die ganze Zeit beobachtet hatte, während sie allein auf der Tanzfläche gewesen war. Sie hatte seine Blicke natürlich bemerkt, als Single auf der Tanzfläche war man Freiwild, ein Objekt der Begierde, davon konnte jede Frau ein Lied singen, wenn sie nicht gerade komplett blind und taub war.

Die Augen des Typen, der mit zwei Gläsern Whisky-Cola auf sie zukam, hatten während des Tanzens regelrecht an ihr geklebt. Und wenn sie ehrlich war, war ihr das nicht einmal unangenehm gewesen. Der Kerl hatte Ausstrahlung. Irgendetwas an ihm zog sie in ihren Bann. Er verbreitete so etwas Entschlossenes, Selbstsicheres, der wusste auf jeden Fall, was er wollte. Vermutlich war das heute Abend sie, Amelie Imhof.

»Na, du Tanzfee, kann ich dir heute Abend irgendwie weiterhelfen?« Mit einem leicht überheblich wirkenden Lächeln streckte er ihr eines der beiden Gläser entgegen. Amelie war doch tatsächlich etwas enttäuscht. Der Anmachspruch war so was von langweilig, sie hätte sich wirklich etwas mehr Originalität versprochen.

»Das war jetzt aber ein wenig billig, findest du nicht? Wie heißt du eigentlich, du Freizeitcasanova?«, gab sie zurück, nahm die Whisky-Cola aber trotzdem an, der Typ sah einfach zu gut aus. Neue Jeans, frisch beim Friseur gewesen, schicke Turnschuhe,

und das Hemd, das er trug, war auch nicht vom allerbilligsten Discounter, so viel konnte sie sehen.

Das Engagement ihres Galans kam für einen kurzen Moment ins Stocken, aber Sekundenbruchteile später war das vorbei. Er besaß ganz offenbar eine gewisse Durchsetzungsfreude, denn nach dem Rüffel schaltete er sofort einen Gang höher.

»Elmar für meine Freunde, Elmar Manger. Und wer bist du, schöne Frau?«

Amelie wusste nicht so recht, ob sie sein Getue jetzt cool oder einfach nur daneben finden sollte. War dieser Elmar rotzfrech oder einfach nur dämlich? Eine schwer zu beantwortende Frage, doch sie stellte fest, dass etwas in ihr die Antwort wollte.

»Amelie. Elmar, bevor du mir hier weiter den Hof machst, könntest du mir vielleicht einen einzigen Grund nennen, warum ich meine Zeit mit dir verschwenden sollte? Spontan wüsste ich nämlich nicht, wobei jemand wie du mir weiterhelfen könnte. Wenn du also den Rest deines Lebens mit mir verbringen willst, müsstest du mir Argumente liefern«, knallte sie ihm an den Kopf. Aber diesmal erschreckte sie ihn nicht, und seine Selbstsicherheit geriet auch keinen Deut ins Wanken, ganz im Gegenteil.

Er beugte sich zu ihr vor, bis sein Mund nur noch wenige Zentimeter von ihrem Ohr entfernt war, legte seine freie Hand leicht auf ihren Rücken und flüsterte ihr halblaut etwas ins Ohr.

»Ganz einfach, Amelie. Ich bin so dermaßen schlecht im Bett, das muss ich dir unbedingt einmal zeigen.« Dann zog er sich wieder zurück, prostete ihr zu und nahm einen Schluck von seinem Getränk.

Bei Amelie dauerte es einen winzigen Moment, bis bei ihr der Groschen fiel. Dann fing sie so laut zu lachen an, dass sich alle um sie herum erstaunt umdrehten. Sie musste so sehr lachen, dass sie bestimmt die Hälfte ihres Glasinhaltes auf dem Fußboden der Halle verteilte. Dieser Elmar hatte es tatsächlich geschafft, mit einem ultrablöden Spruch ihre dicht gestaffelt stehende Abwehr zu überrennen. Ihre Antwort auf die Frage bezüglich seiner Intelligenz war soeben äußerst zufriedenstellend beantwortet worden.

»Aha«, meinte sie immer noch japsend. »Aha. Und was kannst du sonst noch? Ich meine, bist du beruflich auch auf der Mitleidstour unterwegs, oder hast du was Richtiges gelernt?«, erkundigte sie sich kichernd, gespannt, was sie jetzt zu hören bekam. Und sie wurde nicht enttäuscht.

»Na ja, zuerst einmal werd ich Pfarrer, der beste aller Zeiten. Und wenn ich damit fertig bin, will ich Papst werden, drunter mach ich's nicht.«

Das war's, auch der Rest ihres Getränkes machte sich auf eine sehr luftige Reise Richtung Tanzboden, weil Amelie dem nächsten Lachkrampf anheimfiel. Papst, na super, der Typ hatte ja Nerven. Während sie noch mit ihren Lachtränen kämpfte, hatte ihr Gegenüber ein sehr zufriedenes Glitzern in den Augen, das nicht nur vom Alkohol in seinem Glas herrührte.

Amelie erzählte das, als würde sie eine Beerdigung schildern. Düster, kalt, verbittert. Der Tonfall ihrer Erzählung wollte so überhaupt nicht zu den an und für sich unterhaltsamen Vorfällen aus ihrer Jugendzeit passen, bemerkte Florian Kauper irritiert. Er fragte aber nicht weiter nach, denn Amelies Gesichtsausdruck war ganz seltsam, fast apathisch. Regungslos saß sie ihm gegenüber und schien sich innerlich zu wappnen für das, was als Nächstes kommen sollte. Dann, ansatzlos, fuhr sie im gleichen unpersönlichen Stil mit ihren Schilderungen fort.

So lief also das Kennenlernen ab, und es folgten sehr intensive Treffen, die aber ausschließlich bei Amelie in ihrer kleinen Wohnung in Bad Königshofen stattfanden. Weil Elmar unter der Woche in Würzburg zu tun hatte, sahen sie sich nur am Wochenende. Dafür trug Elmar Manger, ihre selbstbewusste Eroberung, sie in dieser Zeit geradezu auf Händen. Er lud Amelie ein, wo er nur konnte, und das waren nicht selten Lokale, die eher im höherpreisigen Segment angesiedelt waren. Dabei schien sich Elmar nicht zum ersten Mal in diesen Etablissements aufzuhalten. Wo immer sie auch hinkamen, er kannte alle und jeden, andauernd war ihm jemand einen Gefallen schuldig oder angeblich schon ewig mit ihm bekannt. Amelie wurde verwöhnt, und zwar nach Strich und Faden. So langsam stellte sich bei ihr das Gefühl ein, hier womöglich den Mann fürs Leben gefunden zu haben, auch wenn sie eigentlich noch zu jung war, um sich auf lange Sicht zu binden. Aber mit dem konnte sie vielleicht irgendwann Kinder kriegen, eine Familie gründen. Zum ersten Mal in ihrem Leben gingen ihr solche Gedanken durch den Kopf, und das war ein sehr schönes, warmes Gefühl.

Dass irgendwo ein Haken war, erschloss sich ihr erst nach einer ganzen Weile. Es geschah zunächst schleichend, wurde mit der Zeit aber immer deutlicher. Zuerst fiel Amelie auf, dass Elmar sich beharrlich weigerte, ihr über seinen Beruf oder zumindest seine momentane Tätigkeit reinen Wein einzuschenken. Ständig kam er mit seiner Papstgeschichte, was sie irgendwann zu nerven begann. Und warum mussten all ihre Treffen eigentlich ausschließlich in ihrem Lebensbereich stattfinden? Eines Tages wollte sie doch auch mal zu ihm nach Hause und vielleicht seine Eltern kennenlernen, so war das schließlich üblich, wenn man eine feste Freundin oder einen festen Freund hatte. Aber auch um diese Fragen mogelte sich Elmar ziemlich lange ziemlich elegant herum. Das ging einige Monate so, bis es Amelie schließlich reichte und sie darauf bestand, seine Familie kennenzulernen.

»Hat er sich für seine Eltern irgendwie geschämt, oder was war da los?«, rutschte es Florian Kauper spontan heraus. Ja klar, er sollte Amelie ausreden lassen, aber es war doch wirklich komisch, die Freundin nicht zu den Eltern mitbringen zu wollen, da stimmte doch etwas nicht. Und Amelie war überhaupt nicht ungehalten über seine Frage, ganz im Gegenteil.

»Danke, dass du fragst, Florian. Elmar hat mich damals so manipuliert, dass ich selbst glaubte, nicht ganz richtig im Kopf zu sein, wenn ich seine Eltern kennenlernen wollte. Aber ich habe mich zu diesem Zeitpunkt noch durchsetzen können«, erklärte Amelie.

»Das heißt, du hast seine Familie dann kennengelernt?«

Zum ersten Mal verzog Amelie ihr Gesicht zu einer Art Lächeln, das allerdings ziemlich gezwungen wirkte. Allein der Versuch scheiterte kläglich, und sie fiel wieder in ihre seltsam monotone Erzählweise zurück.

Zum ersten Mal, seit sie sich kennengelernt hatten, war Elmar so richtig schlecht drauf. Im Grunde sogar noch mehr als das. Dass sie ihm quasi das Messer auf die Brust gesetzt und ihm ein Ultimatum gestellt hatte, verkraftete er anscheinend nur mit Mühe. Während der gesamten Fahrt nach Würzburg hagelte es von ihm wüste Anschuldigungen. Sie setze ihn völlig ungerechtfertigt unter Druck, sie solle sich vielleicht besser einmal psychisch überprüfen lassen, sie sei ja nicht normal und so weiter und so fort.

Das ging so weit, dass Amelie bereits überlegte, ob es nicht besser wäre, wieder umzukehren und das ganze Desaster hier zu beenden. Wo war der joviale, selbstsichere Elmar Manger geblieben, der wortgewandte, humorvolle Typ, der die ganze Welt für sie gekauft hätte, wenn es sie, Amelie, nur glücklich machte? Statt seiner saß neben ihr ein aggressives Bündel, ein egoistischer Mann, den es anscheinend überhaupt nicht interessierte, wenn sie einmal etwas von ihm wollte, und der sich überhaupt nicht in ihre Lage hineinversetzen wollte oder konnte. Aus irgendeinem Grund, der ihr bis heute immer noch nicht so ganz klar war, hielt sie trotzdem bis zum Ende ihrer Fahrt durch.

Inzwischen war es dunkel geworden an diesem Samstagabend, und sie fuhren an der Würzburger Residenz vorbei. Amelie kannte sich in Würzburg nicht besonders gut aus, ahnte aber, dass sie sich in der Nähe der Altstadt befinden mussten. Als sie am Würzburger Ortsschild vorbeifuhren, verstummte ihr Chauffeur abrupt, und es wurde endlich still im Auto. Sein Schweigen war beißend und fast noch schlimmer als die ständigen Vorwürfe auf der Fahrt hierher.

Vielleicht war er beleidigt, vielleicht regelrecht wütend, jedenfalls schwieg Elmar bis zu ihrer Ankunft. Auf keinen ihrer zaghaften Kommunikationsversuche um des lieben Friedens willen reagierte er. Sie erntete nur eiskaltes Schweigen. Es war fürchter-

lich, und sie hatte eigentlich gar keine Lust mehr, Elmars Familie, seine Eltern, seine Geschwister kennenzulernen.

»Wir sind da«, sagte Elmar schließlich, und sie konnte erkennen, dass seine gerade noch so harten Gesichtszüge auf einmal wieder weich und zugänglich geworden waren. Für einen kurzen Augenblick hatte sie den Eindruck, als würde er tatsächlich beabsichtigen, sich für sein unmögliches Verhalten zu entschuldigen. Aber er tat es nicht. Er blieb sich treu, denn ein Elmar Manger hatte es offenbar nicht nötig, sich zu entschuldigen, niemals.

Amelie versuchte, gute Miene zum bösen Spiel zu machen, und schenkte ihm ein aufmunterndes Lächeln. »Komm, jetzt vergessen wir mal den ganzen Stress und sagen Hallo zu deiner Familie. Ich bin ja wirklich gespannt und freue mich, alle kennenzulernen.«

Der Versuch der Stimmungsaufhellung war ein ehrlich gemeintes Friedensangebot, aber ihr Freund schaute sie nur mit ausdruckslosem Blick an. Dann wandte er sich ab und stieg kommentarlos aus dem Auto, was Amelie notgedrungen ebenfalls tat. Als sie sich umschaute, erkannte sie, dass sie auf einem ziemlich großen Parkplatz standen, der sich vor einem alten Gebäude befand. Direkt daneben befand sich ein größerer, moderner Anbau, der aber in der Dunkelheit nicht gut zu erkennen war. Wie ein Wohnhaus sah das Ganze aber nicht aus, eher so wie ein altes Schulgebäude. War Elmars Vater hier vielleicht Hausmeister, und er schämte sich dafür? Das wäre ja wirklich albern. Fragend sah sie zu ihrem Freund hinüber, der immer noch diesen seltsamen Gesichtsausdruck hatte. Dann bedeutete er ihr, mitzukommen, und sie gingen zusammen zum Eingang des Gebäudes, an dem sich ein metallenes Schild mit einer Aufschrift befand.

»Hier, das ist meine Familie«, erklärte Elmar emotionslos und deutete auf das Schild.

Amelie ging etwas näher heran, damit sie die Buchstaben in dem fahlen Licht, das von der Straße zu ihnen herüberdrang, besser entziffern konnte. Was sie las, traf sie wie ein Schlag in die Magengrube.

»Kilianeum – Bischöfliches Priesterseminar«.

Es dauerte einen Moment, bis die Erkenntnis, was dieses Schild zu bedeuten hatte, in Amelie gereift war. Wahrhaben wollte sie es trotzdem nicht. Sie war verwirrt, hilflos, fühlte sich betrogen und belogen.

»Was soll das? Wer bist du, warum hast du mich angelogen?«, fragte sie Elmar, den Tränen nahe.

Seine Antwort kam prompt und ohne jegliches Anzeichen von Schuldbewusstsein. Es klang fast trotzig, so als wäre seine Lebensentscheidung, sein Studium hier am Kilianeum, das Selbstverständlichste auf der ganzen Welt und als würde die Auswirkung, die das auf ihre noch frische Beziehung haben konnte, keinerlei Bedeutung haben.

»Ich bin ein Alumne, ein Studierender hier im Priesterseminar, Amelie. Ehrlich gesagt weiß ich gar nicht, warum du mich so komisch anschaust, ich habe dir doch gesagt, dass ich erst Pfarrer und dann Papst werden will. Ich hab dich nicht angelogen, Amelie.«

✳✳✳

Brunnengasse 10, 97654 Bastheim war die angegebene Adresse, und vor genau diesem Haus standen Lagerfeld, Andrea Onello und Klaus Gütling jetzt. Den kleinen Presssack hatten sie im Wagen zurückgelassen, was hatte das Ferkel auch bei einer Zeugenbefragung verloren. Der gewiefte Auszubildende nutzte die Arbeitspause sogleich für einen ausgedehnten Mittagsschlaf auf dem Rücksitz von Andrea Onellos Suzuki.

»Das ist das Haus«, stellte die Kommissarin fest, nachdem sie die Namen auf dem Briefkasten geprüft hatte:

»Christian Seufert«.

»Amelie Imhof«.

»Die gesuchte Person wohnt demnach nicht allein hier«, ergänzte sie und schaute sich in dem schmalen Sträßchen um. Niemand war zu sehen, alles war ruhig. Lediglich aus dem Nachbarhaus, in dem eine Fischfarm beheimatet war, hörte man geschäftiges Treiben. »Wahrscheinlich ist dieser Christian Seufert der Lebensgefährte oder etwas in der Art«, mutmaßte Andrea

Onello halblaut und drückte, ohne etwaige Kommentare ihrer Kollegen abzuwarten, auf die Klingel.

Gespannt warteten sie darauf, dass die Tür geöffnet wurde und sie endlich dieser Amelie Imhof oder wenigstens jenem Christian Seufert, der sich ebenfalls auf dem Türschild verewigt hatte, gegenüberstanden. Dann konnten sie ihr Hiersein erläutern, ins Haus gehen und ihr oder ihm die drängenden Fragen stellen, die ihnen auf den Nägeln brannten. Aber wie sie sahen, sahen sie nichts, die Haustür blieb zu. Nun gut, vielleicht arbeiteten die Bewohner ja noch. Inzwischen war später Nachmittag, da sollte doch wenigstens einer der beiden nicht mehr lange auf sich warten lassen.

Lagerfeld befragte sein Handy und fand tatsächlich einen Eintrag im Telefonbuch für einen Christian Seufert in Bastheim.

»Ich ruf mal an«, teilte er den anderen beiden mit und drückte bereits auf die Ruftaste. Das Freizeichen ertönte, aber es ging leider niemand ran.

Nach gefühlt eintausend Rufsignalen gab Lagerfeld es auf und steckte das Mobiltelefon wieder weg.

»Okay, ich schau mal hintenrum«, verkündete er leicht genervt, ging zur rechten Hausecke und flankte in einem eleganten Schwung über die Latten des dort befindlichen halbhohen Gartenzaunes.

Garten konnte man den schmalen Grünstreifen neben und hinter dem Haus eigentlich nicht nennen, aber immerhin hatte er jetzt Zugang zu einem großen Fenster, durch das die Nachmittagssonne schien. Ein Stück weiter stand eine alte Gartenbank, die Bernd Schmitt zu sich heranzog, um sie als Aufstiegshilfe zu benutzen. Vielleicht war ja im Inneren des Hauses etwas zu entdecken, ein schlafender Hausbewohner etwa oder furchtsame Hausinsassen, die sich verschanzten, weil draußen die Polizei vor der Tür stand und sie befragen wollte. Menschen, die sich schuldbewusst in irgendwelchen Schränken im Haus versteckten und den Beamten die Tür nicht öffneten, sich quasi tot stellten, hatte er selbst schon mehrfach erlebt. Auch wenn diese alberne Vogel-Strauß-Politik natürlich überhaupt nichts nutzte.

Der Kommissar stellte einen Fuß auf die Bank und zog sich

mit beiden Händen an der Fensterbank nach oben. Jetzt konnte er gerade so über die Fensterbank hinweg ins Innere des Hauses schauen. Er konnte aber nicht wirklich etwas erkennen, zumindest nichts Verdächtiges. Allerdings wurde sein Blick gleich darauf von etwas anderem magisch angezogen, das ihn im ersten Augenblick immens verwirrte. Die ganze obere Hälfte der Fensterscheibe war schwarz. Und zwar deswegen, weil an der Innenseite Hunderte, nein Tausende von Fliegen klebten. Einige Sekunden lang starrte Bernd Schmitt hochgradig perplex auf diese Insekteninvasion, dann fiel bei ihm der Groschen, und ein fürchterlicher Verdacht stieg in ihm auf. Sollte er damit richtigliegen, konnten sie bis zum Sankt-Nimmerleins-Tag auf die Hausbewohner warten, und es würde ihnen niemand öffnen.

Lagerfeld sprang von der Bank und landete mit beiden Füßen im Gras des Grünstreifens, wo die Absätze seiner Cowboystiefel einen ziemlich tiefen Abdruck hinterließen. Mit entschlossenem Schritt marschierte er zurück zum Gartenzaun, über den er ebenso elegant hinausgelangte, wie er hineingekommen war. Andrea Onello und Klaus Gütling sahen ihm an, dass etwas vorgefallen sein musste, aber Lagerfeld verlor kein Wort, sondern marschierte geradewegs zur Haustür, wo er zum Erstaunen seiner Kollegen seine Dienstwaffe zog.

»Bernd, was hast du vor, um Himmels willen?«, rief Andrea Onello entsetzt, aber da bellte die Heckler und Koch auch schon laut auf, und neun Millimeter starke Geschosse zerschlugen das altersschwache Schloss der hölzernen Eingangstür.

Lagerfeld steckte die Dienstwaffe zurück ins Holster, dann trat er mit dem rechten Fuß so lange gegen die Tür, bis diese, angeschossen und zersplittert, schließlich den Widerstand aufgab und aufschwang. In der Nachbarschaft war es nun vorbei mit der Ruhe, die ersten erschrockenen Rufe waren zu hören, Fenster wurden geöffnet, und neugierige Dorfbewohner kamen mit fragenden Gesichtern auf die Straße gelaufen.

»Jetzt macht schon«, forderte Klaus Gütling Andrea Onello und Lagerfeld auf und scheuchte sie mit einer Handbewegung ins Haus. »Ich kümmere mich um die Leute hier.«

Wenige Sekunden später waren die beiden Kommissare im Hauseingang verschwunden. Schon nach wenigen Schritten bemerkten sie erstens das Chaos, das in der Wohnung herrschte, und zweitens einen beißenden Geruch, den sie schon von anderen Mordfällen her kannten. Es war der typische Geruch einer verwesenden Leiche. In diesem Haus war jemand gestorben, und zwar schon vor längerer Zeit, so viel stand fest.

Als sie dem fürchterlichen Gestank bis zu seinem Ursprungsort folgten, landeten sie in der Küche der Wohnung, wo sie ein nicht minder fürchterlicher Anblick erwartete.

Ein Mann war auf einem Stuhl mit Panzertape so fixiert worden, dass er sich nicht mehr hatte rühren können. Er hatte zahlreiche Einstichstellen am ganzen Körper, wie das das viele verkrustete Blut an den Austrittsöffnungen erkennen ließ. Sein Kopf hing mit weit geöffnetem Mund nach hinten, und seine leblosen, trüben Augen starrten weit aufgerissen an die Zimmerdecke. Das Abstoßendste an dem Bild aber war, dass der Körper des Toten von einer Armada von Fliegen bedeckt war, die den Ermordeten als willkommene Brutstätte betrachteten, um hier die Eier für ihre Nachkommenschaft abzulegen.

Andrea Onello hielt es beim Anblick der verunstalteten Leiche und dem widerwärtigen Gestank nicht mehr aus und übergab sich kurzerhand ins Spülbecken. Lagerfeld legte ihr beruhigend die Hand auf den Rücken, dann öffnete er die beiden Küchenfenster, damit frische Luft ins Haus dringen konnte. Während Andrea Onello immer noch mit der Disziplinierung ihres Verdauungstraktes beschäftigt war, wandte sich Lagerfeld, der in dieser Hinsicht weitaus eisenbereifter war, wieder der Leiche zu und versuchte, sich an das zu erinnern, was er in seiner Ausbildung über die Verwesung menschlicher Körper gelernt hatte.

An der freien Luft und in einer entsprechenden Umgebung begann der Körper bald nach Eintritt des Todes auszutrocknen. Die Einstellung aller Körperfunktionen hatte zur Folge, dass Haut und Schleimhäute nicht mehr feucht gehalten wurden. Das Wasser auf der Haut verdunstete, und die Schweißdrüsen sonderten keine neue Flüssigkeit mehr ab. Die Austrocknung des Körpers begann am Kopf und an den Extremitäten. Bei offenen Augen trübte sich nach etwa ein bis zwei Stunden die Hornhaut ein, bei geschlossenen nach etwa vierundzwanzig Stunden. Dabei verfärbte sich die Bindehaut zunächst gelblich, dann bräunlich und wurde später dunkel oder sogar schwarz. Die Fingerkuppen verfärbten sich rötlich bis braun. Die Zellen im Körper des Verstorbenen begannen sich ab dem Moment, da sie nicht mehr mit Sauerstoff versorgt wurden, zur Energieversorgung selbst aufzuzehren und lösten dadurch die Zellwände und Zellstrukturen des Körpers auf. Diesen Vorgang, der erst durch die Abwesenheit von Sauerstoff ermöglicht wurde, nannte man Autolyse. Die dazu ebenfalls notwendigen Enzyme waren im Zellgewebe bereits vorhanden. Als Folge begannen sich die inneren Organe und Teile des Bindegewebes zu verflüssigen. So entstand der typische Leichen- oder Verwesungsgeruch. Etwa ein bis zwei Tage nach dem Tod setzten dann die ersten Fäulnisprozesse ein. Sie nahmen ihren Anfang prinzipiell immer im menschlichen Darm, denn Darmbakterien bleiben auch nach dem Tod aktiv. Statt jedoch Nahrung zu verdauen, begannen diese Mikroorganismen nach ein bis zwei Tagen damit, organische Verbindungen in den körpereigenen Zellen zu zersetzen. Beim Abbau des Blutfarbstoffs Hämoglobin zu Schwefelverbindungen kam es schließlich zu einer grünlichen Färbung der Adern, die unter der Haut gut sichtbar war.

Auch an der Leiche, die hier auf dem Küchenstuhl saß, waren diese grünlich verfärbten Adern sehr gut zu erkennen. Die Verfärbung der Haut als Anzeichen der Verwesung war typischerweise zuerst im unteren Bauchbereich feststellbar, bis sich dann innerhalb von etwa einer Woche die Fäulnis über den gesamten Körper ausbreitete. So ließ sich der Verwesungsfortschritt recht leicht an der Verfärbung der Haut ablesen. Nach Lagerfelds Einschätzung deutete die fortgeschrittene Ausbreitung bei dem Mann auf dem Stuhl auf einen Todeszeitpunkt vor etwa zehn bis vierzehn Tagen hin.

Dafür sprachen auch die im Inneren der Leiche frei werdenden Gase. Durch die Aktivität der Bakterien entstanden Fäulnisgase, die den Körper aufblähten. Etwa acht bis zwölf Tage nach dem Tod schwollen Weichteile und Schwellkörper wie Lippen, Bauch und Brüste an. Es bildeten sich Blasen auf der Haut und auf der Zunge. Der Gasdruck konnte verflüssigtes Gewebe aus Körperöffnungen wie Mund und Nase pressen. Und genau das war hier der Fall, weswegen Lagerfeld von mindestens zehn Tagen seit Eintritt des Todes ausging, aber das konnten ihm die Experten von der Spurensicherung sicher genauer sagen.

Neben den körpereigenen Mikroorganismen konnten an der Verwesung, wie unschwer zu erkennen war, auch Käfer, Würmer, Insekten und Maden beteiligt sein, aus denen dann unter anderem Fliegen schlüpften. Allerdings hatte Bernd Schmitt eine solche Unmenge an Fliegen noch an keinem Tatort gesehen.

Andrea Onello hatte sich inzwischen wieder halbwegs gefasst und schien zu fachlicher Kommunikation fähig zu sein.

»Frau Kollegin, sind wir wieder im grünen Bereich, oder wollen Sie sich erst einmal die Beine vertreten und dem Kollegen Gütling bei der Bevölkerungsberuhigung beistehen?«, fragte Lagerfeld sicherheitshalber nach.

Andrea Onello, immer noch aschfahl, konnte allerdings nicht verbal antworten, sie deutete mit zitterndem Finger in Richtung Ausgang. Lagerfeld nickte zustimmend, und sofort machte die Bamberger Kommissarin, dass sie nach draußen an die frische Luft kam.

Kriminalkommissar Bernd Schmitt hatte in solchen Situationen schon die härtesten Polizisten zusammenklappen sehen, da musste sich Andrea wirklich nichts dabei denken. Und bevor sie sich nicht von diesem Schock erholt hatte, war es wirklich besser, wenn er hier erst einmal allein weitermachte. Weil die Küche aber wirklich nicht der schönste Aufenthaltsort war, machte Lagerfeld erst einmal einen Rundgang durchs Haus, um sich einen Überblick zu verschaffen. Dabei öffnete er so viele Fenster wie möglich, um den bestialischen Gestank weitestgehend zu reduzieren. Wenn sich dadurch auch noch ein paar dieser lästigen Fliegen ins Freie verabschiedeten, wäre schon viel gewonnen.

Als die meisten Fenster weit offen standen, inspizierte Lagerfeld die Räumlichkeiten genauer. Zwei Dinge fielen ihm dabei auf. Zum einen war jeder einzelne Raum total auf den Kopf gestellt und alles, aber auch wirklich alles an Inneneinrichtung durchwühlt worden. Es sah aus wie nach einem Bombenangriff. Zum anderen passte etwas ganz anderes überhaupt nicht ins Bild. Von Amelie Imhof, die ja angeblich hier wohnen sollte, gab es im ganzen Haus keine Spur. Es gab nur ein Schlafzimmer, in dem ein Bett für eine einzelne Person stand und in dessen Schrank ausschließlich Männerkleidung zu finden gewesen war, die nun auf dem Boden verteilt lag. Kein Zimmer, in dem man Anzeichen einer Mitbewohnerin hätte feststellen können, obwohl das Haus ja wirklich Räumlichkeiten genug für weitere Mitbewohner aufwies. Zudem waren keinerlei typische Habseligkeiten einer Frau zu entdecken. Nicht im Bad und auch nicht in den Kleiderschränken oder der Garderobe im Flur. Nicht einmal der Einrichtungsstil deutete drauf hin, dass hier jemals eine Frau gewohnt hätte, selbst wenn sie inzwischen vielleicht ausgezogen war. Ein vergessener Schal, ein Gürtel oder vielleicht ein paar Schminkutensilien, irgendetwas blieb immer liegen. Aber nicht hier, auch wenn Lagerfeld das in diesem Chaos nicht zu hundert Prozent sicher beurteilen konnte.

Sein Rundgang führte ihn am Ende wieder in die Küche beziehungsweise an den Küchentisch, wo er sich der Leiche gegenüber auf einen der freien Stühle setzte. Er fingerte die Zigarettenschachtel aus seiner Jacke und wollte sich eine anzünden, da fiel sein Blick auf einen kleinen Notizblock, der auf dem Küchentisch lag. Er griff danach und betrachtete ihn genauer. Er war neu, nur das oberste Blatt fehlte. Mit zwei Fingern fuhr Lagerfeld vorsichtig über die Oberseite. Dann zündete er seine Zigarette an, während draußen das Sirengeheul herannahender Polizeifahrzeuge zu vernehmen war.

Als irgendwann Klaus Gütling und die immer noch blasse Andrea Onello in der Küche erschienen, um einmal nach dem Rechten zu sehen, nachdem sich ihr Kollege gar nicht mehr hatte blicken lassen, erwies sich ihre Sorge als völlig unbegründet.

Der Kollege Schmitt saß auf einem Küchenstuhl und rauchte genüsslich eine Zigarette.

»Na, du hast ja die Ruhe weg«, entfuhr es dem überraschten Klaus Gütling, während Andrea Onello niemals geglaubt hätte, dass der Tabakrauch einer Zigarette ihr einmal als duftender Wohlgeruch in die Nase steigen würde.

Lagerfelds zur Schau gestellte Lässigkeit ging ihr allerdings ziemlich auf die Nerven. Noch vor ein paar Tagen war der Mann total depressiv gewesen, den Tränen nah, und jetzt markierte er hier den lässigsten aller Tatortbetreuer.

»Also, was ist jetzt, hast du irgendwas Verwertbares gefunden?«, raunzte sie ihren Bamberger Mitstreiter an und blickte sich im Raum um. Auch ihr fiel ein ganz bestimmter Umstand auf: das Fehlen weiblicher Präsenz. »Wo ist eigentlich diese Amelie abgeblieben«, fragte sie verdutzt, »ich dachte, die wohnt auch hier?«

Aber Lagerfeld dachte überhaupt nicht daran, sich seine Show vermiesen zu lassen. Er winkte die beiden Kollegen zu sich und griff, als Onello und Gütling bei ihm am Küchentisch standen, erneut zu dem kleinen Block. Dann nahm er seine fast zu Ende gerauchte Zigarette, hielt sie über den Notizblock und aschte, zum Erstaunen seiner Mitstreiter, mit einem kurzen Tippen seines Zeigefingers ab. Ein kleines Stück Zigarettenasche machte sich auf den Weg nach unten, wo sie auf dem obersten Blatt des Notizblocks liegen blieb.

Die Kommissare Onello und Gütling schauten fragend zum rauchenden Kollegen, der nun dazu überging, die Zigarettenasche mit dem Zeigefinger zu verreiben. Das machte er so lange, bis er eine einigermaßen gleichmäßige graue Schicht auf dem Blatt erzeugt hatte. Er hob den Block vor sein Gesicht, blies einmal kräftig darüber, woraufhin eine feine Aschewolke in Richtung Raummitte zerstob, dann hielt er den Block senkrecht hoch und deutete mit dem Finger darauf.

Und tatsächlich, als Andrea Onello näher trat, konnte sie auf dem Papier etwas lesen. Bernd hatte mit seiner Asche den Abdruck lesbar gemacht, den der Kugelschreiber auf dem Papier hinterlassen hatte, als jemand auf dem vorherigen Blatt etwas notiert hatte. Und als sie erkannte, was dort stand, lief es ihr kalt den Rücken hinunter.

»Dittersbrunn«.

Nichts weiter, nur dieser Ortsname stand auf dem Blatt. Andrea Onellos Schaudern war denn auch in erster Linie dem Umstand geschuldet gewesen, dass sie diese Ortschaft sehr gut kannte, befand sich der kleine Ort am Hang des Veitsberges doch nur wenige Kilometer von ihrem Geburtsort Oberbrunn in der Gemeinde Ebensfeld entfernt. Trotzdem, alles schön und gut, aber was sollte ihnen der Ortsname jetzt sagen?

Lagerfeld für seinen Teil bemerkte die ratlosen Gesichter und machte mit seiner improvisierten Ermittlungsarbeit kommentarlos weiter. Was sollte er auch groß erklären, er hatte ja selbst nur eine vage Vermutung und keine Beweise dafür. Aber es gab immerhin eine Möglichkeit, seine Theorie noch ein wenig zu untermauern.

»Bin gleich wieder da«, verkündete er und ging hinaus in den Flur. Draußen vor dem Haus waren immer deutlicher die Stimmen einer sich ständig vergrößernden Menschenmenge zu vernehmen, während das rotierende Blaulicht eines Einsatzwagens der Polizei farbige Lichterscheinungen in dem dunklen Flur erzeugte. Wahrscheinlich waren die von Gütling alarmierten Beamten gerade damit beschäftigt, die Straße abzusperren, was immer zu kleineren Protesten und der einen oder anderen Frage der umstehenden Nachbarn führte. Es dauerte nicht lange, dann hatte Lagerfeld das Schlüsselbrett in der Nähe der zerstörten Eingangstür entdeckt und nahm die dort aufgehängten Schlüssel an sich. Einen nach dem anderen steckte er in das Schloss des Briefkastens neben dem Eingang, bis sich einer davon drehen ließ und die Tür mit einem leichten Quietschen aufsprang. Lagerfeld nahm die Briefe heraus, die sich im Briefkasten befanden, und ging zurück in die Küche, wo er sie vor seine Kollegen auf den Küchentisch legte. Drei waren an Amelie Imhof adressiert, siebzehn an den toten Wohnungsbesitzer.

»Also, ich habe vorhin einmal einen Rundgang durchs ganze

Haus gemacht und nirgends einen Hinweis auf eine weibliche Bewohnerin des Hauses gefunden. So wie ich das sehe, gibt es hier keine Amelie Imhof, und die hat es, wenn sie nicht schon vor sehr langer Zeit ausgezogen ist, wohl nie gegeben. Da trotzdem Post für die Frau hier ankommt und sie, da geh ich jede Wette ein, unter dieser Adresse gemeldet ist, drängt sich mir die Vermutung auf, dass dieser Mord, vielleicht sogar alle unsere Morde mit ebendiesem Umstand zu tun haben.«

Klaus Gütling verstand noch nicht wirklich, worauf der Bamberger Kollege hinauswollte, aber bei Andrea Onello fiel der Groschen. Sie legte ihren Finger auf den Namen des Ortes, der auf dem geschwärzten Notizblock zum Vorschein gekommen war, und sprach laut aus, was Lagerfeld schon seit geraumer Zeit vermutete.

»Jetzt weiß ich, was Bernd meint. Diese Amelie wohnt hier nicht. Das ist nur so eine Art Briefkastenfirma, um ihren wahren Aufenthaltsort zu verschleiern, um sich, für wen auch immer, unsichtbar machen zu können. Hier werden wir diese Frau nicht finden, aber womöglich hier.« Sie tippte nachdrücklich auf das Wort »Dittersbrunn« und ergänzte: »Für mich sieht es nämlich so aus, als hätte jemand diesen Mord begangen, um an ebendiese Auskunft zu kommen.«

Jetzt kapierte auch Klaus Gütling, worauf die beiden Bamberger Kollegen hinauswollten. Das hieß aber im Umkehrschluss, dass seine einstige Zeugin eine zentrale Rolle in der Mordserie zu spielen schien.

»Und was machen wir jetzt? Nach dem zu urteilen, wie diese Leiche hier aussieht, hatte der Mörder eine Menge Zeit, Amelie Imhof zu finden. Er ist uns locker um eine Woche voraus«, gab Andrea Onello zu bedenken. Sie war ziemlich erledigt und frustriert. Erst dieser penetrante Leichengeruch und nun auch noch relativ düstere Aussichten, was den Vorsprung ihres Killers anbelangte.

Ausgerechnet Kriminalkommissar Bernd Schmitt war da ganz anderer Ansicht. »Also ich sag mal so«, begann Lagerfeld nach längerem Nachdenken, »erstens wissen wir nicht, ob wir es wirklich mit demselben Mörder zu tun haben. Immerhin hat dieser arme Tropf noch seinen Kopf, was eher ungewöhnlich ist. Zweitens ist es ja nur eine Vermutung, dass dieses Dittersbrunn irgendetwas mit dem Verbleib dieser Amelie zu tun haben könnte. Also ich meine, egal was hier los ist, solange wir keine weibliche Leiche namens Amelie Imhof gefunden haben, sollten wir die Hoffnung nicht aufgeben, den Fall noch rechtzeitig aufklären und dieses perverse Arschloch finden zu können, oder nicht?«

Seine Argumentationsreihe war zwar mehr rhetorischer Art, trotzdem nickte Klaus Gütling sofort zustimmend. Andrea Onello hingegen wirkte abwesend, sie schien Lagerfelds Einlassungen kaum mitbekommen zu haben.

Der so Missachtete reagierte leicht säuerlich, indem er kurz und heftig mit den Fingerknöcheln auf den Küchentisch klopfte. »Hallo, hallo, Andrea! Ist jemand zu Hause?«, rief er sarkastisch, und die Kommissarin schreckte aus ihren Gedanken. Sie sah Lagerfeld mit einem wilden Blick an, als ob der sie gerade ungefragt aus einer tiefen Meditation geholt hätte. Lagerfeld versuchte genauso wild zurückzuschauen, schon aus Prinzip.

»Angenommen, es ist wirklich so, wie du sagst, Bernd, nur mal angenommen. Wenn das hier eine Briefkastenfirma für Amelie Imhof ist. Dann müsste ihr ja jemand, mutmaßlich Christian Seufert, die Post an ihre richtige Adresse nachgeschickt haben, oder nicht? Die wird er nicht leichtfertig irgendwo aufgeschrieben, sondern in Anbetracht der Gefahr, in der sich Amelie Imhof bei ihrem Abtauchen gewähnt haben muss, auswendig gekannt haben.«

»Deswegen ist hier auch alles auf den Kopf gestellt, wahrscheinlich hat unser Mörder überall im Haus nach Amelie Imhofs Adresse gesucht«, warf Klaus Gütling ein und nickte zustimmend.

»Wenn ich mir die Batterie an Einstichen im Körper unseres Ermordeten anschaue, ist es allerdings wahrscheinlich, dass er dabei nicht fündig wurde, weshalb er Christian Seufert so lange gefoltert hat, bis der mit der Info herausrückte«, nahm Lagerfeld den Faden auf. »Den Ortsnamen hat sich der Mörder auf dem

Block notiert, den Zettel abgerissen und gemeinsam mit dem Kugelschreiber eingesteckt. Sehr clever, aber mit einem rauchenden Kommissar hat das Arschloch halt nicht gerechnet«, schloss er zufrieden. »Bravo, Frau Kommissar, Sie sind bei Weitem nicht so blond, wie Sie aussehen.«

Andrea Onello kannte Lagerfeld lange genug, um die durchaus anerkennend gemeinte Bemerkung trotz ihrer sexistischen Verpackung als Kompliment annehmen zu können. Allerdings hatte sie ihre eigentliche Schlussfolgerung noch gar nicht zum Besten gegeben, was sie jetzt unverzüglich nachholte.

»Okay, wenn unser toter Mitbewohner hier regelmäßig die Post verschickt hat, und das womöglich über Jahrzehnte immer an dieselbe Anschrift, dann werden die bei der lokalen Poststation doch vielleicht die Adresse kennen, oder nicht?«

Lagerfeld sah Andrea Onello mit offenem Mund an. »Wieso bin ich da nicht selbst drauf gekommen?«, moserte er.

»Weil du rauchst wie ein Schlot, Bernd. Rauchen macht hässlich und blöd«, erklärte Andrea Onello kurz und knapp, was den pensionierten Kommissar aus Schweinfurt zum allerersten Mal zu einem lauten Lachen animierte.

Klaus Gütling wischte sich schließlich eine Lachträne von der Wange und meinte zu dem beleidigt dreinschauenden Bernd Schmitt: »Ich mache jetzt einmal einen dienstlichen Vorschlag. Ich halte hier die Stellung, bis die Kollegen von der Kripo da sind. Die können mich dann ja auch wieder mit nach Schweinfurt nehmen.

»Super Idee, dann fahren wir jetzt nach Dittersbrunn und schauen vorher noch kurz bei der Post in Bad Neustadt vorbei, vielleicht haben wir ja Glück«, entschied Andrea Onello und reichte Gütling zum Abschied die Hand. Ihr eingeschnappter Kollege Schmitt nickte widerwillig.

»Also gut, auf allgemeinen Wunsch einer Einzelnen fahren wir zur Post«, knurrte er resigniert und griff sich seine Jacke.

＊＊＊

Sie wollte schreien, wollte weinen, tat jedoch weder das eine noch das andere. War es der Schock oder die seltsame katholische Atmosphäre hier im Hof des Priesterseminars? Oder bloß die Erkenntnis, dass selbst der lauteste Schrei an den Tatsachen nichts ändern würde? Amelie hob den Kopf und schaute Elmar fest in die Augen. Aber da war nichts zu sehen, fast maskenhaft war sein Gesicht, zwar erwiderte er ihren Blick, aber sie konnte nichts in seinen Augen, seiner Mimik, seiner Körperhaltung erkennen. Sie liebte ihn, das spürte sie, und Verzweiflung schwappte durch ihren Körper. Bilderfetzen ihrer gemeinsamen Zukunft irrlichterten an ihrem inneren Auge vorbei. Bilder von heimlichen Treffen, von Einsamkeit, Kinderlosigkeit und öffentlichem Getuschel. So oder so ähnlich liefen solche Beziehungen doch ab, davon hatte sie selbst schon oft genug gehört und hatte ihre Witze darüber gemacht. Der Zölibat hatte zugeschlagen und nun ausgerechnet sie erwischt.

»Das heißt, wenn du mit mir schläfst, begehst du ein Verbrechen vor Gott, oder wie?«, fragte Amelie zutiefst deprimiert, was bei Elmar Manger aber endlich wieder eine Reaktion auslöste. Sogar ein kleines, feines Lächeln war jetzt auf seinem Gesicht zu sehen.

»Nein, das heißt es nicht. Verboten ist es erst dann, wenn ich zum Priester geweiht werde. Aber das dauert ja noch, und bis dahin bin ich ein freier Mann wie jeder andere auch. Also komm mit rein, ich mach dir erst einmal etwas zu essen, dann reden wir weiter. Heimfahren tun wir heute sowieso nicht mehr.«

Natürlich wusste Amelie Imhof es eigentlich besser, doch dieser winzige Hoffnungsschimmer, der kleine Brotkrumen, die Eventualität eines Sinneswandels bei ihrem Freund, reichte Amelie für den Moment aus, und sie folgte Elmar in sein Studentenappartement im bischöflichen Priesterseminar des Kilianeums.

Florian Kauper reichte es. Er hatte sich lange zurückgehalten, aber nun platzte ihm der Kragen.

»Das glaube ich jetzt nicht. Du bist doch wohl nicht mit dem in sein katholisches Internat gegangen, oder? Der Typ hat dich doch so was von verarscht!«

Er war richtig sauer. Er baggerte sich bei der Frau einen Wolf, ohne jemals irgendwie weiterzukommen, und damals hatte sie sich von einem Lügner und Betrüger aufreißen lassen und hatte nicht die Reißleine gezogen? Das durfte doch wohl nicht wahr sein.

Amelies apathische Fassade begann allmählich zu bröckeln, und ihre Stimme wurde leicht unsicher, als sie ihm antwortete.

»Florian, Elmar war meine erste große Liebe. Ich habe gedacht, dass er es sich vielleicht doch noch anders überlegt und meinetwegen seinen Priesterwunsch aufgibt. Hat's ja alles schon gegeben. Ich meine, wie kann ein Mann, der so gerne Sex hat, irgendwann einfach darauf verzichten, nur weil er diesen idiotischen Eid abgelegt hat? Das konnte und wollte ich einfach nicht kapieren. Deswegen bin ich mit ihm mitgegangen und habe bei ihm im Kilianeum übernachtet. Wie ich im Nachhinein erfahren habe, war ich im Laufe der Jahre beileibe nicht die einzige weibliche Besucherin in diesem katholischen Institut.«

Wieder flossen bei Amelie Tränen, und Florian Kauper begann einmal mehr, ihr Papiertaschentücher zu reichen, ganz so, wie er es seit ihrem ersten Treffen gewohnt war.

Amelie Imhof ließ die Emotionen, die ihre Rückkehr zu diesen Erlebnissen der Vergangenheit in ihr aufgewühlt hatten, raus, und Florian Kauper lehnte sich in seinen Gartenstuhl zurück. Sprachlos schüttelte er den Kopf. Mit so einer Geschichte hatte er wahrlich nicht gerechnet, und es schien ja noch weiterzugehen, denn Amelie hatte ihr Papiertaschentuch auf die Seite gelegt und fuhr mit ihren Schilderungen fort.

Insgeheim wusste Amelie bereits in dieser ersten Nacht im Kilianeum, dass in ihrer Beziehung zu dem angehenden Priester nichts mehr so sein würde wie bisher. Trotzdem war es eines der schönsten und intensivsten Erlebnisse, die sie bis dahin mit einem Mann geteilt hatte. Eine absolut phantastische Nacht mit wirklich nur sehr wenig Schlaf, der aber ausreichte, um alles zu verändern. Kurz vor Sonnenaufgang schlug sie die Augen auf und erinnerte sich wenige Sekunden später, wo sie war. Seltsamerweise war sie gar nicht erschrocken, sondern hatte die Tatsache, dass Elmar irgendwann womöglich nicht mehr offiziell für sie zu haben war, akzeptiert. Dann musste sie den Mann eben so nachdrücklich von sich überzeugen, dass die Anziehungskraft des lieben Gottes irgendwann keine Macht mehr über ihn hatte und Elmar endlich erkannte, was er in einem Leben ohne sie verpassen würde.

Sie hob den Kopf und schaute auf die andere Bettseite, aber da war kein Elmar zu sehen, das Bett war leer. Als sie sich verwirrt im Zimmer umschaute, entdeckte sie ihn splitterfasernackt am Fenster, durch das er gedankenverloren in die Ferne blickte.

»Elmar?«, fragte sie noch etwas schlaftrunken, woraufhin Elmar Manger sich umdrehte und Amelie aus dunklen Augen ansah. Was dann geschah, würde Amelie Imhof für den Rest ihres Lebens nicht mehr vergessen.

»Du verdammte Schlampe«, zischte der nackte Alumnus mit hasserfüllter Stimme. Amelie richtete sich erschrocken in ihrem Bett auf und zog sich vor Angst die Bettdecke bis ans Kinn. Was, um Himmels willen, war denn in ihren Freund gefahren? Sie hatten so eine wundervolle Nacht gehabt, und jetzt das. »Du hast mich verführt, du verdammtes Stück Dreck. Ich wollte das nicht, du hast mich so weit gebracht!«

Amelie konnte nicht glauben, was sie da gerade sah und hörte. Ihr Elmar hatte sich über Nacht in einen völlig anderen Menschen verwandelt, dessen hässliche Fratze sie vom Fußende des Bettes her anstarrte. Dabei machte er keinerlei Anstalten, sich etwa zu beruhigen oder wenigstens anzuziehen, sondern geriet nur noch mehr in Rage. Er griff sich Amelies Kleidungsstücke und pfefferte sie aufs Bett.

»Los, zieh dich an, du Flittchen. Huren wie du haben im Hause des Herrn nichts verloren«, fauchte er, woraufhin Amelie, erschrocken über das, was sich gerade abspielte, aufsprang und seinem Wunsch entsprach. Sie kam gar nicht auf die Idee, mit Elmar zu diskutieren, denn vor ihr stand eine fremde Person, so als ob eine feindliche Übernahme in Elmar stattgefunden und ein Dämon ihren Freund in Besitz genommen hätte.

Er warf Amelie einen Geldschein aufs Bett. »Hier hast du

fünfzig Mark, du Schlampe, das reicht für den Zug und ein Taxi.
Und jetzt hau endlich ab, ich kann dich nicht mehr sehen, du
Dreckstück.«
Diese letzte Aufforderung hätte es gar nicht mehr gebraucht,
denn Amelie Imhof stürmte bereits aus dem Zimmer, so schnell
sie nur konnte, und hinaus aus dem bischöflichen Priesterseminar.

***

Wofür so ein Honigbrot nicht alles gut war. Vor allem aber war
es ein grandioser Stimmungsaufheller. Langjährige Studien in
der Bamberger Dienststelle der Kriminalpolizei hätten diese An-
nahme massiv untermauert, wenn es denn welche gegeben hätte.
Honigbrote halfen nicht nur bei Unterzucker, sondern auch bei
schwerer Depression.

Der größte Honigbrotprofiteur des heutigen Tages war ganz
eindeutig Kriminalhauptkommissar Franz Haderlein. Seine ab-
gerutschte Stimmung konnte sogar so weit wiederhergestellt
werden, dass er jedes weitere Gespräch mit der Erlanger Rechtsmedizin ohne Groll annehmen und führen könnte, so jedenfalls
sein augenblicklicher Eindruck vom eigenen Gemütszustand.
Derart gewappnet, irritierte es den Kommissar auch überhaupt
nicht, dass sich das Diensttelefon auf seinem Schreibtisch ein
weiteres Mal meldete. Mit einer inneren Einstellung der Ruhe
und des Gleichmuts nahm Franz Haderlein den Hörer ab und
meldete sich so freundlich, wie es ihm nur irgend möglich war.
Dieses gut gemeinte Vorgehen erwies sich im Nachgang jedoch
als der berühmte Vergleich, in dem mit Kanonen auf Spatzen
geschossen wird, denn der Anruf kam nicht von Professor Siebenstädter, sondern es war die geballte Kompetenz in Sachen
Spurensicherung am Apparat, Heribert Ruckdeschl.

»Franz, wir haben jetzt sämtliche Spuren vom Tatort am
Kemnitzenstein ausgewertet. Dabei haben sich ein paar durchaus interessante, vor allem aber überraschende Erkenntnisse
ergeben, die euch vielleicht weiterbringen könnten.«

Haderlein war sofort hellwach, und sein eben erst heraufbeschworener Gleichmut musste berufsbedingt einer ziemlich angespannten Neugierde weichen. Endlich einmal ein paar positive Signale in diesem Fall. Wenn sich schon Andrea und Bernd nicht meldeten, so hatte anscheinend wenigstens die Spurensicherung Positives zu vermelden.

»Okay, los geht's. Die große Blutmenge, die wir auf der Terrasse der Hütte gefunden und analysiert haben, stammt vom Opfer. Das ist zugegebenermaßen weder neu noch unerwartet. Der Untersuchungsbefund der Blutspuren auf der Felsspitze jedoch schon. Auch hier war das Blut des Kopflosen zu finden, daneben gab es aber noch Blutspuren einer zweiten Person. Ebenfalls weiß, männlich, Identität ungeklärt. Ich will damit sagen, der Kopflose ist zweifelsohne als tot zu betrachten und hat sein Leben auf der Terrasse dieser Hütte gelassen. Allerdings ist mindestens noch eine zweite Person am Tatort beziehungsweise auf dem Felsplateau gewesen, die so stark verletzt war, dass wir erkleckliche Mengen ausgetretenen Blutes sicherstellen konnten. Und das waren keine alten Spuren. Soweit ich das beurteilen kann, ist alles Blut etwa zur selben Zeit dort oben gelandet, soll heißen, die Verletzungen der beiden unidentifizierten Männer traten in etwa gleichzeitig auf. Mutmaßungen, wie es dazu gekommen sein könnte, verkneif ich mir, das ist euer Metier, Franz.«

Der angesprochene Kommissar hatte sich alles mit großem Interesse angehört und durchaus schon die eine oder andere Vermutung parat. Das klang sehr nach einer Kampfhandlung mit spitzem beziehungsweise scharfem Handwerkszeug, bei der einer der beiden Kontrahenten die Oberhand behalten, sprich überlebt hatte. Die Indizien deuteten darauf hin, dass derjenige eher auf der bösen Seite der Inszenierung zu suchen war, denn dass ein Mensch in Notwehr dem Unterlegenen den Kopf abschneidet, war dann doch eher unüblich und somit etwas zu weit hergeholt. Ruckdeschl war aber noch lange nicht fertig mit seinen Erkenntnissen aus dem Labor.

»Über den Schuhsohlenabdruck neben der Hütte wissen wir inzwischen auch mehr. Er gehört zu der Art Sohle, die von der

Firma Shimano für Mountainbike-Schuhe verwendet wird. Im Abdruck, den der Schuh im Gelände hinterlassen hat, konnten wir Spuren von Blut nachweisen. Es stammt von unserem kopflosen Opfer. Der Träger der Schuhe muss an der Hütte hineingetreten oder hindurchgelaufen sein, sonst hätten wir in der eingedrückten Erde keine so deutlichen Spuren finden können. Ich habe mir außerdem erlaubt, wegen der Mountainbike-Schuhe ein wenig zu recherchieren. Das sieht schlecht aus, Franz, diese Schuhe gibt es haufenweise, einfach deshalb, weil sie sehr beliebt sind und überall verkauft werden. Da wird es schwierig werden, einen beweisbaren Tatzusammenhang herzustellen, sollte jemand aus dem Kreis der Verdächtigen solche Schuhe besitzen«, meinte Heribert Ruckdeschl warnend, und Franz Haderlein wusste, dass sein langjähriger Wegbegleiter zweifellos recht hatte. Das war weit davon entfernt, als stichhaltiger Beweis zu gelten.

Haderlein stimmte seinem Spurensicherer dennoch zu, dass der Besitzer des Schuhs mutmaßlich mit dem gesuchten Täter identisch war. Denn wenn die Person durch vorhandenes Blut gelaufen war, musste sie ja auch etwas von der schrecklichen Tat mitbekommen haben.

»Franz, der nächste Punkt ist der Abdruck eines Mountainbike-Reifens, den wir in der abfallenden Wiese gefunden haben. Auch im Profilabdruck konnten wir Blutspuren finden, wenn auch eine geringere Menge. Soll heißen, sowohl an einem Mountainbike-Schuh als auch am Rad eines Mountainbikes befanden sich Blutspuren des Opfers. Franz, ich halte es ehrlich gesagt für extrem unwahrscheinlich, dass ein unbedarfter Freizeitsportler in eine Blutlache tritt, dann noch mit dem Rad hindurchfährt und beides nicht mitbekommt.«

Franz Haderlein kratzte sich am Kinn, denn wieder hatte Ruckdeschl seiner Ansicht nach den Nagel auf den Kopf getroffen. Der Mörder war anscheinend mit dem Rad gekommen oder zumindest mit einem geflüchtet. Ein anderes motorisiertes Fahrzeug beziehungsweise Spuren eines solchen waren ja am Tatort nicht gefunden worden.

»So, und zum guten Schluss noch eine Nachricht von der

Bereitschaftspolizei, Franz, die haben mich gerade angerufen. In Kümmersreuth wurde ein unbekannter Pkw gemeldet, der seit dem Pfingstwochenende dort vor einem Privatgrundstück am Straßenrand herumsteht. Die Nachbarn dachten, es sei jemand irgendwo zu Besuch, aber jetzt hat sich herausgestellt, dass es den anderen Anwohnern in der Straße genauso ging. Niemand kennt das Fahrzeug beziehungsweise den Besitzer. Zugelassen ist es auf einen gewissen Ludwig Böhmer aus Mürsbach. Ob der was mit unserem Fall zu tun hat, steht zu bezweifeln, aber überprüfen solltet ihr das schon. So, das war's vorerst von meiner Seite, noch irgendwelche Fragen, Franz?«

Nein, Kriminalhauptkommissar Haderlein hatte erst einmal keine Fragen mehr, also bedankte er sich bei Ruckdeschl und legte auf. Die Synapsen in seinem geschulten Gehirn liefen gerade auf Volllast. Wenn es in dem Szenario einen Verletzten gab, der noch dazu einigermaßen stark geblutet hatte, dann dürfte sich diese Person danach in Behandlung begeben haben, und irgendein Krankenhaus oder Arzt musste darüber Bescheid wissen, wer sich am vergangenen Freitag eine solche Verletzung zugezogen hatte.

»Marina, komm doch einmal her, ich habe eine dringende Aufgabe für dich!«, rief Franz Haderlein kurz entschlossen quer durch den Raum.

Ihre Dienststellensekretärin konnte nämlich nicht nur perfekte Honigbrote herstellen, nein, sie war auch die Heldin am Telefon. Niemand recherchierte so schnell und genau oder war so perfekt im Ausfragen von Menschen. Marina erzählten sie einfach alles, was sie wussten, ob sie das wollten oder nicht. Außerdem kannte Honeypenny alles und jeden, daher wanderte schon mal die eine oder andere Information über den Tisch, die sie eigentlich gar nicht hätte bekommen dürfen. Wenn es also darum ging herauszufinden, ob am Freitag irgendwo ein durch ein Messer oder Ähnliches verletzter Mann behandelt worden war, dann war sie genau die Richtige.

»Ja, Franz, was gibt's?«, fragte Marina Hoffmann misstrauisch.

Zu oft war sie in der letzten Zeit vom polizeilichen Personal ihrer Dienststelle hinters Licht geführt worden. Andererseits, Franz Haderlein war nicht Lagerfeld, ihm konnte man noch halbwegs trauen. Und was er ihr jetzt auftrug, ließ ihre Stimmung tatsächlich sofort in ungeahnte Höhen aufsteigen. Endlich einmal wieder eine richtige polizeiliche Aufgabe für sie, die sie in ihren polizeilichen Fähigkeiten doch viel zu oft unterschätzt wurde, da schien die Sonne gleich viel heller.

»Wird gemacht, Franz, das ist für mich ein Klacks«, verkündete Honeypenny begeistert und eilte diensteifrig zu ihrem Schreibtisch.

***

Es war still geworden auf der inzwischen dunklen Terrasse vor dem kleinen Häuschen in Dittersbrunn. Amelie Imhof wirkte erschöpft, sie brauchte dringend eine Erholung von ihren geschilderten Erinnerungen. Florian Kauper musste das Gehörte ebenfalls erst einmal verdauen. Was Amelie erlebt hatte, war einfach nur schrecklich und unfassbar. Ein sensibles Gemüt wie ihres konnte durch die traumatische Erfahrung, die das Verhalten eines solchen Mannes bedeutete, bestimmt schwer geschädigt werden.

Was für ein krankes Arschloch, dachte Kauper, vermied es aber, sich Amelie gegenüber entsprechend zu äußern. Das wusste sie sicher selbst, und jetzt, im gereiften Alter, war es gerade wegen solcher Erfahrungen ja auch leichter, die miesen Typen zu erkennen und im besten Fall zu meiden. Da brauchte er ihr nichts zu erzählen. Aus seiner Sicht war es besser, Mitgefühl und Verständnis zu zeigen. Immerhin hatte sie es ja endlich geschafft, über den Schatten ihrer Vergangenheit zu springen und ihm alles zu erzählen. Das betrachtete er als großen Vertrauensbeweis, dessen er sich würdig erweisen wollte.

»Amelie, es tut mir wirklich leid, dass du das alles mitmachen musstest. Das hat dir sicher einen gewaltigen Schlag versetzt. Hat dieser Fast-Pfarrer es dann wenigstens klaglos akzeptiert, als du Schluss gemacht hast? Solche Menschen treten ja gerne noch nach, wenn man endlich von ihnen losgekommen ist.«

Entgegen seiner Erwartung schien sich Amelie durch seine Worte aber nicht im Mindesten zu beruhigen, eher im Gegenteil. Kaum dass er sie geäußert hatte, schien sie in ihrem Schmerz geradezu zu versinken. Verunsichert hielt Florian Kauper lieber mal seinen Mund, bevor er mit seinen Versuchen, sie zu trösten, noch etwas wirklich Schlimmes auslöste. Amelie rang mit sich, das konnte er selbst im fahlen Schein des flackernden Windlichtes erkennen, das zwischen ihnen auf der Platte des Holztisches stand. Sie hatte augenscheinlich schwere innere Kämpfe mit sich auszufechten, denn Amelie weinte jetzt nicht nur, sie wand sich förmlich auf ihrem Stuhl, so als würde sie körperliche Schmerzen verspüren.

»Amelie, ist auch wirklich alles in Ordnung mit dir?« Florian Kauper reichte ihr mit sorgenvollem Blick eine frische Packung Papiertaschentücher, die sie im Akkordtempo zu verbrauchen schien. Immerhin bewog es sie dazu, sich wieder in seine Richtung zu drehen. Endlich schien sie weiterreden zu können und zu wollen. Die Ellenbogen auf den Tisch gestützt, den tränennassen Blick auf ihn gerichtet, bekam Kauper nun eine Auskunft, mit der er keinesfalls gerechnet hatte.

»Ich habe nicht mit ihm Schluss gemacht, Florian, ich konnte nicht. Ich konnte es einfach nicht.«

Ihrem Gegenüber blieb schlicht der Atem weg. Er konnte nicht glauben, was er da gerade hörte. Amelie wollte ihm aber keine Gelegenheit geben, die Fragen zu stellen, die jetzt kommen mussten. Sie würde es ja auch nicht verstehen, wenn ihr jemand so etwas erzählte, aber damals war es eben so für sie gewesen.

»Du hast ihn nicht gekannt, Florian. Elmar war eine charismatische Erscheinung. Wenn er mich nur angeschaut hat, das war, als würde er mich hypnotisieren. Sein Blick hat mich förmlich festgehalten und zu sich hingezogen. Und ich weiß, das mag für dich widersinnig klingen, aber ich hatte nach dem Vorfall im Kilianeum unheimlich großes Mitleid mit ihm.«

In der Tat, Florian Kauper konnte das nicht verstehen, überhaupt nicht. Er war jemand, der rücksichtsvoll war, anderen half, sie unterstützte. Und er beschützte die, die er liebte. Jemand anders zu beleidigen, herabzuwürdigen oder einfach nur schlecht zu behandeln, das passte überhaupt nicht in sein Weltbild. Wie konnte man auch nur eine Sekunde länger bei so einem Menschen bleiben? Was war da damals bloß in Amelie vorgegangen?

»Ich hatte Mitleid mit ihm, Florian, weil er ein so entsetzliches Elternhaus hatte. Zwei ältere Schwestern und dazu der Umstand, dass sein Vater starb, als er gerade mal acht Jahre alt war. Also wuchs Elmar bei seiner stockkatholischen, herrschsüchtigen Mutter auf, die ihn bei sich im Bett schlafen ließ, bis er fast sechzehn Jahre alt war. Das musst du dir mal vorstellen. Wer weiß denn, was in diesem Bett womöglich sonst noch so vorgefallen ist, wer kann das schon sagen? Ich habe ihn in den darauffolgenden Monaten oft danach fragen wollen, aber Elmar sprach nur ein einziges Mal darüber, als er drei Tage später zu mir kam und versuchte, mir alles zu erklären. Es war irgendwie seine Art, sich zu entschuldigen. Er war untröstlich, mich so schlecht behandelt zu haben, und sagte mir, dass es eine Stresssituation für ihn war, dass ich auf seinem Zimmer war, weil er ja bald die Priesterweihe bekommt, dass er sich total zerrissen fühlt und so weiter.«

»Aber Amelie, mal ehrlich, das ist doch keine Entschuldigung. Das ist bestenfalls eine Rechtfertigung. Wenn du mich fragst, ist der Typ total krank, vielleicht sogar gefährlich.«

Amelie brach erneut in Tränen aus, was Florian Kauper zeigte, dass er mit seiner Vermutung wohl ins Schwarze getroffen haben musste. Wie sehr, das erfuhr er, als Amelie nach dem Versiegen ihrer Tränen schließlich in der Lage war, die Geschichte weiterzuerzählen.

Amelie hatte sich von Elmar dazu überreden lassen, ein weiteres Mal nach Würzburg zu kommen, um bei ihm im Priesterseminar zu übernachten. Seine Bitte war diesmal eigentlich gar keine gewesen, sondern fast schon einer Forderung gleichgekommen. Ein bisschen unverschämt, wenn Amelie daran zurückdachte, wie er sich damals angestellt hatte, als sie das erste Mal ins Kilianeum gefahren waren.

Irgendetwas hat er vor, dachte Amelie und machte sich leise Hoffnungen auf einen ganz speziellen Anlass. Vielleicht hatte er sich ja endlich dazu durchgerungen, dieses dämliche Theologiestudium an den Nagel zu hängen und sein Leben stattdessen mit ihr zu verbringen. Die Primiz, seine erste offizielle Messe als Priester, war nicht mehr weit, nur noch wenige Wochen. Zuvor würde Elmar zum Priester geweiht werden, an einem Pfingstsamstag, vom Bischof höchstpersönlich. Dann durfte er Frauen offiziell nur noch mit der Kneifzange anfassen.

Sie selbst hatte diesen Umstand immer und immer wieder verdrängt und eine Auseinandersetzung damit hinausgeschoben, wie mit vielen anderen Dingen auch. Dass er in regelmäßigen Abständen seine Ausraster bekam, sie als Hure beschimpfte und der Hexerei beschuldigte, daran hatte sie sich schon fast gewöhnt. Manchmal war es richtig schlimm, und sie glaubte allmählich, dass sie tatsächlich die Schuld an seinen inneren Qualen trug. Dass er recht mit seinen Behauptungen hatte, sie, Amelie, stürze ihn jedes Mal in diese Abgründe. Einmal, ein einziges Mal, hatte sie vorgeschlagen, dass er sich doch vielleicht Hilfe bei einem Psychologen suchen sollte. Das hatte einen erneuten Wutausbruch zur Folge gehabt, und am Ende dieser Auseinandersetzung dachte sie tatsächlich, sie selbst sei das Problem und nicht er. Da hatte er sie so weit, dass sie meinte, sie sei diejenige, die psychologische Hilfe benötigte.

Aber seit einigen Wochen war nichts dergleichen mehr vorgefallen, Elmar hatte sich wirklich um sie bemüht, er war schon fast als ausgeglichen zu bezeichnen. All das schürte in Amelie die leise Hoffnung, dass er sich besonnen hatte und seine Abkehr vom Priesteramt heute womöglich ihr, und nur ihr, mitteilen wollte. Irgend so etwas lag in der Luft, weshalb sie gerade ziemlich aufgeregt war. All sein beängstigendes, aggressives Verhalten war vergessen, sie würde ihm wirklich alles verzeihen, wenn er diesen einen Schritt für sie ging.

Und so war sie voller Freude und liebevoller Gedanken, als sie wieder einmal durch das große Tor des Kilianeums schritt. Elmar holte sie unten am Eingang ab, er hatte sogar einen kleinen

Strauß Blumen dabei, den er ihr feierlich überreichte. Da wusste sie, dass dies ein besonderer Tag werden würde, denn Blumen zu verschenken war überhaupt nicht Elmars Sache. Spendabel war er, ob beim Essen, Urlaub oder mit Geschenken. Aber was Blumen anging, tat er sich sonderbar schwer, ein Umstand, den Amelie wie alles andere auch auf den negativen Einfluss seines Elternhauses zurückführte. In seiner Jugend war bestimmt mal was mit Blumen vorgefallen und hatte diese Haltung bei ihm verursacht, wie so vieles andere, was ihm nachhing.

Er führte sie in sein Zimmer, wo zu ihrem großen Erstaunen lange schwarze Vorhänge vor den Fenstern angebracht worden waren. Eigentlich unnötig, denn draußen war es inzwischen dunkel geworden. Aber irgendetwas würde sich Elmar schon dabei gedacht haben, dachte sich Amelie unbedarft und setzte sich gut gelaunt aufs Bett. Außerdem verliehen die schwarzen Tücher dem Raum etwas mystisch Edles. Elmar holte eine gekühlte Sektflasche aus einer Kühltasche, dazu mehrere Sektgläser, die er auf das Nachtkästchen neben dem Bett stellte. Ohne weiteren Verzug ließ er mit einem leisen Plopp den Korken von der Flasche und befüllte zwei Sektgläser. Eines aus grauem, rauchigem Glas, eines in einem zarten Rosa, der Farbe, die Amelie so sehr liebte.

»Gibt es etwas zu feiern?«, fragte Amelie mit neckischem Augenaufschlag, und ihr Herz klopfte ihr bis zum Hals. Es war so weit, Elmar hatte sich entschieden. Und das war ganz bestimmt keine Abschiedsfeier, da kannte sie ihn gut genug. Hätte er Priester bleiben und sich von ihr trennen wollen, wäre das nüchtern und kalt abgelaufen. Eine einfache Mitteilung, die blanke Information, die er wahrscheinlich nicht einmal persönlich zuwege gebracht hätte, sondern in einem Brief oder in Form einer seiner bescheuerten Ansichtskarten. Aber das hier, nein, das hier war keine Abschiedsveranstaltung, das war ein festlicher Anlass, eine Feierstunde, und sie wusste ganz sicher auch den Grund.

»Ich muss dir etwas sagen, Amelie«, sagte Elmar Manger lächelnd. »Aber vorher wollen wir noch anstoßen, auf einen ganz besonderen Moment.«

»Na, da bin ich aber gespannt!« Amelie kicherte fröhlich und

trank ihr Sektglas, so wie Elmar, in einem Zug leer. Dann schaute sie ihren Freund verliebt an und wartete darauf, dass er ihr endlich sein süßes Geständnis offenbarte. Und zwar genau hier, wo sie gerade saßen, auf diesem Bett, in diesem Zimmer, in dem so viel Schönes, aber auch schon so viele hässliche Dinge zwischen ihnen passiert waren.

»Also gut, Amelie, dann fang ich mal an. Ich muss dafür aber etwas ausholen, wenn du gestattest.«

Amelie gestattete durchaus und setzte sich im Schneidersitz zurecht, während ihre Finger nervös mit dem leeren Sektglas spielten.

»Amelie, heute ist der 13. Mai, und das ist ein ganz besonderes Datum. Denn heute begehen wir nach altem Ritus das sogenannte Lemuria-Fest. Ich nehme an, du hast von diesem Fest noch nie etwas gehört, deswegen will ich es dir erklären.«

Elmar Manger stellte sein Sektglas zur Seite und setzte sich, ebenfalls im Schneidersitz, auf das Bett, Amelie gegenüber. Sie war total gerührt. Elmar hatte sogar eine Rede vorbereitet, wie süß. So voller Wärme und Begeisterung hatte sie ihren Freund noch nie erlebt.

»Du musst wissen, im Römischen Reich waren die Lemuria eine religiöse Feier, die am 9., 11. und 13. Mai begangen wurde. In diesen Tagen waren alle Tempel geschlossen, Hochzeiten durften nicht stattfinden, denn das Lemuria-Fest war geprägt von der Angst vor Gespenstern. Die Seelen der Verstorbenen spielten eine große Rolle in der römischen Religiosität. Und nach ihnen war das Fest auch benannt: nach den ›lemures‹, den Totengeistern. Der Dichter Ovid beschrieb in diesem Zusammenhang einmal einen Ritus. Dafür wusch sich der jeweilige Hausherr, der ›pater familias‹, seine Hände mit reinem Quellwasser und legte die Finger auf die Daumenmitten. Das diente als Abwehrzauber. Erst dann konnte die eigentliche Prozedur, das Verbannen der Geister aus dem Haus, beginnen: Spätnachts ging der Herr nackt und barfuß durch die Räume, den Blick stets nach vorne gerichtet, und warf schwarze Bohnen hinter sich. Dabei sprach er neunmal hintereinander die Worte: ›Haec ego mitto, his redimo *meque meosque fabis. – Dies hier opfere ich, und mit diesen Bohnen kaufe ich mich und die Meinen los.‹ Anschließend spülte er nochmals die Hände, rasselte mit ganz bestimmten Utensilien und rief neunmal ›manes exiti paterni‹, das bedeutet: ›Hinaus, ihr Geister der Ahnen.‹ Das Datum des Lemuria-Festes blieb nicht immer gleich, im ersten Drittel des 9. Jahrhunderts verschob es sich auf den 1. November. Aber heute, der 13. Mai, das ist das ursprüngliche Datum, der eigentliche Tag.«*

Amelie hatte die ganze Zeit aufmerksam zugehört, verstand aber nicht, warum Elmar ihr das erzählte. Eigentlich wartete sie ja nur darauf, dass er ihr endlich erklärte, ihretwegen seinen Wunsch, Priester zu werden, aufgeben zu wollen. Aber je länger sie Elmar zuhörte, umso seltsamer fühlte sie sich. Ihr wurde langsam schwindelig, und eine seltsame Gleichgültigkeit und Trägheit bemächtigte sich ihres Denkens. Sie konnte ihm zum Schluss gar nicht mehr richtig folgen. Seine Stimme nahm sie nur noch sehr gedämpft wahr, so als wäre sie in Watte gepackt und die Zeit zäh wie Schleim.

»Warum erzählst du mir das, Elmar?«, fragte sie aus ihrem Wattebausch heraus, wobei sie sich zur Formulierung der Frage angestrengt konzentrieren musste. Vertrug sie keinen Alkohol mehr, oder was? Irgendwie fühlte sie sich wie nach zehn Gläsern Whisky-Cola. Ihr Freund lächelte sie nur milde an, bevor er ihr im gleichen warmen Ton antwortete, in dem er schon die ganze Zeit seine Geschichte erzählte.

»Weil heute, am Lemuria-Fest, der Zeitpunkt gekommen ist, dich von deinen schwarzen Anteilen zu befreien, Amelie. Weil ich endlich einen Weg gefunden habe, dich von dem Zwang zu heilen, mir das Priestertum ausreden zu wollen. Du weißt, dass das falsch ist, dass du dich an meiner heiligen Berufung versündigst. Ich werde Priester werden, aber wir beide gehören auch zusammen, das weiß ich, Amelie. Deswegen müssen wir unseren eigenen Weg finden, um dieses Leben zusammen gehen zu können. Einen Weg, der trotzdem gottgefällig ist. Nur du und ich, abseits der Öffentlichkeit, weil wir beide füreinander bestimmt sind.«

Amelies Gleichgewichtsgefühl verabschiedete sich endgültig; sie kippte aus ihrem Schneidersitz einfach um und blieb auf der Seite liegen. Sie hörte wohl, was Elmar zu ihr sagte, und sie glaubte auch, alles zu verstehen. Aber sie war in ihrer merkwürdig teigigen Welt zu keiner Schlussfolgerung fähig und zu keinerlei Gefühlen. Alles lief ab wie in einem Film, in dem sie sich selbst betrachtete, abgespalten von der Realität.

»Wir werden heute ein Ritual durchführen, Liebste, ein Ritual, das dich reinigen und von deinen Dämonen und schwarzen Geistern befreien soll. Danach wirst du alles verstehen und so sehen können wie ich, Amelie.«

Amelie konnte nicht mehr antworten, was das Lächeln des Alumnus nur noch breiter werden ließ. Er erhob sich, ging zur Tür und öffnete sie. Eine männliche Gestalt schlüpfte ins Zimmer, woraufhin Elmar Manger die Tür zu seinem Zimmer sogleich wieder verschloss.

»Ist sie das?«, fragte der unbekannte Mann, bei dem es sich dem Alter nach wohl ebenfalls um einen Alumnus handelte.

»Ja, das ist sie. Sie ist so weit.« Elmar Manger wirkte bei diesen Worten fast stolz, dann zog er den Kopf seines Studienkollegen zu sich heran, und sie küssten sich.

Der Ankömmling löste sich von Elmar, um die frisch angebrachten schwarzen Vorhänge zuzuziehen. Dann begann er, seine Kleidung abzulegen.

»Worauf wartest du, Elmar? Zieh dich aus, wir müssen anfangen«, zischte er Amelies Freund zu, der seiner Aufforderung umgehend nachkam.

Wenig später standen zwei nackte Männer im Raum, welche die betäubte junge Frau auf dem Bett schweigend betrachteten.

»Und jetzt sie. Sie muss vorbereitet werden. Ich werde sie ausziehen«, kündigte der Fremde an und machte Anstalten, sich zu Amelie aufs Bett zu legen, aber Elmar Manger hielt ihn zurück.

»Das mache ich«, stieß er streng hervor, was seinen Besucher leicht verärgert innehalten ließ.

»Dann los, zieh es aus, das unreine Weibsstück«, giftete er mit eifersüchtigem Unterton, und Elmar tat genau das.

Als Amelies Körper nackt vor ihnen lag, löschte Elmar Manger das Licht und zündete die große Kerze an, die auf seinem Nachtkästchen stand. Anschließend zog er die oberste Schublade auf und holte ein dünnes, schwarz gebundenes Büchlein heraus, das er seinem Gast übergab. Der Titel lautete: »Fünf Bücher der schwarzen Magie«. Elmars Freund schien sich mit dem Buch gut auszukennen, denn er schlug sofort eine ganz bestimmte Seite auf.

Amelie lag rücklings und entblößt auf dem Bett und musste in völliger Hilflosigkeit geschehen lassen, was das angekündigte »Ritual« vorsah. Ihre Augen sahen, und ihre Ohren hörten, aber ihr Verstand war völlig außerstande, das Empfangene auszuwerten und zu begreifen. So konnte sie erkennen, aber nicht einordnen, dass eine fremde, nackte Person mit einem Buch vor ihr stand. Elmar hielt einen kleinen Topf in der einen Hand, in der anderen einen Pinsel, von dem schwarze Farbe am Griff hinab und auf Elmars Hand gelaufen war.

Der fremde Nackte beugte sich über sie und legte einen großen Zahn, der aussah, als ob er von einem Krokodil stammte, zwischen ihre nackten Brüste. Er strich mit seiner Hand neugierig darüber, dann richtete er sich mit einem seltsamen Leuchten in den Augen wieder auf, gab Elmar noch einmal einen langen Kuss und fing an, in einem eigenartigen Singsang seltsame Dinge zu erzählen.

»Möge der Natternstein dich läutern und reinigen von jeglichem Gift, sei es von dieser oder von einer anderen Welt. Ich werde jetzt die ›Magia Ordinis artium et Scientiarum abstrusarum‹ durchführen, geschrieben von unserem Nobilis Johannes Kornreuther.«

Die beschwörenden Worte waren das endgültig Letzte, woran sich Amelie später noch erinnern konnte, denn nun versank ihr gequältes Bewusstsein endlich in einer gnädigen, traumlosen Dunkelheit.

Dein Wille geschehe

Das DHL-Logistikzentrum in Bad Neustadt an der Saale hatte eigentlich für Publikumsverkehr geschlossen, aber als Kommissar Bernd Schmitt seinen Dienstausweis vorzeigte, war der Widerstand des Postangestellten Werner Baumeister gebrochen. Er führte die beiden Beamten der Bamberger Kriminalpolizei nach drinnen, wo gerade diverse Mitarbeiter und Mitarbeiterinnen im Aufbruch begriffen waren – es war Schichtwechsel angesagt. Lagerfeld hielt sich daher nicht mit langen Vorreden auf, sondern erklärte vor versammelter Mannschaft ihr Anliegen.

»Wir sind hier, weil wir im Zuge einer Mordermittlung ein paar Fragen an Sie haben. Insbesondere würden wir gern wissen, ob sich jemand von Ihnen an einen gewissen Christian Seufert aus Bastheim erinnert, der regelmäßig Pakete, Päckchen oder Briefe an eine Adresse in einem Ort namens Dittersbrunn verschickt hat. Vielleicht liegt hier ja sogar noch Post von ihm oder an ihn, auf der der Adressat vermerkt ist. Wenn das so wäre, dann wären wir Ihnen sehr verbunden, wenn wir die Adresse erfahren könnten, das wäre wirklich sehr hilfreich.«

Lagerfeld wartete hoffnungsfroh auf eine Antwort, aber die Mitarbeiter der Post schauten sich nur ratlos an. Dann trat ein älterer Herr mit einem kleinen Wohlstandsbauch nach vorne.

»Mein Herr, werte Dame, Dietmar Werner ist mein Name, ich bin der Leiter dieses schönen Logistikzentrums. Prinzipiell haben wir solche Daten, denn die Adressen auf den Postsendungen werden digital erfasst, ausgewertet und gespeichert. Allerdings benötigen wir für eine solche Auskunft eine besondere Genehmigung, da die Daten dem Postgeheimnis unterliegen. Ich kann Ihnen da ohne gerichtliche Verfügung beim besten Willen nicht weiterhelfen.«

Werner schaute Lagerfeld fest in die Augen, und dem Kommissar war natürlich klar, dass der Mann recht hatte. Wer Briefe und Pakete verschickte, erwartete, dass seine Post vertraulich behandelt wurde. Aber probieren konnte man es ja. Das sogenannte Postgeheimnis verbot den Angestellten der verschiedenen Logistikdienstleister, die Sendungen zu öffnen oder sich auf andere Weise Zugang zum Inhalt der Pakete und Briefe zu verschaffen. Und nicht nur das, sie durften auch keine Angaben zu Namen und Adressen der Absender und Empfänger oder Ort und Zeit der Aufgabe und Auslieferung machen. Das Postgeheimnis war dabei nicht zu verwechseln mit dem Briefgeheimnis, das nicht nur Postangestellte betraf, sondern jeden. Also auch Verwandte, den Chef oder einen Mitbewohner. Postgeheimnis und Briefgeheimnis waren zusammen mit dem Fernmeldegeheimnis im Artikel zehn des Grundgesetzes verankert, so viel wusste Lagerfeld noch von seiner Ausbildung bei der Polizei. Und das Dumme war, das Postgeheimnis galt auch noch nach der Auslieferung. Dieser Schutz erlosch nicht mit der Übergabe des Pakets, was in ihrem konkreten Fall extrem hinderlich war. Die personenbezogenen Daten einer Postsendung blieben geschützt.

In Lagerfelds Kopf ratterten die Gehirnwindungen, doch dem sonst so findigen Kommissar fiel partout kein Ausweg aus diesem ermittlungstechnischen Dilemma ein. Für solche Fälle hatte er aber ja eine kluge Kollegin an seiner Seite, die ihren Dienst bei der Kriminalpolizei ebenfalls nicht ohne Grund angetreten hatte. Andrea Onello beugte sich an das Ohr ihres ratlosen Kollegen und flüsterte ihm leise etwas zu.

Dietmar Werner schaute unterdessen demonstrativ auf seine Uhr, denn eigentlich hatte er schon seit einer Viertelstunde Feierabend. Und diese Bamberger Polizisten würden ihn nicht daran hindern, ihn auch anzutreten, so viel stand fest. Der klapprige Polizist mit der dunklen Sonnenbrille und dem seltsamen dünnen Pferdeschwanz hatte nun aber plötzlich ein breites Lächeln im Gesicht. Na, dann mal los. Dietmar Werner war gespannt, mit was für einem windigen Argument ihm dieser Bulle nach den geheimnisvollen Einflüsterungen seiner Kollegin jetzt wohl kommen wollte.

»Herr Werner. Am 12. Februar 2021, also vor noch gar nicht so langer Zeit, hat der Bundestag eine wichtige Änderung im

Postgesetz beschlossen. Beschäftigte von Postdienstleistern müssen verdächtige Postsendungen demnach unverzüglich bei der Polizei oder anderen Strafverfolgungsbehörden abgeben, wenn ein ganz bestimmter Tatverdacht vorliegt. Nämlich unter anderem der einer Straftat nach dem Betäubungsmittelgesetz. Außerdem dürfen sich Postdienstleister ausnahmsweise Kenntnis vom Inhalt von Postsendungen verschaffen, um etwa den Inhalt beschädigter Sendungen zu sichern, den Empfänger oder Absender einer unanbringlichen Postsendung zu ermitteln oder Gefahren abzuwenden, die von einer Postsendung ausgehen. In diesen Fällen ist eine Ausnahme vom Postgeheimnis zugelassen, sehe ich das richtig, Herr Werner?«

Dietmar Werner zuckte kurz zusammen und schaute erneut reflexhaft auf seine Uhr. Ertappt. Diese blöde Gesetzesänderung war doch neu, woher hatte die Polizistin das gewusst? Andererseits galten die in Paragraf neununddreißig, Absatz vier des Postgesetzes geregelten Ausnahmen ja nur mit begründetem Verdacht, und den musste dieser Typ von der Bamberger Kripo erst einmal stichhaltig belegen.

»Und, Sie Bamberger Schlaumeier, haben Sie denn überhaupt einen solchen Verdacht? Zufälligerweise ist mir Herr Christian Seufert aus Bastheim einigermaßen gut bekannt. Ich glaube kaum, dass ein ehrenwerter Mitbürger wie er Drogen oder Waffen in die Weltgeschichte verschickt. Also, irgendeinen stichhaltigen Grund müssen Sie mir schon liefern, bevor ich hier irgendwelche Grundrechte verletze, Herr Kommissar.«

Mit angriffslustiger Miene, fast triumphierend, verschränkte Dietmar Werner die Arme vor der Brust. Da wollte er doch einmal sehen, wer hier kompetenzmäßig den Kürzeren zog. Allerdings war das er, wie sich herausstellte, denn Andrea Onello hatte jetzt die Nase voll. Sie waren in einer Mordermittlung unterwegs, und da war wirklich keine Zeit, um einen testosterongesteuerten unterfränkischen Postheini mit Bernd seine Schwanzlänge messen zu lassen.

»Christian Seufert ist tot, Herr Werner, ermordet, wenn Sie es genau wissen wollen. Und wir brauchend dringend diese

Adresse, weil wir in dieser Mordsache ermitteln. Haben Sie also eine entsprechende Postsendung oder nicht?«

Die Mitarbeiter der Bad Neustädter Post schauten konsterniert und reichlich verdattert zu ihrem Chef. Dietmar Werner zuckte erneut zusammen, wahrte aber die Fassung. Den Zahn des Widerstandes hatte Andrea Onello ihm gezogen. Ohne weiteren Kommentar drehte er sich um und verschwand in den Tiefen des Logistikzentrums, aus dem er wenig später mit einem kleinen Päckchen zurückkehrte.

»Hier, das kam vor drei Tagen an. An diese Adresse hat Christian häufig Post geschickt, und das schon seit Jahren, soweit ich weiß. Ich hoffe, das hilft Ihnen weiter«, erklärte er überraschend hilfsbereit.

»A. Imhof, Dittersbrunn 35, 96250 Ebensfeld«, stand als Absender auf dem Päckchen. Dann hatte der kleine Block auf dem Küchentisch des Ermordeten also nicht gelogen, Lagerfelds Verdacht hatte sich bestätigt.

»Hab dich«, flüsterte er grimmig, während Andrea Onello schon die Autoschlüssel ihres Suzuki Swift in den Händen hielt.

***

Es war schon eine Weile her, dass Franz Haderlein in Mürsbach gewesen war. Eigentlich schade, denn das Dorf war für sein Erscheinungsbild mit dem vielen Fachwerk schon mehrmals ausgezeichnet worden. Die Leute hier hielten was auf ihre Gemeinde, so viel war sicher.

Ludwig Böhmer aus Mürsbach ausfindig zu machen war nicht besonders schwer gewesen, seine Telefonnummer stand ganz normal im Telefonbuch. Das alte, wacklige Häuschen fand er gegenüber einem Biergarten mitten im Ort. Vielleicht ergab sich ja nach seinem Besuch eine Gelegenheit, hier eine kurze Denkpause mit Bier und Brotzeit einzulegen. Vorher wollte er aber noch das mit dem in Kümmersreuth abgestellten Pkw klären, der ja auf Herrn Böhmer zugelassen war. Zum wiederholten Male drückte er den Klingelknopf, dann, endlich, wurde die Holztür einen Spaltbreit geöffnet. Dahinter konnte Haderlein das faltige Gesicht eines sehr alten Mannes erkennen, der ihn misstrauisch musterte.

»Ich kaaf nix« lautete die unfreundliche Ansage des Alten, und Haderlein wusste sofort, mit was für einem Typ Franken er es hier zu tun hatte. Alt, widerwärtig, keine Lust zu irgendwas, Sonntagfrühkirchgänger und Stammtischhocker.

Mit diesen Begriffen war der Charakter des Alten wahrscheinlich zu neunundneunzig Prozent beschrieben. Das hieß für Haderlein, dass er kommunikationstechnisch ein verdammt dickes Brett bohren musste. Wenn der alte Knochen zudem noch schlecht hörte, konnte das eine ziemlich lautstarke Veranstaltung werden. Franz Haderlein holte tief Luft, dann begann er seine Charmeoffensive für bockige Altfranken.

»Ja, hallo, Kriminalpolizei Bamberg. Sind Sie Herr Ludwig Böhmer, der Besitzer des Autos mit dieser Nummer?«, fragte er freundlich und hielt den Zettel, auf dem er das Kennzeichen notiert hatte, vor den Spalt, damit sein Gegenüber es davon ablesen konnte. Der schien die Ziffernfolge auch irgendwie zu studieren, aber so richtig begriffen hatte er den Zweck des Besuches nicht.

»Ich hab doch g'sacht, ich kaaf nix, und edzerd geh ford, ich gugg Fernseh!«

Mit dieser dürren Erklärung schien die Angelegenheit für den alten Herrn erledigt zu sein, denn er wollte seine Haustür schließen. Da hatte er die Rechnung aber ohne Franz Haderlein gemacht, denn der schob gedankenschnell seinen Fuß in den Spalt, sodass die Haustür gegen den erklärten Willen der Bamberger Kripo vorerst nicht geschlossen werden konnte. Ludwig Böhmer versuchte noch eine Weile fluchend, die Tür ins Schloss zu drücken, dann bemerkte er, sehr zu seinem Missfallen, den fremden Fuß.

»Horch amal, Börschla. Endweder du dust dein Haxen da naus, oder ich ruf mei Fraa, und nacherd is Weihnachden fei vorbei, lass dir des amal gsachd sei!«, pöbelte er Haderlein ziemlich lautstark an, aber immerhin hatte er die Tür jetzt zur Gänze geöffnet, was der Kriminalhauptkommissar zu einem nun etwas vehementeren Nachhaken nutzte. Wieder hielt er den Zettel hoch, dazu seinen Dienstausweis.

»Die Autonummer da. Ist das Ihre Nummer?«

Inzwischen hatte auch Haderlein seinen Lautstärkepegel höher gedreht, der Opa schien tatsächlich etwas schwerhörig zu sein. Auch mit der Sehstärke klappte es nur noch mäßig, denn er blickte mit eng zusammengekniffenen Augen auf den Zettel, aber der Geist der Erkenntnis schien nicht wirklich in ihm Einzug halten zu wollen. Also versuchte Haderlein es ein drittes Mal, diesmal schrie er seine Botschaft regelrecht ins Haus.

»Die Nummer da auf dem Zettel, ist das Ihre Autonummer? Ist das die Nummer von Ihrem Auto?«

Die nachdrücklich vorgebrachte Frage erreichte das Ohr des Alten, schallte durch das halbe Dorf und den gegenüberliegenden Biergarten »Zur Sonne«, in dem sich die ersten Besucher irritiert umdrehten und zu ihnen herüberblickten. Was war denn da drüben bei dem halb zerfallenen Haus los?

Dort war los, dass Ludwig Böhmer fast nichts blickte und das wenige, was zu ihm durchdrang, in die völlig falsche Ecke stellte.

»Nummer? Willst du mir edzerd a Nuddn adreha, odder was? Da bista über vierzich Jahr zu spät dra, du Kaschber. Ich brauch ka Nummer mehr, und erscht recht ned edzerd, wo gleich die Dagesschau is. Edzerd schleich dich, ich gugg Fernseh!«

Haderlein war verzweifelt. Der alte Böhmer war taub und blind. Und jetzt hielt ihn dieser altersschwache Ignorant auch noch für einen Zuhälter, na bravo. Haderlein drehte sich um und bemerkte, dass die Belegschaft des Biergartens hinter ihm die letzten Ausführungen des alten Böhmer fatalerweise gehört haben musste, denn die Blicke, die man ihm von dort zuwarf, sprachen eine eindeutige Sprache. Solche wie dich brauchen wir hier nicht in Mürsbach, sagten sie, was Franz Haderlein überhaupt nicht gefiel.

Ludwig Böhmer hatte seinen Kampf mit der Tür inzwischen aufgegeben, drehte sich um und schlurfte in seinen halb zerrupften Filzpantoffeln zurück ins Haus. Haderlein wollte schon hinterher, da trat aus dem Dunkel des Hausflures auf einmal eine Frau an die Eingangstür. Die war zwar auch nicht mehr die Jüngste, aber immerhin machte sie einen ansprechbaren Eindruck, was im Grunde alles war, was Franz Haderlein gerade brauchte, mehr erwartete er gar nicht.

»Papa, ich regel das, du kannst weiter fernsehen, ja?«, sagte sie fürsorglich zu Ludwig Bömer und lächelte Haderlein freundlich an. Der musste sich zusammennehmen, damit er sie nicht genauso zusammenschrie wie ihren stocktauben Vater, der ihm gerade den letzten Nerv geraubt hatte.

»Kaaf nix vo dem dorodee, des is a Schlawiner, der will uns bloß sei Sexzeuch verkaafen. Also ich brauch nix, bloß dass des waasd, und scho gar ned sei Nummer, die der mir adrea will. Also schick ner fort, ich gugg weiter Fernseh«, krakeelte der Senior noch einmal lautstark, woraufhin seine Tochter den Bamberger Kommissar nun ebenfalls mit misstrauischem Blick musterte.

Haderlein verspürte wirklich große Lust, diesen grantelnden Sack demnächst einmal unter einem Vorwand abzuholen und irgendwo in der Bamberger Innenstadt bei Rot über die Ampel zu schicken. Er kriegte aber gerade noch so die Kurve, hob erneut seinen Dienstausweis in die Höhe und wiederholte seine Frage nach dem Halter des Fahrzeugs mit besagtem Autokennzeichen. Normalerweise wäre das eine Sache von wenigen Sekunden, aber jetzt stand er schon seit bald einer Viertelstunde vor dieser vermoderten Haustür herum und wusste nicht einen Deut mehr als zum Zeitpunkt seines Eintreffens. Immerhin war die Tochter des alten Böhmer wieder freundlich gestimmt, als sie erkannte, wer da vor ihr stand, und beantwortete Haderleins Fragen, was dieser mit wirklich großer Dankbarkeit zur Kenntnis nahm.

»Sie müssen entschuldigen, Herr Kommissar, meine Eltern sind beide schon über neunzig. Eigentlich noch total fit, aber mit dem Hören und Sehen ist es bei Papa nicht mehr so weit her.«

Das war dem Kriminalhauptkommissar auch aufgefallen, aber er wollte jetzt wirklich nicht auf den natürlichen Gebrechen von fast Hundertjährigen herumreiten, er wollte seine Informationen – und das bitte zügig, bevor der alte Böhmer womöglich beschloss, noch mal hier aufzutauchen. Also erklärte er der Tochter die Sache mit dem Wagen in Kümmersreuth und dass Nachbarn das verwaiste Fahrzeug der Polizei gemeldet hätten. Und zu seiner größten Freude wusste Tochter Böhmer auch sofort Bescheid.

»Ach so, das Auto. Das haben wir an den Aushilfspfarrer aus Würzburg verliehen, der seit zwei Wochen hier bei uns in Mürsbach ist. Letzte Woche war Altennachmittag oben in der Schule, da hat der Herr Manger gefragt, ob er das Auto haben kann, weil er ja mit dem Zug gekommen ist. Also haben wir es ihm für die Zeit seines Aufenthaltes geliehen. Ich denke, dass er das Auto nach Kümmersreuth gefahren hat. Aber ehrlich gesagt habe ich den Pfarrer seit letzter Woche nicht mehr gesehen, er ist nämlich nicht zu den Pfingstgottesdiensten erschienen. Wir dachten schon, er sei krank oder so. Ist ihm etwas zugestoßen, Herr Kommissar?«

Darauf konnte Franz Haderlein keine wirklich befriedigende Antwort geben, aber mit dem Mordfall schien der Wagen dann wohl eher nichts zu tun zu haben. Dass der Aushilfspfarrer am Pfingstgottesdienst nicht teilgenommen und auch den Wagen seit einigen Tagen nicht bewegt hatte, musste ja erst einmal nichts heißen. Die Angaben der Tochter schrieb er sich trotzdem auf. »Elmar Manger, Diözese Würzburg«. Er würde jemanden beauftragen, der sich darum kümmerte. Eine Sache stieß ihm aber trotzdem merkwürdig auf.

»Eine Frage, Frau Böhmer. Wieso kommt der Aushilfspfarrer eigentlich aus Würzburg? Wir sind doch hier in der Diözese Bamberg, da müsste doch das Domkapitel aus Bamberg einen Priester schicken, oder nicht?«

Böhmers Tochter nickte wissend. »Ja, das hat schon viele gewundert. Aber Mürsbach gehört tatsächlich noch zur Diözese Würzburg, genauer gesagt zum Dekanat Haßberge. Und deswegen werden wir pfarramtlich vom Würzburger Bischof betreut, obwohl Bamberg weitaus näher liegt.«

»Aha«, wusste Franz Haderlein darauf nur zu antworten. Wieder eine absonderliche Wissenslücke geschlossen, von denen

Franken so einige zu bieten hatte. »Also gut, Frau Böhmer, ich danke Ihnen, Sie haben mir sehr weitergeholfen. Dann will ich mal sehen, ob ich nicht einen Kollegen auftreiben kann, der Ihren verschollenen Aushilfspfarrer ausfindig macht, damit der nächste Altennachmittag –«

Weiter kam er nicht, denn aus dem Dunkel des Hausflurs kam eine blau gepunktete Kaffeetasse auf ihn zugeflogen, die den völlig überraschten Bamberger Kommissar oberhalb der linken Augenbraue traf. Ein kurzer, stechender Schmerz, dann vernahm er die keifende Stimme einer alten Frau, die unversehens hinter der Böhmer-Tochter aufgetaucht war und jetzt laut zu ihm herüberschrie: »Dei Freudenmadla kannst du woanerschd verkaafen, du Unhold! Mei Mo brauchd dei Weiber ned, die kannsde in Zapfendorf oder Breidengüßbach verkaafen, aber mei Mo brauchd dei Schlamben ned!«

Die alte Frau hatte noch mehr Falten im Gesicht als ihr bockbeiniger Gemahl, was Haderlein aber nur am Rande registrierte, denn erneut kam eine Tasse geflogen, dieses Mal mit roten Punkten. Er konnte gerade noch ausweichen, während die Tochter alle Hände voll zu tun hatte, ihre renitente neunzigjährige Mutter von weiteren Tätlichkeiten abzuhalten, begleitet von wütenden Ausrufen der alten Frau Böhmer. Dann sah Franz Haderlein den Korb. Es war ein selbst geflochtener Korb aus jungen Weidenruten, in dem allerlei unterschiedliches Geschirr lag, welches man gut bei einem zünftigen Polterabend zerdeppern konnte. Wofür die gute Frau Böhmer das alte Porzellan zu verwenden gedachte, war dem Kommissar durchaus bewusst. Falls die Tochter ihrer Mutter nicht mehr Herr wurde, musste er mit einem Dauerbeschuss durch oberfränkische Keramikreste rechnen.

Das war's, Haderlein hatte genug. Er verzichtete ausnahmsweise auf eine offizielle Verabschiedung und trollte sich ohne Umschweife in Richtung des gegenüberliegenden Biergartens, wo er sich mit gehörigem Sicherheitsabstand, also außerhalb der Wurfweite erregter weiblicher Oberfrankenomas, jedoch unter den strafenden Blicken der anwesenden Gäste an einem allein stehenden Biertisch niederließ. Eine rot blühende Kastanie über seinem Haupt versprach Frieden und Eintracht bei einem hopfenhaltigen Getränk mit deftiger Brotzeit. So die Hoffnung, der sich der Bamberger Kriminalkommissar in seiner kindlichen Einfalt hingab. Sie erstarb schlagartig, als der junge Wirt des Biergartens erschien und sich mit strengem Blick auf der Bierbank gegenüber niederließ.

»Grüß Gott, Schmied, ich bin der Chef von dem ganzen Laden da. Hören Sie, ich hab Sie hier noch nie gsehn, und des is mir auch scheißegal, was Sie mit dem Ludwich drüben zu dun ham und was Sie hier machen. Aber, nur um des amal glar zu sachen, mir sin a ordentliches Dorf, und mir wollen niemanden hier ham, der sich sei Geld mit Zuhälterei oder so was in der Art verdient. Also seien Sie mir net bös, aber hier griechen Sie nix. Suchen Sie sich bidde woannerscht an Biergarten, wo Sie Ihre Nuddn besser anbieden könna. Ham mir uns verstanna, mir zwaa?«

Am Nebentisch fingen einige Gäste heftig zu nicken an, andere klatschten sogar. Franz Haderlein überlegte, ob es nicht vielleicht tatsächlich besser wäre, den Biergarten ohne Widerworte einfach zu verlassen, aber dann regte sich sein Stolz, sein Ehrgefühl als Mensch und Polizist in ihm. Also holte er zum wiederholten Mal in der letzten halben Stunde seinen Dienstausweis hervor und hielt sie dem moralisch korrekten Wirt unter die Nase.

»Haderlein, Kriminalpolizei Bamberg. Ich bin gerade in einer laufenden Ermittlung, die Sie, so wie ich das sehe, maßgeblich behindern wollen. Dazu bin ich genervt, hungrig und zu allem fähig. Also, das läuft jetzt so. Zwei Paar Bratwürscht mit Brot und Kraut, dazu a Seidla von eurem Bier. Das Ganze bitte in schnell, sonst schick ich euch heut noch die Gewerbeaufsicht zur Generalreinigung vorbei, kapiert?«

Es wurde kapiert und zwar sofort, und auch an den Nebentischen wurde es auf einmal sehr still. Der frisch geoutete Kriminalkommissar wurde nun mit fast ehrfürchtigen Blicken bedacht. Die Kripo? In Mürsbach? Im Biergarten? Kaum war der Wirt mit blassem Gesicht und eiligen Schritten verschwunden, klingelte Haderleins Handy. Es war der lang erwartete Anruf von Bernd und Andrea, die auf dem Rückweg von ihrer Recherche in Schweinfurt waren, genauer gesagt waren sie nach Dittersbrunn unterwegs, was Haderlein ziemlich überraschte. Dass dort eine gewisse Amelie Imhof wohnen sollte, die eine wichtige Zeugin und zudem höchstwahrscheinlich die Besitzerin des in der Trachea ihres geköpften Opfers gefundenen Ringes mit der Namensgravur sei, nahm er mit größter Genugtuung zur Kenntnis. Was er außerdem zu hören bekam, bestärkte ihn in dem Gedanken, dass diese verschollene, unbekannte Frau vielleicht der Schlüssel zur Aufklärung ihres Mordfalles sein könnte, und ließ seinen Jagdinstinkt erwachen. Ein weiteres Mordopfer in der Rhön und endlich eine heiße Spur? So langsam nahmen die Ermittlungen Fahrt auf.

»Und was war bei dir so los?«, fragte Andrea Onello vom Steuer ihres Suzuki, damit sie auch einmal etwas gesagt hatte.

»Ach, hallo, Andrea, schön, dass es dich auch noch gibt«, frotzelte Haderlein, wurde aber gleich wieder ernst. »Ich habe in der Dienststelle ganz stupide Polizeiarbeit gemacht. Dabei ist unter anderem herausgekommen, dass oben am Kemnitzenstein zum Tatzeitpunkt jemand schwer verletzt worden ist, und damit meine ich nicht unseren Kopflosen. Vielleicht hat unser Täter von seinem Opfer diesmal ernsthaft eins mitbekommen, was für seine Absicht, unerkannt zu bleiben, eher hinderlich sein dürfte. Marina checkt gerade Ärzte und Krankenhäuser, ob ein Mann mit einer stark blutenden Verletzung aufgetaucht ist. Ruckdeschl hat außerdem Spuren gefunden, die darauf hindeuten, dass unser Täter sich radfahrend vom Tatort entfernt hat, nämlich auf einem Mountainbike. Und Siebenstädter hat mir mitgeteilt, dass der Täter vom Kemnitzenstein Linkshänder gewesen sein muss, was leider gar nicht zu eurem Mann aus den Neunzigern passen will. Na ja, und dann habe ich gerade noch einen Fahrzeughalter überprüft, weil in einem Wohngebiet in Kümmersreuth ein Auto herumsteht, das keiner kennt. Der Besitzer wohnt in Mürsbach, das war aber ein Schlag ins Wasser, weil er das Auto an einen Aushilfspfarrer namens Manger verliehen hat, der hier wohl übergangsweise die Altennachmittage betreut. Leider ward dieser Pfarrer seit letzter Woche nicht mehr gesehen, und ich muss nun einen Kollegen von der Bereitschaftspolizei finden, der sich darum kümmern kann. Weit kann der ja nicht sein, wahrscheinlich macht der Mann nur eine mehrtägige Wandertour oder irgendwas in der Art. So, und nun sitz ich hier im Biergarten in Mürsbach und erhol mich erst einmal, weil ich von einem aggressiven Rentner und seiner gewalttätigen Frau fast –«

Lagerfeld fiel ihm ins Wort. »Was? Wie hieß der Pfarrer, Franz? Der, dessen Auto in Kümmersreuth steht, mein ich?«

Haderlein war einen Moment lang verwirrt, schaute aber auf seinen Notizblock und antwortete: »Manger, Elmar Manger. Erklärst du mir auch, warum du das wissen willst, Bernd? Ich hatte ja keine Ahnung, dass du seit Neuestem Interesse an Altennachmittagen in Mürsbach hast. Oder kennst du den Mann persönlich?«

Leider bekam er keine Antwort, dafür hörte er den Disput, der in Andrea Onellos Wagen ausbrach.

»Halt an, Andrea, halt sofort an, ich muss was nachschauen!«, rief Lagerfeld aufgeregt, dann war die Telefonverbindung plötzlich unterbrochen.

***

Florian Kauper war entsetzt. Das war das mit Abstand Abscheulichste, was er jemals erzählt bekommen hatte. Er mochte sich gar nicht vorstellen, was diese beiden Perverslinge mit Amelie in ihrem bewusstlosen Zustand womöglich angestellt hatten. Voller Mitgefühl schaute er sie an, und es war für ihn keine Überraschung, als sich Amelie erhob und mit zwei schnellen Schritten zum Terrassenrand eilte, wo sie sich schluchzend in die Blumenbeete übergab. Florian stand auf, ging zu ihr und legte ihr beruhigend seine Hand auf den Rücken, bis Amelie ihren oberen Verdauungstrakt entleert hatte und sich wieder aufrichtete.

»Danke«, sagte sie leise und nahm mit einem traurigen Lächeln die angebrochene Packung Papiertaschentücher, die Florian ihr reichte. Dann ging sie zum Tisch zurück, wo das Windlicht stoisch vor sich hin flackerte, und setzte sich.

»Bitte nimm Platz, Florian, ich erzähle dir den Rest jetzt auch noch, ist eh schon alles egal«, sagte sie mit erstickter Stimme. Wieder war ihr Gast einigermaßen baff, denn was sollte denn nach dieser haarsträubenden Geschichte mit abstrusen kultischen oder gar sexuellen Handlungen in einem katholischen Priesterseminar noch Schlimmeres kommen? Das war ja wirklich kaum zu toppen.

»Moment«, bat er, nahm einen großen Schluck aus seinem Rotweinglas und füllte es sicherheitshalber sofort wieder auf. »So, jetzt geht's wieder«, sagte er und signalisierte, dass er bereit war. Was nicht ganz stimmte, denn er hatte so eine dunkle Ahnung, dass das wirklich dicke Ende erst noch bevorstand.

Die Vorhänge waren aufgezogen, und die Morgensonne schien durch das Fenster direkt ins Gesicht. Amelie brauchte eine Weile, bis sie richtig wach war und begriff, was ihr gestern Nacht widerfahren beziehungsweise von zwei Perversen womöglich angetan worden war. Und das Schlimmste an der Sache war der entsetzliche Umstand: Einer davon war ihr Freund. Noch einmal zog das, woran sie sich erinnerte, vor ihrem inneren Auge vorbei, noch einmal spürte sie der teigigen Müdigkeit und der Angst nach, die sie empfunden hatte, bevor sie schließlich ohnmächtig geworden war.

Sie wandte ihren Kopf nach rechts, dorthin, wo Elmar eigentlich liegen musste. Aber der Platz im Bett neben ihr war leer. Dafür hörte sie das typische Geräusch einer laufenden Dusche, das aus der Nasszelle zu ihr drang. Panik überwältigte sie. Flucht war der dominierende Gedanke, nur weg von hier, lautete die Ansage in ihrem Kopf, also schwang sie sich aus dem Bett und suchte mit hektischen Bewegungen ihre Kleidung zusammen. Dann war da dieses schmierige Gefühl, als sie ihr T-Shirt überstreifen wollte. Erst jetzt bemerkte sie, dass sie am ganzen Körper mit seltsamen schwarzen Schriftzeichen und Symbolen bemalt worden war. Als sie mit den Fingern vorsichtig darüberstrich, stellte sie voller Ekel fest, dass es sich um eine zähe, äußerst klebrige Substanz handelte.

Das war für sie das endgültige Signal, sich schleunigst an-
zuziehen und so schnell wie möglich aus diesem Zimmer zu
verschwinden. So weit weg von diesem Priesterseminar, so weit
weg von Elmar Manger, wie es nur ging. Kurz überlegte sie,
angemalt, wie sie war, zur Polizei zu gehen und Elmar anzu-
zeigen. Auch wenn sie vielleicht nicht körperlich vergewaltigt
worden war, wovon sie aber nicht ausgehen konnte, mussten doch
diese Schmierereien allein schon als Beweis ausreichen, damit die
Polizei erkannte, dass man sie erst betäubt und dann in ihrem
bewusstlosen Zustand in irgendeiner Weise missbraucht hatte.

Kaum angezogen, sie verzichtete sogar darauf, die Schnürsen-
kel richtig zu binden, machte sie, dass sie hier wegkam. Ihre Flucht
währte nicht lang. Sie kam bis zur Zimmertür, weiter nicht, denn
als sie die Klinke herunterdrückte, um die Tür zu öffnen, musste
sie feststellen, dass abgeschlossen war. In ihrer Verzweiflung riss
sie so lange an dem Türgriff, bis sich die Tür zur Nasszelle öffnete
und Elmar heraustrat. Er hatte sich ein braunes Badetuch um
die Hüfte gebunden, die Haare klebten nass und platt an sei-
nem Kopf, sein durchaus ansehnlicher Oberkörper, den sie immer
so bewundert hatte, war feucht und nackt. Amelie fuhr herum,
und aus ihrem Blick sprach keine Bewunderung mehr, nur noch
die blanke Angst lag darin. Elmar Manger hatte ein mitleidiges
Lächeln im Gesicht, dann sprach er mit ihr in einem Tonfall, der
schon fast an einen fertig ausgebildeten Priester erinnerte.

»Was soll denn das werden, Amelie? Du bist jetzt mit mir
verbunden, und zwar von höheren Mächten, als du dir jemals
vorstellen kannst. Du kannst nicht so einfach gehen. Du wirst
jetzt erst einmal duschen und dir die schwarze Farbe abwaschen.
Was sollen denn die Leute denken, wenn sie dich so sehen, Mäd-
chen? Also ab mit dir ins Bad!«

Alles an ihm strahlte Strenge und Unerbittlichkeit aus. Dann
packte er Amelie mit festem Griff am Oberarm und schob sie
ohne weitere Diskussion in die Nasszelle, aus der es feuchtwarm
herausdampfte.

»Wenn du fertig bist, klopf an die Tür, dann mach ich dir auf,
und wir reden über alles, okay?«

Eine Antwort bekam Elmar Manger nicht, dafür fing wenig später die Dusche in der Nasszelle an zu laufen.

»Na also, geht doch«, murmelte er halblaut, legte sich aufs Bett und dachte nach.

Alles lief genau so, wie er sich das gedacht hatte. Natürlich würde er nicht auf das Priesteramt verzichten. Das hatte für ihn nie zur Diskussion gestanden, auch wenn Amelie das nicht wahrhaben wollte. Aber es ließ sich alles irgendwie vereinbaren, dafür hatte er ja jetzt gesorgt. Wenn er ihr erst erklärte, was genau ihn und seinen Freund bewogen hatte, das Ritual der Lemuria an ihr zu vollziehen, würde sie es schon verstehen.

Er gehörte niemandem allein, und er würde sich immer die Freiheit nehmen, die Menschen so zu genießen, wie Gott sie geschaffen hatte, egal ob sie männlichen oder weiblichen Geschlechts waren. Das Priesteramt war für ihn keine Einschränkung, es bedeutete vielmehr die Möglichkeit, im fast rechtsfreien Raum der Kirche über den Dingen stehen zu können. Amelie würde ein Teil seines Lebens bleiben, denn das hatte er so beschlossen. Und sie würde es früher oder später auch verstehen. Sie hatte bisher immer alles verstanden, wenn er nur lange genug auf sie eingeredet und ihr tief in die Augen geschaut hatte. Er wusste um seine Wirkung auf das weibliche Geschlecht, und er konnte damit umgehen. Priesteramt hin oder her, wenn er eine Frau brauchte, würde er auch eine bekommen. Jetzt, später oder irgendwann, da machte er sich überhaupt keine Sorgen.

Das Rauschen verstummte, und er konnte das Geräusch von nackten Füßen hören, die in der Dusche auf den Steinfliesen herumliefen. Elmar Manger lächelte. Es dauerte bestimmt noch einige Zeit, bis Amelie sich für den Tag hergerichtet hatte, und diese Zeit würde er ihr natürlich gewähren. Also wartete er geduldig, bis sie schließlich von innen an die Badezimmertür klopfte. Er erhob sich vom Bett und drehte den Schlüssel im Schloss. Dann drückte er die Klinke nach unten.

Im selben Moment traf ihn ein gewaltiger Schlag an der Schulter, und er stürzte rückwärts gegen die Zimmerwand. Sein Kopf prallte mit voller Wucht dagegen. Er konnte sehen, dass Amelie komplett angezogen vor ihm stand und sich die rechte Schulter hielt, mit der sie gegen die Tür gesprungen war. Dann wurde ihm schwindelig, und schwarze Flecken erschienen vor seinen Augen. Er wollte sich noch irgendwo festhalten, aber da war nichts, und ging dann sicherheitshalber in die Knie, da er sich nicht mehr auf den Beinen halten konnte. Auf einmal spürte er kalten Stahl an seinem Hals. Er musste nicht lange rätseln; was er da an seiner Halsschlagader spürte, war das alte ausklappbare Rasiermesser seines Vaters. Eines der wenigen Dinge, die er von ihm behalten hatte. Ansonsten hatte er keine großen Erinnerungen mehr an ihn, schließlich war er erst acht Jahre alt gewesen, als sein Vater gestorben war. Dieses Messer, das er in seinem Badezimmerschrank aufbewahrte, war zwar alt, aber einsatzfähig und verdammt scharf, was ihn in eine äußerst ungünstige Lage brachte. Amelie drückte das Rasiermesser unerbittlich an seinen Hals, dann sprach sie, ruhig und wohlüberlegt.

»Ich werde jetzt gehen, Elmar, und zwar für immer. Viel Spaß beim Vorbeten in der Kirche, du perverses Arschloch. Viel Spaß auch mit deinem Freund, tu, was du nicht lassen kannst. Eines sag ich dir: Wenn du dich noch einmal in meinem Leben blicken lässt, egal wann und wo, dann wirst du mich kennenlernen, aber so richtig, verstanden? Adios, Herr Pfarrer.«

»Du gehörst mir«, stieß Elmar Manger aggressiv hervor und packte Amelies Unterarm. Sein Griff führte dazu, dass die Klinge des Rasiermessers einige Millimeter tief in die Haut hineinschnitt und sich eine längliche Wunde auftat, aus der es sofort leicht herausblutete. »Du kannst nicht einfach so gehen, du gehörst mir!«

Amelie drückte das Rasiermesser noch etwas tiefer in die Haut ihres Ex-Freundes, dann beugte sie sich vor und flüsterte ihm die letzten Worte ins Ohr, die sie mit dieser Ausgeburt der Hölle in ihrem Leben wechseln würde.

»Wage es nicht, mich am Weggehen zu hindern, du elender Narzisst. Elmar, ich schwöre dir, wenn ich dich noch einmal zu Gesicht bekomme, dann werde ich dir dein krankes Hirn mitsamt dem Kopf abschneiden und es irgendwo in der Flur an einem Feldkreuz vergraben. Ich werde deinen leblosen Schädel *auf den Gekreuzigten blicken lassen, damit deine Augen bis in alle Ewigkeit auf den gerichtet sind, der dir das eingebrockt hat, Elmar. Und jetzt lass mich in Ruhe, sonst weiß ich wirklich nicht, wozu ich noch fähig bin, du perverser Drecksack.«*

Amelie richtete sich auf, dann hob ihre freie Hand den großen und schweren Föhn nach oben, den sie in der Nasszelle gefunden hatte, und donnerte ihn mit einem so wuchtigen Schlag auf Elmars Kopf, dass er zersplitterte. Der Alumnus ging sofort bewusstlos zu Boden, und aus seinem Hals und einer Platzwunde am Kopf floss ungehemmt Blut auf den Fußboden. Wie schwer seine Verletzungen waren, interessierte Amelie Imhof nicht. Sie ließ Messer und Föhn auf den Boden fallen, sprang auf und verließ fluchtartig das bischöfliche Priesterseminar in Würzburg.

Florian Kauper saß mit offenem Mund da, mit einer Hand den dünnen Stiel seines Rotweinglases umklammernd. Jetzt wusste er wirklich nicht mehr, was er sagen sollte. Das war ja eine Geschichte wie aus einem Psychothriller.

Doch an Amelies Gesicht, das nicht etwa entspannt wirkte, nachdem sie endlich einmal alles losgeworden war, sondern leer und hohl, konnte er sehen, dass das immer noch nicht das Ende der Geschichte gewesen war, das Schlimmste kam erst noch. Amelie schien sich jetzt in den tiefsten Keller ihrer Seele begeben zu müssen, um das, was sie noch zu sagen hatte, auch aussprechen zu können.

»Ich habe damals lange gebraucht, um Elmar zu vergessen und die Zeit mit ihm hinter mir zu lassen. In der Zeitung habe ich von seiner Priesterweihe und seiner Primiz gelesen und dass er dann irgendwo in der Nähe von Schweinfurt sein Priesteramt angetreten hat. Von da an konnte ich nach vorne schauen und habe in Egenhausen bei Werneck ein neues Leben angefangen. Ich fing an, als Erzieherin zu arbeiten, und habe mich sogar auf eine neue Beziehung einlassen können. Peter hieß er. Endlich hatte ich jemanden gefunden, der so war, wie ich mir einen Mann vorstellte. Einen ganz normalen Kerl, der mich so sein lassen konnte, wie ich nun mal bin. Wir hatten eine wirklich schöne Zeit, Peter und ich …«

Amelie musste eine kurze Pause einlegen, wieder kämpfte sie mit sich und den nächsten Worten.

»Doch dann wurde Peter ermordet. Eines Morgens bin ich aufgewacht, und er war tot. Er wurde umgebracht, von Elmar Manger«, verkündete sie mit apathischem Gesichtsausdruck.

Florian saß ihr wie versteinert gegenüber. Er sagte nichts, aber sein Blick sprach Bände. Also beantwortete Amelie die unausgesprochene Frage.

»Woher ich das weiß, willst du wissen? Peter wurde nicht einfach nur umgebracht. Nein, ihm wurde der Kopf abgeschnitten. Man hat ihn, aber nicht den Schädel gefunden. Als ich das erfuhr, stand ich in Egenhausen vor seinem Elternhaus, zusammen mit vielen anderen, die davon gehört hatten. Und da habe ich Elmar gesehen. Er stand einfach zwischen den Leuten, ganz hinten, so als würde ihn der Aufruhr im Dorf nur am Rande interessieren. Aber er hat mich angesehen. Er hat mich mit seinem teuflischen Lächeln angesehen, da wusste ich sofort, dass er es war. Er hat Peter umgebracht und ihm den Kopf abgeschnitten, wegen dem, was ich damals im Kilianeum zu ihm gesagt habe. Ich glaube, erst da habe ich realisiert, wie krank er wirklich ist und dass er zu allem fähig ist. Er hatte niemals vor, mein Leben zu verlassen. Das kann er gar nicht, weil er wirklich glaubt, ich gehöre ihm. Das hat mir dann den Rest gegeben, ich bin zusammengebrochen und für ein Jahr in der Psychiatrie gelandet. Aber das war auch gut so. Ich habe denen allerdings nichts von Elmar erzählt, nur, dass mein Freund ermordet wurde. Was wirklich passiert war, wollten die gar nicht hören, die dachten, ich spinne. Trotzdem haben die mich in Werneck wieder aufgerichtet und quasi meine Festplatte gelöscht, damit ich halbwegs unbelastet in die Zukunft schauen konnte.

Ich bin dann nach Bad Neustadt an der Saale gezogen, in der Hoffnung, dass ich dort, weit weg von Würzburg, die Vergangenheit hinter mir lassen könnte. Wieder brauchte ich Zeit, um mich auf jemand anders einzulassen. Elmar hatte ich zwischenzeitlich aus meinem Leben gelöscht. Ich hatte ihn ganz tief in mir eingesperrt und den Schlüssel weggeworfen. Der neue Job war wirklich super, und dann habe ich Martin kennengelernt. Auf einem Kindergartenausflug bin ich an einem Haus vorbeigelaufen, dessen Dach gedeckt wurde. Er hat mich von dort oben so saudumm angeredet, dass ich mich sofort in ihn verliebt habe. Wieder hatte ich das Gefühl, jemanden zu haben, auf den ich mich verlassen und mit dem ich vielleicht eine Familie gründen konnte. Ein toller, fröhlicher Mann. Wir waren total verknallt, und ich glaube, wir waren sogar so etwas Ähnliches wie verlobt. Ausgesprochen hat Martin es nie, aber er hat mir diesen Ring geschenkt, er selbst hatte auch so einen.«

Gedankenverloren drehte sie einen schlichten Ring an ihrem Finger, und Tränen der Verzweiflung rannen ihr über die Wangen.

»Elmar hat mir auch Martin genommen«, stieß sie hervor. »Er hat herausgefunden, wo ich wohne. Er muss mich andauernd überwacht haben. Elmar glaubt, er sei der Größte, Schönste, Beste, es kann niemandem neben ihm geben. Zurückweisung kann er nicht verkraften, einen Elmar Manger verlässt man nicht, auch wenn er schon längst Pfarrer ist und offiziell gar keine Frauen mehr haben darf. Und als er feststellte, dass es wieder einen Mann in meinem Leben gab, hat er auch Martin umgebracht und ihm den Kopf abgeschnitten.«

Schluchzend wischte sich Amelie mit ihrem Handrücken die Tränen aus dem Gesicht.

»Einfach abgeschnitten, den Kopf und auch den Finger mit unserem Ring. Man erzählte sich damals, der Täter habe die Opfer beide Male, in Egenhausen und in Bad Neustadt, am höchsten Punkt im Gelände abgelegt. Das passt zu ihm. Wahrscheinlich ist er in seinem kranken Hirn dadurch seinem Gott irgendwie näher. Es wurde monatelang in der Zeitung darüber berichtet, es war so schrecklich. Aber die Polizei hat im Grunde nichts herausgefunden. Sie haben ewig lange ermittelt und alle möglichen Leute befragt. Nur mich nicht, weil sie nicht wussten, dass ich mit Martin zusammen war, unsere Beziehung sollte noch geheim bleiben. Ich war verzweifelt und habe überlegt, was ich jetzt machen soll. Zur Polizei konnte ich nicht, die hätten mir sicher nicht geglaubt. Immerhin war ich ein Jahr in der Psychiatrie, und dann soll ein braver, junger Pfarrer ein Serienkiller sein? Alles ohne irgendwelche Beweise? Womöglich hätten sie mir Elmar noch gegenübergestellt, nein danke. Ich bat meinen Bruder, mir zu helfen. Ich meldete bei ihm meinen Erstwohnsitz an, und er besorgte mir dieses Häuschen. Ich bin hierhergezogen ohne Meldeadresse, ohne Telefon, ohne alles. Seit 1993 verstecke ich mich hier und hoffe, dass Elmar mich nicht findet.«

Das war's, das konnte man ihrem Gesicht jetzt ansehen. Die Geschichte war endgültig zu Ende.

Florian Kauper war in seinen tiefsten Festen erschüttert. Er hatte keinen Grund, an Amelies Aussagen zu zweifeln; zwar klang das, was sie ihm erzählt hatte, wie ein fiktives Szenario und nicht wie gelebte deutsche Realität. Trotzdem spürte er deutlich, dass sich alles so zugetragen hatte, wie sie behauptete.

»Amelie, heißt das, du lebst hier seit dreißig Jahren für dich allein und ohne Mann an deiner Seite, weil du Angst hast?«

Amelie nickte, und wieder liefen ihr die Tränen übers Gesicht. Immerhin war der aschfahle Ton daraus gewichen, und sie schien wieder eine einigermaßen gesunde Hautfarbe zu haben.

»Ja, Florian, ich habe Angst. Angst davor, wieder einen geliebten Menschen zu verlieren. Einen guten Menschen, der nichts für die Fehler meiner Vergangenheit kann. Ich habe Angst, mich wieder auf eine Beziehung einzulassen, weil dann alles erneut passieren kann, und das würde ich nicht verkraften, nicht noch einmal.« Sie vergrub das Gesicht in ihren Händen.

Florian hielt nun nichts mehr auf seinem Stuhl. Sein Speicherplatz war voll, die ganzen Informationen mussten noch verdaut werden, aber das konnte warten. Wer jetzt Hilfe und Unterstützung brauchte, das war Amelie. Es hatte sie all ihre Kraft gekostet, sich ihm, einem relativ neuen Menschen in ihrem Leben, anzuvertrauen. Das musste unglaublich schwer für sie gewesen sein. Er nahm seinen Stuhl und stellte ihn ungefragt direkt neben den von Amelie. Dann setzte er sich hinein und legte seinen kräftigen Arm um ihre Schultern. Amelie weinte in Florians Arm, als könnte sie die dreißig Jahre der Angst aus ihrem Leben hinausheulen. In Florians Arm gekuschelt weinte sie sich ihren Schmerz von der Seele, bis sie keine Tränen mehr hatte und die Erschöpfung kam. Sie war leer, ausgebrannt, grenzenlos erschöpft, aber auch unglaublich erleichtert.

»Du bist ein guter Mensch, Florian. Aber jetzt verstehst du, warum ich dir nicht geben kann, was du willst. Ich weiß, das ist alles schon dreißig Jahre her. Aber ich weiß auch, dass Elmar immer noch irgendwo dort draußen ist und nach mir sucht. Jeden Morgen wache ich auf und hoffe, dass ich irgendwann ohne Angst sein kann, ohne die Furcht, der Mann an meiner Seite könnte mich wieder verlassen, mir weggenommen werden durch einen kranken Narziss, der mir vor langer Zeit diese Verletzungen zugefügt hat.«

Amelie hob den Kopf und sah Florian an, wie sie ihn noch nie angesehen hatte. »Martin und du, ihr seid euch ziemlich ähnlich. Du erinnerst mich sehr an ihn, Florian, deswegen gebe dir jetzt diesen Ring, den mir Martin kurz vor seinem Tod geschenkt hat. An einem wunderbar lauen Abend, so wie heute. Vielleicht ist das ein Zeichen, ich weiß es nicht. Behalt den Ring. Er soll dich beschützen, wenn du in deinem Leben dunkle Tage überstehen musst. Ich danke dir auch fürs Zuhören, Florian, das werde ich dir nie vergessen. Aber jetzt muss ich eine Weile für mich allein sein. In ein paar Tagen ist Pfingsten, vielleicht bin ich nach den Feiertagen irgendwann so weit, dass wir uns wieder treffen können. Aber nicht mehr hier, das ist zu gefährlich. Ich gebe dir Bescheid, okay?«

Florian Kauper nickte. Es bedurfte keiner Worte, um ihr zu signalisieren, dass dieser Vorschlag für ihn mehr als okay war. Auch er benötigte Zeit für sich, um das eben Gehörte zu verdauen. Er nahm den Ring und betrachtete ihn fast ein wenig ehrfürchtig. Was für eine Geste. Auf der Innenseite des Ringes war etwas eingraviert: »Amelie«. Lächelnd steckte er den Ring an den kleinen Finger seiner linken Hand, es war der einzige, auf den er ihn mit etwas Druck und gutem Willen schieben konnte. Schweigend blieb Florian noch ein wenig sitzen und hielt Amelie in seinem Arm, bis er sich schließlich weit nach Mitternacht von ihr verabschiedete und mit viel Durcheinander in seinen Gedanken zurück nach Dörrnwasserlos fuhr.

***

Als sie das Auto am Straßenrand abgestellt hatte, schaute Andrea Onello mit fragendem Blick zu Lagerfeld hinüber, der sich die Mappe mit den Akten vom Rücksitz geschnappt hatte und darin herumwühlte. Als im Gespräch mit Franz der Name dieses Aushilfspfarrers gefallen war, hatte bei ihm sofort etwas geklingelt. Es dauerte ein paar Sekunden, bis er darauf gekommen war, woher er den Namen Elmar Manger kannte. Aber er wollte wirklich ganz sichergehen, deswegen musste er unbedingt die Stelle in den alten Akten finden.

Andrea Onello beobachtete ratlos sein Treiben, ließ ihn aber gewähren, denn Bernds Instinkt hatte sie überhaupt erst bis hierhin gebracht, so viel musste sie ihm neidlos zugestehen. Ehre, wem Ehre gebührte. Jetzt schien Lagerfeld gefunden zu haben, wonach er gesucht hatte. Hoch konzentriert und mit rotem Kopf las er eine ganz bestimmte Seite in dem alten Polizeibericht von 1990 in Egenhausen. Dann versteifte er sich, und seine Augen schienen sich an einer Textstelle geradezu festzusaugen.

»Ich hab ihn«, stieß er heiser hervor, dann kramte er, ohne Andrea genauer einzuweihen, hektisch sein Mobiltelefon heraus und wählte die Nummer seines dienstälteren Kollegen Franz Haderlein. Der war noch immer intensiv damit beschäftigt, auf Bratwürste und Bier zu warten, als der Anruf bei ihm einging.

»Ja, Herr Schmitt, ich höre«, meldete sich Haderlein jovial, denn immerhin hatte Bernd ihn vor wenigen Minuten eiskalt aus dem Gespräch geschmissen. Das war nur durch eine ermittlungstechnische Sensation oder eine saftige Entschuldigung wiedergutzumachen, so viel stand fest. Der Kollege Schmitt bevorzugte Ersteres.

»Franz, ich hab's gefunden. Als du vorhin von diesem Pfarrer erzählt hast, von diesem Elmar Manger, da hat's bei mir sofort klick gemacht. Ich wollte ganz sicher sein, deswegen habe ich gerade noch mal in den Ermittlungsakten aus Schweinfurt nachgeschaut. Das wirst du jetzt nicht glauben, Franz. Die erste kopflose Leiche damals, die auf dem höchsten Punkt des Steinbruches in Egenhausen abgelegt worden ist, rate doch mal, wer die laut Polizeibericht gefunden hat? Ein junger Priester namens Elmar Manger, der dort in der Gegend seine Pfarrgemeinde hatte. Angeblich war er auf dem Weg zu einer Mariengrotte in der Nähe des Steinbruches, als er die fand. Also wir beide, Andrea und ich, fahren jetzt auf der Stelle weiter nach Dittersbrunn und besuchen diese mysteriöse Amelie. Derweil könntest du dir doch das abgestellte Fahrzeug in Kümmersreuth einmal genauer ansehen. Vielleicht kriegst du ja was raus. Falls du nicht zu sehr mit deinen ganzen Rentnerverhören beschäftigt bist?« Eine kleine Spitze unter befreundeten Beamten, aber Haderlein hörte schon gar nicht mehr richtig hin, er hatte längst wieder auf dienstlich geschaltet.

»Ich hab dich auch gern, Bernd, wir treffen uns in Dittersbrunn«, entgegnete er knapp, dann beendete er das Gespräch.

Haderleins Augen leuchteten. Er glaubte nur sehr bedingt an Zufälle. Und dieser doppelte Pfarrer, der 1990 und nun wieder in der Jetztzeit aufgetaucht war, konnte ganz sicher kein Zufall sein, das war ein zwingender Beweis. Elmar Manger und Amelie Imhof waren die Schlüssel zur Lösung dieses Falles, oder er wollte kein Kommissar sein. Wie und warum, das blieb noch herauszufinden. Dazu würde er sich jetzt schleunigst nach Kümmersreuth begeben, um sich diesen ausgeliehenen, abgestellten Pkw vorzunehmen.

»Einmal Bratwörscht mit Kraut und a Seidla Sonnenbräu«, drang es von rechts an Haderleins Ohr, und ein junger Mann wollte die Bestellung auf seinem Biertisch abstellen.

»Vergiss es, ich muss fort«, wehrte Haderlein zuerst hektisch ab, aber dann kam ihm eine andere Idee. »Weißt du was, junger Mann, bring alles über die Straße, dort drüben hin, zur Familie Böhmer. Wenn dich jemand fragt, was das soll, einen schönen Gruß vom Zuhälter, die wissen dann schon Bescheid.«

Sprach's und ließ eine verdutzte männliche Bedienung im Biergarten »Zur Sonne« zurück.

**

Florian Kauper hatte nun schon seit Tagen nichts mehr von Amelie gehört, und die Pfingstfeiertage rückten unaufhaltsam näher. Aber sosehr ihn Amelies Vergangenheit auch beschäftigte, so sehr war auch sein Respekt ihr gegenüber gewachsen. Wie er wohl in einer entsprechenden Situation reagiert hätte? Immerhin hatte sie es mit einem skrupellosen Mörder zu tun gehabt, dem man anscheinend nichts nachweisen konnte. Womöglich hielt Amelie ihn ein bisschen für ein Weichei, aber wahrscheinlich hätte er sich einen oder zwei Kumpel geschnappt, die ungefähr so kräftig gebaut waren wie er selbst, und dann wäre er mit denen bei diesem Manger vorbeigefahren, und sie hätten ihn einmal so richtig im Mondschein besucht. Andererseits, wenn der Typ wirklich so irre war, wie Amelie behauptete, wären sie dadurch womöglich selbst in sein Fadenkreuz geraten und stünden auf seiner Abschussliste. Solange er lebte, würde er dann auch noch versuchen, ihn zu töten. Also blieb es genau so, wie Amelie es gesagt hatte, eine wirklich komplizierte Situation.

Es war Donnerstag vor Pfingsten. Nach einer kalten Nacht sollte es heute und die nächsten Tage, nach etwas Frühnebel, sonnig und warm werden. Also nahm Florian Kauper seinen Kaffee, um wie jeden Morgen vor die Tür zu treten und die allgemeine Wettersituation zu checken. Mit ein bisschen Glück war es schon sonnig in Dörrnwasserlos, und er konnte sich zum Kaffeetrinken vors Haus setzen.

Als er die Haustür öffnete, hing da ein kleiner blauer Briefumschlag an der Tür, mit einer Reißzwecke ans Holz geheftet. Neugierig löste er den Umschlag und betrachtete ihn genauer. »Florian«, stand darauf, sonst nichts. Als er ihn öffnete, fand er darin einen zusammengefalteten weißen Computerausdruck, auf dem eine kurze Botschaft zu lesen war.

Hallo, Florian,
morgen früh, sechs Uhr, am Kemnitzenstein, ich muss mit
dir reden. Bitte ruf mich nicht mehr an, komm einfach.
Liebe Grüße
Amelie

Florians Herz hüpfte. Erstens, weil Amelie mit ihm reden wollte. Zweitens, weil sie extra zu ihm nach Dörrnwasserlos gefahren war, um ihm diese Botschaft an die Tür zu hängen. Na gut, sie hatte ja schon gesagt, dass sie sich das nächste Mal woanders treffen wollte und nicht mehr bei ihr zu Hause in Dittersbrunn. Der Kemnitzenstein war gut gewählt, lag er doch von Dittersbrunn und Dörrnwasserlos ungefähr gleich weit entfernt. Aber warum so früh, um Gottes willen? Aber bitte, ihre Entscheidung. Er würde auf jeden Fall da sein. Eigentlich eine gute Gelegenheit, mal wieder mit dem Mountainbike zu fahren, das waren ja bestenfalls zwanzig Minuten mit dem Rad, da konnte er nach dem Treffen mit Amelie sogar noch eine anständige Runde drehen. Vierzehnheiligen vielleicht oder Staffelberg, mal sehen. Allerdings war bei seinem Vorderrad eine Speiche locker. Er konnte damit zwar noch fahren, aber es war besser, eine Ersatzspeiche einzupacken, damit er sie unterwegs wechseln konnte, falls sie brach. Er freute sich auf jeden Fall auf das Wiedersehen mit Amelie, und er war schon sehr gespannt, was sie ihm zu sagen hatte.

***

Beim Wagen von Ludwig Böhmer aus Mürsbach handelte es sich um einen uralten Audi 80 mit noch originär hellgrüner Lackierung. Ein Ausbund an Hässlichkeit, wie Franz Haderlein eher beiläufig feststellte. Sein Interesse lag im Inneren. Ein Spezialist von der technischen Abteilung öffnete ihm das alte Auto innerhalb weniger Sekunden, dann stand die Fahrertür sperrangelweit offen, und die Mitarbeiter der Spurensicherung machten sich über das Fahrzeug her.

Es dauerte nicht lange, dann hielt der Kriminalhauptkommissar ein erstes Erfolgserlebnis in den Händen: das typische Kleidungsstück eines Priesters, eine schwarze Soutane. Die Soutane war im Gegensatz zum Talar etwa bis zur Hüfte tailliert geschnitten und wurde mit dreiunddreißig Knöpfen geschlossen. In den meisten Fällen war sie aus schwarzem Stoff, in wärmeren Ländern kam auch weißer Stoff zum Einsatz, was in Franken aber eher nicht der Fall war. Zur Soutane wurde, je nach Rang, ein schwarzes, violettes oder rotes Zingulum getragen, in diesem Fall handelte es sich um eines in Schwarz. In diesem Fahrzeug war definitiv ein Priester unterwegs gewesen.

Kurz darauf hatten die Spurensicherer ein weiteres Utensil für den Kommissar. Eine kleine lederne Mappe mit äußerst interessantem Inhalt. Erstens ein Reisepass, ausgestellt auf Elmar Manger, katholischer Priester in Unterpleichfeld. Ach schau an, Unterpleichfeld, das kannte Haderlein sogar. Eine äußerst nervige Ortschaft, wenn man auf der Landstraße von Schweinfurt nach Würzburg fuhr. Endlose, enge Kurven, die von der allergrößten Sensation des Ortes gekrönt wurden, einer weithin bekannten Sauerkrautfabrik. Von dem Passbild schaute ihm das eigentlich unscheinbare, fast langweilig zu nennende Gesicht eines Herrn im gesetzten Alter entgegen. Er trug Brille und eine ziemlich ausgiebige Stirnglatze. Nicht gerade die optische Benchmark für einen Serienkiller, aber man hatte ja schon Pferde kotzen sehen, dachte sich Haderlein. Manchmal waren die stillsten Wasser eben die tiefsten. Dann waren in der Ledertasche noch über dreihundert Euro in Scheinen und zwei handschriftlich notierte Adressen. Die eine war die eines gewissen Florian Kauper in Dörrnwasserlos, bei der zweiten war Franz Haderlein auf einen Schlag hellwach. Es war die Adresse von Amelie Imhof in Dittersbrunn.

Zum ersten Mal in diesem Fall wurde Haderlein ungeduldig und barsch, bei dem altgedienten Kriminalkommissar ein untrügliches Zeichen, dass er sich auf einer ganz heißen Spur wähnte und die Zeit drängte. Super für die Fallaufklärung, eher ungemütlich für diejenigen, die dann mit Haderlein zu tun hatten.

»Leute, ich muss weg! Macht gefälligst eure Arbeit, und wehe, irgendeiner geht nach Hause, bevor alles erledigt ist!«, stänkerte er unnötigerweise in Richtung Kriminaltechniker. Die beiden Adresszettel steckte er in seine Wildlederjacke und joggte zurück zu seinem Land Rover, während die Mitarbeiter der Spurensicherung ziemlich froh waren, dass der mürrische Kommissar sein Arbeitsfeld jetzt woandershin verlagerte.

✳✳✳

Der weiße Suzuki folgte der Dorfstraße, die durch Dittersbrunn hindurch und weiter bergauf zum Veitsberg führte. Dann, kurz vor dem Ortsausgang, meldete das Navigationssystem: »Sie sind an Ihrem Ziel angekommen, auf der linken Seite.« Andrea Onello parkte den Wagen am Straßenrand, und kurz darauf standen die beiden Kommissare an einem eisernen Tor ohne Klingel und Namensschild. Erst jetzt bemerkte sie, dass Lagerfeld den kleinen Presssack auf dem Arm hatte.

»Was willst du denn jetzt mit dem, wir wollen doch nur eine Zeugin befragen?«, erkundigte sich die Kommissarin berechtigterweise. Aber der Kollege Schmitt zuckte nur mit den Schultern.

»Keine Ahnung, Andrea, Bauchentscheidung, würde ich sagen. Und wenn mein Auszubildender von unserer Zeugin süß gefunden wird, ist doch möglicherweise auch schon viel erreicht oder? Außerdem ist das doch ein richtig toller Garten hier, da kann sich Presssack mal richtig seine Beinchen vertreten, um –«

Der Kommissar stockte in seiner Rede und deutete auf einen eingetrockneten Belag auf drei der eisernen Streben des Eingangstores. Er streckte seine Hand aus, um prüfend mit dem Finger darüberzufahren.

»Weißt du, was das ist?«, fragte er seine Kollegin, die nun auch kurz über den dunkelroten Belag fühlte.

Es gab keinen Zweifel, das war eingetrocknetes Blut. Lagerfeld öffnete mit der freien Hand das Tor, dann setzte er Presssack vorsichtig auf den Boden. Kaum, dass er das Tor wieder geschlossen hatte, lief das kleine Ferkel auch schon los, als hätte es eine ganz heiße Spur unter seinem Rüssel.

Nach etwa fünfundzwanzig Metern erreichten sie das alte Bauernhaus, an dessen Ecke der kleine Presssack aufmerksam herumschnüffelte. Wieder deutete Lagerfeld auf etwas. Diesmal war es die Mauer aus Sandstein, an der etwa auf Schulterhöhe ein weiterer Blutfleck zu sehen war, der ganz eindeutig die Umrisse einer menschlichen Hand abbildete. An dieser Stelle musste sich vor Kurzem ein heftig blutender Mensch mit der Hand abgestützt haben.

Lagerfeld zog sofort seine Dienstwaffe, und Andrea Onello tat es ihm kommentarlos gleich. Presssack hob abwartend den Kopf. Als Lagerfeld ihm ein Zeichen gab, folgte er erneut seiner Spur, die Nase dicht über dem Boden, und führte seinen Ausbilder und dessen Kollegin auf direktem Wege zur Haustür, die tatsächlich einen Spalt weit offen stand.

»Hallo! Hier spricht die Polizei, ist jemand zu Hause?«, rief Andrea Onello in den dunklen Flur hinein, aber es kam keine Antwort. Also betraten die beiden Kommissare mit vorgehaltener Waffe die Innenräume des alten Häuschens.

⁂

Als Florian Kauper am Kemnitzenstein ankam, lag dieser erstens noch im Nebel, und zweitens war die Speiche an seinem Vorderrad endgültig gebrochen. Zu seinem Glück hatte er aber ja für ebendiesen Fall die Ersatzspeiche eingesteckt, Werkzeug für die Montage hatte er als geübter Mountainbiker sowieso immer dabei. Er überlegte nicht lange, der beste Platz für eine Speichenreparatur war die Terrasse oben an der Hütte. Dort hatte er eine ebene Fläche und konnte sein Fahrrad sicher auf den Lenker stellen. Vielleicht schaffte er es ja, die Speiche auszuwechseln, bevor Amelie hier auftauchte, dann konnten sie wenigstens in Ruhe reden.

Florian stellte sein Bike verkehrt herum auf die Veranda, postierte seinen Rucksack am Terrassengeländer und holte die Speiche heraus. Er wollte sich gerade auf den Boden knien, um mit der Reparatur zu beginnen, als er direkt hinter sich ein Geräusch hörte. Es war ein sehr feines Geräusch und wäre ihm früher vielleicht gar nicht aufgefallen, aber jetzt, nach seiner Jagdausbildung, war er dafür sensibler geworden, also wandte er sich neugierig um. Vielleicht huschte ja gerade ein seltenes Tier über die Terrasse.

Es war aber kein kleines Tier, sondern ein großer Mann, dessen Hand nach vorne schnellte, auf seinen Hals zu. Reflexartig wich Florian Kauper aus, trotzdem erwischte ihn etwas sehr Scharfes in der Halsbeuge. Verwirrt wich Florian ein paar Schritte zurück, aber schon kam der nächste Stoß des Mannes. Wieder konnte er rechtzeitig ausweichen, trotzdem traf ihn das Messer seines Gegners, dieses Mal direkt unterhalb des Schultergürtels. Es stach tief in das Fleisch seiner Schulter, und Florian Kauper schrie auf vor Schmerz. Dabei merkte er, dass er mit beiden Beinen am Terrassengeländer stand. Er konnte nicht weiter zurückweichen.

Der unbekannte Mann holte erneut aus, dann stieß er kraftvoll zu.

***

Amelie lag noch im Bett, als sie plötzlich ein verdächtiges Geräusch von der Eingangstür her hörte. Sie schaute auf die Uhr und erschrak. Es war ja noch nicht einmal acht Uhr in der Früh, wer machte sich denn um diese Zeit an ihrer Haustür zu schaffen? Panik erfasste sie, diese Urangst, die sie seit so vielen Jahren mit sich herumschleppte. Sie lauschte auf die Geräusche, und ihr wurde klar: Das war kein Tier, das war ein Mensch dort draußen. Jemand versuchte, ihre Haustür mit einem Schlüssel zu öffnen, aber das konnte ja nicht klappen. Außer ihr wusste ja niemand, wo sie den Ersatzschlüssel versteckt hatte. Dann drehte sich zu ihrer größten Verblüffung das Schloss. Der Schlüssel war von dem Unbekannten dort draußen gefunden worden!

Amelie rannte in die Küche, riss ein Küchenmesser aus der Schublade, nahm ihren kleinen Hund auf den Arm und stellte sich zitternd in ihrem Wohnzimmer an eine Wand. Was oder wer auch immer durch den Durchgang zu ihr ins Wohnzimmer gelangte, würde sich seine Mordtat hart erarbeiten müssen. Sie war bereit zu kämpfen. Sie konnte hören, wie die Haustür mit einem Ruck aufgestoßen wurde. Jemand kam mit unregelmäßigen, schweren Schritten ins Haus, und sie konnte ab und zu ein gequältes Stöhnen vernehmen, was ihre Panik nur noch mehr steigerte. Mucksmäuschenstill stand sie da und hielt ihr Küchenmesser mit schweißnassen Händen umklammert. Dann hörte sie eine Stimme, die ihr durch Mark und Bein ging.

»Amelie!« Der hünenhafte Schatten eines Mannes erschien im Durchgang zum Flur, und dann stand er auf einmal vor ihr. Er war blutüberströmt und schaute sie aus ebenso blutunterlaufenen Augen an. »Er ist tot, Amelie«, sagte er keuchend. »Ich habe ihm den Kopf genommen.«

Amelie konnte nicht antworten. Es entfuhr ihr ein verzweifelter Schrei, dann rutschte das Küchenmesser aus ihren zitternden Händen und fiel zu Boden.

**

Florian Kauper handelte nur noch instinktiv. Er wusste, der nächste Stich mit dem Messer würde tödlich enden, es war an der Zeit, sich zu wehren. Er machte einen schnellen Schritt nach vorne und stieß zu, bevor der andere es tun konnte. Die Fahrradspeiche drang durch den Kehlkopf seines Gegenübers, perforierte die Luftröhre und blieb in der Innenseite der Halswirbelsäule stecken. Er konnte die Verwunderung in den Augen seines Angreifers erkennen. Hinter dessen Brille stellte sich ein gequälter, überraschter Ausdruck ein, während der Arm mit dem Messer nach unten sank. Der Mann versuchte noch, sich die Fahrradspeiche aus dem Hals zu ziehen, aber Florian drückte sie nur noch tiefer in ihn hinein. Dann wurden die Augen hinter der Brille glasig, und der Mann stürzte leblos vornüber auf den Terrassenboden, tot.

Florian Kauper, im Adrenalinrausch des Überlebenskampfes, stieß einen wilden Schrei aus, die blutige Fahrradspeiche in der

Hand. Dann wurde er sich des Blutes bewusst, welches aus seiner Wunde am Hals und vor allem an der Schulter quoll und den Stoff seiner Kleidung durchtränkte. Es tat höllisch weh, aber es waren anscheinend nur Haut und Muskeln verletzt worden waren. Er verschloss die beiden Wunden, so gut es ging, mit Fetzen seiner Regenkleidung, die er immer dabeihatte, und fixierte sie mit Hilfe von Klebeband aus seinem Fahrradreparatur-Kit. Das funktionierte erst mal ganz gut als behelfsmäßiger Wundverband.

Das Hantieren beruhigte ihn und holte ihn auf den Boden der Tatsachen zurück, und Florian Kauper merkte nun, obwohl die Wunden wirklich schmerzten, wie eine gewaltige Wut in ihm hochkochte. Wer war der Typ? Wieso hatte das Arschloch versucht, ihn umzubringen? Hektisch durchwühlte er die Hose und die Jacke des Mannes. Er fand einen Geldbeutel mit allerlei Kreditkarten und einem Führerschein. Elmar Manger. Die Erkenntnis traf ihn wie ein Hammerschlag.

Das war der Mann, vor dem Amelie so eine Angst gehabt hatte. Sie hatte also recht behalten, er war hinter ihr her. Allmählich begriff er, dass er hereingelegt worden war. Amelie würde nicht mehr kommen, der Brief war eine Falle gewesen. Die Wut in ihm wurde immer stärker, allerdings auch der Blutverlust, sodass er zu frieren begann. Er nahm dem toten Elmar Manger die Jacke ab und zog sie sich selbst über, das half gegen die Kälte. Dann überlegte er, was er jetzt tun sollte. Die Polizei rufen? Womöglich war Amelies Einschätzung richtig, und sie würden seine Notwehr als Mord auslegen. Immerhin war der Tote ein Priester. Und selbst wenn sie Amelie die alte Geschichte glaubten, musste das nichts heißen. Vielleicht hatten Amelie und er ja nur versucht, ihren Peiniger auszuschalten, vielleicht hatte ja er diesem Elmar eine Falle gestellt, wer wusste das schon.

Nein, er würde mit diesem Scheusal genauso umgehen, wie er es verdient hatte. Das da auf dem Boden war nichts anderes als ein totes Tier. Also würde er mit ihm auch genauso umgehen. Er nahm das Messer seines Angreifers, zögerte kurz, weil er nicht wusste, welche Hand die richtige war, und schnitt den linken

Ringfinger ab. Dann setzte die Klinge an genau der Stelle an, die er von der Jagd her kannte. Mit wenigen geübten Bewegungen hatte er den Kopf vom Rumpf getrennt und steckte beide Körperteile hastig in seinen Fahrradrucksack.

»Hier, mit einem schönen Gruß von Amelie!«, zischte er der jetzt kopflosen Leiche entgegen, zog in seiner Wut den Ring vom Finger, den ihm Amelie geschenkt hatte, und stopfte ihn, so tief es ging, in eine der Röhren, die im durchgeschnittenen Hals des Toten zu sehen waren. »So!«, entfuhr es ihm noch einmal laut und heftig, dann sah er etwas auf dem Boden liegen, das der tote Pfarrer um den Hals getragen haben musste, und hob es auf.

An einer blutverschmierten Halskette hing so etwas wie ein Zahn von einem Krokodil oder einem Hai. Florian Kauper hatte einen solchen Halsschmuck noch nie gesehen, aber er steckte das Teil besser ein, er durfte keine unnötigen Spuren zurücklassen.

Die Blutlache auf der Terrasse wurde immer größer, weshalb er jetzt erst einmal sein Fahrrad von der Terrasse entfernte und in die Wiese stellte. So, und jetzt würde er diesen Körper nach oben auf die Felsen schleppen, damit dessen Tod so aussah wie Mangers Verbrechen aus vergangenen Zeiten. Ob die Polizei die Geschichte abkaufen würde, blieb dahingestellt, aber einen Versuch war es wert. Er hatte gerade um sein Leben kämpfen müssen, er hatte ziemliche Schmerzen, und er war als Mensch völlig überfordert. Einzig seine innere Wut trieb ihn an, das zu tun, was er sich vorgenommen hatte. Er hob den Körper des kopflosen Pfarrers auf seine Schultern und machte sich trotz seiner Verwundungen an den Aufstieg. Es war so neblig, dass er kaum den Pfad erkennen konnte. Als er schließlich oben auf dem Plateau des Kemnitzensteins stand, ließ er seine Last einfach auf den Boden fallen, und der kopflose Leichnam verschwand im Grau, das Florian Kauper umgab. Hier oben war der tote Manger seinem Herrn und Schöpfer am nächsten und konnte sein krankhaftes Verhalten im Leben nun bis in alle Ewigkeit direkt mit ihm besprechen.

Florian Kauper machte sich an den Abstieg und merkte nun überdeutlich, dass große Mengen Blut und Adrenalin seinen

Körper verlassen hatten. Er beeilte sich, hier wegzukommen, seine Verletzungen mussten dringend versorgt werden. Unten trank er seine Fahrradflasche komplett leer und wollte sich schon aufs Fahrrad schwingen, als plötzlich die Scheinwerfer eines Fahrzeuges auftauchten. Sie leuchteten gerade so unter dem sich hebenden Nebel hindurch. Reflexhaft suchte er hinter dem nächstbesten Felsen Schutz. Keine Sekunde zu früh, denn es stieg bereits jemand aus dem Fahrzeug. Florian Kauper lehnte sich an den großen Stein, drückte die Faust auf seine blutende Wunde an der Schulter und zog die Jacke, die er sich von dem Toten genommen hatte, eng um sich. Hinter ihm, etwa vierzig Meter entfernt, fing die unbekannte Person aus dem Auto an, die Felswand hinaufzuklettern. Als Kauper um den Stein, hinter dem er hockte, herumspähte, konnte er sehen, dass ein glatzköpfiger Kletterer in einem ziemlichen Tempo die Felswand hinaufstürmte. Dann waren Kopf und Oberkörper des Mannes im Nebel verschwunden.

Florian, dem durch den ständigen Blutverlust nun gar nicht mehr gut war, beschloss, dass es Zeit war, von hier zu verschwinden. Er brauchte dringend Hilfe. Also kümmerte er sich nicht weiter um den Kletterer, sondern schwang sich seinen Rucksack auf den Rücken und stieg auf sein Rad, um das Areal schnellstmöglich zu verlassen. Er hatte noch keine zehn Kurbelumdrehungen bewerkstelligt, da hörte er einen Schrei und kurz darauf einen dumpfen Aufprall. Trotz seiner Verletzungen legte er sein Rad auf den Boden und ging zurück zum Fuß der Felswand.

Das Desaster war perfekt, der tote Pfarrer lag auf dem abgestürzten Kletterer, der völlig verdreht seine Gliedmaßen von sich gestreckt hatte und ihn verzweifelt ansah. Kauper erkannte auf den ersten Blick, dass der Mann lebensgefährlich verletzt war, die Fraktur an seinem Kopf sah ziemlich übel aus. Er ging auf den Kletterer zu, da dieser anscheinend noch irgendetwas sagen wollte. Aber der Bedauernswerte brachte nur noch ein kurzes Gurgeln zustande, dann sank sein Kopf leblos zur Seite.

Florian Kauper betrachtete den toten Kletterer voller Schrecken, denn wie es aussah, war Elmar Manger oben auf dem Felsen an einer abschüssigen Stelle zum Liegen gekommen, und die herunterstürzende Leiche hatte vielleicht das nächste Todesopfer gefordert. Hätte er den toten Pfarrer nicht nach oben auf den Felsen geschleppt, wäre dieser Kletterer womöglich noch am Leben.

Das war endgültig zu viel für den geschwächten Florian Kauper. Er schleppte sich zurück zu seinem Rad und fuhr los, quer durch den Wald über die Küpser Linde nach Dittersbrunn. Er wusste nicht, ob er noch die Kraft hatte, die gesamte Strecke auf dem Mountainbike zurückzulegen, aber er musste es auf jeden Fall versuchen, er wollte jetzt unbedingt zu Amelie, und zwar aus den verschiedensten Gründen.

**

Andrea Onello drückte mit der linken Hand vorsichtig gegen die Tür, die in das dunkle Innere des Hauses schwang. Presssack lief sogleich hinein und verschwand geschmeidigen Schrittes um die Ecke, bis er schließlich in einem Zimmer stehen blieb und laut quiekte. Lagerfeld ging in die andere Richtung, um die übrigen Räumlichkeiten des Hauses abzusichern, Andrea Onello folgte Presssack und richtete die Waffe auf das, was Presssack gefunden hatte. Es war ein bewusstloser Mann, der in einem kleinen Schlafzimmer auf dem Bett lag. Daneben saß eine Frau auf einem Stuhl, bei deren Anblick es Andrea Onello kalt den Rücken hinunterlief. Konnte das sein, war das ihre Zwillingsschwester? Diese Frau sah ihr ja komplett ähnlich, wie aus dem Gesicht geschnitten. Sie hatte sogar die gleichen wallenden, vollen Haare, nur in einem rotblonden Ton.

»Amelie Imhof?«, fragte die Kommissarin und senkte ihre Waffe. Die Angesprochene nickte mit verklärtem Blick, sagte aber nichts. Andrea Onello trat zu dem auf dem Bett liegenden großen, kräftigen Mann und fühlte ihm den Puls. Er war noch zu spüren, aber nur noch schwach.

»Ist er tot?«, fragte Amelie Imhof, immer noch in ihrer seltsamen Apathie gefangen. Die Arme musste einen totalen Schock erlitten haben.

»Nein, aber fast«, antwortete Andrea Onello nüchtern, dann hob sie ihr Handy ans Ohr, um einen Krankenwagen zu rufen.

***

Als Franz Haderlein in Dittersbrunn eintraf, wimmelte es dort bereits von Einsatzkräften der Polizei, und ein Krankenwagen fuhr gerade mit Blaulicht davon. Als er das Haus betrat, war Andrea gerade dabei, eine rothaarige Frau zu vernehmen, die aussah, als wäre sie eine leibhaftige Zwillingsschwester der Kommissarin, nur mit roten Haaren. Und die beiden schienen sich auch wirklich gut zu verstehen, wie Haderlein bemerkte. Lagerfeld betreute intensiv diskutierend die Leute von der Spurensicherung, während der kleine Presssack mit dem Hündchen der Hausherrin draußen im Garten Fangen spielte.

»Darf ich vorstellen, das ist Amelie Imhof. Amelie, das hier ist mein Kollege Haderlein«, stellte Andrea Onello die beiden vor. »Vielleicht kannst du ihm die Geschichte gleich noch einmal erzählen, Amelie, er wird sie sich gerne anhören.«

»Nein, nicht nötig, erholen Sie sich erst einmal, bevor Sie sich mit Ihrer Aussage unnötig verausgaben«, wehrte Haderlein ab, um die erschöpft aussehende Frau zu entlasten. Aber Amelie Imhof lächelte ihn an und schaute müde, aber weiterhin lächelnd zu Andrea Onello hinüber.

»Nein, das ist mir nicht zu schwer. Ab jetzt ist mir gar nichts mehr zu schwer. Der Notarzt hat gesagt, Florian geht es sehr schlecht, aber er wird durchkommen. Zwei Wochen im Klinikum in Lichtenfels, dann kann er wahrscheinlich wieder nach Hause. Mehr zählt für mich nicht. Um ihn sollten Sie sich Gedanken machen, nicht um mich. Und was meine Geschichte betrifft, ich würde sie gerade am liebsten hundertmal erzählen, und zwar jedem, der sie hören mag.« Jetzt wandte sie sich wieder dem Bamberger Ermittler zu. »Das macht mir überhaupt nichts aus, Herr Kommissar.«

Haderlein schüttelte verwundert den Kopf. »Aha, Donnerwetter. Das ist eine ziemlich üble Nummer, würde ich sagen, mit drei kopflosen Leichen. Und Sie machen da eine fröhliche Geschichte draus?« Er schaute die beiden so ähnlich aussehenden Frauen ratlos an.

Es war Andrea Onello, die für die Hausherrin die passende Antwort gab. »Es ist für Amelie deshalb eine gute Geschichte, weil sie eine sehr tapfere Frau war und ist, die von nun an keine Angst mehr haben wird. Nie mehr, vor niemandem.«

Amelie Imhof nickte, schaute ihre »Zwillingsschwester« dankbar an und begann zu weinen, allerdings vor Erleichterung. Alles in ihr löste sich, und Andrea Onello nahm die erschöpfte Frau zum wiederholten Mal tröstend in den Arm.

Setze dich deiner tiefsten Angst aus.
Danach hat die Angst keine Macht mehr über dich,
sie schrumpft und verschwindet.
Du bist frei.

Jim Morrison

Epilog 1

Die Dienststelle in Bamberg war in entspannter Runde versammelt, hatte doch ein ziemlich außergewöhnlicher Kriminalfall sein gutes Ende gefunden. Einzig das Rätsel um diese seltsamen Drachenzähne, die Presssack gefunden hatte und von denen Elmar Manger einen an einer Kette um den Hals getragen hatte, wollte noch gelöst werden, was schließlich Marina Hoffmann schaffte. Die vermeintlichen Drachenzähne waren nichts anderes als versteinerte Haizähne, welche seit dem Mittelalter unter den unterschiedlichsten Namen für allerlei okkulte Zeremonien verwendet wurden. Vorwiegend zur Abwehr irgendwelcher bösen Zauber oder Dämonen. Wofür Elmar Manger diese Zähne verwendet beziehungsweise warum er sie eingegraben hatte, würde wohl ein Geheimnis bleiben, aber es hatte ziemlich sicher etwas mit seinen Versuchen in schwarzer Magie zu tun. Letztlich war das aber nur ein weiteres beredtes Beispiel für seine psychische Verfassung.

Außerdem gab es ja auch wichtigere Dinge zu klären, waren doch einige ungewöhnliche Eigenschaften an einzelnen Mitgliedern der Bamberger Polizei zum Vorschein gekommen. Unter anderem hatte sich der Chef der Behörde bei seinen Untergebenen einen Namen als Professorenschreck gemacht. Nur, so richtig hatte noch niemand verstanden, wie Fidibus es angestellt hatte, den arroganten, selbstgefälligen Herrscher der Totenwelt zu domestizieren. Auf die Frage, wie er das denn eigentlich geschafft habe, kam Fidibus immer mit der gleichen Antwort.

»Es ist ganz einfach, man muss mit solchen Menschen auf ihrer eigenen Schwingung kommunizieren. Die Prinzipien des sanften Weges als eine Haltung im Leben in sich tragen und bereit sein, diese Prinzipien auch jederzeit zu praktizieren.«

Das klang wunderbar, regelrecht schön. Aber niemand hier wusste, was ihr Chef damit meinte. Und genau das war der Sekretärin Marina Hoffmann irgendwann zu viel. Wenn es etwas gab, was sie so richtig aufregte, dann war es übertriebene Selbstbeweihräucherung, ausgeübt von eigentlich hilflosen Männern. Und ihr Chef war definitiv hilflos, und zwar in allen Lebenslagen. Aus was für peinlichen Situationen sie ihn nicht schon alles hatte retten müssen. Trotzdem stellte sich dieser instabile Lackaffe hier mitten ins Büro und behauptete vor all seinen Mitarbeitern, er alleine habe Kenntnis über die selig machende Formel für das Leben erlangt. Das Rezept wollte sie doch einmal sehen.

»Also, Chef, dann zeigen Sie mir doch endlich einmal Ihren sogenannten sanften Weg. Ehrlich gesagt glaube ich nicht an das, was Sie da verzapfen. Also los, präsentieren Sie uns mal etwas von Ihrer tollen Methode zur Befriedung der Menschheit, ich will das jetzt sehen.«

Angriffslustig funkelte sie ihren Chef an. Der Rest der Belegschaft wusste nicht so recht, wie jetzt mit dieser Situation umzugehen war, und hielt sich sicherheitshalber zurück. Fest stand nur, dass einer der beiden Duellanten mit einer Blamage aus dem Ring gehen würde.

Robert Suckfüll betrachtete seine Sekretärin mit einem schwer einzuschätzenden, merkwürdigen Blick, bevor er gelassen antwortete: »Frau Hoffmann, dazu müssten Sie Aggressionen an den Tag legen und mich willentlich angreifen, sonst darf ich Ihnen das nicht demonstrieren, das verbietet der Kodex des sanften Weges.«

Honeypenny konnte über diese mutmaßliche Ausrede nur milde lächeln. »Ach, wenn das so ist, Chef, dann erteile ich Ihnen hiermit die Erlaubnis, mich wütend zu machen. Und ich bin gespannt, ob Sie das so mit Ansage auf die Reihe kriegen.«

Marina Hoffmann war sich absolut sicher, dass dies nur funktionierte, wenn ihr Chef einen verpeilten Moment erwischte und sie dann mit irgendeiner seiner zerfahrenen Reden auf die Palme brachte. Aber garantiert nicht mit Absicht und Überlegung, niemals. Dann jedoch sprach Robert Suckfüll, Leiter der Dienststelle der Kripo in Bamberg, die historischen Worte.

»Frau Hoffmann, ich liebe Sie. Ich liebe Sie über alles in der Welt. Ich möchte ein Kind mit Ihnen.«

Im Raum wurde es mucksmäuschenstill, aller Augen richteten sich auf Honeypenny, deren Gesichtsfarbe zwischen Hochrot und Leichenblass wechselte. Dann schlug das Adrenalin erbarmungslos in ihr zu.

»Das ist ja wohl die größte, verlogenste Unverschämtheit, die ich in meinem ganzen Leben –«

Mit wütend erhobenem Zeigefinger trat Marina Hoffmann auf Fidibus zu, der blitzschnell nach ihrem ausgestreckten Arm griff. Eins Komma sieben drei Sekunden später landete Honeypenny rücklings auf dem Fußboden des Büros. Zuerst einmal blieb ihr die Luft weg, dann bekam sie eine Schnappatmung und war auf unbestimmte Zeit unfähig, auch nur ein einziges gerades Wort hervorzubringen, über ihr ein Kreis neugieriger Gesichter, die zu ihr herunterblickten.

»Kann sie nicht sprechen, oder will sie nicht?«, fragte César Huppendorfer laut. »Warum macht sie den Mund auf und zu wie ein Fisch?«

»Ich glaube, sie ist einfach nur beleidigt und stellt sich ein bisschen an«, mutmaßte Lagerfeld.

»Jedenfalls müssen wir unsere Honigbrote heute wohl selbst schmieren. Weiß jemand, wo die Butter ist?«, erkundigte sich Andrea Onello und steuerte die Ecke an, in der die Kaffeemaschine stand.

»Ich weiß es. Die Butter ist in der Schublade unter der Kaffeemaschine«, meinte Franz Haderlein und ging seiner Kollegin hinterher.

So kam es, dass sich nur noch Robert Suckfüll bei Marina Hoffmann aufhielt, der sich zu ihr hinunterbeugte und seiner Sekretärin aufmunternd die Wange tätschelte. Dabei spielte er statt mit einer seiner Trockenzigarren mit einem neuen Smartphone herum, das er seit heute sein Eigen nennen durfte, während er sich verbal seiner hilflos am Boden liegenden Sekretärin widmete.

»Tja, Frau Hoffmann, Judo ist nicht nur ein Weg zur Leibesertüchtigung, sondern darüber hinaus auch eine Philosophie zur Persönlichkeitsentwicklung. Ein Judomeister praktiziert in diesem Sinne auch dann Judo, wenn er nicht in der Trainingshalle ist. Zwei philosophische Prinzipien liegen dem Judo im Wesentlichen zugrunde. Das gegenseitige Helfen und Verstehen zum beiderseitigen Fortschritt und Wohlergehen. Ich hoffe, ich konnte Ihnen auf dem Weg Ihres Lebens mit der kleinen Demonstration des sanften Weges ein wenig helfen, Frau Hoffmann«, meinte Fidibus.

Mit dem nagelneuen Smartphone wedelte er vor ihren Augen herum, als wollte er ihr mit aller Gewalt eine neidische Frage hierzu entlocken. Aber seine Sekretärin war noch keines logischen Gedankens fähig. Also übernahm er das mit der technischen Lobhudelei eben selbst.

»Ein intelligentes Telefon, Frau Hoffmann. Damit kann man sogar in das internationale Netz und mit Google nach den neuesten Zigarrenangeboten fahnden.«

Kurz hielt er nachdenklich inne, ehe er zu seinem Schlussplädoyer ansetzte.

»Ich habe eines mit nur hundertachtundzwanzig Gigabyte genommen, müssen Sie wissen. Mehr Speicherplatz wollte ich gar nicht, Frau Hoffmann, sonst wird mir das Mobiltelefon nämlich zu schwer«, gab Fidibus fachmännisch von sich, dann wurde auch er zur Kaffeemaschine gerufen. Allein ein kleines, dickes Ferkel namens Presssack blieb bei der Sekretärin zurück und leckte der am Boden ausgestreckten, leise röchelnden Frau liebevoll über das Gesicht. Aber auch nur, weil er von diesem weiblichen Menschen ab und zu eine geschnippelte Kartoffel bekam.

Epilog 2

Aus den Trümmern und Ruinen des zerstörten Start-ups in Bamberg erhob sich die Firma AEDES neu und erstarkt wie Phönix aus der Asche. Die entwickelten Methoden zur Stechmückenimpfung wurden mehrfach international ausgezeichnet und mit zahlreichen Medizinpreisen bedacht. In der Folgezeit wurden weitere Impfungen gegen Tripper, Chlamydien, Syphilis, Gonorrhö und Genitalwarzen entwickelt und auch sofort an der Bamberger Bevölkerung getestet. Die totale Ausrottung der Geißel des Genitalherpes und anderer Geschlechtskrankheiten in Bamberg führte zu einer völlig anderen Wahrnehmung der Stadt in der Welt. War Bamberg bisher als kulturhistorisches Welterbe bekannt geworden, erschuf es sich nun grundlegend neu, als erste urbane Siedlung in der Welt, die gänzlich ohne Geschlechtskrankheiten leben konnte.

So entwickelte sich in Bamberg ein weltweit einzigartiges Gefühl der lustvollen Leichtigkeit, welches die Stadt zu einem Zentrum der freien Liebe avancieren ließ. Damit hatte die kleine, idyllische fränkische Metropole dem aus amouröser Sicht übermächtigen Paris irgendwann tatsächlich den Rang als Welthauptstadt der Liebe abgelaufen.

Epilog 3

Amelies Messer fiel ihr aus den zitternden Fingern, als sie erkannte, wer da blutüberströmt vor ihr stand.

»Florian!«, rief sie erschrocken, dann stürzte Florian Kauper, geschwächt und erschöpft, wie er war, zu Boden, wo er auf der Seite liegen blieb. Amelie beugte sich über ihn und packte sein zerschundenes Gesicht mit beiden Händen. »Mein Gott, Florian, was ist denn passiert?«

»Du gehörst ihm nicht mehr, Amelie, er ist tot«, flüsterte Florian Kauper. »Du musst keine Angst mehr haben, du gehörst ihm nicht mehr.«

Amelie Imhof verstand kein Wort von dem, was Florian da von sich gab. Was sie aber erkannte, war, dass er durch seine Verletzungen ziemlich viel Blut verloren haben musste. Sie würde ihn jetzt erst einmal waschen, die Wunden säubern und verbinden, und dann würde sie Florian in ihr Bett legen, damit er sich erholen konnte. Später konnte er immer noch erzählen, was ihm passiert war. Also stellte sie Florian unter die Dusche, versorgte seine Verletzungen und gab ihm erst einmal reichlich Wasser zu trinken, damit der Körper den Blutverlust ein wenig ausgleichen konnte. Als Florian Kauper schließlich im Bett lag und ihm vor Erschöpfung fast die Augen zufielen, fasste er noch einmal fest Amelies Hand.

»Elmar Manger ist tot, Amelie. Du brauchst keine Angst mehr zu haben. Er wollte meinen, aber ich habe seinen Kopf genommen«, flüsterte er immer leiser werdend. Dann drückte er ihr etwas in die Hand und war im nächsten Moment eingeschlafen.

Amelie Imhof stand da wie vom Donner gerührt. In ihrer Hand hielt sie eine Halskette, deren einzige Zierde der seltsame Zahn war, der ihr vor mehr als dreißig Jahren im Kilianeum auf die Brust gelegt worden war. Beim Anblick dieses Zahnes waren ihre alten schrecklichen Gefühle auf einen Schlag wieder da. Aber wenn stimmte, was Florian sagte, dann war Elmar tot, und ihr Leben würde fortan ein anderes sein. Was auch immer passierte, sie würde Florian nicht mehr von der Seite weichen, bis er sich wieder erholt hatte. Sie bedachte ihn mit einem warmen Blick, dann ging sie hinaus in den Flur, wo Florians Rucksack stand. Auch der Rucksack war voller Blut, was sie aber nicht erschreckte. Sie steckte die Zahnkette in eine der Außentaschen des Rucksacks, dann nahm sie ihn und schleppte ihn nach draußen. Im Garten stellte sie den Rucksack auf den Holztisch, an dem sie Florian erst vor wenigen Tagen ihre Geschichte erzählt hatte. Sie nahm all ihren Mut zusammen und öffnete den Rucksack oben an dem großen Reißverschluss. Als sie hineinschaute, blickte sie in zwei leblose Augen, die sie in ihrem ganzen Leben nicht mehr vergessen würde. Er war es tatsächlich, Elmar Manger war tot, endlich.

Es war weit nach Mitternacht, als Amelie das neue Feldkreuz zwischen Dittersbrunn und Pferdsfeld erreichte. Der Mond warf nur ein fahles Licht auf die Erde, aber es reichte, damit sie das Loch ausheben konnte, das sie für ihr Vorhaben brauchte. Als es tief genug war, warf sie den abgeschnittenen Finger hinein. Dann packte sie den toten Schädel ihres Ex-Freundes mit ihren behandschuhten Händen und versenkte ihn darin. Sie richtete den Schädel so aus, dass die Augen auf das Kreuz blickten, und sagte leise: »Ich habe es dir versprochen, Elmar, jetzt kannst du immer zu ihm aufschauen. Möge dein Herr dir gnädig sein.«

Sie erhob sich und schaufelte das Loch wieder zu. Den Rucksack würde sie unterwegs in einer Mülltonne entsorgen, nichts sollte mehr auf die Anwesenheit von Elmar Manger in ihrem Leben hinweisen.

Sie würde jetzt Florian gesund pflegen und mit ihm zusammen ein neues Leben beginnen. Ein neues Leben ohne Mörder und Gottesanbeter.

Allmählich löste sich die gewaltige Anspannung in ihr, und zum ersten Mal seit sehr, sehr langer Zeit hatte Amelie Imhof wieder ein Lächeln auf den Lippen.

Meine tiefste Angst ist nicht, dass ich der Aufgabe nicht gewachsen bin. Meine Angst ist, dass ich unermesslich mächtig bin. Es ist mein Licht, das ich fürchte, nicht meine Dunkelheit. Ich frage mich, wer bin ich denn eigentlich, dass ich leuchtend, hinreißend, begnadet und phantastisch sein darf? Wer bin ich denn, dass ich das nicht sein darf? Ich bin ein Kind Gottes. Ich bin das Kostbarste und Wertvollste, was Gott je geschaffen hat. Wenn ich mich klein mache, dient das nicht der Welt. Es hat nichts mit Erleuchtung zu tun, wenn ich mich einkringele, damit andere um mich herum sich nicht verunsichert fühlen. Ich wurde geboren, um die Ehre Gottes zu verwirklichen, die in mir ist. Sie ist nicht nur in einigen von uns, sie ist in jedem Menschen. Und wenn ich mein Licht strahlen lasse, gebe ich anderen Menschen unbewusst die Erlaubnis, dasselbe zu tun. Wenn ich mich von meiner Angst befreit habe, wird meine Gegenwart ohne weiteres Zutun auch andere befreien.

Antrittsrede von Nelson Mandela, 1994

Nachwort und Dank

Bereits 1616 konnte in der Abhandlung »De Glossopetris Dissertatio« gezeigt werden, dass die vermeintlichen Natternsteine beziehungsweise Natternzungen in Wahrheit Haizähne sind. Doch bis über das Ende des 17. Jahrhunderts hinaus hielt man die spitzen oder dreieckigen Fossilien von heller bis grau-schwärzlicher Farbe zumeist für Naturspiele (Lusus naturae), versteinerte Schlangenzungen oder die Zähne von Drachen.

Von der Amulettfunktion der Natternzungen wird seit dem 13. Jahrhundert berichtet. Im Mittelalter galten sie als Schutz gegen böse Nachrede, Geister oder auch schwarze Magie. Außerdem benutzte man sie als Giftprobe, da sie über vergiftetem Essen angeblich schwitzen. Sie wurden einzeln verwendet, an Natternzungenkredenzen beziehungsweise -bäumen aus Korallen gruppenweise aufgehängt oder an Trinkgefäßen beziehungsweise deren Deckeln angebracht.

Historische Bezeichnungen für fossile Haizähne sind Natternzungen, Natternsteine, Otternzungen, Schlangenzungen, Vogelzungen, Zungensteine, Drachenzähne, Glossopetren, Ophioglossa, Steinzungen, Schlangensteine und Donnersteine.

Hier mein persönlicher Dank, denn ohne die Hilfe folgender Menschen und Organisationen wäre dieses Buch so nicht möglich gewesen:

Andrea Hellmuth, Wolfgang und Beate Friedrich, Georg Koeniger, Marina und Thomas Limmer, Klinikum/Schloss Werneck, Landkreis Lichtenfels, Gemeinde Dittersbrunn, Suzuki Deutschland, Land Rover Deutschland, HUK Coburg, Gemeinde Ebensfeld, Konzertagentur Friedrich, Deutsches Patent- und Markenamt, Emons Verlag und meiner unersetzlichen Lektorin Marit.

Ein besonderer Dank geht an meine Schwester.
Monika – love you.

Hiermit bedanke ich mich auch beim sogenannten Coronavirus, auch SARS-CoV-2 oder Covid-19-Virus genannt, für die Verschonung meiner Person, zumindest während der Zeit, da ich diese Geschichte in einem unbeheizten, geschlossenen sizilianischen Restaurant schreiben durfte.

Spezieller Dank geht an das »La Stazione« in Kaltenbrunn mit all seinen Mitarbeitern für die Bereitstellung der Räumlichkeiten für mein ganz privates Homeoffice. Essen und Trinken gab es ja nicht wegen dieser Scheißpandemie.

Besonders danke ich natürlich meinen absolut unersetzlichen und tapferen Probeleserinnen und -lesern, ohne die gefährliche Irrungen und Wirrungen im Text auf ewig unentdeckt bleiben würden: Beate Friedrich, Martin Klement, Martina Altmann, Denise Haderlein, Uwe Schilling, Christine Schöbel und Andrea Jahn.

Vielen herzlichen Dank!

Natternstein

Kemnitzenstein

Veitsberg

Die Romane von Bestsellerautor Helmut Vorndran im Überblick:

Alle Titel sind auch als eBook erhältlich.

Franken Krimis:

Das Alabastergrab
ISBN 978-3-89705-642-8

Das Alabastergrab
Hörbuch, gelesen von Helmut Vorndran
ISBN 978-3-89705-804-0

Blutfeuer
ISBN 978-3-89705-728-9

Der Colibri-Effekt
ISBN 978-3-89705-953-5

Drei Eichen
ISBN 978-3-95451-123-5

Das fünfte Glas
ISBN 978-3-95451-311-6

Habakuk
ISBN 978-3-95451-693-3

Der Jade-Sauropsid
ISBN 978-3-7408-0216-5

Kamuelsfeder
ISBN 978-3-7408-0398-8

www.emons-verlag.de

Lupinenkind
ISBN 978-3-7408-0690-3

Das Makarov-Puzzle
ISBN 978-3-7408-0959-1

Weitere:

Tot durch Franken
48 Mordsgeschichten
ISBN 978-3-89705-895-8

Isarnon – Stadt über dem Fluss
Ein Kelten-Roman
ISBN 978-3-95451-941-5

www.emons-verlag.de